ELECTRIC BOOKS PRINT

W0292711

Electric Books Print
Mail: Amer110764@aol.com

ISBN-13: 978-1495472077
ISBN-10: 1495472078

Über diese Special Edition

John F. Cooper ist das Pseudonym eines deutschen Autors, der mehrere Romane und zahlreiche Kurzgeschichten veröffentlicht hat. „Wind River Gold" erschien zuerst als eBook, ebenso wie die Short-Story „Blutige Berge". Diese Special Edition enthält neben dem Roman auch diese Bonus-Story.

JOHN F COOPER

WIND RIVER GOLD

SPECIAL EDITION

Historischer Abenteuerroman
aus der Zeit der Mountain Men

Für meine geliebte Frau,
die immer an dieses Projekt geglaubt hat,
obwohl man sagt, nichts sei so tot wie der Western.

Prolog

Nordamerika, Großes Felsengebirge, Anno Domini 1543

Schatten folgten ihrer Fährte, seit einer Nacht und einem Morgen schon, und als der Tag in den Abend überging, hatten die Eisenmänner noch immer nichts bemerkt.

Eine kleine Reitergruppe zog auf schmalen Pfaden durchs Gebirge, auf Wegen, die vor ihnen kein weißer Mann gegangen war. Die Anmut des Landes machte die Männer blind für Gefahren. Grüne Täler dehnten sich vor dem Hintergrund schwarzer Berge, deren Gipfel selbst jetzt, im Sommer, mit gleißendem Schnee bedeckt waren, der in den Augen schmerzte, wenn man zu lange hinsah.

Es war das großartigste Land, das die Fremden je zu Gesicht bekommen hatten. Gigantisch in seiner Weite, majestätisch in seiner Schönheit, unermesslich in seiner Einsamkeit. Rauschende Bäche wanden sich durch dichte Fichtenwälder. Ihr Wasser war klar wie Kristall, so rein, dass die Schuppen der Fische in der Sonne glitzerten.

„Silberne Fische", scherzte einer der Männer. „Vielleicht erweisen sich die Legenden ja doch noch als wahr."

Der Sprecher hieß Fernán Ortega. Seine Haut war von zu vielen Jahren in der Glut Neuspaniens erdig braun geworden, ein dichter Bart wucherte in seinem Gesicht. Er ritt ein großes, knochiges Pferd, das nach entbehrungsreichen Wochen abgemagert, aber noch immer stark genug war, um einen Reiter in voller Rüstung zu tragen. Brustharnisch und Helm aus Eisen, dazu ein stählernes Rapier.

„Silberne Fische, warum nicht?" Der Mann an Ortegas Seite lachte. „Ich kenne kein besseres Land als dieses hier."

Hernando Delgado, der zweite Reiter, machte eine Geste, die den Horizont mit einschloss. Berge, Wälder, Wasser und Einsamkeit im Überfluss. Fürwahr, dies war das prächtigste aller Länder, und sie hatten bei Gott schon viele gesehen. Die Insel Fernandia und das Reich der Azteken, das nun Teil der spanischen Welt war, und Kastilien natürlich, ihre Heimat, um nur die angenehmeren der Länder zu nennen, in denen sie gelebt und gekämpft hatten. Was die letzten Jahre anging, hatten sie vor allem gekämpft, mit Hunger und Durst und verschlagenen Eingeborenen, denen man nur so lange trauen konnte, wie man ihnen nicht den Rücken zuwandte.

Das war in Cibola und Quivira gewesen, den geheimnisvollen Ländern des wilden Nordens, in denen sie nichts als Pech und Täuschung gefunden hatten. Bis sie letzte Woche auf einen Stamm freundlicher Eingeborener getroffen waren, der sie in sein Dorf einlud, eine kleine Stadt aus Zelten. Der Häuptling hatte die Fremden willkommen geheißen, und sie verbrachten mehrere Tage an seinem Feuer. Alte Krieger erzählten ihnen vom goldenen Fluss.

Vor vielen Menschenaltern war er ein reißender Strom gewesen, der oft verheerende Überschwemmungen brachte. Aber die Götter hatten ihn unter die Erde gezwungen, um das Land für ihre Kinder, die Vogelmenschen, bewohnbar zu machen. So nannten sich die Eingeborenen: Ap-sa-ro-ke, die Kinder des Vogels mit dem großen Schnabel.

Der Vogel, eine riesige Krähe, war ausgestorben, ehe die Weißen in die Berge kamen, aber die Erinnerung an ihn lebte in den Alten fort, genau wie die Erinnerung an den reißenden Fluss. Einige der Eingeborenen behaupteten, sie hätten den Fluss in seinem unterirdischen Bett gesehen. Angeblich waren sie dort gewesen, in einer großen Höhle voll seltsamer Tiere. Der Fluss floss dort unten träge dahin, denn sein Bett war mit großen Steinen gefüllt, die vom

Wasser umspült wurden, sodass sich sein Lauf verlangsamte. Gelb glänzende Steine. Metallische Brocken. Gold.
Hernando zügelte sein Pferd. Er hatte etwas wahrgenommen, eine schemenhafte Bewegung zwischen den Bäumen. Oder irrte er sich? Als er hinsah, war da nichts.
Sie ritten am Ufer eines schäumenden Wildbachs entlang, der kein Gold enthielt. Hier lebten braune Pelztiere, die Höhlen in die Uferhänge gruben und Bäume fraßen. Vielleicht war es der Schatten eines dieser Tiere gewesen.
Die anderen Reiter schlossen auf. „Was gibt es?" fragte einer der Männer. Sein Harnisch war zerkratzt, sein Helm verbeult. Er war meist mürrisch, aber ihr bester Kämpfer. Pedro de Leiva, ein alter Soldat. Rotsilbernes Haar drängte unter seinem Helm hervor. Er sah nicht aus wie ein Spanier, führte seine Abstammung aber auf eine der edelsten andalusischen Familien zurück. Es gab niemanden, der diesem unerschrockenen Kämpfer widersprochen hätte.
„Ich weiß nicht", räumte Hernando ein. „Ich glaube, ich habe etwas gesehen. Auf der anderen Seite des Baches."
Sie starrten zu dritt zwischen die Bäume, aber nichts regte sich. Zu hören war ebenfalls nichts; das Rauschen des Bachs war viel zu laut. De Leiva gab ein gereiztes Schnaufen von sich. Er sah aus als wolle er sein Rapier aus der Scheide reißen, um das andere Ufer zu erstürmen und alles niederzumachen, was sich dort drüben vielleicht versteckte.
„Da ist nichts", sagte Fernán. „Wir sollten weiter reiten, damit wir vor der Dämmerung einen Lagerplatz finden."
Hernando nickte. Ein Lager, gut. Sie würden Holz sammeln müssen, denn in den Nächten wurde es in den Bergen empfindlich kalt. Doch es würde ihr letztes Lager sein, ehe sie den goldenen Fluss fanden. Er hatte sich die Beschreibung des Häuptlings fest eingeprägt. Einen Tagesritt noch, höchstens, dann mussten sie die Stelle erreichen.

Den Zugang zur Höhle mit dem Gold. Der einzige Grund, aus dem sie seit Jahren durch die Fremde irrten.

Fernán Ortega und Hernando Delgado hatten zur Streitmacht des Fancisco Vazques de Coronado gehört. Im Jahre des Herrn 1540 waren dreihundert schwer bewaffnete spanische Krieger, achthundert indianische Verbündete und tausend Packtiere von Compostela im Norden Neuspaniens aufgebrochen, um die sieben goldenen Städte von Cibola zu erobern. Ein paar Jahre zuvor hatte Cortez Tenochtitlán geplündert, die Hauptstadt der Azteken, Pizarro hatte Cuzco erobert, die Metropole des Inkareiches. Die Konquistadoren schickten Berge von Gold und Silber nach Spanien. Doch ihre Eroberungen waren nichts im Vergleich zu dem Reichtum, der in den sieben Goldstädten von Cibola auf Männer wartete, die entschlossen waren, sich anzueignen, was ihre Vorfahren einst hinterlassen hatten.
Die Legende berichtete von sieben christlichen Bischöfen, die vor fünfhundert Jahren aus Iberien geflohen waren, in dem damals die Mauren herrschten. Um ihren Verfolgern zu entkommen, segelten die heiligen Männer über das Meer der Dunkelheit, bis sie das Gesegnete Land erreichten. Sie fanden Flüsse, die über goldenen Sand flossen und deren Ufer von goldenen Kieseln gesäumt wurden, und sie errichteten sieben Städte aus Gold, für jeden Bischof eine.
Kein weißer Mann hatte seitdem das Gesegnete Land betreten, doch Francisco de Coronado war überzeugt, die goldenen Städte finden zu können.
Fray Marcos, ein düsterer Franziskaner, hatte Coronado zu seinem Feldzug ermutigt. Auf einer seiner Wanderungen wollte der Mönch Cibola gesehen haben. Aber sie fanden nur Dörfer aus Lehm, die in der unerbittlichen Sonne brieten. Überfüllte Siedlungen, die aussahen als habe sie ein Riese zusammengeknüllt und in die Landschaft

geworfen. Fernán und Hernando kannten Haziendas, die stattlicher waren.
Der Vizekönig Antonio de Mendoza hatte ihnen Ländereien in allen Territorien versprochen, die sie für die spanische Krone gewannen. Doch wer würde sich in diesem tristen Land niederlassen wollen? Ein Mann hatte hier nur größte Unbilden zu erwarten. In den Wüsten, die sie durchquerten, war es so heiß, dass die Hidalgos in ihren Harnischen gegart wurden. In den Bergen froren ihnen die Rüstungen am Fleisch fest. Falls sie je über die Berge kamen.
Das Land war eine bittere Enttäuschung, und dennoch war es voller Wunder. Fernán und Hernando hatten zusammen mit einer kleinen Gruppe einen Wasserlauf nach Westen erkundet. Nach zwanzig Tagen beschwerlichem Wüstenmarsch musste die Schar unvermittelt Halt machen. Vor ihnen öffnete sich eine riesige Kluft in der roten Erde, und ganz tief unten, zwischen steil abfallenden Wänden aus geschichtetem Fels, wand sich ein schmales Flüsschen. Drei Tage suchten sie nach einem Abstieg. Als sie unten ankamen, erwies sich das Flüsschen als breiter Strom, der nur aus der Höhe unbedeutend ausgesehen hatte.
Eine Möglichkeit, den riesigen Spalt zwischen den Felsformationen zu überwinden, fanden sie nie. Ein Naturwunder, wahrhaftig, aber deswegen waren sie nicht hergekommen. Sie waren auf Reichtümer aus, doch statt Gold fanden sie nur Türkise, statt mit Silber wurden sie von umgänglichen Indios mit Pelzen beschenkt, und oft schlichen sich nachts die weniger umgänglichen Eingeborenen ins Lager und stahlen ihnen die Pelze wieder.
Coronado hatte nicht aufgegeben und war immer weiter nach Norden gezogen, aber das goldene Cibola war nichts als ein Schwindel. Fray Marcos musste nun des Nachts inmitten der Offiziere schlafen, da die einfachen Soldaten auf eine Gelegenheit warteten, dem verlogenen Mönch die Kehle durchzuschneiden.

Nur El Turco war ein noch größerer Lügner als der Franziskaner. El Turco war ein Eingeborener aus dem Norden, ein Paw-nee. Er war bei einem Überfall gefangen genommen worden und diente dem Volk der Cicúye als Sklave. Die Cicúye waren freundliche Indios. Sie überließen den Weißen ihren Sklaven als Führer, weil er sich in den Ländern auskannte, die Coronado erreichen wollte. Die Spanier nannten ihn El Turco, weil manche der Männer behaupteten, er sähe wie ein verschlagener Türke aus.
Sie behielten Recht.
Eines Tages sprach El Turco vom Land Quivira, das in seinen Erzählungen eine noch sagenhaftere Gestalt als Cibola annahm. Er berichtete von Wagenladungen voller Gold, von silbernen Tellern, von denen sogar das einfache Volk speiste, und vom Kanu des Königs von Quivira, das über vierzig goldene Riemendollen verfügte und auf einem Fluss fuhr, in dem Fische so groß wie andalusische Hengste schwammen. Es fehlte nicht viel, und der Verräter hätte behauptet, dass den Fischen goldene Schuppen wuchsen. Wahrscheinlich hätte ihm Coronado auch das geglaubt. Irgendwo musste das sagenhafte Goldreich des Nordens doch zu finden sein.
Aber nicht in Quivira.
Der Paw-nee wollte nur nach Hause und lockte die Expedition immer tiefer in die Einsamkeit. Sie durchquerten schier endlose Ebenen, die von Stürmen aus wirbelnder Luft heimgesucht wurden, aus denen es faustgroße Hagelkörner regnete, die einen Mann töten konnten, indem sie ihm den Helm wie mit einem Streitkolben in den Schädel trieben.
Einmal hörten die Männer nahenden Donner. Hektisch beschlossen sie, Schutz unter einer Felswand zu suchen. Was das Wetter anging, irrten sie sich, doch ihre Vorsicht erwies sich als richtig, denn kurz darauf wurde die Ebene von einem gänzlich anderen Sturm erfasst: Riesige, zottige Stiere tobten vorüber, mit breiten Schädeln und

Furcht einflößenden Hörnern. Tausende davon, Zehntausende, ein unaufhaltsamer Strom. Fernán schwor später, es seien Millionen gewesen.

Die Tiere hatten dichte Felle, aus denen man warme Decken machen konnte, und ihr Fleisch schmeckte saftig, doch die Spanier waren nicht zum Essen in dieses Land gekommen, das ihnen seine Schätze weiter vorenthielt.

Weil es keine Schätze gab. Als sie die Wahrheit erkannten, töteten sie den Paw-nee. Er starb einen qualvollen Tod in der Umarmung einer Garotte, die einer der Soldaten aus dem Leder eines der zottigen Stiere gemacht hatte.

Dann befahl Coronado die Umkehr. Geschlagen trat die Expedition den Rückweg an. Es war eine Schmach, und dem Anführer liefen die Männer weg, so wie sie zwei Jahre zuvor unter seine Fahne geströmt waren. Die meisten kehrten nach Neuspanien heim oder ließen sich in den Dörfern der Cicúye nieder, wo es willige Mädchen gab. Ein Teil der Männer aber wollte nicht vergessen, welchen Traum sie geträumt hatten.

Den Traum vom Reichtum in einem fernen Land

Und hier ritten sie nun: Ein Dutzend Hidalgos vor der Kulisse schneebedeckter Berge, ein verlorener, aber wohlgerüsteter Haufen. Helme funkelten im Sonnenlicht, Schwerter klirrten, und die ausgemergelten Gesichter der Männer zeigten zähe Entschlossenheit.

„Für Ruhm, für Gott und den König“, hatte Francisco de Coronado immer gerufen, doch auf diesem Ritt trieb sie etwas anderes voran. Diesmal zogen sie für sich allein durch die Fremde. Für Ruhm? Natürlich. Für Gott? Vielleicht. Vor allem aber für Gold. Der goldene Fluss wartete auf sie.

Ein Knacken riss Fernán aus seinen Tagträumen. Ein großer Vogel brach durch die Äste eines Baumes am gegenüberliegenden Ufer und

gewann mit kräftigen Flügelschlägen an Höhe. Etwas hatte ihn aufgeschreckt.
Hernando Delgado und Pedro de Leiva ritten an Fernáns Seite. „Ein Bussard“, rief Hernando.
Während der jüngere Mann sich die Zeit nahm, den Vogel zu beobachten, fixierten die misstrauischen Augen des alten Soldaten nur den Baum, aus dem der Bussard in den Himmel geschossen war. De Leiva musterte den Stamm, die schmalen Mulden zwischen den Wurzeln und den moosigen Boden ringsum. Er konnte nichts Verdächtiges erkennen.
Wären sie länger im Lager der Ap-sa-ro-ke geblieben, hätten ihnen die Eingeborenen von den Kriegern ihres Landes erzählt. Sie besaßen keine Rüstungen aus Eisen oder Klingen aus Toledo, aber sie waren wie Schatten, und keiner von ihnen hätte einen Bussard erschreckt, während er durch den Wald kroch. Es sei denn, der Krieger befand sich nicht am Boden, sondern hoch oben in den Ästen.
Pedro de Leiva sah nichts, aber er spürte etwas. „Ich werd mich mal ein bisschen umsehen“, knurrte er. Es war kein Vorschlag, sondern eine Feststellung. Seitdem sie Coronados Armee verlassen hatten, gab es niemanden mehr, der den anderen Befehle erteilen durfte. Die Männer gaben nach, wenn Pedro de Leiva sprach, weil er Erfahrung hatte und jeden Mann besiegen konnte. Außer vielleicht Fernán Ortega und Hernando Delgado, die bei einem berühmten kastilischen Fechtmeister in die Schule gegangen waren. Auf sie hörten die Männer, weil sie Bildung besaßen und mehr über die Welt wussten als der Rest des Trupps zusammen.
Nur über diese Welt wussten sie nichts, gar nichts.
Deshalb erhoben sie keinen Einwand, als de Leiva einen einzelnen Soldaten nahm und mit ihm ein Stück dem Weg zurück folgte, wo sie eine Fuhrt gesehen hatten. Die Pferde würden dort gefahrlos durch den Wildbach waten können.

„Ich treffe euch beim Lager", rief de Leiva. Geräuschvoll galoppierte er davon. Sein rotsilbernes Haar flatterte wie das Kriegsbanner des heiligen Santiago, fand Fernán. Was immer er auf der anderen Seite fand, er würde es bezwingen.

Die zehn verbliebenen Männer ritten noch eine Stunde weiter, bis sie einen geeigneten Lagerplatz fanden. Sie sattelten ab, tränkten ihre Pferde am Bach und sammelten Holz für ein Feuer. Einmal hörte Fernán ein Knacken im Wald, doch er schob es auf einen der Männer, der ein Bündel trockener Äste im Arm trug. Sie entfachten ein Feuer und aßen das Trockenfleisch, das ihnen die Ap-sa-ro-ke geschenkt hatten. Es stammte von den riesigen Stieren, die die Ebenen wie schwarze Wolken bedeckten.

„Morgen", sagte Hernando, „morgen müssen wir den Ort erreichen. Der Dorfälteste sprach von einem Tal hinter dem gewundenen Fluss. Den gewundenen Fluss haben wir vor zwei Tagen hinter uns gelassen. Dies ist das Tal, und bald werden wir an seinem Ende angelangt sein."

Die anderen wussten, von welchem Ort er sprach. Von den Bergen, unter denen der goldene Fluss verlief. Aber keiner der Männer antwortete. Hernando erntete nicht einmal ein zustimmendes Nicken. Er blickte auf und sah den Grund.

Jenseits des Feuers standen drei Gestalten.

Wie Waldgeister waren die Fremden zwischen den Bäumen hervorgetreten. Sie trugen Kleider aus Hirschleder, stützten sich auf Hartholzbögen und sahen stumm zum Feuer der Spanier herüber. Es waren Indios mit kupferfarbener Haut und langen schwarzen Haaren, die sie sich im Nacken zusammengebunden hatten. An ihren Gürteln erkannte Hernando Beile mit steinernen Klingen. Die Ankömmlinge machten ernste Gesichter, aber sie wirkten auch neugierig.

Hernando hob die Hand. Zögernd erwiderte einer der Eingeborenen die Geste. „Du willst sie ans Feuer bitten?“ flüsterte einer der Männer aus dem Trupp. Unbehagen schwang in seiner Stimme mit.
„Warum nicht?“ Fernán Ortega antwortete anstelle seines Freundes. Eines hatte er in den Ländern des Nordens gelernt: Das Land mochte rau und seine Bewohner mochten barbarisch sein, aber an einem Feuer in der Wildnis herrschten die gleichen Gesetze der Gastfreundschaft wie auf einer spanischen Hazienda. Fremde musste man willkommen heißen, so lange sie in Frieden kamen. Er bedeutete den Indios, am Feuer Platz zu nehmen.
Die Eingeborenen wechselten einige Worte in ihrer gutturalen Sprache. Einer klang verärgert, ein anderer verträglich. Der Nachsichtige setzte sich durch, und sie kamen der Aufforderung nach. Während sie Platz nahmen, sah Fernán, dass die Sohlen ihrer Lederstrümpfe schwarz waren. Später, als einer der Indios die Hände über dem Feuer wärmte, streifte sein Beinling einen verkohlten Ast, und Fernán begriff, dass der Ruß von Kochfeuern das Schuhwerk der Eingeborenen geschwärzt hatte.
Was hatte der Disput zwischen den Indios zu bedeuten? Fernán fragte sich, ob die Anwesenheit seiner Männer ein Tabu verletzte. Vielleicht befanden sie sich auf dem Territorium der Jäger, worüber diese nicht glücklich waren.
Zumindest schien nun die Frage beantwortet zu sein, wer sie am Tage verfolgt hatte. Es mussten diese Krieger gewesen sein. Sie waren in den Bergen zuhause und konnten sich in dem ihnen vertrauten Gelände nahezu lautlos bewegen. Ob Pedro de Leiva und der Soldat, der bei ihm war, überhaupt eine Spur der Eingeborenen entdeckt hatten?
Das brachte Fernán zu einer anderen Frage: Wo blieben de Leiva und sein Begleiter?

Hernando reichte den Fremden Fleisch und einen Krug mit frischem Wasser. Fernán nutzte die Ablenkung, um zweien der Spanier ein Zeichen zu geben: Sie sollten am Waldrand Position beziehen und Ausschau halten. Garcia und Anza. Sie erhoben sich und schlenderten zu den Pferden.

Die Pferde erweckten das Interesse der Eingeborenen. Nach einer Weile am Feuer wollten sie sich die Tiere unbedingt ansehen. Sie strichen ihnen über das Fell, hoben die Schwänze hoch und sprangen erschrocken zurück, als einer der Hengste ungehalten schnaufte.

Fernán hatte diese Reaktionen schon bei anderen Indio-Völkern beobachtet. Auch den Ap-sa-ro-ke waren Pferde unbekannt gewesen. Als der Häuptling erkannte, wie viel Gewicht man einem dieser Tiere auf den Rücken packen konnte, begegnete er ihnen mit großer Ehrfurcht. Zum Dank für seine Gastfreundschaft hatten ihm die Spanier eines ihrer Ersatzpferde überlassen. Er nannte es Sieta Sunka. Das war kein Name, sondern bedeutete *sieben Hunde*. Ein Pferd konnte so viel Gepäck tragen, wie sieben der zerzausten Hunde, die sich die Eingeborenen hielten.

Diese Jäger hier gehörten nicht zum Stamm der Ap-sa-ro-ke, aber viele ihrer Worte glichen denen des Krähenvolkes. Mithilfe von Zeichen und Sprachfetzen machte Fernán verständlich, wofür er sich interessierte: Der goldene Fluss, gab es ihn wirklich, und wo lag er?

Die roten Jäger machten undurchdringliche Gesichter, aber Fernán hatte das Gefühl, dass sie ihn nicht nur verstanden hatten, sondern dass sie auch etwas wussten. Aber eher er nachbohren konnte, entstand Unruhe bei den Pferden.

Zwei weitere Indios traten aus dem Wald. Garcia und Anza, die beiden Wachtposten, hatten sie nicht kommen hören. Zunächst schienen die Indios von den Weißen keine Notiz zu nehmen, was Fernán befremdete. Sie begegneten unbekannten Männern mit

seltsamen Tieren und hatten nichts Besseres zu tun, als stoisch ihre Brüder zu begrüßen?
Worte flogen über die Lichtung. Der Spanier verstand einige Brocken. *Lager*, *Jagd* und *großer Bär*. War letzteres der Name eines der Krieger? Nein, ein Name, den sie nannten, lautete *Schwarzer Wolf*. Er war aus seinem Lager zur Jagd aufgebrochen und hatte einen großen Bären erlegt.
So ähnlich jedenfalls, Fernán konnte nur wenig von der fremden Sprache richtig übersetzen. Manchmal verstand er die Worte, erkannte aber nicht ihren Zusammenhang.
Sie hießen die Neuankömmlinge willkommen und boten ihnen Fleisch und Wasser an. Dann begann dieselbe Prozedur wie bei den anderen. Die Jäger bestanden darauf, die Pferde zu inspizieren, taten verwundert und ließen sich auf ein langes Palaver mit den Spaniern ein. Der goldene Fluss? Sie nickten bedächtig. Immerhin, das war ein Fortschritt.
Fernán beschloss, aufs Ganze zu gehen. Er nahm eine der Waffen, mit denen Coronado seine indianischen Verbündeten ausgerüstet hatte: Ein großes Schwert aus Holz mit einer Schneide aus Obsidian. Sie waren billig in der Herstellung und dem spanischem Stahl unterlegen, im Gefecht gegen feindliche Indios aber leisteten sie wertvolle Dienste. Auch ein Holzschwert konnte tiefe Wunden schneiden.
Fernán überreichte die Waffe einem Achtung gebietenden Eingeborenen, der drei Adlerfedern im Haar trug. Ihn hatte er als Wortführer des Jägertrupps ausgemacht.
„Ein Geschenk für meinen Freund Schwarzer Wolf", sagte Fernán mühsam in der Sprache der Ap-sa-ro-ke.
Der Indio zögerte. Täuschte er sich, oder zeigte die Miene des Roten Belustigung? Aber dann griff der Krieger zu, untersuchte das Schwert und grunzte anerkennend.

Fernán, Hernando und einige ihrer Männer mühten sich noch eine Stunde oder länger, um etwas aus den Eingeborenen herauszukriegen. Mal nickten diese, dann wieder wichen sie aus. Die Spanier gewannen allmählich den Eindruck, dass die Jäger ihren Fragen absichtlich auswichen.

„Der Fluss …“, begann Fernán ein weiteres Mal auf Ap-sa-ro-ke, um ärgerlich auf Spanisch fortzufahren: „Zum Teufel, wenn ihr etwas wisst, spuckt es aus. Ich habe es satt, jedes Wort wie einen Wurm aus euren hässlichen Hakennasen zu ziehen.“

Plötzlich erhoben sich die Indios. Hatten sie die Beleidigung verstanden und wollten gehen? Nein, ihre Geste galt einem weiteren Eingeborenen, der jetzt ins Licht des Feuers trat. Er war nur mittelgroß und untersetzt, aber er strahlte eine kalte Aura der Autorität aus. Harte schwarze Augen in einem stoischen Gesicht. Um die Schultern trug er ein dunkles Wolfsfell. Ein schwarzer Wolf.

Jetzt erkannte Fernán seinen Denkfehler. Das hier war der Mann, den er vorhin seinen Freund genannt hatte, nur dass er keinerlei Freundlichkeit an sich zu haben schien.

Mit Schwarzer Wolf kamen mehr Krieger. Zehn, fünfzehn … Fernán hatte Mühe, sie zu zählen, denn so wie sie aus dem Wald traten, mischten sie sich zwischen die Spanier. Die Wachen wurden völlig überrumpelt. Hernando befahl den Männern, Acht zu geben, aber sie hatten der Dreistigkeit der Eingeborenen nichts entgegenzusetzen und sahen sich alsbald von roten Wilden umringt.

Fernán versuchte die Situation zu entspannen, indem er vor Schwarzer Wolf hintrat und das Zeichen des Friedens machte. Der Indio warf ihm einen finsteren Blick zu und richtete seine Aufmerksamkeit auf das Geschenk der Spanier.

Das hölzerne Schwert mit der Obsidianschneide.

Er nahm es dem großen Krieger aus der Hand und untersuchte die Klinge. Offenbar versuchte er herauszufinden, wie man diese Waffe benutzte.
Fernán beschlich ein ungutes Gefühl, und im selben Augenblick fiel ihm etwas ein: Obwohl die Eingeborenen lange genug in ihrem Lager waren, hatten sie noch keine Anstalten gemacht, ihren Gastgebern eine Pfeife anzubieten. Rauchen galt als Zeichen der Freundschaft in dieser Welt. Blieb es aus, konnte das nur bedeuten …
Fernán sah, dass Schwarzer Wolf eine Pfeife am Gürtel trug. Außerdem waren da ein Kriegsbeil und zwei Fellbüschel. Nein, kein Fell. Haare. Das eine Büschel war schwarz, das andere rotsilbern. Beide waren blutig.
Mein Gott, durchzuckte es Fernán, deshalb also war Pedro de Leiva nicht zurückgekehrt.
Es war sein letzter Gedanke.
Schwarzer Wolf schwang das Schwert. Er hatte recht schnell begriffen, dass man es benutzen konnte, um einem Feind den Kopf abzuhauen.
Fernáns Rumpf kippte seitwärts ins Feuer.
Schockiert sah Hernando zu, wie sein Freund starb. Er riss sein Rapier aus der Scheide. „Santiago!" Es war der Schlachtruf, mit dem die Hidalgos Tenochtitlán erobert und das neuspanische Reich errichtet hatten. Santiago, der heilige Jakob, war der Schutzheilige der Soldaten. Doch hier, im wilden Norden, war seine Macht gering.
In dieser Nacht starben alle Männer des kleinen Trupps. Die roten Krieger nahmen ihre Rüstungen, ihre Waffen und ihre Haare. Für die großen Hunde, auf denen die Weißen in ihr Land gekommen waren, hatten die Eingeborenen keine Verwendung. Sie töteten zwei der Tiere und aßen ihr Fleisch. Die anderen nahmen sie mit. Vielleicht würden die seltsamen Wesen später noch ihre Nützlichkeit

offenbaren. Die Knochen der Spanier verrotteten in den namenlosen Bergen.

Tage später fand eine Jagdgruppe der Ap-sa-ro-ke den Leichnam von Pedro de Leiva, der noch den eisernen Harnisch trug. Die Jäger erinnerten sich, dass ihnen dieser Mann als ein großer Kämpfer vorgestellt worden war, und sie bestatteten ihn mit allen Ehren, die ihr Volk kannte. Da sie nicht wussten, welche Sterberiten die Fremden abhielten, erfüllten sie dem Eisenmann seinen sehnlichsten Wunsch.

Sie halfen ihm, im Tod seinen Traum einzuholen.

Kapitel 1

Rocky Mountains, Herbst 1820

Die Blackfeet schlichen durch den Wald.

Er konnte sie riechen. Sie waren zu dritt. Krieger, die sich mit ranzigem Büffelfett und Bärenblut eingerieben hatten. Das gab ihnen ein Furcht erregendes Aussehen, aber es verriet sie auch, wenn der Wind ungünstig stand.

Es war Herbst in den Owl Creek Mountains. Das Laub an den Bäumen schillerte in Gold und Rot, während der Himmel immer häufiger voll bleigrauer Wolken hing. Manchmal wehte mit dem Wind schon der Geruch nach Schnee heran. Es war eine gute Zeit für die Biberjagd. Die Tiere trugen jetzt ihr Winterfell, dicht, braun und ölig glänzend.

Ein Mann im Hirschlederhemd bewegte sich langsam durch einen schmalen Fluss. Er stand bis zu den Hüften im Wasser und stieß einen zugespitzten Stock in den Grund: Die Halterung für eine Schnappfalle. In diesem Creek lebten Biber. Sie hatten ihre Höhlen in die Ufer gegraben, und etwas weiter stromaufwärts gab es mehrere Burgen, aufgeschichtet aus den Ästen toter Bäume. Der Mann war ein Biberjäger.

Und die Blackfeet jagten *ihn*.

Er war jung, höchstens Zwanzig, vermutlich jünger. Seine Bewegungen verrieten den Neuling. Seine Handgriffe saßen nicht immer; er brauchte mehrere Anläufe, um eine Falle zu spannen. Die Blackfeet sahen ihm vom Waldrand aus zu. Die Krieger würden mehr als fünfzig Schritte überbrücken müssen, ehe sie den Fallensteller erreichten, aber das war kein großes Hindernis für sie. Dieser Mann war leichte Beute, und so warteten die Blackfeet nicht länger.

Geduckt verließen sie den Wald, setzten leise einen Fuß vor den anderen, immer schneller werdend, bis ihre Mokassins kleine Steine lostraten. Die Anwesenheit der Rothäute blieb nun selbst dem unerfahrenen Mann im Fluss nicht mehr verborgen. Er begann zu laufen. Seine Beine stampften durchs Wasser. Gischt spritzte nach allen Seiten. Er musste ans gegenüberliegende Ufer! Nur dort hatte er vielleicht noch eine Chance, den Angreifern zu entkommen.

Die Blackfeet stießen schrille Schreie aus. Zwei schwenkten Lanzen, der dritte einen Tomahawk. Ihre Bogen hatten sie im Gebüsch gelassen. Das hier war Handarbeit.

Der Mann hatte das Ufer fast erreicht. Für ihn war es ein Wettlauf gegen den Tod: Er strebte auf eine rissige alte Pappel mit silbriger Rinde zu, die wie ein müder Veteran am Rande des Wassers stand. Die Blackfeet vermuteten, dass der Biberjäger seine Büchse gegen den Stamm des Baumes gelehnt hatte, ehe er ins Wasser gestiegen war.

Aber da war keine Büchse.

Zu spät erkannten die Krieger, dass der weiße Mann offenbar ohne ein Gewehr unterwegs war.

Kein Trapper blieb jemals ohne sein Gewehr.

Ein Schuss hallte übers Wasser. Am Waldrand, keine dreißig Schritt vom ursprünglichen Versteck der Blackfeet entfernt, stieg Pulverdampf auf. Und dann, schneller als ein Mann laden konnte, krachte ein zweiter Schuss.

Die erste Kugel riss einen Krieger von den Füßen. Blut spritzte aus seiner Brust. Der Schuss war von hinten glatt durch ihn hindurch gegangen. Dreißig Gramm Blei, ins Ziel getragen mit der tödlichen Präzision einer Kentucky-Rifle. Dem zweiten Krieger riss die Kugel einen Brocken Fleisch aus dem Oberschenkel. Mit einem Schrei ging er zu Boden.

Der dritte Blackfoot warf seine Lanze. Der Mann im Wasser wich aus und zog eine Pistole aus dem Gürtel. In der Aufregung ging sein Schuss fehl, und der Krieger war heran. Mit den Füßen voran sprang er dem jungen Fallensteller gegen die Brust. Der Mann im Hirschlederhemd klatschte ins Wasser, und der Krieger war über ihm. Der Weiße sah das verzerrte Gesicht seines Feindes, aufgerissene Augen, eine blitzende Messerklinge. Dann ein weiterer Schuss.

Der Blick des Angreifers brach. Sein Gewicht drückte den Trapper unter Wasser. Strampelnd befreite er sich und kam prustend wieder hoch. Er spuckte Flüssigkeit und sah den Schützen vom Waldrand zu sich herüberlaufen.

Ein zweiter Trapper, älter als der erste. In der Hand hielt er eine rauchende Steinschlosspistole. Über der Schulter trug er zwei Gewehre. Milde Belustigung lag in seiner Miene.

Der Mann im Fluss ging nicht auf den spöttischen Blick ein. Er schüttelte Wasser aus dem Lauf seiner Pistole. „Du hattest Recht, Jed, da waren wirklich Rothäute."

„Blackfeet, sagte ich doch. Ich habe sie gerochen."

Der ältere Mann trug Baumwollsachen. Ein Mantel aus zusammengenähten Decken, ein Capote, hing um seine Schultern. Er hatte wettergegerbte Haut und einen dunklen Bart, der erste Spuren eines silbrigen Graus zeigte.

Sein vollständiger Name lautete Jedediah Jones, und er war vierzig Jahre alt. So ungefähr wenigstens; Jed war da selbst nicht sicher. Er hatte nie mitgezählt. Es interessierte ihn nicht. Wenn er sich in St. Louis aufhielt, der Stadt am Missouri, in der alle Trails in die Berge begannen, hatte er nie gefragt, welches Jahr sie gerade schrieben.

Andere Dinge waren ihm wichtiger. Der Preis, den Biberfelle brachten, und wie viele Dollars man für Fallen, Tabak, Pulver und

Blei auf den Tisch des Händlers legen musste. Auch der Preis für eine Frau in Molly Swingwaters Etablissement war von Interesse. Mollys Mädchen waren inzwischen fast so teuer wie ein erstklassiger Biberpelz.
Manchmal, wenn Jed eine Zeitung sah, erkannte er die Jahreszahl auf dem Titelblatt. Nicht, dass Jed Zeitungen las. Aber wenn Molly Swingwater in gnädiger Stimmung war, las sie ihm daraus vor. Soweit er sich erinnerte, hatte er zuletzt eine doppelte Achtzehn auf dem *Missouri Republican* wahrgenommen: 1818. Ja, so war's. Und das war jetzt zwei Jahre her, ungefähr.
Demzufolge schrieben sie etwa das Jahr 1820. Ein verfluchtes Jahr. Im Frühling war Jedediah auf dem Weg zum Handelsposten von Blackfeet überfallen worden und hatte alle seine Felle verloren. Nur die eigene Haut konnte er retten. Im Sommer machte er die Bekanntschaft des jungen Malcolm McGruder. Es war in einem Saloon in St. Louis gewesen. Plötzlich hatte der Junge an Jeds Tisch gestanden.
„Sorry, Sir, aber der Keeper meinte, Sie seien ein Mann der Berge. Da will ich hin – in die Berge."
McGruder war ein *Raw Hand*, wie die Mountaineers sagten, seine Hände würden bei der schweren Arbeit im eiskalten Wasser aufplatzen, und unter anderen Umständen hätte sich Jed niemals mit einem Greenhorn eingelassen. Doch wie die Dinge lagen, wusste er nicht, wovon er das nächste Bier bezahlen sollte, von der Ausrüstung für die Herbstjagd ganz zu schweigen.
Er hatte den jungen Mann gemustert. Er war hochgewachsen, schlank, schien vor Tatendrang zu bersten, und er trug einen dieser lächerlichen Wildlederanzüge, für den die Händler in St. Louis ein Vermögen verlangten.
Die Kleidung war es, die einen Mountain Man von einem Mann unterschied, der sich nur einbildete, in den Bergen klarzukommen.

Mountain Men ließen nur an ihre Füße Leder, das im Winter steif gefror. Dieser Junge trug derbe Stiefel statt weicher Mokassins. Im Sommer würde ihm sein Schuhwerk zur Last werden, und seine Hirschlederhosen würden ihm bei Frost die Arschritze aufreißen.
„In die Berge willst du?"
Der junge Mann nickte. „Fallen stellen, Handel mit den Wilden treiben. Ich arbeite hart und tue, was Sie verlangen, wenn Sie mich mitnehmen." In seiner Stimme schwang etwas mit, das Jed sagte, dass er es aufrichtig meinte. Bei Gott, wahrscheinlich ließ sich aus dem Jungen etwas machen.
„Wenn wir Biber jagen wollen, brauchen wir Geld."
„Ich habe tausendfünfhundert Dollar."
Jed zuckte die Schultern. Dreitausend Dollar wären besser, aber für den Anfang würde es reichen. Später erfuhr er, dass Malcolm McGruder einer wohlhabenden Familie in Philadelphia entstammte. Sein Vater wollte, dass Malcolm Buchhalter in der eigenen Firma wurde, aber Mel hatte andere Pläne. Er folgte dem Lockruf von Wildnis und Abenteuer. Jedediah Jones, der seit mehr als einem Jahrzehnt Trapper war, konnte ihn verstehen. Das Leben in den Bergen war hart, aber dort draußen gab es noch echte Freiheit.
„In Ordnung, setz dich und lass uns reden. Wir brauchen Schnappfallen, Schießpulver, Tabak, Gewehre, Decken, ein Pferd pro Mann und doppelt so viele Mulis. Ach ja – und verkauf deine Stiefel. Sie würden dich töten noch ehe der Winter vorbei ist." Mit einem Whisky hatten sie ihre Partnerschaft besiegelt. Mel brachte das Geld für ihre erste gemeinsame Jagdsaison ein, Jed seine Erfahrung.
Wie heute Morgen auf dem Weg zum Fluss. Irgendetwas hatte den Trapper alarmiert. Er murmelte etwas von Rothäuten, von drei oder vier Kriegern, und einer Falle, die er ihnen stellen wollte. Er hatte Mels Gewehr genommen, um zwei schnelle Schüsse abfeuern zu

können ohne nachladen zu müssen und war in den Büschen verschwunden. Er hatte alle Blackfeet erwischt, nur einer lebte noch.
Der verwundete Krieger starrte die Weißen unerschrocken an. Er versuchte, auf die Füße zu kommen, aber die Verletzung am Oberschenkel behinderte ihn. Die Kugel hatte einen Muskel zerfetzt. Er blutete stark.
„Dieses verdammte Gewehr“, murmelte Jed und hob die Waffe des jungen Jägers hoch. „Es schießt nicht genau.“
Fast alle Männer in den Bergen waren mit Kentucky-Rifles bewaffnet, aber Malcolm McGruder besaß ein Forsyth-Gewehr. Die fast vergessene Erfindung eines schottischen Pfarrers: Anstelle eines Steinschlosses hatte die Büchse einen Schlagzünder, der sein Zündpulver aus einer Vorrichtung bezog, die wie eine kleine Parfümflasche aussah und vor dem Hahn saß. Statt vor jedem Schuss umständlich Pulver auf die Pfanne zu streuen, musste der Schütze einfach nur am Flakon drehen, um die richtige Dosis bereitzustellen.
Mel hielt das Forsyth-Gewehr für eine fortschrittliche Waffe. Jed teilte diese Meinung nicht.
Vor ihnen lag der Blackfoot-Krieger am Boden und erwartete trotzig sein Schicksal.
„Was machen wir mit ihm?“ Mel war klar, dass sie den Roten nicht gehen lassen konnten, weil er nun wusste, dass sich Fallensteller im Tal aufhielten. Er würde es seinen Brüdern erzählen, und andere Krieger würden Jagd auf sie machen. Doch es widerstrebte Mel, einen wehrlosen Mann zu töten. „Mit dieser Verletzung kommt er nicht weit, oder?“
Jed hatte in der Zwischenzeit die Waffen geladen, auch das Forsyth-Gewehr. Er drehte den Flakon. „Wie funktioniert dieses Ding gleich noch mal, McGruder?“

Ehe Mel antworten konnte, löste sich ein Schuss. Die Kugel fuhr dem Blackfoot in die Brust. Der Krieger wurde nach hinten geworfen. Er starb ohne einen Schrei.
„Verdammte Flinte.“ Jed warf Mel die Büchse in die Arme. Sein Gesicht war ausdruckslos. „Wir sollten die Rothäute verschwinden lassen, damit sie keiner findet.“
Mel war zu schockiert, um zu antworten. Sein Partner hatte einen Verletzten kaltblütig erschossen. Oder war es ein Unfall gewesen, ausgelöst durch die für Jed ungewohnte Waffe? Mel glaubte nicht daran, aber er sagte nichts.
Jed hatte ihn McGruder gerufen. So nannte ihn der Mountain Man nur, wenn er keinen Widerspruch duldete.

Ihr Camp befand sich drei Meilen vom Fluss entfernt im Wald. In den Schatten mächtiger Tannen geduckt stand eine Hütte aus roh zugehauenen Stämmen. Auf ihrem Dach lag eine dicke Schicht aus Grassoden und Moos. Hinter der Behausung gab es einen Unterstand für Pferde und Mulis. Derzeit waren die Tiere aber in einem einfachen Pferch aus Hanfstricken auf der Lichtung vor der Hütte untergebracht.
Die Pferde schnaubten, als sich die Mountain Men dem Blockhaus näherten. In der Tür stand ein Mann mit einer Kentucky-Rifle im Arm. Andrew Hopkins, genannt Bear. Als er Jed und Mel erkannte, lächelte er breit und senkte seine Büchse. „Hab' vor einer Weile Schüsse gehört.“
Bear Hopkins war ein Bär von einem Mann. Sein Haar, das er zu einem Zopf gebunden trug, war schwarz. In seinem Gesicht wucherte ein Vollbart. Auch seine Handrücken waren von schwarzem Pelz bedeckt. Nur über seine Brust verlief ein runzliger Streifen Narbengewebe, aus dem keine Haare mehr wuchsen. Vor

langer Zeit musste Bear eine schreckliche Verletzung davongetragen haben.

Er maß annähernd zwei Meter, hatte Arme wie andere Männer Oberschenkel und eine Wampe, die ihm über den Gürtel hing. Trotzdem bewegte er sich mit erstaunlicher Geschmeidigkeit. Wenn er an ihrer Seite durch die Wälder zog, hörte man keinen Ast brechen, kein Laub rascheln, und Bear selbst schien mit den Bäumen zu verschmelzen. Mel kannte nur einen Mann, der sich noch lautloser bewegte als Bear Hopkins, und das war Jedediah Jones, den sie unausgesprochen als Anführer akzeptierten.

Bear war ihr Camp Keeper. Er bearbeitete die Felle, die sie ins Lager brachten, kümmerte sich um die Pferde und kochte das Essen. Er war selbst ein erfahrener Fallensteller, akzeptierte seine Rolle aber ohne zu murren. „Einer muss es ja machen", pflegte er zu sagen. „Soviel ist sicher."

Die Blockhütte gehörte Bear Hopkins. Er hatte sie vor fünf Jahren errichtet und war seitdem immer wieder hierher zurückgekehrt. Im Umkreis von zehn Meilen gab es zahllose Biberdämme. Ein Mann konnte in dieser Gegend viele Jahre auf die Jagd gehen, ohne dass die Menge der Biber spürbar abnehmen würde. Bear fand, es reichte auch für drei Männer.

Er kannte Jed von einer früheren Jagdsaison. Als er ihnen in St. Louis über den Weg gelaufen war, hatte er vorgeschlagen, dass sie sich für einen Winter zusammentun sollten, oder für zwei, je nachdem, wie es sich ergab. Jed war einverstanden gewesen. Es war gut, noch einen erfahrenen Trapper im Lager zu haben, wenn er einem Neuling wie Mel das Handwerk beibringen wollte.

Während sie ihre Beinlinge zum Trocknen übers Feuer hängten, berichtete Jed von ihrem Zusammenstoß mit den Blackfeet. Bear hörte scheinbar gleichmütig zu, aber Mel fiel auf, dass er sein Gewehr

seit ihrer Rückkehr noch kein einziges Mal beiseite gelegt hatte, so als schien er jederzeit mit einem weiteren Angriff zu rechnen.
„Meinst du, die Kerle waren auf dem Kriegspfad?“ fragte Bear nach einer Weile.
„Sie trugen keine Kriegsfarben“, brummte Jed. „Ich glaube, die waren auf der Jagd. Gestern haben sie einen Bären erwischt und sich mit seinem Blut beschmiert. Heute wollten sie unser Blut trinken. Die haben einfach Ausschau nach einer guten Gelegenheit gehalten.“
Mel sah beunruhigt zu den beiden älteren Mountain Men hinüber. „Die Blackfeet trinken Menschenblut?“
„Die trinken noch ganze andere Sachen“, sagte Bear, und Jed ergänzte: „Pferdepisse. Sie trinken sie, damit sie so schnell laufen können wie ein Pferd.“
„Das ist widerlich.“
„Aber es funktioniert, Kleiner. Die Krieger heute waren ganz schön schnell.“
Mel schwieg. Vielleicht stimmte es, was der Trapper da erzählte. Vielleicht nahm Jed ihn aber auch nur wieder auf den Arm. Jedediah Jones und Bear Hopkins waren ehrliche Männer – so lange sie nicht mit einem Branntweinkrug im Arm am Campfeuer saßen.
Seit dem Kampf am Fluss war sich Malcolm McGruder allerdings nicht mehr sicher, was er von Jed halten sollte. Der Mord an dem Krieger lastete Mel auf der Seele. Andererseits, was hätten sie tun sollen? Den Indianer gehen lassen, damit er ihnen seinen Stamm auf den Pelz hetzte? Was hätte er selbst getan? Mel wusste es nicht. Jed hatte ihm die Entscheidung abgenommen.
Mel hängte sein Hirschlederhemd ans Feuer. Der ältere Trapper hatte wieder einmal Recht behalten: Leder war für ihre Art von Arbeit ungeeignet. Bei Mels Sturz in den Fluss hatte sich das Kleidungsstück voll Wasser gesogen. Es lag nass und kalt auf der Haut, und nun wurde das Leder hart.

Bear reichte ihm einen Topf mit Tierfett. Er würde das Hemd damit einreiben müssen. Hinterher würde er stinken wie ein Blackfoot. Er beschloss, sich bei ihrem nächsten Besuch in St. Louis Baumwollkleider zuzulegen.
„Es ist Blackfoot-Herbst", sagte Jed.
Bear stimmte ihm zu. Die Rothäute bereiteten sich auf den Winter vor. Sie zogen in kleinen Gruppen durch die Berge, machten Jagd auf Wild, stahlen Pferde von ihren Feinden, den Crows, und töteten weiße Eindringlinge, wenn sie welche fanden. Das erklärte zwar den Überfall am Fluss, aber für Bear blieben dennoch offene Fragen.
„Ich war allein, dazu drei Pferde und sechs Mulis, jede Menge Vorräte. Verdammt, wir haben sogar Feuerwasser hier. Wieso haben die Krieger nicht mich angegriffen?"
„Vielleicht wussten sie nicht, dass du hier bist. Es sind drei Meilen bis zum Fluss."
„Möglich", sagte Bear, aber beide Männer schienen der Meinung zu sein, dass Blackfeet eine Trapperhütte im Wald nicht einfach so übersahen. Vielleicht hatten sie einen Grund gehabt, die reichere Beute auszuschlagen und sich stattdessen mit einem Fallensteller am Fluss anzulegen, der nur seine Waffen, seine Fallen und seinen Skalp bei sich hatte.
„Hunting Coyote?", fragte Bear nach einer Weile.
Jed zuckte die Schultern. „Er war nicht dabei."
„Vielleicht weiß er, dass du wieder in den Bergen bist. Vielleicht haben sie die Hütte beobachtetet und sich gedacht, dass du unterwegs sein musst. Vielleicht wollten die Krieger großen Ruhm ernten, indem sie dich töten."
„Ruhm und Tod liegen eng beieinander." Jed trank einen Schluck Kaffee aus seiner Blechtasse und wechselte das Thema. „Wie viele Felle haben wir?"

„Hundertfünfzig, vielleicht hundertachtzig Pfund. Für den Anfang nicht schlecht. Bis zum Winter verdoppeln wir. Kommt bei der Frühjahrsjagd noch mal dasselbe rein, machen uns Mollys Weiber in St. Louis Heiratsanträge. Dann sind wir gemachte Männer.“ Bear grinste gut gelaunt. Die Blackfeet waren vergessen.

Wenn seine Prognose stimmte, würden sie bis zum Sommer sechs oder sieben Bündel Biberpelze zusammen haben. Die waren rund dreitausend Dollar wert, vielleicht mehr. Damit konnten sie Mels Bargeldeinsatz verdoppeln.

Vor ihrer Abreise hatte sich Jed mit einem Pelzhändler getroffen, Pierre Chouteau, mit dem er bereits früher Geschäfte gemacht hatte. Chouteau hatte versprochen, ihnen einen guten Preis zu bieten, wenn sie ihre Ausbeute an ihn lieferten. Jed hatte gesagt, er würde es sich überlegen. Sie waren freie Trapper und konnten an den Meistbietenden verkaufen. Aber Chouteaus Angebot war großzügig.

„Ich wollte, wir hätten eine verdammte Presse“, brummte Bear. Mithilfe einer hölzernen Presse konnten Felle zu steinharten Bündeln gepackt werden. Diese Ballen waren handlicher; es passten mehr davon auf den Rücken eines Mulis. „Vielleicht baue ich im Winter eine“, sagte Bear.

Wenn der Schnee das Land unter sich begrub, ruhte die Biberjagd. Dann waren keine Pelze zu bearbeiten, und die Männer würden Zeit für andere Dinge haben.

„Falls uns bis dahin die Blackfeet nicht aufgestöbert haben“, meinte Mel.

„Die Blackfeet sind nicht meine größte Sorge“, sagte Jed. „Es kommen immer mehr Fallensteller in die Berge. Bald ist es vorbei mit Bears unerschöpflichen Jagdgründen. Dann müssen wir weiterziehen und uns andere Biber suchen.“

Ende August hatten sie sich eine Passage den Missouri hinauf und über den North Platte River erkauft. Sie fuhren auf Kielbooten mit, die eine Trapperbrigade der St. Louis Missouri Fur Company in die Jagdgebiete brachten. Achtzig raue Männer, die im Dienste Joshuas Pilchers standen, des derzeit mächtigsten Pelzhändlers in St. Louis und einem erbitterten Konkurrenten Pierre Chouteaus.

„Für wen jagt ihr?“ hatte ihr Captain, ein Deutscher namens Raimund Hommel, wissen wollen. Er war der Anführer der Meute und wusste, dass sie freie Trapper waren.

„Wird sich ergeben“, antwortete Jed, ehe ihr neuer Partner Mel McGruder zu viel ausplaudern konnte.

„Kommt im Frühjahr zu mir. Ich mache euch einen fairen Preis für eure Pelze“, sagte Hommel. Er hatte filziges Blondhaar und braune Augen, denen es an Wärme fehlte.

„Werd’s mir überlegen.“ Jed behielt seine Pokermiene bei. Ihm waren die Fellaufkäufer der St. Louis Fur Company nicht geheuer. Ihr früherer Boss, Manuel Lisa, stand in einem finsteren Ruf. Letzten Winter waren vier freie Trapper nicht aus der Wildnis zurückgekehrt. Vielleicht hatten Rothäute sie erwischt. Aber ihr Lager hatte sich in der Nähe von Lisas Fallenstellern befunden, die sich im Wintercamp noch über mangelndes Jagdglück beklagt hatten. Im Frühjahr brachten Lisas Männer dann überraschend viele Pelze nach St. Louis. Manuel Lisa war letzten Sommer am Fieber gestorben, und sein Nachfolger, Joshua Pilcher, stand unter Erfolgsdruck. Nun waren Pilchers Männer dort draußen, nur wenige Tagesmärsche von ihrem eigenen Lager entfernt.

Bevor sie sich schlafen legten, kümmerte sich Mel um die Pferde. Bear kam zu ihm. „Jed hat mir erzählt, was unten am Fluss passiert ist. Die Sache mit dem Krieger, meine ich. Vielleicht erscheint dir Jeds Handlungsweise rau, aber er hatte keine Wahl. Wenn Hunting Coyote uns findet, werden wir darum betteln, einen so gnädigen Tod zu bekommen.“

Da war er wieder, dieser Name. Hunting Coyote. Wie ein böser Geist schwebte er über ihrer Unternehmung. Es war der Kriegsname eines Blackfoot-Unterhäuptlings, soviel hatte Mel aus früheren Unterhaltungen herausgehört. Jed und Bear bemühten sich, so wenig wie möglich an Hunting Coyote zu denken, und doch schlich er sich immer wieder in ihre Gespräche. „Was hat es mit dem Kerl auf sich?“

„Da ist eine Sache zwischen ihm und Jed.“

„Was für eine Sache?“

„Das wird er dir selbst erzählen, eines Tages.“

Kapitel 2

Die beste Zeit, um auf die Jagd zu gehen, war am helllichten Tag. Die Biber schliefen in ihren Burgen und kamen erst wieder heraus, wenn die Sonne hinter den Bergen versank. Dann würden die Fallen für sie bereit sein.

Jed und Mel wollten ihr Glück in einem anderen Revier versuchen, das westlich des Camps lag. Im letzten Herbst hatte Bear an einem Nebenfluss mehrere Dämme und ein halbes Dutzend Baue entdeckt, das Reich einer großen Biberdynastie. Bear schätzte, dass es hier vierzig oder fünfzig Tiere gab, wahrscheinlich mehr.

Jed und Mel nahmen alle Schnappfallen, die noch übrig waren und marschierten los. Wenn sie gut vorankamen, würden sie am Nachmittag sämtliche Fallen ausgelegt haben und konnten danach zu ihrer alten Stelle zurückkehren, um die Beute der vorigen Nacht aus dem Wasser zu holen.

Sie näherten sich dem Bibergebiet über einen bewaldeten Hügel. Von hier oben konnten sie sehen, dass die Anlage wirklich riesig war. Keine Erdhöhlen am Ufer, sondern ein System aus fünf Dämmen, die den Fluss zu weitläufigen Teichen stauten. Jed zählte acht Baue, gleichmäßig verteilt auf die Teiche – und in der Mitte des größten Gewässers thronte eine gewaltige Biberburg. Dieser neunte Bau hatte einen Durchmesser von zehn Metern.

Jed pfiff leise durch die Zähne. Seit Bear Hopkins' letztem Besuch waren die Biber nicht untätig gewesen. Seine rasche Hochrechnung ergab, dass sich in diesem Revier um die siebzig Tiere tummeln mussten.

Mel rief sich in Erinnerung, was ihn Jed über Biber erzählt hatte: In jedem Bau lebten die Eltern und zwei Generationen ihrer Jungen. Ältere Nachkommen wurden aus dem Nest vertrieben. Sie blieben jedoch meist in der Gegend, wo sie eigene Familien gründeten und das System aus Dämmen, Burgen und unterirdischen Röhren erweiterten. Alle Tiere in einem Revier waren miteinander verwandt. An einer Anlage von diesem Ausmaß hatten viele Generationen ungestört von weißen oder roten Jägern gearbeitet.

„Holen wir uns ihre Felle", sagte Jed.

Sie folgten dem Hügel bis zum Ende des Reviers. Unterhalb des letzten Deichs stiegen sie ins eiskalte Wasser, das ihnen hier nur bis zu den Knöcheln reichte. Sie wateten flussaufwärts, überwanden den ersten Damm und setzten ihre Fallen auf Uferbänke, wo die Biber abends an Land gingen. Jed nahm die rechte Seite, Mel hielt sich links. An manchen Stellen reichte ihnen das Wasser nun bis zu den Hüften. Heute Abend würde Mels Hirschlederhose bretthart werden.

Ab und zu sah Jed zu seinem Gefährten hinüber. Zufrieden registrierte er, dass der Junge von Tag zu Tag geschickter wurde. Die Falle spannen und unter Wasser ablegen; die Kette an einem Stock befestigen und diesen ins Flussbett rammen, ohne dass die Falle ausgelöst wurde – die Griffe gingen Raw Hand McGruder immer besser von der Hand. So lange keine Rothäute in den Büschen lauerten, blieb er konzentriert und machte seine Sache gut.

Jed zog eine Dose mit grünem Schleim aus dem Hemd und strich ein wenig Flüssigkeit auf einen Pflock. Bibergeil oder Castor Castorum, wie sein gebildeter Freund es nannte: Gallert aus der Moschusdrüse getöteter Biber. Die Tiere markierten damit ihr Territorium. Trapper nutzten es, um ihre Neugier zu wecken. Hob der Biber schnuppernd seinen Kopf aus dem Wasser, um zu erkunden, was dort oben war, gerieten seine Vorderpfoten in die Falle. Beim Versuch zu fliehen, ertrank er im eigenen Teich.

Mel kam, um Lockstoff zu holen. „Was meinst du, was riechen die Viecher? Einen Feind oder eine Biberfrau?"

„Weiß nicht genau“, brummte Jed. „Beides bringt ihr Blut in Wallung, und für beides sind sie bereit zu sterben.“
„Ich frage mich, was passiert, wenn ein Biberweibchen glaubt, ein anderes Weibchen zu wittern. Ich meine, sie wird ja wohl kaum hinter einer anderen Frau her sein, oder?“
„Dann riecht sie einen Feind. Zwei Weiber? Das bedeutet Kampf. Deshalb funktioniert dieses Zeug ja auch so gut.“
Sie hatten ein Dutzend Fallen bei sich. Als sie fertig waren, wateten sie zurück, bis sie das Revier verlassen hatten. Oberhalb der Teiche machten sie Rast und tauschten ihre wollenen Beinlinge gegen Mokassins. Biber, hatte Jed erklärt, bewegen sich selten ins Landesinnere. Dreißig Schritte abseits des Wassers endete ihr Territorium. Hier oben waren die Trapper in einer anderen Welt. Ihre Anwesenheit wurde von den Tieren nicht mehr wahrgenommen.
„Hunting Coyote“, sagte Mel, „wer ist das?“
Jed ließ sich Zeit mit der Antwort. „Ein Blackfoot.“
„Er scheint ein besonderer Blackfoot zu sein, so wie du und Bear seinen Namen benutzt.“
„Wie benutzen wir ihn denn?“
„Nun …“ Mel dachte nach. Die Trapper waren harte Burschen, aber er bildete sich ein, gestern so etwas wie Furcht in ihren Stimmen vernommen zu haben. Doch er wagte es nicht, Jedediah Jones einen Angsthasen zu nennen. Deshalb sagte er: „Mit Respekt.“
Jed spuckte aus. „Respekt? Kann sein. Hunting Coyote ist ein Hundesohn von einem Blackfoot.“
„Ich dachte, die Blackfoot sind allesamt Hundesöhne?“
„Dieser hier ist der Sohn des verdammt größten stinkenden Präriehundes, der je über die Plains galoppiert ist.“ Mehr zu sagen, war Jed offenbar nicht bereit.
Gerade als sie losmarschieren wollten, hallte ein Büchsenknall übers Wasser. Mel warf sich in Deckung. Jed stand kopfschüttelnd über

ihm und grinste. Er hatte nicht einmal sein Gewehr gehoben. „Du kannst rauskommen, Kleiner, das war nicht Hunting Coyote.“ Er wies mit dem Finger auf den großen Biberteich. „Sieh genau hin.“

Nach einer Weile tauchte ein Biber auf. Ein Streifen aus dichtem, braun glänzendem Fell, der das Wasser teilte. Vor dem erneuten Abtauchen schlug sein breiter Schwanz auf die Oberfläche. Es hallte wie der Schuss aus einer Feuerwaffe.

Der Biber war ein Prachtexemplar, so viel konnte Mel erkennen. Er war sicher fünf Fuß lang und so fett wie ein Büffelkalb. Er musste der König dieses Biberreiches sein. Als er wieder hochkam, schien er geradewegs zu ihnen heraufzustarren. Mel wusste, es musste eine Täuschung sein, denn Biber sahen nicht gut. Aber hatte Jed ihm nicht auch erzählt, dass sie bei Tage schliefen? Dieser Biber wirkte sehr munter. Sie hatten ihn wohl aufgestört, obwohl sie dem Hauptteich nicht einmal nahe gekommen waren.

Ahnte der König, dass die Jäger kamen?

„Das ist der gottverflucht größte Biber, der je über die sieben Meere geschwommen ist“, sagte Jed bewundernd.

„Biber schwimmen nicht übers Meer.“

„Du selbst hast mir erzählt, dass sie aus Europa stammen. So war’s doch, oder?“

„Das schon, aber ich habe nicht gesagt, dass …“

„Und wie sind die Biber von Europa hierher gekommen, wenn sie nicht geschwommen sind?“

„Das ist lange her, Jed. Zehntausend Jahre oder so. Damals gab es eine Landbrücke. Manche Gelehrte glauben, dass auch die Rothäute über diese Brücke gekommen sind.“

Der ältere Trapper erwiderte darauf nichts mehr. Er stapfte voran, erhöhte das Tempo, und zwei Stunden vor Sonnenuntergang erreichten sie den Fluss, an dem sie gestern ihre Fallen ausgelegt hatten.

Derselbe Fluss, an dem sie von den Blackfeet angegriffen worden waren.
Andere Indianer waren hier gewesen. Das war Mels erster Gedanke, als er eine leere Falle aus dem Wasser holte. Das Eisen war zugeschnappt, aber später geleert worden.
Bei Jed war es das gleiche. Achtzehn Fallen, zwölf ausgelöst, doch in keiner fanden sie einen Biber.
Jemand hatte ihnen die Pelze gestohlen.

Die Kadaver lagen im Ufergestrüpp. Zwölf Biber, denen man die Haut abgezogen hatte. Die Plünderer hatten nur Felle und die Schwänze mitgenommen, die bei Indianern und Trappern als willkommene Abwechslung auf dem Speiseplan galten.
Jed behauptete später, er habe das blutige Fleisch gerochen. Vielleicht hatte er aber bloß die Fliegenschwärme gesehen, die sich über dem Aas versammelt hatten. Mel konnte nie sicher sein, wann der Mountaineer anfing, sein Garn zu spinnen. Selbst in einer so unsicheren Situation musste man ihm zutrauen, dass er eine Geschichte erfand, um gut dazustehen. Jed war ein Mann der Berge, der alle Geheimnisse dieses rauen Landes kannte, auch solche Geheimnisse, die es gar nicht gab.
Mel machte sich Sorgen. Hatten Blackfeet die Fallen ausgeraubt? Dann wussten sie jetzt, dass sich Trapper in diesem Gebiet aufhielten. Hatten die Rothäute auch die getöteten Krieger gefunden? Jed hatte die Leichen mit Steinen beschwert im Creek versenkt. Rissen sie sich los, trieben sie flussabwärts. Wurden sie irgendwo an Land gespült, vermochte niemand genau zu sagen, wo man sie in den Fluss geworfen hatte. Doch wenn die Indianer auch die Fallen entdeckt hatten, würden sie sich kaum täuschen lassen.

„Keine Rothäute", sagte Jed, nachdem er eine Weile durch den Wald gestreift war. „Das waren Weiße. Hier haben sie Rast gemacht – eine Pipe lang."

Er zeigte Mel niedergedrücktes Moos und ein paar Tabaksreste, die jemand aus einer Pfeife geklopft hatte. Die Fremden hatten sich von der schweren Arbeit des Abhäutens ausgeruht. Eine Trapperpause dauerte so lange, wie man brauchte, um eine Pfeife zu rauchen. Danach hatten sich die Männer mit ihrer Beute aus dem Staub gemacht.

Weiße also. Indianer hätten vermutlich auch die Fallen mitgenommen. Diese Männer hier hatten offenbar selbst genügend davon. Beladen mit den Biberpelzen und ihrer eigenen Ausrüstung konnten sie nicht mehr wegschleppen.

„Wir folgen ihnen", entschied Jed.

Sie fanden die Pelzdiebe in der Dämmerung, als diese sich eine weitere Pfeifenrast gönnten.

Es waren zwei hart aussehende Männer in dicken Mänteln. Ungepflegte Bärte bedeckten ihr Gesicht. Einer war ein bulliger Kerl, der andere sah aus wie ein räudiges Frettchen. Mel kamen beide vertraut vor. Wahrscheinlich hatte er sie auf dem Boot gesehen, das sie in die Wildnis gebracht hatte. Vermutlich gehörten sie zur St. Louis Missouri Fur Company. Neben den Männern lagen die gestohlenen Pelze und zwei Bündel Schnappfallen.

Die Trapperbrigade der Pelzhandelsgesellschaft musste in der Nähe lagern, nur noch Meilen entfernt. Diese beiden hier waren offenbar flussaufwärts geschickt worden. Doch anstatt selbst auf Jagd zu gehen, hatten sie die fremden Fallen gefunden und sich bedient. Zwölf Felle. Leichte Arbeit.

„Du bleibst im Versteck", flüsterte Jed. „Sieh zu, dass deine Flinte losgeht, wenn ich dir ein Zeichen gebe."

„Ein Zeichen? Was für ein Zeichen?"
„Muss ich mir noch überlegen."
Die Kentucky-Rifle lässig im Arm, trat Jed zwischen den Bäumen hervor und schlenderte zu den Männern hinüber.
„Abend, Jungs. Erfolgreiche Jagd gehabt?"
Die Männer durchlebten eine Schrecksekunde. Dann hatten sie sich wieder im Griff und funkelten Jed aus kalten Augen an. Sie rechneten sich ihre Chancen aus, kamen aber zu keinem befriedigenden Ergebnis, weil ihre Gewehre an den Bäumen hinter ihnen lehnten.
Das Frettchen versuchte Zeit zu gewinnen. „Sie wollen uns wohl auf ein Pfeifchen Gesellschaft leisten, Mister?"
„Wäre möglich."
„Tut uns Leid, aber wir müssen weiter."
Die beiden machten Anstalten aufzustehen. Jed stoppte sie, indem er den Lauf seiner Waffe ein wenig anhob.
„Mister, überlegen Sie es sich gut, mit wem Sie sich anlegen. Wir sind nicht allein hier draußen."
Jed ging nicht auf die Drohung ein. „Ich sagte, es wäre *möglich*, dass ich auf eine Pfeife vorbeigekommen bin. Tatsächlich bin ich hier, um meine Pelze zu holen."
Der größere der beiden lachte leise. Sein massiger Leib geriet in Wallung. Er hatte schwarz verfärbte Zähne im Mund. Der Frettchenhafte streckte seine Hand nach dem Gewehr aus. Mel sah es von seinem Versteck aus und spannte den Hahn der Forsyth-Rifle, der ein metallisches Knacken von sich gab. Die Bewegung des fremden Trappers erstarb. Verunsichert warf er dem Bulligen einen Blick zu.
„Bin auch nicht allein hier draußen", sagte Jed.
„Nun, wir haben sechzig Männer."
„Die sind ein paar Meilen den Fluss runter."

„*Ich* bin hier", sagte der Große. Seine Stimme war ein Reibeisen. Er klang gefährlich. Er kratzte sich am Bart als würde er darüber nachdenken, aufzustehen und sein Gegenüber in die Mangel zu nehmen. Er sah aus, als könne er jeden Mann in die Mangel nehmen, der kein geladenes Gewehr auf ihn richtete.
Sein Partner lächelte. „Das ist Shawnee-Jim."
Jed machte drei schnelle Schritte und stieß Shawnee-Jim den Kolben seiner Büchse ins Gesicht. Etwas knirschte. Blut spritzte aus der gebrochenen Nase des Bulligen. Es hatte sich angehört, als seien auch ein paar faule Zähne gesplittert. Jed trat zurück und brachte das Gewehr in Anschlag.
„Du da!", wandte er sich an den anderen Mann. „Steh auf, nimm dein Gewehr und pinkele in den Lauf. Sofort!"
„Sie müssen verrückt sein, Mister."
„Vollkommen." Jeds Tonfall ließ keinen Widerspruch und keine andere Deutung zu, als die, dass er nur auf eine Gelegenheit wartete, jemanden zu erschießen. Und eine solche Gelegenheit würde sich ergeben, wenn ein Mann sich weigerte, in ein Gewehr zu pinkeln.
„Scheiße." Der Plünderer kam der Aufforderung nach.
„Jetzt blas' das Pulver aus der Pfanne und dann mach dasselbe bei Shawnees Gewehr."
Nachdem die Waffen der Trapper unbrauchbar waren, befahl Jed dem Frettchen, beide Büchsen in den Wald zu werfen. Shawnee-Jim verfolgte alles mit geschwollener Lippe. Blut tropfte von der Nase in seinen Bart. Seine Augen blitzten tückisch, aber er versuchte nichts. Auch dann nicht, als Jed sich die Biberpelze auf die Schulter lud und außerdem nach einem Bündel Fallen griff, die den Jägern gehörten.
„Nicht vergessen, Leute, dort drüben sind mehrere Gewehre auf euch gerichtet." Mit diesen Worten verschwand Jed zwischen den Bäumen. Als er an Mels Versteck vorbeikam, nickte er ihm zu. „Eilmarsch, Junge!"

Mel deckte ihren Rückzug mit der Waffe. Nach ein paar hundert Metern schien klar, dass ihnen die Trapper der Pelzhandelsgesellschaft nicht folgten, und er nahm seinem Partner einen Teil der Last ab.

„Das hast du gut gemacht“, sagte Jed. „Den Hahn zu spannen – genau im richtigen Augenblick.“

„Ich dachte mir, es muss nicht soweit kommen, dass ein Gewehr losgeht.“

„Kann sein. Hätte aber keinen Unterschied gemacht. Wir wollten unsere Pelze. Wir haben unsere Pelze.“

Und ein paar Fallen dazu. Jed ließ offenbar keine Gelegenheit aus, ihre Lage zu verbessern.

Inzwischen war es dunkel, und schneidender Wind wehte über den Fluss. Sie spürten die Kälte nicht, sondern gerieten ins Schwitzen. Jed wollte, dass sie auch ihre eigenen Fallen ins Camp mitnahmen, und das war beinahe mehr als zwei Männer tragen konnten. Aber es ließ sich nicht umgehen, denn es konnte sein, dass die Trapper der Company noch einmal hierher kamen. Außerdem würden sie jede einzelne Falle benötigen, um in ihrem neuen Biberreich zu jagen.

Während einer Verschnaufpause fragte Mel: „Wer ist Shawnee-Jim?“

„Nie von ihm gehört.“

„Er schien mächtig stolz auf seinen Namen zu sein. Die Shawnees sind doch ein Stamm im Osten? Dieser Mann sah aber nicht wie ein Indianer aus.“

„Die Shawnees sind fast so hinterhältige Hunde wie die Blackfeet. Vielleicht hat er eine Weile bei ihnen gelebt. Oder er hat ein paar von ihnen skalpiert. So oder so – er hat es lang genug getan, um sich einen Namen zu machen.“

Sie setzten ihren Weg fort. Unterwegs fiel Mel etwas ein. „Woher kommt Bears Name? Hat er einen Bären getötet?“

„Er wird wohl kaum bei ihnen gelebt haben, Junge.“

Kapitel 3

Jed hatte es sich in den Kopf gesetzt, den König der Biber zu fangen. „Wenn wir ihn erwischen, mache ich dir eine richtige Mütze“, kündigte er an. Jed und Bear Hopkins trugen nach Art der Trapper dicke Pelzkappen. Malcolm McGruder besaß einen Hut mit breiter Krempe, der den Mountain Men, wie fast alles an seiner Kleidung, nicht gefiel.
„Eure Mützen sind zu warm“, argumentierte Mel.
Jed gab gleichmütig zurück: „Daran gewöhnt man sich. Aber wenn ein Blizzard übers Land tobt, frieren dir die Ohren ab.“
Nun wurden die Winde immer kälter, und Mel fing an zu glauben, dass Jed Recht behalten könnte. Er hoffte, dass sie den fetten Biber bald fingen.
Aber der Biberkönig hatte andere Pläne.
Sie besaßen jetzt sechsunddreißig Fallen. Die Hälfte davon verankerte Jed rund um die große Burg, von der er annahm, dass es die Behausung des Riesenbibers war. Innerhalb einer Woche fingen sie vierzig Tiere, aber der König war nicht dabei. Jed verdoppelte die Dosis des Lockmittels, um den Biber rasend zu machen. Ohne Erfolg. Die Beute ging ihnen nicht in die Falle.
Bear Hopkins erhob warnend seine Stimme. „Noch eine Woche, und ihr habt das Revier leer gejagt.“ Er vertrat die Meinung, dass ein guter Trapper nie mehr als die Hälfte, höchstens zwei Drittel der Tiere in einem Territorium fangen durfte. Befolgte man diese Regel, erholten sich die Bestände binnen zwei Jahren soweit, dass man sie wieder ausbeuten konnte. Bear wollte das neu entdeckte Revier nicht verlieren.

Jed gab ihm widerwillig Recht. „Nördlich von hier sind reiche Gewässer. Noch zwei Tage, dann machen wir dort weiter." Bear Hopkins war zufrieden. „Aye, Jed."
Dann fuhr er fort, Pelze zu markieren. Auf die Innenseite jeder Haut schrieb er drei Buchstaben: BHC. „Das heißt Bear Hopkins und Company", erklärte er breit grinsend. „Wie Hudson's Bay Company, bloß umgekehrt, versteht ihr?"
Die Hudson's Bay war eine große britische Pelzhandelsgesellschaft oben in Kanada, die mächtigste Company, die es gab. Man erzählte sich, dass es in ihren Handelsposten nicht nur nach Fellen, sondern auch nach altem Geld stank.
„Ist schön, wenn ein Mann schreiben kann", brummte Jed. „Man sieht ja, dass es zu etwas gut ist."

Die vereinbarten zwei Tage verstrichen, sie fingen zwölf weitere Biber, doch der König entging ihren Anstrengungen. Jed hielt sich an die Abmachung. Sie wechselten das Jagdgebiet und stellten ihre Fallen im Norden. Aber immer wieder fand Jed die Zeit, ins Revier des Biberkönigs zurückzukehren. Er nahm nur eine oder zwei Fallen mit und versuchte es jetzt mit seinen besten Tricks.
„Findest du, dass Biber fleißig sind, Junge?", fragte er eines Tages, während sie auf dem Hügel saßen und auf das kleine Wasserreich hinabblickten, dessen ältester Bewohner ein um das andere Mal ihren Fangversuchen entging.
„Ganz bestimmt. Sieh dir all diese Dämme an, die sie bauen. Das sind Kunstwerke. Und ständig scheinen sie etwas zu verbessern. Ich glaube, abgesehen von Ameisen sind Biber die arbeitsamsten Tiere, die ich kenne."
„Nein", sagte Jed, „Biber sind faul."
„Ich glaube, diesmal liegst du falsch. Schau dich um!"

„Was ich sagen will, ist: Biber sind nur deshalb fleißig, weil sie faul sind.“ Jed ließ seine Worte eine Weile wirken, ehe er sich zu einer Erklärung herabließ.

Biber konnten laufen, aber dabei wirkten sie plump und unbeholfen. Sie kamen im Wald klar, doch ihr Element war das Wasser. In einem See waren sie flink und wendig. Sie hatten einfach keine Lust zu laufen. Deshalb taten sie alles, um ihr Revier in eine Wasserlandschaft zu verwandeln.

„Diesen ganzen Aufwand mit den Dämmen, den betreiben sie nur, damit sie es bequem haben“, behauptete der Trapper. „Und sie werden alles dafür tun, damit es so bleibt.“

Jed hatte Biberfamilien erlebt, die mehrere nebeneinander liegende Teiche bewohnten. Zwischen den Teichen verliefen Wildpfade. Eines Tages hoben die Biber den Wasserspiegel an, bis die Pfade überflutet waren. Alles nur, weil es für sie leichter war, über einen Weg zu schwimmen, statt sich an Land zum Nachbarteich zu schleppen. Vielleicht sahen es die Nager auch als Kriegserklärung an die Trapper an, wenn sie die Pfade fluteten, die dann von Menschen nicht mehr benutzt werden konnten. Im Gegensatz zu den Bibern wirkten die Jäger plump, wenn sie durch Wasser waten mussten.

„Wir sind ja nicht Jesus“, brummte Jed. „Schätze, der Junge wäre ein guter Fallensteller geworden, wenn er sich nicht hätte ans Kreuz nageln lassen.“

Mel ließ den Blick übers Wasser schweifen. „Ich nehme an, du hast einen Plan für diesen Biber.“

Jed grunzte eine Zustimmung. „Jetzt werden wir dem mal so richtig Ärger machen.“

Am frühen Nachmittag watete Jed durch den Teich und beschädigte den Damm, indem er auf einer Seite ein paar Knüppel herauszog. Das Leck war nicht groß, aber es ließ genug Wasser durch, um dem Baumeister zu denken zu geben. Rechts und links vom Loch postierte Jed die Fallen, reichlich bestrichen mit grünem Schleim. Der Biber würde denken, dass sich ein Rivale an seinem Damm zu schaffen gemacht hatte, und wenn er auftauchte, um dem Zerstörer zu vertreiben, würde die Falle zuschnappen.

„Was denkst du?", wollte Jed wissen.

„Es ist ein guter Plan."

„Er ist perfekt."

An diesem Abend genehmigte Jed allen eine extra Ration aus der Whiskyflasche, die sie für besondere Anlässe mitgenommen hatten. In der Nacht schnarchte er lauter als Bear Hopkins. Noch vor dem Frühstück lief er ins Königsrevier, um nach seinen Fallen zu sehen.

Die Biber hatten den Damm repariert. Ein vierzig Pfund schweres Weibchen klemmte in der rechten Falle. Die linke Falle war leer. Vom König keine Spur. Doch als Jed die Pflöcke herauszog, klatschte keine fünf Meter von ihm entfernt ein breiter Schwanz aufs Wasser.

„Ich glaube, er wollte mir zeigen, dass er mich erwischen könnte, wenn er ein Gewehr hätte", sagte Jed später.

Er war ein bisschen blass im Gesicht.

Der erste Schnee fiel aus bleiernen Wolken, und sie hatten den Biberkönig noch immer nicht gefangen.

Jed versuchte es mit Wildkräutern, die er aus Bears Kochutensilien nahm. Die Kräuter wuchsen nur im Sommer und waren eine Delikatesse für Biber, die sich im Winter von Baumrinde und Zweigen ernähren mussten.

Am nächsten Tag war der Köter von den Stöcken gefressen, aber die Fallen am Fuß der Pflöcke blieben leer.

„Dieser Biber wird immer fetter, während wir bald hungern müssen", meinte Bear.

Jed starrte schweigend ins Feuer, rauchte seine Pfeife und schien mit den Gedanken weit weg zu sein.
Sie hatten hart gearbeitet und besaßen um die dreihundertfünfzig Pfund Biberpelze. Das war der Gegenwert für tausendsiebenhundert Dollar, womit sie das Geld, das sie für ihre Ausrüstung bezahlt hatten, wieder herein hatten. Alles, was sie von nun an fingen, brachte Gewinn. Aber Jed war sich im Klaren darüber, dass sie sechzig oder achtzig Pfund mehr haben könnten, wenn er weniger Zeit mit der Jagd auf den Biberkönig verbracht hätte. Er wirkte mürrisch.
Nach einer Weile sagte er: „Gestern habe ich Büffelspuren gesehen. Morgen schauen wir mal nach, ob wir uns ein paar Steaks schießen können.“
„Aye“, gab Bear Hopkins zurück. „Ich glaube, meine Vorräte reichen sogar noch für ein Wildkräutersteak.“

Ein halber Tag verging, ehe sie die Büffel fanden. Etwa hundert Tiere trotteten mit der Würde von Giganten durch ein schmales Tal, Buckel an Buckel, Stirn neben Stirn, ein schwarzbraunes Meer aus Fellen, Hufen und Hörnern.
„Ich dachte, sie sind nach Süden gezogen“, sagte Mel.
„Aye, das sind sie“, antwortete Bear, der sie auf dieser Jagd begleitete. Der große Mann wollte sicherstellen, dass sie so viel Fleisch wie möglich ins Lager brachten. Da in den Nächten jetzt immer Frost herrschte, konnten sie einen Vorrat für den Winter anlegen, ohne Gefahr zu laufen, dass ihnen das Fleisch verdarb. „Die Büffel aus dieser Gegend sind längst im Süden. Die hier kommen aus dem Norden; Kanada wahrscheinlich. Für sie sieht es hier ganz schön südlich aus.“
„Ist wie bei den Menschen“, meinte Jed. „Nie zufrieden mit dem, was sie haben. Müssen ihr Glück in der Ferne suchen. Die nach ihnen

kommen, finden allerdings, dass sie es hier verdammt gut hatten. Na ja, eine Zeit lang."

Die Herde war nicht groß, behaupteten die beiden Mountain Men. Dennoch bedeckte sie das Tal soweit das Auge blicken konnte. Die Büffel schnauften und stampften auf der Suche nach Gras mit ihren Hufen in der dünnen Schneedecke. Dabei machten die gewaltigen Tiere trotz ihrer Vielzahl kaum Geräusche. Es waren sanfte Giganten.

„Wir nehmen einen am äußeren Rand", sagte Bear. „Die anderen werden es gar nicht merken. Wer schießt?"

Jed machte keine Anstalten, seine Pelzhandschuhe abzustreifen. Die Kentucky-Rifle war in einen Stoffköcher gehüllt. Er trug sie quer über der Brust. „Ist mir zu kalt heute. Soll der Junge schießen. Er hat doch so eine tolle Flinte."

„Es ist eine Büchse", korrigierte Mel. „Reverend Alexander Forsyth hat sie erfunden, und sie schießt höllisch genau." Er nahm die Decke von seinem Gewehr und suchte ein Ziel. Es waren so viele Büffel, einer prächtiger als der andere. Ein Bulle, der sich genug Winterspeck angefressen hatte, bestand aus zweitausend Pfund Fleisch und Fett.

Plötzlich sagte Mel: „Wölfe. Dort drüben."

Drei graue Schatten näherten sich der Herde. Sie bewegten sich vorsichtig, wirkten dabei aber ungelenk. Irgendetwas stimmte nicht mit ihnen.

„Dachte schon, die siehst du nie", brummte Jed.

Die Köpfe, erkannte Mel. Die Wölfe hielten ihre Köpfe starr auf den Horizont statt auf die Büffel gerichtet. Es waren Menschen, die sich da bewegten. Mit Wolfsfellen getarnt, schlichen sie sich an die Büffelherde heran.

Bear Hopkins sagte: „Rothäute."

Drei Krieger. Sie hatten die Weißen, die jetzt in einer Mulde auf dem Hügel lagen, noch nicht bemerkt.

„Blackfeet?", fragte Bear.
„Keine Ahnung, vielleicht Crows."
Sie beschlossen, abzuwarten. Nach ihrem Zusammenstoß mit den Blackfeet vor ein paar Wochen schien es ratsam, ein Zusammentreffen zu vermeiden. Sollten die Rothäute ruhig einige Büffel erlegen. Mit ihren weittragenden Gewehren würden die Trapper auch dann zum Zuge kommen, sollte die Herde, aufgeschreckt von den Indianern, durchgehen.
Einer der Krieger richtete sich plötzlich halb auf und schoss einen Pfeil ab. Die Spitze drang einem Bullen tief in den zottigen Leib. Der Indianer hatte auf eine Stelle hinter der letzten Rippe gezielt. Blutiger Schaum trat den Büffel aus dem Maul, als er schnaufte. Ein Lungenschuss.
Obwohl schwer verwundet, schien der Bulle den Angreifer nicht zu bemerken. Er schüttelte seinen mächtigen Kopf, als könne er so den Schmerz vertreiben, aber es spritzte nur weiteres Blut hervor wie ein roter Nieselregen.
Der Krieger schoss ihm einen zweiten Pfeil in die Lunge. Der Büffel reagierte kaum. Noch ein Pfeil, dieselbe Stelle. Alle drei Pfeile saßen so dicht beieinander, dass man sie mit einer großen Hand bedecken konnte. Es war präzise Schlächterarbeit. Der rote Krieger befand sich keine fünf Meter von seiner Beute entfernt und hämmerte einen Pfeil nach dem anderen in den Leib des zottigen Riesen.
Endlich lief der Büffel ein paar Schritte zur Seite, schüttelte sich noch einmal, und dann knickten seine Knie ein. Er brach zusammen und starb.
Der zweite Krieger erlegte eine Bisonkuh mit drei Pfeilen. Der dritte hatte eine Lanze, die er einem halbjährigen Kalb ins Herz stach. Die Büffel fielen stumm.
Die Herde trottete grasend weiter, ohne Notiz vom Sterben ihrer Artgenossen zu nehmen.

„Crows“, sagte Jed jetzt. „Das da ist Little Eagle.“ Er wies auf den Krieger, der den ersten Büffel getötet hatte.
„Kennst du die Crows?“, wollte Mel wissen.
„Ein paar sind meine Freunde, ein paar habe ich skalpiert. Little Eagle hat mir mal ein Muli geklaut.“
„Wird sich zeigen, ob wir ihn diesmal skalpieren müssen“, murmelte Bear Hopkins.
Im Tal lagen mittlerweile fünf Büffel; Blut sickerte aus ihren Wunden und gefror im Schnee. Da machte der Crow, der bisher nur das Kalb getötet hatte, einen Fehler.
Der Krieger war jung und ungestüm, und offensichtlich wurmte es ihn, dass seine Beute das wenigste Fleisch für die Tipis seines Stammes bringen würde.
Er suchte sich einen großen Bullen aus. Dichtes schwarzes Fell und Hörner wie der Teufel persönlich. Ein Muskelberg von anderthalb Tonnen. Selbst nach den Maßstäben dieser Kolosse war der Büffel riesig, und der junge Krieger wollte ihn nicht einfach bloß töten. Er wollte seine Tapferkeit unter Beweis stellen.
Er schnellte hoch, warf das Wolfsfell ab. „Aiiii!“
Mit einem Kriegsschrei auf den Lippen stieß er dem Bullen seinen Speer in den Leib.
Er traf. Aber nicht zwischen die Rippen. Der Speer glitt an einem Knochen ab und riss das Fell an der Flanke des Riesen auf. Die Spitze brach ab. Der Bulle brummte gereizt. Seine Augen mochten kurzsichtig sein, aber jetzt hatte er den Feind ausgemacht. Schnaubend fuhr er herum. Die massige Stirn mit den Teufelshörnern zeigte auf den jungen Krieger.
Dann trat der Bulle an. Ein Bison konnte so schnell laufen wie ein gutes Pferd. Er konnte aus vollem Lauf Haken schlagen wie ein Wolf. Und er konnte sich aus dem Stand heraus in einen Rammbock verwandeln.

Mit einem Hechtsprung brachte sich der Krieger in Sicherheit. Aber er hatte nur diesen einen Zug. Der junge Crow lag jetzt auf dem Boden, und der Bulle hatte wieder kehrt gemacht. Diesmal würde er den Indianer erwischen.

Jed streifte das Futteral von der Kentucky-Rifle und schoss. Bear tat es ihm gleich. Die Treffer stoppten den Bullen nicht, aber sie irritierten ihn. Auf der Suche nach dem neuen Angreifer drehte er sich einmal um die eigene Achse.

Mels Büchse krachte. Seine Kugel traf den Kopf des Büffels, und er war sicher, das Blei als Querschläger davonspritzen zu sehen. Der Treffer machte dem Bullen nicht das Geringste aus!

Das Pulverhorn an die Mündung setzen, eine in Leder gewickelte Kugel hinterher stoßen, Pulver in die Pfanne streuen: Jed und Bear kannten die Handgriffe im Schlaf. Wieder krachten die Büchsen der Mountain Men, und diesmal ging der Büffel zu Boden. Der junge Krieger war inzwischen außer Reichweite der Hörner gerobbt; die anderen Crows näherten sich mit eingelegten Pfeilen.

„Nachladen, ehe wir runtergehen“, sagte Jed.

Sie verließen den Hügel. Angesichts so vieler Menschen, die sich plötzlich offen zeigten, wurde die Herde unruhig und drängte dem anderen Ende des Tals zu.

Die Indianer warteten neben dem gefallenen Bullen. Sie trugen Hirschleder. Mel warf den älteren Trappern einen bedeutungsvollen Blick zu. Wenn die Crows Wildleder schätzten, konnte diese Art Kleidung nicht schlecht sein, oder? Die Krieger hatten ihr Haar im Nacken zusammengebunden und sich mit roter Farbe die untere Gesichtshälfte bemalt. Little Eagle war, anders als sein Name vermuten ließ, ein hoch gewachsener Mann mit breitem Brustkorb und ausgeprägten Wangenknochen. Mehr Hengst als Adler.

„Little Eagle“, sagte Jed, „ich freue mich, so tapferen Kriegern zu begegnen. Wie geht es meinem Muli?“

Der Crow erkannte den Trapper. „Jones. Wovon sprichst du? Ein Mann hat keine Mulis, wenn er sie nicht bewachen kann.“ Die Atmosphäre war gespannt, aber nicht feindselig.
Im nächsten Augenblick lächelte Little Eagle breit. „Vergessen wir, was war, Jones. Heute hast du meinem Sohn das Leben gerettet. Ich lade euch ein, meine Gäste zu sein.“
Er machte eine Geste, welche die getöteten Büffel einschloss, auch den Riesenbullen.
„Der da gehört uns, würde ich meinen“, sagte Jed.
„Jones, immer fängst du Streit an. Dein Gesicht ist wie der Schädel eines Stinktiers, das in der Sonne bleicht.“
Das sollte wohl heißen, dass Jedediah Jones stinkhässlich aussah, überlegte Mel.
Jed war mit dem indianischen Ritual des Beleidigens vertraut. „Dieses Stinktier wandelt aber noch immer in euren Bergen, wie du siehst. Willst du dich mit einem Geister-Skunk anlegen, Little Eagle?“
„Grey Otter hat Jagd auf diesen Büffel gemacht“, beharrte der Crow. Grey Otter war der junge Krieger.
„Für mich sah es so aus, als würde der Büffel Jagd auf Grey Otter machen.“ Jed stieß den Bullen mit der Fußspitze an. „Er hat keine Pfeile im Leib, nur Blei. Deshalb rennt er auch nicht davon. Es jagt sich schlecht mit Blei im Bauch.“ Bei diesen Worten starrte er auf Little Eagles Bauch.
„Du willst um das Fleisch kämpfen, Jones?“
„Wir sollten nicht kämpfen, Little Eagle. Wir sind schließlich so etwas Ähnliches wie Brüder.“ Jed wies mit einem Kopfnicken auf Mel. „Der Junge hier behauptet, ihr kommt genau wie wir aus Europa.“
„Aus Sibirien“, präzisierte Mel.
Der Crow sah ihn befremdet an, dann schüttelte er energisch den Kopf. „Wir kommen vom Elk River.“

„Das ist der Yellowstone." Jeds Ton war vorwurfsvoll und an Mel gerichtet. „Wie stehe ich jetzt da?"
Dann wandte er sich erneut an den Crow. Er zog eine Handvoll Glasperlen aus der Tasche. Jed hatte sich angewöhnt, immer ein paar von den Dingern einzustecken, wenn er in den Bergen unterwegs war, weil man nie wusste, ob einem Indianer über den Weg liefen. Blackfeet ließen sich mit Glasperlen zwar niemals besänftigen, aber die Shoshones handelten gerne, und auch mit den Crows konnte man reden, falls sie es nicht gerade auf die Pferde der Weißen abgesehen hatten. Außerdem vermochte ein bisschen bunter Tand einem Trapper die Einsamkeit zu vertreiben, wenn er ein Indianermädchen traf, das noch nicht verheiratet war. Und manchmal, wenn die Perlen von wirklich guter Qualität waren, spielte auch das keine Rolle.
„Überleg es dir, Little Eagle. Du kannst mit ein paar von diesen bunten Kugeln zu deinen Weibern zurückkehren und sie glücklich machen, oder deine Brüder werden dich zu deinem Tipi tragen – mit einer von denen im Herz." Jed klopfte auf seine Kugeltasche.
Little Eagle runzelte die Stirn, setzte dann aber wieder sein breites Grinsen auf. „Jones, mein Freund, wozu streiten. Wir haben genug Fleisch. Dieser Büffel da gehört euch."
Er steckte die Perlen ein und stieß einen schrillen Schrei aus. Auf das Signal hin erhoben sich eine Handvoll Indianerfrauen aus einem Versteck auf dem Hügel und kamen ins Tal. Zielstrebig begannen sie die Bisons zu zerlegen. Sie sahen neugierig zu den Weißen herüber.
Es waren fünf Frauen, drei davon in jenem unbestimmbaren Alter das die meisten Indianerfrauen auszeichnete, die Jed kannte. Sie mochten mehrfache Mütter oder gerade erst von ihrer Familie ins Tipi eines Kriegers verkauft worden sein. Man konnte es besser einschätzen, wenn man ihre Brüste sah, aber nicht bei dieser Kälte. Die Frauen trugen dicke Büffelfellroben über ihren Kleidern. Eine der Squaws war alt, sehr alt. Uralt. Sie hatte lederartige Haut von der

Farbe verbrannter Erde und so viele Runzeln im Gesicht, wie es Berge gab. Ihre Falten waren auch so tief wie Bergtäler. Die Frau hatte schlohweißes Haar, und man hätte sie leicht mit einem Greis verwechseln können, wenn nicht ihre Fistelstimme gewesen wäre.

Die anderen Frauen hörten auf das, was die Alte zu sagen hatte, obwohl sie nicht die Wortführerin war. Das war eine der drei Squaws im mittleren Alter. She-she-be-nes, kleine Ente, die Frau von Little Eagle. Jed erkannte sie jetzt. Die zwei passten zusammen, nicht nur weil beide Vogelnamen trugen. She-she-be-nes war keine Schönheit, aber tüchtig. Jed hatte sie vor ein paar Jahren kennen gelernt, als er Gast im Zelt des Crow gewesen war. Little Eagle war ein guter Krieger und kleine Ente führte sein Tipi mit straffer Hand.

Die fünfte Indianerin kannte Jed nicht. Ein junges Mädchen, das zu dem Krieger zu gehören schien, der Little Eagle und Grey Otter auf der Jagd begleitete. Trotz der dicken Büffelrobe wirkte sie schlank, fast zerbrechlich und hatte ein schüchternes Lächeln, das Mel gefiel.

„Verdammt, McGruder, sieh nicht die Kleine an. Schau lieber zu, wie man einen Büffel häutet“, knurrte Jed.

Die Squaws begannen mit Rundschnitten an den Beinen und am Hals des Bisons. Danach schlitzten sie dem Tier den Bauch auf und schälten es aus seinem Fell wie aus einem Mantel. Sie arbeiteten schnell, denn wenn die Wärme aus dem toten Körper wich, war es kaum noch möglich, die Haut ohne Schäden abzuziehen. Die Squaws vertrauten auf Messer aus Feuerstein oder Obsidian, und die Arbeit schien ihnen leicht von der Hand zu gehen, obwohl sie schon nach kurzer Zeit ins Keuchen kamen. Atemwolken vermischten sich mit dem Körperdunst des erkaltenden Büffels.

Die Krieger sahen ihnen eine Weile zu, packten dann aber mit an, ehe die Büffelkadaver zu kalt wurden. Die Hauptarbeit überließen sie dabei weiter ihren Squaws. Es war Sache eines Mannes, einen Bison zu töten. Ihn zu häuten war unter der Würde eines Kriegers, und nur die Kälte und die damit verbundene Gefahr, dass die Häute rissen, brachte die Männer dazu, den Frauen zu helfen. Grey Otter arbeitete neben dem Mädchen. Er nickte ihr zu, und sie lächelte, ohne den Blick vom roten Fleisch des toten Büffels zu nehmen.

Auch die Trapper machten sich an die Arbeit. Sie trugen scharfe Messer mit breiter Klinge an ihren Gürteln, geschmiedet aus gutem Stahl, aber den Bullen abzuhäuten, war Schinderei. Genau wie die Indianerinnen gerieten sie rasch ins Schwitzen, ihre Hände wurden klebrig vom Blut, glitschige Gedärme quollen ihnen entgegen. „Gut, dass ich Biberjäger bin, kein Büffeljäger“, schnauzte Jed.

„Kannst du dir nicht vorstellen, Büffel zu jagen?“ fragte Mel. „Sie haben große Felle. Ein Packen ist schnell voll.“

„Blödsinn, wer braucht schon so viele Büffelroben? Die bringen nicht viel. Biber sind das einzig Wahre.“

Bear erwies sich als geschickter Büffelhäuter, aber er konnte nicht mit der Geschwindigkeit der Crow-Frauen mithalten. Die Squaws hatten zwei Gruppen gebildet. Sie arbeiteten Hand in Hand und hatten schon drei Büffel zerlegt.

„Nun sieh sich einer das an“, meinte Jed. „So ein Crow-Mädchen würde auch eine gute Biberfrau abgeben.“

„Sie verwerten sogar die Hufe“, sagte Bear. „Ich hab mal gesehen, wie sie Leim daraus kochen, und die Scheiße trocknen sie ein paar Monate und rauchen sie dann. Denen geht es nicht nur um Fleisch und Felle, die leben vom Büffel“

„Falls wir es den Rothäuten mal so richtig zeigen wollen, müssen wir bloß die Büffel abknallen“, überlegte Mel.

Jed lachte auf. „Hör sich einer diesen Klugscheißer an. Die Büffel abknallen! Heute hast du hundert gesehen, aber in den Prärien gibt es Millionen. Eine wirklich große Herde reicht von Horizont zu Horizont. So viele kannst du gar nicht töten. Und nun sieh zu, dass wir hier fertig werden.“

Nach einer Weile schickte Little Eagle zwei seiner Frauen, damit sie den weißen Männern halfen. She-she-be-nes und die Weißhaarige. Die Alte stieß Mel unwirsch beiseite, als sie sah, dass er nicht schnell genug arbeitete, während das Fleisch des Büffels schon fast zu kalt war, um die Haut abzuziehen. Mel bekam einen roten Kopf, und die jüngeren Squaws kicherten leise. Auch das Mädchen sah herüber, aber es lachte nicht, sondern lächelte Mel an. Mel hob die Hand und fing sich einen finsteren blick von Grey Otter ein. Little Eagle grinste breit und lud die Trapper mit großer Geste zum Rauchen ein.
Mel erinnerte sich daran, was Bear Hopkins über die komplette Verwertung der Büffel durch die Indianer erzählt hatte. „Sagt ihm, dass wir unseren Tabak nehmen."
Zwei Stunden später verabschiedeten sich die Mountain Men von den Crows. Sie trugen Fleisch auf den Schultern und Mel besaß jetzt eine zottige Büffelrobe, von denen die Squaws das meiste Fleisch geschabt hatten. Von ihrem Bisonbullen hatten die Trapper jedoch einen großen Teil zurücklassen müssen. Im Gegensatz zu den Indianern waren sie nur an Fleisch und Fell interessiert.
Jed erklärte, dass der Büffel jetzt Grey Otter gehörte, weil der Crow an der Jagd beteiligt gewesen war und dabei große Tapferkeit gezeigt hatte. Grey Otter würde also mehr als nur ein Kalb zu seinem Tipi bringen.
Stolz baute er sich hinter dem gefallenen Giganten auf und übersah dabei, dass Mels Abschiedswinken mehr dem jungen Mädchen galt als den roten Kriegern.
Jed knurrte: „Die Kleine hat dir wohl schon den Kopf verdreht, was Junge?"
„Unsinn, sie hatte nur ein so schönes Lächeln."
„Natürlich, McGruder. Sag nur Bescheid, wenn du ein paar von den Glasperlen brauchst."

Kapitel 4

Als sie erwachten, lag eine weiße Decke über dem Land. Selbst in der Hütte gefror ihnen der Atem vor den Gesichtern, und sie beeilten sich, den Eisenofen anzuheizen, den Bear Hopkins vor ein paar Jahren in die Einöde mitgebracht hatte. Bear erzählte, er habe sich damals ein weiteres Maultier kaufen müssen, um seine Ausrüstung heraufzuschaffen. Das zusätzliche Muli konnte kaum mehr als den Ofen schleppen, aber die Investition hatte sich bezahlt gemacht. Das eiserne Monstrum, das außen von Rostflecken übersät war, spendete den drei Trappern behagliche Wärme.

Es schneite jetzt fast ununterbrochen. Zwei Tage lang blieb ihnen nichts übrig, als in der Hütte auszuharren. Nur ab und zu ging einer der Männer nach draußen, um Nachschub vom Brennholzstapel hinterm Haus zu holen und nach den Tieren zu sehen, die sich im Anbau aneinander drängten.

Um sich die Zeit zu vertreiben, kramte Mel ein Buch aus seinem Gepäck und versuchte zu lesen. Doch es war zu düster in der Hütte, denn durch die Haut am Fenster fiel nur wenig Licht. Mel setzte sich neben den Ofen, öffnete die Klappe und las im Feuerschein. Aber das war nicht lange auszuhalten. Selbst wenn er im Unterhemd dasaß, lief ihm der Schweiß in Strömen. Ärgerlich gab er sein Vorhaben auf.

„Was ist das?“ Jed deutete auf das Buch, eine in Leder gebundene Schwarte, deren Seiten zerlesen aussahen.

„Es heißt *Die Abenteuer des Colonel Boone.* John Filson hat es geschrieben.“

„Was steht drin?“

„Na ja, es geht um die Abenteuer, die der Colonel in den Wäldern im Osten erlebt hat. Er hat das Land erkundet, war auf Jagd und

kämpfte gegen Indianer. So wie wir. Das ist keine erfundene Geschichte, Boone hat das alles erlebt."
Das interessierte Jed. „Wer ist dieser Colonel Boone?"
„Daniel Boone, der berühmte Waldläufer aus Kentucky."
„Nie von ihm gehört." Jeds Interesse erlosch rasch wieder. Nur Bear brummte: „Hab mal was von ihm in der Zeitung gelesen. Er lebt jetzt in St. Louis, glaube ich."
Mel nickte. „Ja, das habe ich auch gehört. Boone ist ein guter Mann, und Filson hat sein Leben sehr spannend beschrieben. Ich habe dieses Buch schon seit Jahren."
Er hatte es wieder und wieder gelesen, sicher ein Dutzend Mal. Genau genommen war das Buch einer der Gründe, weshalb es Mel in den fernen Westen zog. Er sehnte sich nach Abenteuern wie Daniel Boone sie erlebt hatte. Aber er sagte den anderen nichts davon, denn Jed würde vermutlich eine verächtliche Bemerkung machen.
Mel steckte das Buch wieder ins Gepäck und bot an, die nächste Ladung Brennholz zu holen. Die Temperaturen fielen immer weiter, aber draußen war es wenigstens hell.

Nach zwei Tagen schneite es nicht mehr. Sogar die Sonne kam wieder heraus. Mithilfe von Schneeschuhen, die Bear im Herbst angefertigt hatte, zogen Jed und Mel noch einmal los, um die letzten Fallen zu bergen.
Es war jetzt zu kalt für die Biberjagd. Die stillen Teiche des Biberkönigs waren mit Eis bedeckt, und selbst an den Ufern des Flusses bildeten sich die ersten Schollen. Nicht mehr lange, und auch die größeren Gewässer würden gefroren sein. Dann waren die Biber vor ihren Jägern sicher.
„Tut mir Leid, Junge, dass ich ihn noch nicht gekriegt habe", brummte Jed auf dem Rückweg. „Bis zur Frühjahrssaison wirst du dir die Ohren abfrieren müssen."

Mel verstand erst nicht, was er meinte, aber dann fiel ihm die Biberkappe ein, die Jed ihm machen wollte. Die Gedanken des Trappers waren wohl wieder einmal bei dem fetten Biber. Er hatte die Jagd also noch nicht aufgegeben.
Mel wollte ihm sagen, dass er mit seinem Hut ganz zufrieden war, und dass er sich notfalls ein paar Lappen um den Kopf wickeln konnte, aber Jed bedeutete ihm, still zu sein. Sie lauschten. Und dann hörten sie es. Schüsse! Ein unregelmäßiges Belfern. Das Geräusch kam aus großer Ferne, trug jedoch weit in der klaren Winterluft.
Immer wieder krachten Schüsse. Das waren keine Jäger, die auf einen Hirsch schossen, dort schossen Männer auf andere Männer. In zehn oder zwölf Meilen Entfernung tobte eine Schlacht. Aber wer kämpfte gegen wen? Außer ihnen waren nur Blackfeet und Crows in den Bergen – und die Männer der St. Louis Fur Company. Wurden die Trapper von Rothäuten überfallen? Oder griffen sie einen Indianertrupp an, nachdem die ihnen Pferde gestohlen hatten?
„Ich werd mich mal umsehen", sagte Jed. Er lud Mel die Fallen auf die Schulter und befahl ihm, zusammen mit Bear die Blockhütte auf eine Verteidigung vorzubereiten.
Nur für alle Fälle.

Jed brauchte drei Stunden, um das Schlachtfeld zu erreichen, und eine weitere, um den Platz auszuspähen. Es war ein Tal, durch den ein klarer Gebirgsbach floss. An den Ufern gab es Biberhöhlen. Auf einem Plateau, zweihundert Meter vom Wasser entfernt, hatten Fallensteller ein Lager aufgeschlagen. Jed konnte nirgendwo eine Bewegung ausmachen. Als er sicher war, dass er allein in der Gegend war, lief er, das Gewehr im Anschlag, zum Camp hinüber.
Er zählte acht Männer. Weitere vier lagen am Bach. Alle tot, alle nackt, alle mit blutigen Köpfen. Die Trapper waren von Indianern

überfallen worden. Die Krieger hatten ihnen die Kleider, die Waffen und die Skalps genommen.

Jed sah sich die Spuren an. Die Trapper am Bach waren von den Indianern bei der Arbeit überrascht worden. Zwei waren von Pfeilen im Rücken getroffen worden, die anderen beiden wiesen Tomahawk-Verletzungen auf. Das Beil war dem einen Mann tief in die Seite gedrungen, wo die Klinge ein paar Rippen wie trockene Zweige gespalten hatte. Dem zweiten Trapper war der Hals halb durchtrennt worden. Es gab jede Menge Blut im Schnee.

Die Männer im Lager hatten versucht, ihren Kameraden beizustehen. Doch als sie sich auf das Gefecht am Bach konzentriert hatten, waren sie von einer zweiten Meute aus dem Hinterhalt angegriffen worden. Es war ein guter Plan. Jed traute sowohl den Crows als auch den Blackfeet zu, sich so etwas auszudenken. Obwohl es keine eindeutigen Hinweise gab, tippte er auf Blackfeet, denn die Crows von Little Eagle waren auf der Jagd, nicht auf dem Kriegspfad. Sie hätten vielleicht versucht, den Weißen ein paar Pferde zu stehlen, aber sie hätten kein solches Massaker angerichtet.

Hunting Coyote?

Jed packte sein Gewehr fester. Eine Begegnung mit ihm schien nur eine Frage der Zeit. Im vergangenen Frühjahr hatte Jedediah Jones die Pelzausbeute eines Winters an ihn verloren, aber der kriegerische Blackfoot wollte mehr. Er wollte Jeds Skalp. In den Bergen wurde jede Rechnung beglichen, selbst wenn es Jahre dauerte.

Ein paar der Trapper waren von Kugeln getroffen worden, doch die meisten wiesen Verletzungen von typischen Indianer-Waffen auf. Jed sah Körper mit Pfeillöchern, obwohl die Pfeile wie bei den Männern am Bach fehlten. Es gab von Tomahawks geschlagene Krater im Fleisch und Schädel, die von Kriegskeulen wie Flaschenkürbisse zertrümmert worden waren. Eine Lanze hatte den Bauch eines Mannes durchbohrt. Als der Angreifer die Waffe zurückgerissen hatte, waren dem Trapper die Eingeweide aus dem Schlitz gefallen. Es stank nach Blut, Exkrementen und dem Angstschweiß von Männern.

Das hier war ein Gemetzel gewesen. Jed kannte einen der Toten. Es war der Plünderer mit dem Frettchengesicht. Damit bestand kein Zweifel mehr: Dies war ein Camp der St. Louis Missouri Fur Company, Raimund Hommels Leute.

Aber Hommel verfügte über sechzig Männer, hier lagen nur zwölf. Der Rest der Trapperbrigade musste sich ebenfalls in den Owl Creek Mountains aufhalten, vielleicht weiter nördlich in der Absaroka-Range oder unten am Wind River. Sie würden bald auftauchen, und das hieß: Jed hatte nicht mehr viel Zeit. Rasch durchsuchte er das geplünderte Lager.

Die Rothäute hatten sämtliche Pelze, Waffen und Fallen mitgenommen, ebenso die Pferde, Munition und Proviant. Aber die Männer der Pelzhandelsgesellschaft hatten auch eine Fellpresse besessen, mit der die Indianer nichts anzufangen wussten. Es war eine einfache Vorrichtung aus Holzbohlen und Stricken. Die Trapper hatten sie bereits auseinandergenommen und für den Abtransport bereit gemacht. Es machte Jed keine große Mühe, die Einzelteile im Wald zu verstecken. Außerdem entdeckte er eine ganze Kiste mit Biberköter. Er brachte sie ebenfalls in ein Versteck.

Als er fertig war, sah er Männer das Tal heraufkommen. Vielleicht hatten sie ihn ebenfalls entdeckt. Jetzt wegzulaufen, würde einen falschen Eindruck machen.

Also setzte Jed sich auf einen Stein und wartete.

Es waren fünf Trapper auf Pferden. Sie hielten die Gewehre schussbereit und machten ernste Gesichter. Shawnee-Jim führte sie an. Er hatte eine schiefe Nase und ihm fehlte ein Zahn. Sein Blick flackerte, als er Jed zwischen den nackten Leichen sitzen sah. „Du", stieß er hervor.

Jed bemühte sich um Gleichmut. „Ehe du weiterredest, sieh dich um, Shawnee: Glaubst du, ich habe zwölf Männer umgebracht und ihnen ihre Skalps genommen?"

Die Männer der Pelzhandelsgesellschaft saßen ab und sahen sich um.

„Ich habe Schüsse gehört", erklärte Jed, ehe sie fragen konnten. „Ich bin hergekommen, um nachzusehen. Blackfeet, würde ich meinen."

„Sag du mir nicht, was hier passiert ist", schnauzte Shawnee-Jim. Er gab seinen Männern einen Wink, Jed nicht aus den Augen zu lassen. Dabei lachte er verschlagen. „Muss erst mal sehen, welche Geschichte die Spuren erzählen." Dann fing der bullige Mann an, den Boden zu studieren.

„Keine Pfeile."

„Zu wertvoll, um sie zurückzulassen", sagte Jed. „Die Rothäute erneuern bloß die Feuersteinspitzen."

Shawnee-Jim achtete nicht auf ihn. Nach einer Weile sagte er: „Da! Sie haben auch die Presse weggeschleppt."

Jed zuckte die Schultern. „Diebische Blackfeet. Die klauen sogar Castorum."

Vielleicht hatte er es übertrieben. Wahrscheinlich aber hatte Shawnee-Jim nie vorgehabt, ihn gehen zu lassen. Der massige Mann richtete seine Büchse auf den Trapper.

Jed wollte reagieren, aber seine Aufpasser waren wachsam. Sie hatten sich bis jetzt nicht feindselig gezeigt, weshalb er sie nicht beachtet hatte. Zwei waren hinter ihm. Dem ersten Schlag konnte er ausweichen, indem er sich zur Seite warf – genau in einen Hieb mit dem Kolben hinein.

Jed fiel hin, kam benommen wieder hoch und sah das mit Messing geschlagene Ende von Shawnee-Jims Gewehr auf sich zurasen. Er hörte etwas knirschen. Durch einen Schleier aus Blut und Tränen

nahm er wahr, wie der bullige Trapper erneut ausholte. Er sah den struppigen Bart mit dem löchrigen Gebiss dahinter und davor den Kolben der Kentucky-Rifle, der wieder und wieder auf ihn herabstieß.
„Das reicht jetzt, Jim", sagte einer der Trapper, und widerstrebend hörte der Peiniger auf, Jed zu schlagen. Seine Augen glänzten vor kalter Wut, als er sagte: „Wie sieht es aus, Alter. Möchtest du in dein Gewehr pinkeln?"
Jed konnte nicht reden, nur würgen. Er schmeckte Blut im Mund und hatte sich übergeben. „Nicht, wenn es nicht sein muss", stieß er zusammen mit blutigen Speichel hervor.
Shawnee-Jim wirkte erfreut. „Oh, es muss nicht sein. Wir nehmen deine Waffen nämlich mit, damit du uns nicht in den Rücken schießen kannst."
Lachend befahl er seinen Männern den Aufbruch. Sie hatten nicht einmal die Leichen ihrer Kameraden bestattet.

Jed kroch fünf Stunden lang durch den Schnee, denn Shawnee-Jim hatte ihm auch die Schneeschuhe abgenommen. Als die Sonne unterging, hatte er nicht einmal die Hälfte des Weges geschafft, aber Bear Hopkins und Mel fanden ihn und brachten ihn zur Hütte.
Es war eine schlimme Situation für die Mountain Men: Sie hatten ein gutes Gewehr und eine Pistole eingebüßt, und das war ärgerlicher als Jeds Verletzungen. Seine Nase war gebrochen, seine Augen zugeschwollen, doch wie durch ein Wunder hatte Jed alle Zähne behalten. Drei waren nur ein wenig locker. Die Verletzungen würden heilen, doch die Waffen waren nicht zu ersetzen. Die Rothäute würden leichtes Spiel haben, falls es zu einem Zusammenstoß kam.
„Wir könnten im Wintercamp ein Gewehr eintauschen", meinte Bear.
„Wintercamp?", fragte Mel.

„In Browns Hole am Green River. Dort trifft man ein paar Männer, denen der Winter in den Bergen zu einsam ist."

Aber Jed wollte nicht zum Green River. Vermutlich würden Hommels Männer dort sein und Ärger machen. „Ich möchte denen nicht unsere Pelze zum Fraß vorwerfen."

In der Blockhütte lassen wollte er die Pelzballen auch nicht. Sie konnten ein Versteck in der Nähe ausheben, aber das war nicht sicher, denn wenn jemand erkannte, dass die Hütte in der Herbstsaison bewohnt gewesen war, würde er eins und eins zusammenzählen.

Bear war es egal. „Hier ist ein guter Platz zum Überwintern. Vielleicht denken die Rothäute, dass sie alle Weißen erwischt haben. Könnte eine ruhige Zeit werden."

Blieb das Problem der Waffen. Sie besaßen das Forsyth-Gewehr und Bears Kentucky-Rifle. Dazu die Steinschloss-Pistolen von Bear und Mel. Künftig würden die Männer, die rausgingen, die Gewehre nehmen, während die Pistolen beim Camp Keeper blieben. Das konnte funktionieren.

„Ihr müsst noch mal in dieses Lager", sagte Jed. „Ich habe eine verdammte Pelzpresse und ein bisschen zusätzlichen Lockstoff aufgetrieben."

Bear und Mel brachen am nächsten Morgen auf. Sie mussten den Weg zweimal zurücklegen, um alle Einzelteile zu transportieren, aber am Abend hatten sie Jeds Beute herbeigeschafft. Die Presse begeisterte Bear.

„Aber wofür, zum Teufel, brauchen drei Männer eine ganze Kiste Biberköter?", fragte er kopfschüttelnd.

„Wart's ab", erwiderte Jed, ehe er unter Schmerzen einschlief.

Kapitel 5

Solange sich die Biber unterm Eis verbargen, stellten die Trapper ihre Fallen im Schnee. Bear Hopkins hatte im Wald Schlingen ausgelegt, um Kaninchen, Marder und Füchse zu fangen und vielleicht den einen oder anderen Luchs.

Die meisten dieser Felle brachten nicht so viele Dollars wie Biberpelze, aber Geld war Geld, und ein Kanincheneintopf war auch nicht zu verachten.

Mel bot sich an, die Fallen zu überprüfen. Bear hatte nichts dagegen. Jed erholte sich noch immer von seinen Blessuren. „Bring uns einen schönen Braten fürs Abendessen mit", rief er dem jungen Fallensteller hinterher.

„Vielleicht ein paar Blackfeet-Skalps", rief Mel zurück.

Später, in der Einsamkeit des Waldes, hallten die Worte in ihm nach. Blackfeet-Skalps. Trieben sich noch immer Indianer in der Gegend herum? Und was hatte er allein schon für eine Chance gegen einen Kriegstrupp?

Jed und Bear vertraten die Ansicht, dass die Rothäute, gleich welchen Stammes, alle in ihren Winterlagern hockten und vor dem Frühjahr höchstens zum Pinkeln aus ihren Zelten krochen. Er hoffte, die Mountain Men behielten Recht, aber irgendwie erschien es ihm nicht ganz schlüssig. Er war ja auch hier draußen, um zu jagen – und er war an das Leben in den Bergen nicht so gewöhnt wie die Indianer.

Mel stapfte durch die Landschaft, unter sich das Knirschen des Schnees, über sich das Knarzen der Bäume, die sich im Wind wiegten, hinter sich das Flüstern von Schneekristallen, die aus den Wipfeln rieselten. Es war einsam hier draußen, aber niemals still. Wie leicht konnte ein ungeübtes Ohr die Geräusche überhören, die von schleichenden Rothäuten verursacht wurden.

Mel erreichte die Fallenstrecke und erlebte eine böse Überraschung. Die erste Schlinge war zerrissen; Reste von Kaninchenfell klebten am Draht, eine Blutspur führte über den Schnee. Der Boden war aufgewühlt. Bei der zweiten Schlinge war es dasselbe, ebenso bei der dritten. Den Fährten nach hatten sich zwei Kaninchen und ein Marder in den Fallen verfangen, aber dann musste ein anderes Tier gekommen sein und sich die Beute geholt haben. Die Pfotenabdrücke waren so groß wie die eines Wolfes, aber Mel glaubte nicht, dass er es mit einem Wolf zu tun hatte.

Er fluchte – und dann hörte er es. Ein Fauchen hinter dem nächsten Baum, einer mächtigen Tanne. Dort lag eine weitere von Bears Schlingen. Mel entsicherte seine Büchse und stapfte vorsichtig weiter. Ein Wolf war das sicher nicht. Was dann? Vielleicht irgendein verrückter Indianertrick? Aber ein Blackfoot würde doch kaum durch lautes Rumoren auf sich aufmerksam machen, oder?

Der Räuber sah aus wie ein kleiner Bär. Er war damit beschäftigt, das Kaninchen zu fressen, das in der Schlinge hing. Ohne nachzudenken, stieß Mel einen Schrei aus. Der Bär verharrte und funkelte ihn böse an. Seine Schnauze glitzerte von frischem Blut. *Ein Grizzly-Junges*, durchzuckte es Mel. *Gott steh' mir bei, falls die Mutter auftaucht.*

Schwarzbraunes Fell, messerscharfe Zähne, gemeine Augen und nicht die Spur von Furcht. Das war kein junger Grizzly. Sein Schwanz war zu lang. Jed hatte ihm von solch einem Tier erzählt. Es war viel kleiner als ein Grizzly, mindestens so unberechenbar und ungleich aggressiver als jeder Bär. Ein Vielfraß.

Soweit war Mel, als der Vielfraß angriff.

Mit raumgreifenden Schritten sprang er durch den knietiefen Schnee und stürzte sich tollkühn auf den um vieles größeren Menschen. Ein Bündel aus Fell und Wut.

Mel wich zurück. Dabei verhakten sich die Schneeschuhe, und er fiel auf den Rücken. Der Vielfraß kam tobend über ihn.

Rasiermesserscharfe Klauen schnitten durch Mels Hirschlederhose und rissen Furchen in sein Bein. Mel trat wild um sich. Er traf den Angreifer am Kopf, und dieser wurde zurückgeschleudert. Aber sofort griff er wieder an und schlug seine spitzen Zähne in Mels Mokassin. Der Trapper wünschte sich, er hätte nicht auf Jedediah Jones gehört und seine schweren Lederstiefel behalten.
Kälte und Schock wurden zu seinen Verbündeten. Er spürte den Schmerz kaum und schleuderte den Vielfraß, der sich in den Mokassin verbissen hatte, von sich. Dann richtete er sich auf, bis er im Schnee saß und die Mündung seines Gewehres auf das fauchende Monstrum zeigte.
Jetzt machte sich das geschlossene Zündsystem der Forsyth-Rifle bezahlt. Bei jedem anderen Gewehr, das im Schnee gelegen hatte, wäre das Pulver in der Pfanne nass geworden, oder vom feuchten Feuerstein hätte sich kein Funke gelöst. Bei der Forsyth-Rifle wurde Knallquecksilber im Flakon durch einen Kanal zur Treibladung geleitet. Gezündet wurde es durch einen Schlagstift.
Furchtlos stürzte sich der Vielfraß auf den Büchsenlauf, biss zu und schien die Waffe verschlingen zu wollen. Mel brauchte nur noch abzudrücken. Ein erlösender Knall, und der Kopf des Angreifers löste sich in einer Explosion aus Knochen, Blut, Pulverqualm und Hirnmasse auf.
Erleichtert sank Mel zurück in den Schnee. So blieb er einige Minuten liegen und atmete tief, ehe sich seine Wunden mit pochenden Schmerzen bemerkbar machten. Auf den Kolben gestützt, stemmte er sich hoch und ließ seine Blicke über den Kampfplatz schweifen. Ein toter Vielfraß, Reste eines Kaninchenkadavers, eine zerrissene Schlinge und …
Im zertrampelten Schnee lag eine Indianerfeder.

Mels Beute beeindruckte die Mountain Men. Der Pelz eines Vielfraßes war eine Menge wert. Es war eines der besten Felle überhaupt, denn weder Schnee noch Eis setzten sich in ihm fest. Da jeder Vielfraß ein riesiges Territorium von mehreren hundert Quadratkilometern für sich beanspruchte, stieß man höchst selten auf einen.

„Ein Glückstreffer", brummte Jed, und Mel war nicht sicher, ob er die Begegnung mit dem seltenen Tier oder den Schuss meinte, der das Monstrum getötet hatte, ehe es Mel weitere Wunden zufügen konnte.

Weniger erfreut waren die Trapper über den Fund der Feder. Sie gehörte zum Kriegsschmuck eines Indianers.

„Blackfoot", schnaubte Jed. „Wo lag das verdammte Ding?"

„Auf dem Boden."

„Auf dem Schnee oder im Laub?"

„Ein paar Blätter waren da, ja."

„War die Feder nass oder lag sie geschützt unter dem Laub, ehe dieses Biest alles aufgewühlt hat?"

„Das weiß ich nicht, Jed. Ich habe nicht darauf geachtet."

„Das hättest du aber tun sollen. Dann hätten wir gewusst, ob wir uns Sorgen machen müssen. Die Feder könnte schon seit dem Herbst da liegen – oder erst seit gestern."

„Ich dachte, Indianer verschlafen den Winter in ihren Zelten."

„Manchmal kommen sie raus, um zu pinkeln. Das hab ich doch gesagt." Jed brummte eine Weile vor sich hin, ließ Mel aber in Ruhe. Bear half ihm, die Wunden zu versorgen.

„So ein Vielfraß hat Klauen wie ein Grizzly. Du hast dich wacker geschlagen, Kleiner."

„Bear, hast du schon mal einen Grizzly getötet?"

„Mit dem vom letzten Frühjahr sind es drei."

„Wie tötet man einen Grizzly? Jed sagt, eine Kugel reicht nicht."

„Wenn du es richtig machst, reicht sie."
Jed, auf seinem Lager aus Kiefernzweigen und Büffeldecken, grunzte abfällig. Mel ließ sich diesmal nicht beirren. „Was ist die richtige Art, einen Grizzly zu töten?"
„Du lässt ihn nahe herankommen, vielleicht auf drei Schritte. Dann drückst du ihm dein Gewehr unters Kinn und schießt ihm das Schädeldach weg."
„Hast du deine Grizzlys so erwischt, Bear?"
Der große Mann nickte ernst. „Zwei habe ich so erwischt. Für den ersten habe ich vier Kugeln gebraucht."
„Die Narben auf deiner Brust – stammen die von dem ersten Grizzly?"
„Nein, vom zweiten. Sie sind der Preis dafür, wenn man so ein Vieh zu nahe an sich heranlässt."

Malcolm McGruder wurde krank. Fieber und Husten schüttelten ihn, während er durch die Nase kaum noch Luft bekam. Der Rückmarsch aus der Schlacht mit dem Vielfraß, in Kälte und durchnässten Kleidern, zusammen mit der Schwächung durch die tiefen Fleischwunden, hatte seine Widerstandskraft erlahmen lassen.
„Das wird wieder, Junge", sagte Jed, der sich von seinen eigenen Verletzungen rasch erholte. „Du musst dir bloß erstmal die Zivilisation aus dem Leib schwitzen."
Jed behauptete, in den mehr als zwanzig Jahren, die er in den Bergen verbracht hatte, kein einziges Mal erkältet gewesen zu sein – außer in seinem ersten Jahr.
„Es liegt an der Luft. Ein Mann mit einer Pfeilspitze im Leib kann hier oben noch viele Jahre leben. Geht er damit in die Stadt, wird sein Fleisch brandig."
„Für mich fühlt sich die Luft nicht sehr gesund an. Sie ist kalt. Sie frisst sich durch meine Kehle."

„Du musst dich an sie gewöhnen. Es ist wie mit Whisky oder Tabak. Die ersten Züge bringen dich fast um. Überlebst du es, willst du nicht mehr ohne das Zeug existieren."

Bear Hopkins bereitete Mel Dampfbäder. Er kochte Schnee, warf eine Handvoll Kräuter hinein und zog dem Patienten eine Decke über den Kopf. Mel spuckte Rotz und Schleim. Sein Bart juckte wie das flohverseuchte Fell eines alten Schafbocks. Einen Topf konnten sie nicht erübrigen, deshalb brachte Bear das Wasser in einem Gefäß aus Birkenrinde zum Sieden. Mel staunte, dass die Schale nicht Feuer fing. Bear erklärte ihm, der Trick bestünde darin, die Flammen niemals über die Wasserlinie reichen zu lassen.

Zweimal pro Woche brühte er für alle einen bitteren Tee auf. Er sammelte Nadeln und Zapfen eines dicken Baumes, der hinter der Hütte wuchs und kochte sie aus. Das Gebräu war trübe und roch nach Harz. „Hemlocktanne", erklärte Bear. „Das Zeug schmeckt wie Gift, aber es verhindert, dass dir die Zähne aus dem Mund fallen."

Mel trank ohne zu murren, denn er spürte, dass er dank des Getränks wieder zu Kräften kam. Er bemängelte lediglich, dass sie keinen Zucker hatten.

Jed zuckte mit den Schultern. „Bear kocht dieses Gesöff in jeder Saison literweise. Soviel Zucker könnte niemand die Berge raufschaffen."

Draußen schneite es jetzt immer wieder, und sie verließen die Hütte selten. Es war düster im Raum, denn die Fenster, die mit dünner Hirschkalbshaut bespannt waren, ließen nur wenig Licht herein. Jed sah täglich nach den Packtieren hinten im Unterstand, während Bear manchmal für Stunden im Wald verschwand, um Schlingen zu legen. Er fing ein paar Minks und Hasen und zweimal sogar ein Hermelin, das wegen seines schneeweißen Winterfells eine begehrte Beute bei Trappern war. Da der Vielfraß tot war, wurden ihre Fallen nicht mehr geplündert.

„Wir haben verdammtes Glück, dass das Biest keine Familie hatte", sagte Bear.

„Wieso Glück? Würden noch einige mehr von den Monstern auftauchen, könnten wir uns auch ihre Pelze holen", meinte Mel leichthin.

Jed grunzte, und Bear erklärte ihm, dass Vielfraß-Familien auf Blutrache sannen. Wurde einer von ihnen getötet, machten die anderen seinem Jäger das Leben zur Hölle. Bear behauptete, einen Trapper gekannt zu haben, den Vielfraße in den Wahnsinn getrieben hatten. Sie plünderten seine Fallen und drangen in seiner Abwesenheit in seine Hütte ein, wo sie alles zerstörten, was ihnen unter die Krallen kam, seine gesamten Vorräte, die Ausrüstung, alles. Sie fraßen sogar seine Ersatzmokassins.

Als der Trapper auf die Jagd nach den Vielfraßen ging, töteten sie sein Pferd und seine Mulis.

„Sie bissen die Packtiere nicht einfach tot", schwor Bear. „Sie zerstückelten sie regelrecht. Es war eindeutig Rache."

Bald besaß der Trapper keine brauchbaren Vorräte mehr. Um zu überleben, schoss er einen Elch. Er zerlegte das Tier und hängte die Fleischstücke hoch in einen Baum. Trotzdem kamen die Vielfraße irgendwie heran. Sie durchtrennten die Halteschnüre und verspritzten ihren stinkenden Urin über das Elchfleisch. Der Trapper musste hungern.

„Als man ihn fand, war er bis auf die Knochen abgemagert und hatte sich seine letzte Kugel in den Kopf geschossen", sagte Bear.

Mel starrte ihn an.

„Kannst es ruhig glauben, Junge", brummte Jed.

Über die Indianerfeder sprachen sie nicht mehr.

Nach einer Woche ging es Mel besser. Nach dem letzten Dampfbad verspürte er den Wunsch, sich den juckenden Bart abzunehmen, auch wenn die beiden Mountain Men das nicht verstehen konnten. Sie lebten mit ihren filzigen Bärten wie mit einem Fuß oder einer Hand.

„Wenn du dich unbedingt rasieren willst, nimm das hier." Bear reichte ihm eine Spiegelscherbe.

Mel drehte die Scherbe unschlüssig in den Händen. Sie war geschwungen und hatte einen höllisch scharfen Rand. „Also ich weiß nicht, eigentlich habe ich ein Rasiermesser."

„Herrgott, du sollst hineinschauen", fauchte Jed. „Rasieren musst du dich selbstverständlich mit dem Messer."

Mels Rasiermesser war ein edles Werkzeug. Man konnte es aufklappen, und der Griff hatte Verzierungen aus Elfenbein. Er rieb sich das Gesicht mit Seifenschaum ein und schabte den Bart mit geübten Bewegungen ab.

„Das ist ein verdammt gutes Messer", sagte Jed.

„Glaubst du, wir könnten solche Messer an die Crows verkaufen? Die kennen so etwas doch nicht. Da müssten fünf oder zehn Biberpelze drin sein, vielleicht fünfzehn, wenn du die Verhandlungen führst, Jed."

„Klingt gut, ist aber eine Schnapsidee, Junge."

„Warum?"

„Hast du schon mal Indianer mit Bärten gesehen?

„Nein, aber darum geht es ja: Sie tragen keine Bärte, also rasieren sie sich."

„Hast du vielleicht schon mal einen Indianer mit Stoppeln gesehen?"

„Nur die Blackfeet am Fluss, und die Crows von Little Eagle, aber beide hatten keine Stoppeln", räumte Mel ein.

„Sie hatten keine Stoppeln, weil ihnen keine Bärte wachsen."

„Du meinst … verdammt, wie geht das? Alle Männer haben Bartwuchs, mehr oder weniger. Indianer haben schwarze Haare; ihnen müssten dichte Bärte wachsen.“
„Keine Ahnung, ich denke, sie zerschneiden sich die Wangen, um die Wurzeln zu zerstören.“
„Aber müssten sie dann nicht alle entstellt sein, Jed? Die Blackfeet waren nicht entstellt, auch die Crows nicht.“
Jed verlor das Interesse an der Unterhaltung. „Kann sein, dass ihre Weiber ihnen die Wurzeln ausreißen. So eine Squaw muss eine Menge Dinge tun.“
Bear mischte sich ein: „Also, ich habe mal einen Indianer mit Oberlippenbart gesehen. Das war ein Kiowa.“
Jed antwortete nicht mehr. Er starrte auf die glühende Platte des alten Eisenofens, der im Zentrum der Hütte stand, und hing seinen Gedanken nach. Schließlich verkündete er:
„Morgen holen wir uns diesen Biber.“

Kein Trapper jagte im Winter Biber. Die Pelztiere hielten zwar keinen Winterschlaf, doch sie ließen sich auch selten blicken. Sie senkten das Wasser in ihren Teichen ab und schwammen in der Lücke zwischen der Seeoberfläche und der Eisschicht, ohne dass ein Mensch an sie herankam.
Aber Jed behauptete, er habe eine Idee.
Er brachte die Kiste mit dem Castorum, das er im Lager der Pelzhandelsgesellschaft gestohlen hatte, vor die Hütte und kramte seine Ersatzunterwäsche aus dem Gepäck. Dann bestrich er die Wäsche mit dem Sekret aus den Moschusdrüsen. Das verblichene Rot des fadenscheinigen Stoffes mischte sich mit dem Grüngelb des Biberschleims. Bald roch die Unterwäsche wie das Innere einer Biberburg.
„Darum geht es“, sagte Jed.

Er packte das Unterzeug in die Kiste und machte sich zusammen mit Mel auf den Weg. Sie nahmen keine Fallen mit, nur die Gewehre, die Kiste und eine Axt mit langem Stiel. Bear Hopkins blieb mit den Kentucky-Pistolen im Camp. Im Tagesverlauf wollte er nach seinen Schlingen sehen und später das Abendessen zubereiten.

„Mach ein Festmahl daraus“, sagte Jed.

Anderthalb Stunden später lag das Reich des Biberkönigs in Eis erstarrt vor ihnen. Die Teiche waren zugefroren und mit einer dünnen Schneedecke bedeckt. Die mächtige Biberburg, ein Gewirr aus Knüppeln, Zweigen und getrocknetem Schlamm, trug eine weiße Krone.

Die Trapper liefen übers Eis und begannen, ein Loch in die Burg zu brechen. Das würde den großen Biber ohne Zweifel vertreiben, aber Jed meinte, das gehöre zum Plan.

Als das Loch groß genug war, sodass sie ins Innere blicken konnten, war der Bau verlassen. Sie stapften zum Ufer, wo Jed seinem Partner befahl, die Axt zu nehmen. „Du läufst quer über den Teich und hackst Löcher ins Eis. Aber halte Abstand zur Burg – mindestens fünfzig Schritte.“ Das, so glaubte Jed, würde die Biber in die Burg zurücktreiben.

„Und was wirst du tun?“

„Ich warte da drin auf ihn.“

Jed legte die Kleider ab. Als er nackt am Ufer stand, öffnete er die Kiste und schlüpfte in die mit Castorum präparierte Unterwäsche. Mit seinem Messer in der Faust näherte er sich der Burg und stieg durch das Loch ins Allerheiligste des Biberkönigs.

„Der Mann ist komplett verrückt“, murmelte Mel, ging aber daran, die Anweisungen seines Partners zu befolgen. Mit den Füßen schob er den Schnee beiseite und trieb die Axtklinge mit wuchtigen Schlägen ins Eis. Ein Loch, zwei, dann drei. Von Jed war weder etwas zu sehen noch zu hören, und so machte Mel weiter. Vier Löcher, fünf Löcher.

Jed stand stinkend und frierend im Dunkel des Biberbaus. Das eiskalte Wasser reichte ihm bis zu den Hüften. Er spürte, wie seine Beine steif worden. Nach einer Weile spürte er nichts mehr.

Jed begann, an seinem Plan zu zweifeln. Welcher Biber würde blindlings in seinen zerstörten Bau stürmen, wo es nach hundert anderen Bibern roch? Aber Aufgeben kam für Jed nicht in Frage. Wie würde er vor dem Jungen dastehen? Raw Hand McGruder, der sein erstes Jahr in den Bergen verbrachte und hergekommen war, um von den alten Mountaineers zu lernen, nicht um sich über sie zu amüsieren. Außerdem: Was sollte er später an den Lagerfeuern erzählen, wenn er ohne Beute aus diesem Loch kroch?

Der Biberkönig kam nicht. Jed verlor das Gefühl für Raum und Zeit. Durch das Loch wehte eisige Luft herein. Dampfender Atem kondensierte auf seinem Gesicht, wo er sich in Reif verwandelte. Jed wurde schläfrig, und sein Instinkt warnte ihn. Er wusste, er würde erfrieren, wenn er nichts unternahm. Er blinzelte, um den Kopf klar zu bekommen, und dann fasste er einen ebenso törichten wie tollkühnen Entschluss. Er tauchte unter!

Tausend Nadeln stachen auf ihn ein, aber Jed suchte zielstrebig nach dem Ausgang der Biberburg. Da war er, ein schemenhafter Umriss im trüben Wasser. Jed tauchte durch, kam keuchend wieder nach oben – und starrte in das struppige Gesicht eines fauchenden Bibers. Zwischen Wasseroberfläche und Eis befand sich ein vielleicht anderthalb Fuß breiter Streifen Luft. Dort schwamm eine Plattform aus Ästen, auf der sich Pappelzweige, Weidentriebe und Fetzen von Baumrinde stapelten. Die Vorratskammer der Biber. Unter dem Eis konnten sie die Nahrung auf der Plattform bequem erreichen. Der Biber zischte, war jedoch zu überrascht, um zu fliehen. Er kannte das

Nahrungsfloß als sicheren Fleck und wusste nicht, wie er auf die Bedrohung reagieren sollte.
Jed stieß zu. Er packte den Biber mit der Linken im Genick und rammte er ihm mit der Rechten das Messer in die Kehle. Den zuckenden Kadaver umklammert, tauchte er in den Bau zurück und kletterte durch die Bresche ins Freie.
Ein heißerer Triumphschrei alarmierte Mel, der noch immer Löcher ins Eis schlug. Jed wankte ans Ufer, wo er zitternd zusammenbrach.
„Rasch, ein Feuer, Mel."
Zum wahrscheinlich ersten Mal nannte er seinen Gefährten nicht Junge.

Später saß Jed in trockener Kleidung und in eine Büffeldecke gehüllt am prasselnden Feuer über den Teichen, rauchte Pfeife und feilte an seiner Geschichte. „Ich komme also hoch und starre in das fetteste Bibergesicht, das ich je sah."
„So fett sieht der hier gar nicht aus", sagte Mel. „Damals, auf dem Wasser fand ich ihn größer."
„Das kommt davon, dass er tot ist. Wir haben einen König entthront. Dabei schrumpfen sie immer."
Mel hatte Jeds Beute inzwischen untersucht. „Du meinst eine Königin. Das hier ist ein Weibchen."
„Was?" Jed ruckte herum. „Red keinen Blödsinn." Er sah sich den Biber genauer an, brummte etwas in seinen Bart und zuckte die Schultern. „Meinetwegen, war es halt die fetteste Biberkönigin, die je durch die Berge geschwommen ist."
Sie brachen auf. Mel griff ohne zu fragen nach der Kiste, in der Jeds feuchte Unterwäsche lag. Er nahm an, der Trapper würde die Biberwäsche, wie er sie jetzt nannte, in St. Louis bei anderen Mountaineers herumzeigen wollen. Jed trug nur sein Gewehr und das

tote Biberweibchen. Als sie im Wald verschwanden, warf Mel einen Blick zurück.

Ein riesiger Biber saß auf dem Teich und schien ihnen nachzustarren. Er war gut fünf Fuß lang und passte gerade so durch eins der Löcher, die Mel in die Eisdecke geschlagen hatte. Der junge Mountain Man beschloss, Jed nichts davon zu sagen. Der alte Trapper betrachtete seine Mission im Reich des Biberkönigs als abgeschlossen.

„Bear wird uns heute Abend die verdammt beste Biberschwanzsuppe kochen, die du je gegessen hast."

Kapitel 6

Bear Hopkins würde nie wieder kochen.

Als sie sich der Hütte näherten, vergaß Jed seinen Fang urplötzlich und nahm Witterung auf. Der Biberkadaver fiel in den Schnee. Es war kein Holzrauch in der Luft. Auch das Schnauben der Pferde und das gelegentliche Scharren ihrer Hufe fehlten. Stille. Das Blockhaus wirkte verlassen.

Bear lag vor der Hütte, mit dem Gesicht zum Boden. Unter seinem Körper war der Schnee rot vom Blut.

Mel entfuhr ein Laut des Entsetzens. Jed blieb auch in dieser Situation kaltblütig. Er bedeutete Mel, still zu sein und Schussposition hinter dem breiten Stamm einer Tanne zu einzunehmen. Er selbst schlich leise davon. Es dauerte mehr als eine Stunde, bis Jed die Luft für rein erklärte und die beiden Trapper ihr Camp betraten. Ein Todescamp.

Bear war von Pfeilen in den Arm und den Bauch getroffen worden. Als er auf den Boden schlug, waren die Schäfte zersplittert. Bear hatte gekämpft. Jed fand Blutspuren von drei weiteren Männern. Aber Bear war chancenlos gewesen. Sein Körper wies Wunden von einer riesigen Axt auf. Die Schneide war ihm tief in die Brust gedrungen, und als Bear gefallen war, hatte sie ihm das Rückgrat durchtrennt.

„Ein Tomahawk?“ fragte Mel erschüttert. Jed schüttelte den Kopf: „Hunting Coyote. Seine Lieblingswaffe ist eine Streitaxt. Gott weiß, wem er die gestohlen hat.“

Nachdem Bear Hopkins gefallen war, hatten die Blackfeet seinen Skalp genommen. Sie hatten die Pferde und Mulis weggetrieben sowie die Pistolen, den Großteil der Vorräte und einen Ballen Biberpelze geraubt. Es waren die Felle, die Bear zuletzt bearbeitet und gepresst hatte. Die Indianer hatten versucht, die Hütte anzuzünden, aber das Dach war zu feucht gewesen, und sie mussten ihr Vorhaben aufgeben. Aus irgendeinem Grund hatten sie es eilig gehabt.

Jed blickte zum Himmel und wusste Bescheid. Dichte, bleigraue Wolken ballten sich über dem Tal zusammen. Es wurde Schnee geben, Unmengen von Schnee und wahrscheinlich einen Sturm. Den Blackfeet war es darum gegangen, ihr Lager zu erreichen, ehe der Blizzard losbrach.

In ihrer Eile hatten Hunting Coyotes Krieger das Caché im Wald übersehen – eine mit Holzbohlen verkleidete Erdgrube, in der die Trapper die fertig verschnürten Pelze zusammen mit einem kleinen Fass Pulver, einem Block Blei, Werkzeugen und nicht benötigten Biberfallen aufbewahrten.

Auch die Vorratsgrube mit dem gefrorenen Büffelfleisch war ihnen entgangen.

Jed registrierte all das mit dem kühlen Sinn des Mountain Man für alles Praktische. Sie hatten einen schweren Verlust erlitten, aber sie besaßen Nahrung, Munition und den Großteil ihrer Pelze. Sie waren noch nicht am Ende.

Etwas in ihm schrie danach, die Verfolgung der Blackfeet aufzunehmen, um seinen Freund zu rächen, aber er wusste, dass er keine Chance hatte. Noch eine Stunde, und der Schneesturm würde losbrechen. Noch zwei Stunden, und kein Mann, der sich im Freien aufhielt, würde überleben. Spuren waren dann ohnehin keine mehr zu finden.

Mel stand stumm bei Bears Leiche. Er hatte diesen großen, ruhigen Mann gemocht, vielleicht mehr als er Jed mochte, und alles ihn ihm sträubte sich dagegen, anzuerkennen, dass Bear Hopkins tot war. Erschlagen mit einer Kriegsaxt, von Pfeilen durchbohrt, sein Kopf

ein blutiger Brei. Der starke Bear, ein Mann, der stets unerschütterlich gewirkt hatte.
Bear Hopkins, der Bärentöter.
„Tragen wir ihn unter die Bäume dort", sagte Jed.
Wind kam auf, und es begann zu schneien.

Der Sturm tobte die ganze Nacht und den gesamten nächsten Tag. Er fegte heulend durchs Tal und rüttelte an den Läden der Blockhütte. Bears Hütte. Sie war seine Hinterlassenschaft, alles, was von dem schwarzbärtigen Hünen zurückbleiben würde. Zumindest ein paar Jahre lang würde die Hütte noch bleiben, bis sie irgendwann verfiel, weil niemand mehr sich um sie kümmerte.
Die Männer hüllten sich in düsteres Schweigen, während draußen der Sturm brüllte.
„Hunting Coyote", sagte Mel in der zweiten Nacht. „Was ist vorgefallen, dass er dich so gnadenlos verfolgt?"
Jed schlurfte zur Tür und warf einen Blick nach draußen, als befinde sich die Antwort im Wald. Aber da war nur eine weiße Wand aus Kälte, Wind und Myriaden von Schneeflocken. Eine weiße Hölle. Jed stemmte die Tür zu, legte Scheite im Ofen nach und begann zu erzählen.
„Hunting Coyote ist hinter jedem Weißen her. Er hasst uns alle. Er war schon immer ein räudiger Bastard. Vor ein paar Jahren hätte er mich beinahe erwischt."
Jed hatte im Wasser eines Creeks gestanden, in der Nähe des Wind River Canyon, wo er Biberfallen setzte. Er hatte die letzte Falle gerade gespannt, als ihn ein Geräusch alarmierte. Sein Maultier, das in den Büschen angebunden war, sträubte sich gegen irgendetwas – oder gegen irgendwen. „Also bin ich ans Ufer, und da sah ich sie: Verdammte Blackfeet, die mein Muli mit sich zerrten."

Jed hastete zu seinem Gewehr, das an einem Baumstamm lehnte, aber da verstellte ihm ein Krieger den Weg: Hunting Coyote. Für einen Indianer war er ungewöhnlich groß, ein kampfbesessener junger Mann mit breiten Schultern und fettigen langen Haaren. Rote Streifen liefen durch die schwarze Kriegsbemalung, die sein Gesicht bedeckte.

„Er hatte diese Axt, so ein Ding wie es die Rotröcke bei Belagerungen verwenden, um eine Bresche zu hacken. Hast du mal einen Rotrock-Feldwebel mit einer Belagerungsaxt gesehen, Junge? Das sind riesige Kerle. Aber dieser Hunting Coyote hielt die Axt als sei sie ein Tomahawk."

Von einem Pelzaufkäufer erfuhr Jed später, dass Hunting Coyote in jenem Frühjahr auf einen Raubzug gegangen war, um Ruhm und Beute zu erlangen. Er benötigte zwanzig Pferde, damit er um die Hand einer Häuptlingstochter anhalten konnte. Aber Jeds Muli interessierte ihn nicht. Er entschied sich für Ruhm: den Skalp eines Mountain Man.

„Da stand ich also, vor mir dieser rote Riese mit seiner Axt, im Rücken der Fluss und mein Gewehr unerreichbar. Mir blieb nur eine Chance."

„Was hast du gemacht, Jed?"

„Ich habe ihm die Schnappfalle ins Gesicht geworfen und mir das Gewehr gegriffen. Ein Krieger legte mit dem Bogen auf mich an. Ich habe ihn erschossen und den Rückzug angetreten. Das Muli war natürlich verloren. Danach habe ich mir eine Kentucky-Pistole zugelegt, um nie wieder ohne einen Schuss im Wasser stehen zu müssen."

„Und deshalb hasst dich Hunting Coyote? Ich glaube, euren Kampf könnte man als Unentschieden bezeichnen."

„Warte, bis du ihn siehst. Obwohl du beten solltest, ihn nie zu Gesicht zu bekommen."

Am dritten Tag hörte es auf zu schneien, blauer Himmel spannte sich über dem Tal. Es hätte ein freundlicher Tag sein können, wäre ihre Aufgabe nicht so niederdrückend gewesen. Sie gruben sich durch den Schnee und bestatteten Bear Hopkins nach Art der Mountain Men. Jed baute ein Gerüst aus Ästen, das er in einer hohen Fichte verankerte. Auf diese Plattform betteten sie den Leichnam ihres Gefährten. Von hier oben konnte Bear sein Tal überblicken und seine Seele vermochte zum Himmel aufzusteigen.

Sie sprachen ein paar Worte. Mel erinnerte sich daran, wie er Bear kennengelernt hatte. Erst hatte er sich ein wenig vor dem riesigen Mann mit dem ungepflegt wuchernden Haarpelz gefürchtet. Er hatte Bear für einfältig gehalten, weil er meist nicht mehr als ein „Aye" hervorbrachte, aber im Laufe der Zeit hatte er festgestellt, dass Bear keinen Wert darauf legte, etwas zu sagen, wo seiner Meinung nach alles gesagt war. Wenn er sprach, so waren seine Aussagen von Erfahrung geprägt. Bear Hopkins wusste nicht viel von dem, was in Büchern stand, aber er wusste alles über das Leben in den Bergen. Mel hatte diesen Mann zutiefst respektiert.

„Er war mein Freund", sagte er zum Abschluss.

Jeds Rede fiel kürzer aus. „Bear war ein guter Mann. Ein verdammt guter Mann."

Mehr konnte oder wollte er nicht sagen, was Mel zunächst aufbrachte, aber als er darüber nachdachte, fiel ihm auf, dass Jedediah Jones mit diesen wenigen aufrichtigen Worten Bears Wesen vollständig erfasst hatte. Ein verdammt guter Mann – mehr gab es wahrlich nicht zu sagen. Die Mountain Men, deren Begleiter der Tod war, redeten selten viel, wenn ein Mann aus ihrer Mitte von ihnen ging.

Auf dem Weg zur Hütte sprachen sie über die Blackfeet. Die Chancen standen gut, dass die Indianer glaubten, Bear Hopkins sei

allein im Tal gewesen. Die wenigen Pelze, die die Krieger erbeutet hatten, sprachen dafür. Die vielen Packtiere allerdings sprachen dagegen. Sechs Pferde und Mulis waren viel für einen einzelnen Trapper. Aber vielleicht würden die Indianer denken, dass die Gefährten des Trappers einen Abstecher ins Wintercamp am Green River unternommen hatten und erst im Frühjahr zurückkehrten.
Doch was auch immer Hunting Coyotes Rothäute dachten, es war unwahrscheinlich, dass sie zurückkamen. Sämtliche Trails und Pässe waren verschneit. Der Winter hatte dem Krieg in den Bergen ein Ende gemacht.
„Wir bleiben im Tal", entschied Jed.

Es schien, als wolle der Winter niemals enden. Bleigraue Wolken hingen am Himmel, fast täglich fiel Schnee und nachts tobten Stürme durch die Täler. Der Orkan trieb nadelscharfe Eiskristalle vor sich her, die einem Mann das Gesicht zerschneiden konnten. Doch wer versuchte, einem Blizzard die Stirn zu bieten, hatte ganz andere Probleme als blutende Poren. Der Schnee bedeckte binnen Minuten die Augen, verstopfte die Nasenlöcher und gefror. Jed behauptete, einen Mann gekannt zu haben, der in einem Blizzard erstickt war.
Der Wind entwurzelte Bäume, Äste brachen unter der Last der Schneemassen. Falls es Leben im Wald gab, so zeigte es sich nicht. Selbst ein erfahrener Jäger wie Jedediah Jones kehrte von den wenigen Jagdausflügen, die er unternahm, oft ohne Beute zurück.
Sie ernährten sich von getrocknetem Fleisch, Bannockbrot und Büffelwürsten: Bear hatte die Därme des erlegten Bisons mit Thymian und Kräutern gestopft. Wenn man sie über dem Feuer röstete, wurde daraus eine halbwegs schmackhafte Mahlzeit, wie Mel fand. Jed brummte: „Es gibt verdammt noch mal nichts Besseres."
Abgesehen von Büffelsteaks natürlich. Manchmal erklärten sie einen Tag zum Festtag, holten einen Brocken gefrorenen Büffelfleischs aus

der Vorratsgrube und schnitten ihn in Scheiben, die sie über einem offenen Feuer brieten.
Die Blockhütte verfügte über den großen Eisenofen, aber Bear hatte in einer Ecke außerdem eine flache Grube ausgehoben und über ihr einen Rauchabzug ins Dach eingesetzt. Es war eine primitive Vorrichtung zum Räuchern, die man auch recht gut zum Grillen benutzen konnte. Während sie warteten, dass das Fleisch gar wurde, konnte Mel sogar einige Seiten in seinem Buch lesen. Jed beobachtete ihn, fragte aber nicht mehr nach Colonel Boone.
Morgens türmte sich der Schnee häufig meterhoch vor der Hütte, und es gab Tage, an denen verließen sie ihre Behausung nicht, hockten einfach nur am Ofen oder neben dem Feuer und waren einem Hüttenkoller näher als dem Frühling. Jed wickelte sich an solchen Tagen in seine Decken und schwieg beharrlich. Mel konnte nie feststellen, ob er schlief oder einen gemeinen Plan ausheckte, mit dem er die gesamte Blackfoot-Nation ausrotten wollte.
Mel ging zum Holzhacken in den Wald. Meist kam er nicht weit, blieb in einer Schneewehe stecken und kämpfte sich halb erfroren in die Hütte zurück, wo Jed schweigend auf seinem Lager aus Fichtenzweigen lag. Dass der alte Trapper am Leben war, erkannte Mel nur daran, dass jemand in der Zwischenzeit frisches Holz ins Feuer geworfen hatte.
Mel holte seine Taschenuhr aus dem Gepäck. Er hatte sie seit Monaten nicht mehr benutzt, aber nun zog er sie auf und sah zu, wie die Zeiger übers Zifferblatt krochen, nur um überhaupt irgendetwas zu tun. In den Bergen brauchte ein Mann keine Uhr. Er hatte die Sonne und die Schatten, und wenn er lange genug in der Wildnis gelebt hatte musste er nur noch zuhören, welche Tiere gerade aktiv waren, um zu wissen wie spät es war. Jedenfalls hatte Jed das behauptet. Vielleicht hörte ein Mann, der in den Bergen lebte, aber auch einfach nur auf, sich für die Uhrzeit zu interessieren.

Auch jetzt hockte Jed meistens nur mit unbeteiligtem Blick auf seinem Lager und schien das Interesse an allem verloren zu haben, was um sie herum vorging. Es war seine Art, mit der Eintönigkeit des Winters umzugehen und mit den Zwängen, die ihnen das lebensfeindliche Wetter auferlegte. Mel wurde nicht so einfach damit fertig. Einmal nahm er sich vor, die Zeiger so lange zu beobachten, bis die Uhr stehen blieb. Er starrte eine Weile aufs Zifferblatt, dann schlief er ein und verpasste wie die Zeiger aufhörten, sich zu drehen. Er fluchte, aber der Ärger hielt ihn bei Verstand.

Der Winter in den Bergen war grausam und eintönig, doch die Tage, an denen sich ein weiter, stahlblauer Himmel über den Gipfeln spannte und das Land in seiner erhabenen Pracht vor ihnen lag, entschädigten für alle Strapazen.

Mel liebte die rotgoldenen Sonnenuntergänge, wenn die Wälder bizarre Schatten in den Schnee zauberten und man in der Ferne Wölfe und Kojoten heulen hörte, sobald die Sonne hinter dem Horizont versank.

„Bist du schon einmal von einem Wolfsrudel gejagt worden?", fragte Mel eines Abends.

Sein Gefährte schüttelte den Kopf. „Noch nie, sonst säße ich nicht hier. Wenn so ein Rudel auf Jagd geht, dann macht es das richtig. Sie kreisen dich ein, sie treiben dich in die Enge, und dann warten sie, bis du deinen einzigen Schuss vergeudet hast. Zum Nachladen kommst du nicht mehr."

Wenn Jed nicht vor sich hin brütete, liebte er es, Geschichte zu erzählen, bei denen Mel selten feststellen konnte, ob er sie selbst erlebt oder irgendwo aufgeschnappt hatte und ob sie überhaupt ein Körnchen Wahrheit enthielten.

Die Geschichte vom Riesenbiber glaubte Mel nicht, obwohl sie Jeds Lieblingsgeschichte war. Der Mountain Men behauptete, versteckt in den Bergen gebe es ein Tal, in dem wahrhaft monströse Biber lebten

– um ein Vielfaches größer als der Biberkönig, den sie im Herbst gejagt hatten. „Acht Fuß lang und schwer wie ein Büffelkalb", war Jed überzeugt.
„Hast du schon mal einen gesehen?"
„Nein, verdammt, aber ich habe von ihnen gehört. Ich war eine Weile in Nova Scotia. Bei den Micmac gibt es eine Legende, die von diesen Bibern erzählt. Noch vor ein paar Generationen haben die Micmac gegen sie gekämpft. Ein Riesenbiber nagt dir mit einem Biss das Tomahawk durch."
„Also ist es bloß eine Legende."
„Blödsinn. Ich kannte einen Micmac-Häuptling, der besaß einen Tomahawk, den ein Riesenbiber zerbissen hatte."
„Ein paar Generationen können ganz schön lang sein", erklärte Mel. „Sicher sind diese Tiere längst ausgestorben, wenn es sie überhaupt je gegeben hat."
Jed stocherte mürrisch im Feuer. Dann stopfte er seine Pfeife und sagte: „Das Fell eines Riesenbibers ist sicher Tausend Dollar wert, wahrscheinlich zweitausend."
„Zweitausend Dollar, also ich weiß nicht, Jed."
„Mindestens zweitausend Dollar."
„Was sollte man denn aus so einem Fell machen, einen Riesenhut?"
„Quatsch, Junge, einen Pelzmantel natürlich."
„Überleg doch mal, Jed, was kostet ein Pelzmantel?"
„Weiß nicht, hundert Dollar, vielleicht hundertfünfzig."
„Wieso sollte dir jemand zweitausend Dollar für ein Fell bezahlen, um einen Mantel für hundertfünfzig Dollar daraus zu machen?"
Jed fiel nichts mehr dazu ein. Bevor sie sich zur Nacht betteten, kam er aber noch einmal auf das Thema zurück: „Wenn es sich nicht lohnt, den Riesenbibern das Fell abzuziehen, hat man sie auch nicht gejagt. Folglich müssen sie noch da sein – irgendwo da draußen."

Am nächsten Morgen war Jed von neuem Tatendrang beseelt und begann, aus dem Fell der Biberkönigin eine Mütze für Mel zu machen. Er brauchte drei Tage, und als er fertig war, kündigte sich das Ende des Winters an.

Kapitel 7

Es schneite nicht mehr, der Himmel war nun fast immer blau, und das Leben kehrte in den Wald zurück. Wenn sie im Morgengrauen erwachten, wurden sie nicht vom Geheul eines Sturms begrüßt, sondern von Vogelgesang.

Jed ging in den Wald und kam mit einem Hirsch zurück. Mel musste daran denken, dass sie womöglich nicht die einzigen waren, die die Berge auf der Jagd nach frischem Fleisch durchstreiften.

„Was ist, wenn Hunting Coyote den Schuss gehört hat?“

Jed zuckte die Schultern. „Die Rothäute haben jetzt mit der Frühjahrsjagd zu tun. Sobald sie Zeit für den Kriegspfad haben, sind wir längst weg.“

Er setzte Mel seinen Plan auseinander: Sie waren nur noch zu zweit, hatten keine Packtiere und besaßen mehr Pelze als sie zu tragen vermochten. Sie konnten weiterhin Biber fangen, würden die Felle dann aber in der Wildnis zurücklassen müssen. Jed bezweifelte, dass ihr Caché den Sommer über unentdeckt bleiben würde. Es war mehr eine Lagergrube als ein richtiges Versteck. Die Blackfeet hatten es nur übersehen, weil ihnen der Blizzard im Nacken saß.

„Wir nehmen, was wir haben, und verschwinden von hier“, sagte Jed. „Die Felle bringen genug Geld, damit wir uns für die nächste Saison ausrüsten können. Wenn wir zu den ersten Biberjägern gehören, die nach St. Louis kommen, erzielen wir einen besseren Preis als später, wenn die Lagerhäuser vor Pelzen bersten.“

Die Chancen dafür standen gut, denn die meisten Trapper würden noch ein Vierteljahr in den Bergen bleiben. Erst im späten Frühjahr, wenn den Bibern das Winterfell ausfiel, lohnte sich die Jagd nicht mehr. Bis dahin würde ein guter Fallensteller so viele Pelze erbeuten, wie er kriegen konnte.

Mel war einverstanden, aber eigentlich blieb ihm nichts anderes übrig. Jed hatte ihm keine Wahl gelassen, oder?
Sein Partner wollte am Bighorn River ein Kanu bauen und dann, wenn das Eis schmolz, den Fluss hinunterfahren bis zum Yellowstone, den die Indianer Elk River nannten. Es war eine Fahrt von dreihundert Meilen. Auf dem Yellowstone würden sie weitere dreihundert Meilen bis zum Missouri verbringen. Bis St. Louis waren es dann noch einmal tausend Meilen. Die Route über den Platte River war kürzer, aber Jed wollte einen Zusammenstoß mit Hommels Trapperbrigade vermeiden, von der er annahm, dass sie sich zur Frühjahrsjagd am Oberlauf des North Platte aufhielt.
„Man konnte Lisas Leuten nie trauen", sagte Jed. „Dieser Hommel war schon im letzten Jahr in der Nähe, als hier oben vier freie Trapper verschwunden sind."
Mel stimmte ihm zu. „Shawnee-Jim scheint ebenfalls ein Mann zu sein, dem so etwas zuzutrauen ist."
Jed hatte den bulligen Plünderer nicht mehr erwähnt, seit er von ihm in die Mangel genommen worden war. Jetzt spuckte er aus. „Ach, der. Lange macht er es nicht mehr."
Er ging nicht näher darauf ein, aber Mel war sicher, dass Jed auf Vergeltung sann. Shawnee-Jim hatte seinen Stolz verletzt. Dabei zählte nicht, dass Jed angefangen hatte, als er dem anderen die Nase brach. In den Bergen kommt es immer nur auf die letzte Tat eines Mannes an, hatte Jed einmal gesagt, und es sah so aus, als wolle er sich danach richten.
Doch Shawnee-Jim war weit entfernt, und mit jeden Tag, den sie durchs Gebirge stapften, entfernten sie sich weiter von der Frühjahrsjagd der St. Louis Fur Company. Obwohl Tauwetter herrschte, lag noch immer Schnee. Laut Jed war das die beste Zeit, um die Berge zu Fuß zu durchqueren. Die weiße Last glich das Chaos in der Landschaft aus: Sie bedeckte Hindernisse, füllte Gräben und

glättete Mulden. Statt eines ständigen Auf und Ab konnten sie auf ihren Schneeschuhen wie auf einer Ebene dahinziehen. Pferde wären eingesunken, aber sie besaßen ja keine Packtiere mehr.
Die Grey Owl Mountains waren ein Ausläufer der Absaroka-Range, und Jed kannte hier jeden Pfad. Mit traumwandlerischer Sicherheit fand er die am wenigsten beschwerlichen Wege, aber für Mel war der Marsch dennoch eine einzige Plackerei. Das Tragegestell auf seinem Rücken enthielt anderthalb Packen gepresster Biberpelze, die allein um die hundertfünfzig Pfund wogen. Außer Trockenfleisch und Wasser hatte sie keinen Proviant mitgenommen, doch der Rest ihrer Ausrüstung brachte weitere fünfzig Pfund: Decken, Feuerstein und Stahl, Pulver, Blei, das Gewehr.
Ein Winter in den Bergen hatte aus Mel einen Mann gemacht, der vieles ertragen konnte, aber nichts hatte ihn darauf vorbereitet, mit der Ausbeute einer halben Jagdsaison auf dem Rücken über schmale Bergpfade zu stapfen. Es war, als würde er einen ausgewachsenen Grizzly mit sich herumschleppen, der in einem fort versuchte, sich an den Bäumen beiderseits des Wegs festzukrallen.
Jed schien das alles nichts auszumachen. Unbeirrt folgte er seinem Trail, umkurvte Felsbrocken, wich im Wald Wurzeln aus, die Mel nicht einmal gesehen hatte, und duckte sich unter Ästen hinweg, die an seinem Tragegestell hängen blieben und Mel im Gesicht trafen, wenn sie zurückfederten.
Als Mel sich beschwerte, knurrte der alte Trapper bloß. „Halt Abstand, McGruder. Bin ja nicht deine Braut."
Wenigstens nannte er ihn nicht mehr Junge.
Drei Tage zogen sie so dahin, und am vierten, als Mel sich an die Schufterei zu gewöhnen begann, kündigten sich neue Schwierigkeiten an. Jed, der seit dem Morgen seltsam unruhig wirkte, machte ihm plötzlich ein Zeichen, stehen zu bleiben. Nur ein paar Atemzüge später krachte ein Schuss. Ein dünner Hall, den man hätte keine

Beachtung schenken müssen, wenn dieses Geräusch in der Wildnis nicht so fremd gewesen wäre. Der Schütze musste mehrere Meilen entfernt sein, aber Jeds in den Bergen geschärfter Instinkt hatte ihm verraten, dass sie nicht mehr allein in der Gegend waren.
Der Trapper änderte die Richtung und führte sie auf einen Berg. Von seiner Anhöhe aus spähten sie ins Tal, und dort unten konnten sie es sehen: Indianer! Ferne Gestalten nur, die sich schwach vor dem Hintergrund des Waldes abzeichneten, aber es waren unverkennbar Rothäute. Nahezu ein Dutzend Krieger in Hirschleder und mit langen schwarzen Haaren. Die meisten waren mit Bogen bewaffnet. Zwei trugen langläufige Musketen. Man konnte nicht erkennen, zu welchem Stamm sie gehörten.
Jed fluchte, und als es Abend wurde, ließ er früher als sonst Halt machen, weil er einen Platz gefunden hatte, der nicht nur für ein Lager taugte, sondern sich auch leicht verteidigen ließ. In der Nacht entzündeten sie kein Feuer, und am Tag darauf kamen sie langsamer voran als bisher. Jed war auf der Hut. Er mied jetzt die leicht begehbaren Wildpfade, und wenn sie an eine Lichtung kamen, studierte er sie so lange, bis er überzeugt war, dass ihnen niemand auflauerte.
Einmal stießen sie auf die Reste eines Feuers. Die Asche war kalt, und wo die Jäger auf dem Boden gesessen hatten, waren im Moos keine Druckstellen mehr zu erkennen. Das Lager war ein paar Tage alt. Jed fand ein stumpfes Knochenmesser und eine abgebrochene Pfeilspitze. Er sprach aus, was Mel schon befürchtet hatte: „Blackfeet."
Ihre Feinde waren hier.

Es sollte keine Blackfeet auf dem Weg zum Bighorn River geben. Jed hatte die kriegerischen Rothäute weiter nördlich oder im Westen am Wind River erwartet. Sie befanden sich hier in den Jagdgründen der

Crows, doch offenbar waren die Blackfeet auf Streit aus. Jed kannte nur einen Blackfoot, der verrückt genug war, um so zeitig im Jahr damit anzufangen.
Hunting Coyote.
Am nächsten Vormittag marschierten sie nur eine kurze Strecke. Gegen Mittag erreichten sie eine Felsengruppe, deren Steine einen natürlichen Unterstand bildeten. Die Felsen spendeten Schutz vor Regen und Wind und gaben ihnen Deckung. Außerdem hatte man von hier aus einen ausgezeichneten Blick auf das Land.
„Du bleibst hier und hältst den Kopf unten", sagte Jed.
„Und du?"
„Ich schaue mich um. Kann eine Weile dauern. Mach dir also nicht in die Hosen." Ohne auf Antwort zu warten, verschwand Jed zwischen den Bäumen.

Die Stunden tropften zäh dahin. Mel suchte Deckung zwischen den Felsen, das Forsyth-Gewehr auf den Knien, die Pelzbündel in Sichtweite. Seine Augen suchten den Waldrand ab, in der Hoffnung, Jed möge zurückkehren. Doch was, wenn statt seiner die Blackfeet kamen?
Mel fiel ein, dass er den tropfenförmigen Behälter mit dem Zündpulver an seiner Büchse lange nicht aufgefüllt hatte. Wie viele Schüsse hatte er abgefeuert, seitdem er den Flakon zum letzten Mal aufgeladen hatte? Und für wie viele Schüsse reichte der Knallquecksilbervorrat in der Zündvorrichtung überhaupt? Er hatte es nie nachgeprüft.
Die Ungewissheit nagte an ihm. Wenn die Blackfeet angriffen und die Waffe versagte, wäre er verloren. Der Drang nachzusehen wurde übermächtig. Doch wenn er den Behälter abschraubte, war er für einige Minuten hilflos.

Er schlichtete die Pelzbündel zu einer Brustwehr vor seinem Versteck auf, spannte den Hahn seiner Kentucky-Pistole und fing an, mit raschen Handgriffen den Flakon neben dem Gewehrhammer zu lösen. Er war noch halb voll.

Mel verwünschte seine Unsicherheit.

Außer einem Pulverhorn führte er eine kleinere Pulverflasche mit sich, die das Gemisch aus Quecksilber, Kaliumchlorat, Schwefel und gemahlenem Glas enthielt, das Zündpulver für seine Forsyth-Rifle. Wurde es vom Schlagstift im Schloss getroffen, entwickelte sich eine Stichflamme, die die Treibladung im Gewehrlauf zur Explosion brachte. Der Schlagzünder der Forsyth-Rifle war ein geschlossenes System, wenig anfällig gegen Feuchtigkeit, und man sah auch keine Zündfunken wie bei einem Steinschlossgewehr, wodurch einem Gegner kaum Zeit blieb, sich zur Seite zu werfen. Aber natürlich empfahl es sich trotzdem, als erster zuschießen.

Mel schüttelte Pulver in den Flakon und schraubte ihn fest. Er entspannte die Steinschlosspistole und richtete seinen Blick erneut auf den Waldrand. Kein Jed, keine Blackfeet.

Einmal wechselte eine Wapiti-Kuh über die Freifläche unterhalb der Felsengruppe, und wenig später nahm Mel eine verstohlene Bewegung zwischen den Bäumen wahr, dicht am Boden und schemenhaft wie ein getarnter Späher.

Bear Hopkins und Jedediah Jones hatten ihm Wunderdinge über die Schleichfähigkeiten indianischer Späher erzählt. Jed kannte angeblich einen Shoshonen, der sich als Truthahngeier verkleidet an eine Mustangherde angeschlichen hatte, die auf offener Ebene graste. Ein Krieger, der so etwas fertig brachte, würde in einem Wald mit all den Büschen, Ästen und Zweigen unsichtbar sein.

Mel starrte angestrengt auf die Stelle, an der er die Bewegung entdeckt hatte, bis ihm die Augen tränten. Dann löste sich ein Kaninchen aus dem Schatten einiger kahler Sträucher und hoppelte

über die von einer dünnen Schneedecke überzogene Wiese. Mel atmete auf.
Vom scharfen Beobachten waren seine Augen müde geworden. Verstohlen gähnte er und setzte sich bequemer hin. Mit dem Rücken gegen einen Pelzballen gelehnt sah er dem Kaninchen eine Weile zu und überlegte, ob er einen Schuss riskieren sollte. Der Knall würde einige Meilen weit zu hören sein, und falls Blackfeet in der Nähe waren, würde er damit seine Position verraten. Während er noch darüber nachdachte, fielen ihm die Augen zu. Als das Kaninchen im Wald verschwand, war Mel bereits eingeschlafen.

Er erwachte, weil er Steine rieseln hörte. Kiesel vielleicht, oder daumennagelgroße Felssplitter. Sie kamen von oben und sprangen klickend über die Klippen zu seiner Rechten. Blinzelnd sah Mel sich um. Sein vom Schlaf träges Bewusstsein hatte noch nicht erkannt, was diese Steine bedeuten mochten. Da traf ein Kiesel seine Bibermütze.
Als Mel hoch schaute, fiel ein Schatten auf ihn herab. Der Schatten trug Hirschlederleggings und stank nach ranzigem Büffelfett. Der Indianer hatte auf dem Felsen über Mel gehockt und abgewartet, bis die Augen des weißen Mannes die Forsyth-Rifle nicht mehr im Blick hatten. Eine Taktik, die einen Schuss erfolgreich verzögern konnte.
Der Tomahawk des Blackfoot fuhr auf den Schädel des Trappers nieder. Mel riss die Waffe hoch und parierte den Hieb mit dem Gewehrschaft. Der Indianer holte ein zweites Mal aus, aber Mel trat ihm zwischen die Beine.
Der Krieger keuchte, und Mel wollte den Hahn spannen, aber der Indianer griff zu und riss ihm die Büchse aus der Hand. Er stieß einen triumphierenden Schrei aus, hob das Gewehr wie eine eroberte Standarte und packte den Tomahawk in der anderen Faust fester, bis seine Knöchel weiß wurden. Im Gesicht trug er blutrote

Kriegsbemalung, und als er die Lippen zu einer Grimasse verzog, sah es wie das bösartige Grinsen eines Höllenwesens aus.
Mit einem Knurren sprang der Blackfoot vor. Mel warf sich rückwärts. Er spürte den Lufthauch der Axtklinge auf seinem Gesicht. Er stolperte und fiel. Ein spitzer Stein bohrte sich schmerzhaft in seinen Nacken. Mel sah Sterne. *Wahrscheinlich habe ich mir das Rückgrat gebrochen*, dachte er. Aber das machte nichts, denn gleich würde er tot sein.
Der Krieger ragte hoch über ihm auf, ein Dämon aus gefletschten Zähnen, stinkendem Leder und wirrem Haar.
Mel schloss die Augen, doch nichts geschah.
Als er sie wieder öffnete, sah er, wie sich der Schädel des Blackfoot verformte. Blut schoss ihm aus den Nasenlöchern. Mel hörte ein Knirschen, wieder und wieder, und jedes Mal verlor der Kopf seines Gegners weiter an Form. Mel begriff, dass jemand dem Krieger von hinten den Schädel einschlug.
Dann kippte der Indianer zur Seite und gab den Blick auf einen anderen Dämon frei: blitzende blaue Augen, ein struppiger Bart, überzogen von einem Sprühnebel aus Blut und Hirnmasse. Jedediah Jones.
Der alte Trapper stand schwer atmend über dem Blackfoot, in der Hand eine archaische Kriegskeule. Die Waffe eines Wilden: Ein bemalter Flussstein, der mit Rohleder an einem Hartholzschaft befestigt war.
„Wo hast du dieses Ding her?“ Etwas anderes fiel Mel, benommen vor Schreck, Schock und Schmerz, nicht ein.
„Hab ich mir ausgeliehen. Von der anderen Rothaut da.“ Jed wies zum Waldrand, wo jetzt zwei Pferde standen, am Boden ein toter Indianer. „Bin den beiden schon eine Weile gefolgt. Dachte, wir können ihre Pferde gut gebrauchen.“
„Was hat dich solange aufgehalten?“

„Ach, ich wollte mal sehen, wie du klarkommst. Ich nahm an, sie würden dich erstmal ein bisschen foltern. Das wäre dir eine Lehre gewesen. Einfach so einzuschlafen."
Mel starrte seinen Partner entgeistert an. Er konnte nicht glauben, was er da hörte.
Jed zuckte nur die Schultern. „Auf die harte Tour lernt man immer noch am besten."
„Verdammt, Jed!"
„Du fluchst, McGruder. Das ist ein Anfang."

Sie schleppten ihre Pelze zu den Pferden. Der tote Blackfoot am Waldrand hatte eine klaffende Wunde am Hals, die aussah, als würde er höhnisch lachen. Jed hatte ihm die Kehle mit dem Abhäutemesser durchgeschnitten.
„Es waren junge Krieger", sagte der Trapper, „und ziemlich dumm."
Mel tat ihm den Gefallen, nachzufragen.
„Was haben sie getan?"
„Dieser hier hat zugesehen, wie sich der andere an dich herangeschlichen hat. Die ganze Zeit hatte er unsere Pelzbündel im Blick, ohne sich zu fragen, wie ein einzelner Mann ohne Pferde zwei so große Ballen schleppen kann. Na ja, er hat bekommen, was er verdient. War ganz leicht."
Sie verstauten ihre Bündel auf den Rücken der Pferde. Weil sie nicht genug Strick besaßen, schnitt Jed lange Lederstreifen aus den Leggings der toten Krieger.
Anschließend musste Mel helfen, die Leichen zwischen die Felsen zu schleppen und mit Steinen zu bedecken. Dabei rückte Jed mit den schlechten Nachrichten heraus: „Die verdammten Blackfeet lagern im Tal des Bighorn River."
Seine Vermutung hatte sich bestätigt: Es handelte sich um Hunting Coyotes Stamm. Das hieß, ihnen war der Weg versperrt. Doch Jed

blieb zuversichtlich. Er wollte jetzt zum Oberlauf des Yellowstone. Mit etwas Glück trafen sie dort auf den Stamm von Little Eagle. Bei den Crows konnten sie die Pferde, die Blackfoot-Waffen und den restlichen Tabak gegen ein Kanu tauschen, was ihnen den schwierigen Bau eines eigenen Flussfahrzeugs ersparen würde.

Es war kein schlechter Plan, aber er bedeutete noch einmal dreihundert Meilen über beschwerliche Gebirgspfade. Außerdem würden ihnen bald die Blackfeet im Genick sitzen. Wenn die Krieger nicht ins Lager zurückkehrten, würden die Rothäute einen Suchtrupp ausschicken und Spuren finden. Dann wäre die Jagd auf die weißen Männer eröffnet.

Heute hatten sie gesiegt, aber ihre Zeit lief ab.

Kapitel 8

Zwei weitere Wochen zogen sie durchs Gebirge. Dank der erbeuteten Tiere brauchten sie die Pelzballen nicht mehr auf ihren eigenen Rücken zu schleppen und kamen schneller voran, nur hin und wieder mussten sie einen Umweg in Kauf nehmen, da manche Trails für die Pferde zu unsicher waren. Einmal tauchten rechts von ihrem Pfad Tierspuren auf. Es waren eng beieinanderliegende Abdrücke wie von einem Hund, der über die eigenen Pfoten gestolpert war.

„Ein Wolf", brummte Jed. „Die Viecher setzen die Hinterpfoten in die Spuren ihrer Vorderläufe."

„Warum machen sie das?", wollte Mel wissen. „Wölfe sind Hunden doch sonst gar nicht so unähnlich. Hunde stammen ja sogar von den Wölfen ab."

„Weiß nicht, weshalb sie das machen. Vielleicht, um ihre Feinde zu täuschen."

„Das glaube ich nicht, Jed. Ich meine, irgendwann wissen die Feinde, wie Wolfsspuren aussehen, oder?"

Jed zuckte bloß mit den Schultern.

Sie ritten eine Weile schweigend nebeneinander her. Die Berge wichen allmählich zurück, die Wiesen wurden üppiger, die Bäche breiter. Eine Stunde später machten sie Rast, Mel prüfte, ob die Pelzballen auf den Rücken der Packtiere noch fest saßen, und Jed studierte aus zusammengekniffenen Augen das Land. Ein Bach kam aus einem Eichenwald und schlängelte sich über eine Wiese voller Wildblumen, ein Adler kreiste träge in der Höhe. Alles war ruhig, und Jed schien zufrieden zu sein. Er deutete zum Waldrand und verkündete, dies sei ein guter Platz zum Rasten. Sie würden noch zwei Stunden Tageslicht haben, aber Mel hatte nichts dagegen

einzuwenden, den Ritt für heute zu beenden. Also schlugen sie ihr Lager unter einer knorrigen Eiche auf, stapelten ihre Pelze als Windschutz zur Ebene hin und führten die Tiere zum Grasen auf die Wiese.
Mel mühte sich, ein Kochfeuer in Gang zu bringen, als Jed sagte: „Ich kannte mal einen Wolf, der holte sich jede Nacht ein Lamm. Das war oben in Kanada, und die Leute glaubten nicht, dass ein Wolf hinter ihren Tieren her war."
„Wieso?"
„Da war zum einen seine Taktik. Er holte sich immer nur eines der Schafe. Wenn Wölfe in ein Gehege eindringen, überkommt sie die Gier, und sie beißen so viele Tiere wie möglich tot, obwohl sie nicht alle wegschleppen können. Dieser hier holte sich nur alle drei Tage ein Schaf." Bloß ganz am Anfang hatte er einmal mehrere Tiere getötet.
Aber das, behauptete Jed, sei nicht das Seltsamste gewesen. Der Wolf habe keine Spuren hinterlassen, jedenfalls keine Wolfsspuren. „Er lief wie ein Hund. Setzte die Pfoten nebeneinander, statt mit den Hinterläufen in die Fährte der Vorderpfoten zu treten. Deshalb hielten alle nach einem verwilderten Hund Ausschau, und eines Nachts erwischten sie sogar einen. Sie schlitzten das arme Vieh auf und zogen ihm die Haut ab. Dann gingen sie schlafen."
In jener Nacht holte sich der Wolf den Leithammel.
Jed wurde beauftragt, die Bestie zu jagen. Er hatte von Anfang an gewusst, dass er es mit einem Wolf zu tun hatte. Nicht seine Fährte verriet ihn, sondern seine Art zu morden. Hunde verbissen sich in die Kehle ihrer Opfer und schüttelten sie tot. Wölfe, immer darauf bedacht, so wenig Energie wie möglich zu verschwenden, töteten mit gezielten Bissen in die Halsschlagader. Die Schafe, die der Räuber beim ersten Mal zurückgelassen hatte, wiesen diese charakteristischen Wunden auf: ein einziger Biss, tief eindringende Fangzähne.

Als Jed den Wolf schließlich fand, lief dieser noch immer wie ein Hund. Alle anderen hatten sich von seinen Spuren täuschen lassen, weil sie davon ausgegangen waren, dass ein Wolf nicht wie ein Hund gehen konnte.
Mel verstand, was ihm Jed mit dieser Geschichte sagen wollte: Die Feinde des Wolfes hatten sich auf ihn eingestellt, aber er hatte sie trotzdem getäuscht.
„Schlauer Kerl", gab Mel zu.
Jed machte eine wegwerfende Handbewegung. „Ach, sein Bein war krumm. Er konnte die Hinterpfoten nicht richtig aufsetzen. Das war alles."
Es wurde Nacht, der Mond stand als blendende Scheibe am Himmel wie eine Riesendublone aus spanischem Silber. Das Feuer hatten sie nach dem Essen gelöscht, damit sein Schein möglichen Verfolgern ihr Lager nicht verriet. In der Ferne heulten Wölfe. Es war ein schauriger Ton, ganz so, als hätten die grauen Räuber Jeds Geschichte mitangehört und wären nun dabei, sich zu sammeln, um Rache für ihren verkrüppelten Artgenossen zu nehmen.
„Wir haben vier Kugeln", sagte Mel. „Zwei in den Gewehren, zwei in unseren Pistolen. Damit können wir vier Wölfe erwischen. Aber das da draußen hört sich nach mindestens einem Dutzend an."
„Ein oder zwei Dutzend, das macht keinen Unterschied", brummte Jed, der sich in seine Decke gewickelt hatte und nicht sonderlich beunruhigt wirkte.
„Glaubst du, wenn wir ein Lagerfeuer hätten, würde sie das zurückhalten?"
„Schon möglich, McGruder."
„Was machen wir, wenn sie angreifen?"
„Ach, die greifen nicht an."
Mel zog seine Büchse dichter zum Körper. „Im Winter hast du gesagt, dass ein Wolfsrudel alles tötet, was es verfolgt."

„Das ist ja auch wahr. Aber ich habe nie behauptet, dass sie hinter uns her sind. Wölfe meiden Menschen. Ist das Beste, was man tun kann."
„Was?"
„Menschen meiden."

Sie durchquerten die Absaroka-Range in nördlicher Richtung. Jed schien auch hier jeden Stein zu kennen. Er orientierte sich allein an Landmarken. Ein Felsen, der Ähnlichkeit mit einem Bärenschädel hatte. Die markanten Windungen eines Creeks. Eine einsame Gruppe toter Bäume, die aussahen wie traurige Riesen. Falls Jed sich einmal über die Richtung im Unklaren war, suchte er nach Moos an Felsen und Stämmen. Danach wusste er, wo Norden lag.
„Moos wächst an der Wetterseite", erklärte er. „Der Wind weht hier meist aus Osten. Ist ganz einfach."
Während dieser Zeit bekamen sie keine Indianer zu sehen. Trotzdem ergriffen sie alle erdenklichen Vorsichtsmaßnahmen. Sie schliefen nachts ohne Feuer und streuten jeden Abend trockene Zweige auf den Boden rings um ihr Camp. Ein Angreifer konnte unmöglich allen ausweichen. Früher oder später musste er einen Zweig zum Knacken bringen, und dann … Mel hielt es für möglich, dass Jed niemals schlief, auch wenn er beide Augen geschlossen hatte und gelegentlich schnarchte.
„Du schnarchst", sagte er eines Morgens, während sie ihren letzten Kaffee schlürften.
Jed widersprach ihm, ohne aufzublicken. „Nein."
„Ich habe es letzte Nacht gehört. Es klingt wie das Rasseln einer Klapperschlange."
„Ach, das. Ist ein alter Trick, um Grizzlys auf Distanz zu halten. Sie haben Respekt vor Schlangen."

In der folgenden Nacht lauschte Mel angestrengt in die Dunkelheit hinaus. Er hörte das Wolfsrudel und ein paar Kojoten heulen, und die Pferde schnaubten leise, aber es gab keine Geräusche, die auf die Anwesenheit von Bären hindeuteten. Allerdings schnarchte Jed auch nicht.

„Du solltest mir diesen Schlangen-Trick beibringen", sagte er am Morgen.

„Geht nicht, es ist ein Talent. Man hat es oder nicht."

Einen Tag später sahen sie in der Ferne Indianer. Die Krieger überquerten eine Freifläche, auf der noch Schnee lag. Sie zeichneten sich deutlich als dunkle Punkte gegen den weißen Untergrund ab. Die Rothäute schienen nicht zu ahnen, dass sie ihrer Beute so nahe waren, sonst hätten sie sich weniger sorglos verhalten.

Jed murmelte einen Fluch. Er schickte Mel mit den Pferden voraus, während er selbst eine falsche Fährte legen wollte. Die Krieger waren mehr als ein Dutzend. Ein Kampf in freier Landschaft wäre selbstmörderisch gewesen.

Gegen Abend stieß Jed wieder zu Mel. Er brachte die Bestätigung mit, dass es sich bei ihren Verfolgern um Blackfeet handelte. Von einem Bergrücken aus sahen sie die fernen Krieger als Schemen in der einsetzenden Dämmerung.

Sie waren nur noch zu sechst.

Offenbar hatte sich der Kriegstrupp geteilt. Das war immerhin etwas, wie Jed bemerkte.

In den nächsten beiden Tagen holten die Blackfeet nicht weiter auf. Jed fing an, sich deswegen Sorgen zu machen.

„Die Bastarde führen etwas im Schilde", brummte er.

Aber dann wurde seine Aufmerksamkeit von einer anderen Bedrohung in Anspruch genommen.

Spuren kreuzten ihren Trail.

Mehrere Männer, einer davon mit schwerem Gepäck. Keine Pferde oder Maultiere. Alle trugen Mokassins.
„Rothäute?" fragte Mel.
Jed schüttelte den Kopf. „Zu schwer. Sie schleppen alle eine Menge Kram mit sich herum. Trapper, schätze ich."
Sie holten die Männer einen halben Tagesmarsch später ein. Es waren Weiße, wie Jed vermutet hatte. Einer davon ein alter Kerl in löchrigen Fellen, der aussah wie ein gerupfter Waldkauz. Er besaß ein dickes Bündel mit Biberpelzen, das auf dem Weg lag und von zwei Männern durchwühlt wurde. Sie hatten den Alten übel zusammengeschlagen. Sein blutiger Speichel tropfte auf die Steine. Obwohl jeder sehen konnte, dass er fertig war, versuchte er auf die Beine zu kommen.
Der dritte Angreifer ragte höhnisch über ihm auf. „Na, Alter, immer noch Lust auf einem Kampf?"
Shawnee-Jim.
Mel hatte ihn aus der Ferne nicht erkannt, aber die heisere Stimme verriet ihn. Fettige Haarbüschel wucherten unter seiner Waschbärenmütze hervor. Er wirkte noch verwahrloster als letzten Herbst, aber Mel machte sich klar, dass sie selbst kaum besser aussahen. Es war ihm bisher nur nicht aufgefallen, weil die Veränderung schleichend vor sich gegangen war.
„Merde!" Der Alte schaffte es tatsächlich beinahe aufzustehen. Shawnee-Jim trat ihm vor die Brust.
„Ich dachte, die sind zur Frühjahrsjagd am Platte River", murmelte Mel.
„Dachte ich auch", sagte Jed. „Ziel auf die beiden anderen." Damit rutschte er den Abhang hinunter, der sie von den Angreifern trennte. Shawnee und seine Kumpane fuhren herum, als sie die den Lärm rutschender Sohlen und rollender Steine hörten, aber da blickten sie

schon die Mündungen zweier Gewehre. Klickend spannte Jed den Hahn.
„Blast das Pulver aus den Pfannen und pinkelt in den Lauf!“ Er nickte Shawnee-Jim zu. „Du kennst das ja.“
„Moment mal, Mister …“, begann einer der Trapper, aber Jed drückte Shawnee die Mündung der Kentucky-Rifle unters Kinn. Er sagte: „Ein Freund von mir meinte, dies sei die sicherste Art, einen Grizzly zu erledigen. Nicht, dass ich dich für einen Grizzly halten würde, du stinkst nur genauso.“
Die Augen des bulligen Trappers waren schmale Schlitze. Wie Schießscharten in einem Grenzfort. Mel erwartete, dass sie anfingen, Feuer zu spucken.
Was er in Jeds Augen sah, gefiel ihm noch weniger. Sein Gefährte schien nur auf ein Zucken seines Kontrahenten zu warten. Doch schließlich gab Shawnee-Jim die Kraftprobe verloren. Die Plünderer begannen mit der entwürdigenden Prozedur, ihre Gewehre schussunfähig zu machen.
„Verflucht, ich kann nicht pissen, wenn mir einer dabei zusieht“, beschwerte sich einer der Männer.
„Wenn ich richtig loslege, wirst du dir sogar ganz locker in die Hosen scheißen“, gab Jed zurück, und irgendwie schafften es alle drei. Warmer Urin schwappte aus den Läufen. Ihre Pistolen wurden derselben Behandlung unterzogen. Die Trapper fragten sich wahrscheinlich, wieso sie ihre Waffen behalten durften. Jed verriet es ihnen.
„Ich würde versuchen, die Läufe trocken zu kriegen oder das Camp eurer Company zu erreichen. Von da hinten kommt nämlich eine Horde Blackfeet.“ Jed deutete in eine unbestimmte Richtung. „Und nun haut ab.“
Nur Shawnee-Jim warf einen Blick zurück, als wolle er sich Jeds Gesicht genau einprägen. Für die nächste Begegnung. Danach würde

einer von ihnen tot sein. Shawnees Miene nach zu urteilen, sollte das Jed sein.

„Du hast dich zurückgehalten“, stellte Mel fest. „Mein Respekt.“

„Ach was.“ Jed spuckte aus. „Zu viele Zeugen. Ich konnte sie ja schlecht alle drei umlegen.“

„Hättest du aber tun sollen“, ereiferte sich der Alte, der sich an seinem Pelzballen abstützte. Beim hastigen Luftholen fuhr ihm ein stechender Schmerz in die Brust. Er verzog das Gesicht. Mel ging hin, um ihn zu untersuchen.

Der Alte roch nach Schweiß, Tabak und Baumharz. Sein Bart war grau, mit braungelben Nikotinflecken. Er mochte sechzig Jahre alt sein – oder noch älter. Shawnees Männer hatten ihm ein paar Rippen gebrochen. Als er aufstöhnte, sah Mel geschwärzte Zahnstummel.

„Das wächst von allein wieder zusammen“, brummte der Trapper, aber Mel bestand darauf, ihm eine Bandage aus einer Decke zu machen.

„Nimm eine von seinen Decken“, sagte Jed. „Seine Rippen sind nicht unsere Sache.“

Der Alte musterte ihn von oben bis unten. Dann schnappte er: „Merde, Mister, ist dir eigentlich klar, dass dein Scheißtrick von vorhin nicht funktioniert? Die Pisse dringt nicht durch das Schusspflaster bis zum Pulver vor.“

Das Schusspflaster war ein Fetzen Hirschleder, der beim Stopfen des Gewehrs um das Blei gewickelt wurde. Es verhinderte, dass die Kugel aus dem Lauf fiel und sorgte dafür, dass der Gasdruck nicht frühzeitig entwich.

„Manchmal klappt es“, erwiderte Jed ruhig. „Letztes Jahr in St. Louis haben sie in jedem Saloon über das geredet, was du einen Scheißtrick nennst. Angeblich hat John Colter mit diesem Trick früher mal einen Trupp Blackfeet unschädlich gemacht. Die meisten Männer glauben an Colter. Er war der erste Weiße in diesen Bergen.“

„Colter? Pah!“ Der Alte bekam vor Entrüstung einen Hustenanfall. „Colter ist tot. Außerdem kenne ich einen Franzosen, der war lange vor ihm hier.“
„Sicher wirst du ihn mir gleich vorstellen.“
Die Augen des Alten funkelten belustigt, als er die Hand ausstreckte. „Jehan Prevost. Glaub ich jedenfalls. Ist elend lang her, dass jemand nach meinem Namen gefragt hat.“
„Ich hab ja nicht gefragt. Dein Name und deine Rippen gehen mich nichts an.“
Aber Jed nahm die Hand des Franzosen, und Mel hatte den Eindruck, dass sie einander verstanden.
Jehan Prevost kam vom Wind River. Er lebte seit Jahren in einem Tal, in dem es seiner Darstellung nach Wild und Biber im Überfluss gab und in das sich nur selten Blackfeet verirrten, die er alle getötet hatte. „Es war einsam dort oben. Ich hätte nie gedacht, dass mir die Roten fehlen würden.“ Er lachte glucksend, obwohl seine Rippen schmerzten.
Vor ein paar Wochen hatte er sich einen Packen seiner Pelze geschnappt, um vorübergehend in die Zivilisation zurückzukehren. „Tabak und Whisky sind mir ausgegangen. Ich kann Büffelscheiße und Indianerknochen rauchen, wenn es sein muss, aber Schnaps kann ich keinen daraus machen.“
Mel wusste nicht, wie viel er dem Franzosen glauben sollte. Jed schien keine Probleme mit Prevosts Glaubwürdigkeit zu haben. Er nickte andächtig und warf dem Alten seinen Tabakbeutel zu. Allerdings passte er auf, dass der andere nicht mehr als eine Pfeifenfüllung nahm.
Jehan Prevost maulte, die Behandlung hier sei unwürdiger als im Camp der St. Louis Fur Company.
Anders als Jed angenommen hatte, hielt sich Raimund Hommels Trapperbrigade am Oberlauf des Yellowstone auf, hatte bislang aber

wenig Glück mit Bibern gehabt. Vielleicht hatten die Crows im Herbst die Gegend bejagt, um selbst etwas Pelzhandel zu treiben. Prevost hatte eine Nacht im Lager der Fallensteller verbracht. Sie behandelten ihn freundlich, aber dann hatte Hommel ein paar Männer auf seine Fährte gesetzt, um die Pelze des Alten zu stehlen.

„Das ist ja noch mal gut gegangen", meinte Mel. „Du kannst mit uns nach St. Louis kommen, wenn du willst."

„St. Louis? Ein verteufelt langer Weg, um ein paar Felle loszuwerden. Zu lang, wenn du mich fragst."

„Keiner fragt dich", sagte Jed.

Aber der Alte war in Fahrt. „Ihr wollt dreitausend Meilen den Fluss runter, wegen zweier lausiger Pelzbündel?"

„Wenn wir da sind, kannst du Pierre Chouteau ja fragen, ob er uns im nächsten Jahr ein Stück entgegen reist."

„Warum nicht? Wenn ich Händler wäre, würde ich Ausrüstung, Schnaps und Tabak in die Berge bringen. Teufel, vielleicht sogar ein paar Huren. Ich würde die Preise erhöhen, und trotzdem würdet ihr verlausten Kerle zahlen, um nicht runter nach St. Louis paddeln zu müssen. Als es Lisas Fort am Yellowstone noch gab, da …"

Jed unterbrach ihn. „Lisa bekommt von mir kein Biberhaar. Außerdem ist er tot."

„Hat es ihn also endlich erwischt."

„Ja, der verdammte Spanier ist ausradiert. Jetzt führt Pilcher die Company. Ist auch nicht besser. Die Kerle, die dir an den Kragen wollten, sind seine Männer."

Der Franzose gab ein abfälliges Grunzen von sich, ließ aber noch nicht locker. „Trotzdem, St. Louis? Habt ihr schon mal daran gedacht, an die Briten zu verkaufen?"

„Tausendmal", behauptete Jed.

Mit gebrochenen Rippen war es dem Alten unmöglich, seinen Pelzballen zu schultern. Deshalb nahm er das Angebot an, den Packen auf eines der beiden Indianerponys zu laden und zog grummelnd mit ihnen in Richtung Yellowstone. Was nicht hieß, dass er sich mit dem Reiseziel abgefunden hatte.

„Die Hudson's Bay-Leute sitzen oben am Jefferson River. Das sind keine zweihundert Meilen von hier."

Die Hudson's Bay Company war eine der beiden großen kanadischen Pelzhandelsgesellschaften. Seit dem Krieg von 1812 durften britische Firmen offiziell keinen Handel auf dem Boden der Vereinigten Staaten treiben. Tatsächlich aber bemühten sie sich, einen Fuß in der Tür zu behalten, indem sie ihre Fellaufkäufer in die Rocky Mountains schickten. Hin und wieder errichteten sie auch einen kleinen Handelsposten.

„Verdammte Briten", sagte Jed. „Sie sitzen hinter ihren Palisaden und warten, dass wir ihnen unsere Pelze frei Haus liefern. Setzen selbst keinen Fuß ins kalte Wasser."

Prevost stimmte ihm überraschend schnell zu. „Genau, die brauchen uns. Deshalb zahlen sie auch so gut."

Die Hudson's Bay Company lieferte sich seit Jahren einen erbitterten Kampf mit der Northwest Company. Die Northwesterner schickten Trapperbrigaden in die Wälder, während die Hudson's Bay-Händler auf Pelze angewiesen waren, die ihnen von Indianern und freien Fallenstellern verkauft wurden. Die Briten betrieben ihren Handel auf alte Art, aber sie waren stinkreich. Angeblich bezahlten sie in diesem Jahr sieben Dollar für ein Pfund Biberpelze.

Mel fragte sich, woher der Alte diese Information hatte, wenn er seit Monaten nicht aus den Bergen weggekommen war. Trotzdem, das Angebot klang verlockend. Berthold, Chouteau & Company in St. Louis garantierten ihnen vier Dollar pro Pfund. Fünf, wenn ihre Pelze samtweich wie die Haut einer Jungfrau und dicht wie das

Achselhaar einer mexikanischen Hure waren. Bei der St. Louis Missouri Fur Company würden sie nur drei Dollar bekommen, weil Joshua Pilcher eigene Trapper in den fernen Westen sandte.
„Sechshundert Dollar mehr in der Tasche, das ist ein Unterschied", sagte der Alte. „Außerdem ist der Weg kürzer. In drei Wochen könntet ihr wieder in den Bergen sein."
Jed schüttelte bloß den Kopf. „Ach, und was sollen wir den Rest des Sommers anstellen?"
Darauf wusste Prevost keine Antwort. Für einen Trapper gab es im Sommer nicht viel zu tun.
In dieser Nacht lagerten sie in einer Höhle, in der es nach wilden Tieren stank.
„Ein Bär? ", fragte Mel, als sie davor standen.
„Weiß nicht, mal sehen." Ohne ein weiteres Wort verschwand Jed durch die Öffnung. Der Franzose sagte nichts dazu, sondern wartete, auf sein Gewehr gestützt, einfach ab. Er machte die Büchse nicht einmal schussbereit.
Nach einer Weile drang Tumult aus der Höhle, etwas quiekte, Jed brach in lautes Gebrüll aus.
„Verflucht", rief Mel, „wenn er die Jungen tötet und die Bärin dazukommt, sind wir geliefert."
„Ach was", meinte der Franzose, „Stachelschweine sind normalerweise recht harmlos."
Tatsächlich lebten in der Höhle keine Bären, sondern Stachelschweine. Jed hatte eines in die Enge getrieben und mit dem Gewehrkolben erschlagen. Die anderen waren durch einen Felsspalt in die Tiefen des Berges verschwunden. Keiner wusste, wie weit diese Klüfte reichten.
Später, während er das Fleisch röstete, verriet Jed: „Diese Schweine geben nicht auf. Jedes Mal, wenn ich hier vorbeikomme, esse ich eins, aber sie sind immer noch da."

„Dumme Schweine“, nuschelte der Franzose, „lernen nicht dazu.“ Fett tropfte in seinen Bart, und seine Meinungsverschiedenheiten mit Jed schienen vergessen. Er kam an diesem Abend nicht mehr auf die Hudson’s Bay Company zurück.
„Habt ihr Kaffee?“, wollte er wissen.
„Zu viel Ballast, wenn die Blackfeet hinter dir her sind“, brummte Jed.
„Merde, ich weiß nicht einmal mehr, wie das Zeug schmeckt. Aber du hast Recht, man sollte den Rothäuten keinen zusätzlichen Grund geben, deinen Skalp zu nehmen.“
Wegen ihrer Verfolger stellten sie eine Wache am Eingang auf, obwohl Jed nicht glaubte, dass die Rothäute, die in einer für sie fremden Gegend waren, diese Höhle kannten.
„Aber der Teufel soll mich holen, wenn ich bei Hunting Coyote ein Risiko eingehe.“
Prevost wurde hellhörig. „Hunting Coyote, eh? Übler Bursche. Besonders, seitdem er kein Gesicht mehr hat.“
Mel wollte etwas sagen, aber Jed schnitt ihm das Wort ab. „Es gibt keinen größeren Bastard als Hunting Coyote.“
„Außer vielleicht Bloody Buffalo.“
Bloody Buffalo war ebenfalls ein gefürchteter Unterhäuptling der Blackfoot-Indianer. Sein Name spielte angeblich auf einen Kampf an, in dem er seine Tapferkeit bewiesen hatte: Nur mit einem Tomahawk bewaffnet, tötete er den Leitbullen einer Bisonherde. Er wich den Angriffen des Bullen geschickt aus und schlug ihm sein Kriegsbeil in den Leib – wieder und wieder, bis der Koloss schließlich zusammenbrach. Hinterher waren das Fell des Büffels und der nackte Leib des Jägers blutüberströmt gewesen. Bloody Buffalo schnitzte sich aus dem Oberschenkelknochen des Bullen eine Kriegskeule, mit der er seitdem mehr als ein Dutzend Weiße umgebracht hatte.
„Von dem hast du mir nie erzählt“, sagte Mel.

Jed zuckte die Schultern. „Ach, der ist doch ein Idiot. Einfach so eine gute Büffeldecke zu ruinieren."
Bloody Buffalo war ein Rivale von Hunting Coyote. Sie stritten seit Jahren um die Führerschaft der südlichen Blackfoot-Stämme. Beide wollten jeden weißen Jäger töten, den sie fanden, aber sie konnten sich nicht einigen, wer an der Spitze der Kriegermeute laufen sollte.
„Freue mich schon darauf, wenn sie aufeinander losgehen." Prevost hustete Tabakqualm aus. „Axt gegen Keule, das wird ein Kampf. Was denkst du, wer gewinnt?"
„Keine Ahnung. Ich würde jedem eine Kugel geben."
„Mit einer Kugel richtest du gegen diese Krieger nichts aus. Die haben große Medizin. Da musst du dir schon etwas Besonderes einfallen lassen."
„Werd ich machen, wenn's soweit ist."
Der Franzose lachte heiser. „Bete, dass es nie dazu kommt, Jones."
Jed gab ein abfälliges Brummen von sich. „Axt oder Keule, ist doch egal. Damit kannst du fertig werden, wenn du schnell genug bist. Ein Messer ist die beste Nahkampfwaffe."
„Etwa so ein Bärenhäuter, wie du ihn am Gürtel trägst, Jones?" Der alte Franzose lachte und zog sein eigenes Messer. Es war schlanker als Jeds Waffe und besaß eine beidseitig geschliffene Klinge. „Damit stichst du einem Blackfoot zwischen den Rippen hindurch sauber ins Herz."
Prevost reichte Jed das Messer, der es ausgiebig betrachtete und dann die Stirn runzelte. „Wie viele Blackfeet hast du denn schon sauber erstochen?"
„Einige."
„Aha, und wie viele Bäume hast du damit zerlegt? Hier draußen brauchst du ein Messer, mit dem du kämpfen, graben und hacken kannst. Du musst damit Stöcke anspitzen, Biber häuten und Rothäute erledigen können. Dazu benötigst du ein starkes Messer, nicht so

einen Zierdolch.“ Jed redete sich in Eifer. „Stechen kann ich mit meinem auch.“

„Vielleicht, aber du brauchst zu viel Kraft. Du hast ja nicht mal eine Blutrinne.“ Der Alte wies auf eine Vertiefung, die sich über die Klinge seines eigenen Messers zog.

„Ich kannte mal einen Trapper, der stieß einem Indianer sein Messer in den Bauch. Der Kerl drehte sich um und rannte weg, die Klinge steckte ihm noch in den Eingeweiden. Der Trapper dachte, dass er nicht weit kommen würde und ließ ihn laufen. Im Jahr darauf kam die Rothaut zurück und tötete den Trapper mit dessen eigenem Messer.“

Mel mischte sich ins Gespräch. „Was war geschehen?“

„Ein Medizinmann heilte den Krieger. Schuld war das Messer, das keine Blutrinne hatte. Die Klinge verschloss die Wunde und anstatt zu verbluten schaffte es der Indianer bis ins Lager seines Stammes.“

Jed winkte ab. „Ach, das ist doch alles Quatsch. Kein Trapper würde sein Messer in einer Rothaut zurücklassen.“

„Er hat es ja nicht freiwillig getan. Der Rote ist einfach damit davongerannt.“

„Meinetwegen, jedenfalls kommst du mit deinem Zahnstocher bei der Biberjagd nicht weit.“

Jehan Prevost zuckte mit den Schultern. „Dein Messer ist auch nicht besser. Ein altes Ding.“

Jed sog beleidigt an seiner Pfeife „Das ist nicht mein richtiges Messer. Mein Messer wartet in St. Louis auf mich. Hab da etwas in Auftrag gegeben. Wirst es ja bald sehen.“

„St. Louis? Ihr wollt es euch also nicht noch mal überlegen mit den Briten? Die haben auch gute Messer.“

„Aber nicht solche Messer, du wirst sehen.“

Sie rauchten und bereiten sich dann ein Nachtlager. Mel übernahm die erste Wache. Während er in die Nacht starrte, hörte er, wie sich sein Kompagnon hinten in der Höhle räusperte. „Eh, Prevost, in deinem Tal oben am Wind River, gibt es da vielleicht ein paar Riesenbiber?“

„Sicher. Wiegen an die siebzig Pfund.“

„Nein, die meine ich nicht. Ich dachte eher an siebenhundert Pfund.“

Der Alte kicherte. „Ich weiß genau, was du meinst, Jedediah Jones, ich weiß es verdammt genau.“

Kapitel 9

Der Überfall erfolgte am Yellowstone.

Der Fluss war noch gefroren, aber Jed meinte, bis sie das Kanu fertig hätten, werde das Eis gewiss aufbrechen. Der Alte murrte und murmelte wieder etwas vom Handelsposten der Hudson's Bay Company.

„Liegt viel näher als dieses Drecksloch St. Louis, wo sie dir das Geld aus den Taschen ziehen und dir dafür die Syphilis anhängen. Ich hatte einen Freund, der zehn Blackfeet-Skalps am Gürtel trug. Für jedes Jahr, das er in den Bergen überlebt hatte, einen. Aber nach einer Woche in St. Louis bekam er die Ruhr und ist draufgegangen."

Mel beschlich der Verdacht, dass Jehan Prevost Angst hatte. Er lebte seit Jahren in den Bergen. Eine Stadt musste für ihn eine fremde Welt sein. Wehrte er sich deshalb so vehement gegen die Fahrt nach St. Louis?

Jed blieb unnachgiebig. Am anderen Ufer entdeckte er ein paar Bäume, die seiner Meinung nach für den Bau eines Kanus geeignet waren. Sie zogen die beiden Pferde die Böschung hinunter und betraten das Eis. An manchen Stellen knirschte es leise, insgesamt aber schien die Decke das Gewicht der drei Männer, ihrer Tiere und Pelze zu tragen, solange sie sich nur in ausreichendem Abstand bewegten.

Sie hatten ein Drittel des Weges geschafft, als der erste Pfeil über den Fluss heranschwirrte.

Schmatzend drang er ins Hinterteil eines der Pferde. Das Tier wieherte schrill und ging durch. Diesmal war Jed nicht von seinen Instinkten gewarnt worden, aber er reagierte blitzschnell, packte die Zügel mit eisenhartem Griff, schlug dem Pferd übers Maul und brachte es so unter Kontrolle.

Der Pfeil war aus großer Entfernung abgeschossen worden; er steckte nicht sehr tief im Fleisch. Jed riss ihn heraus und tätschelte dem zitternden Tier den Hals.
„Ruhig!"
Aber es war nicht die Zeit für Ruhe.
Am Ufer hinter ihnen tauchten Indianer auf. Sechs Blackfeet. Die Krieger, die seit Tagen auf ihrer Fährte liefen.
„Teufel, waren die schnell. Ich hoffe, sie haben Shawnee-Jims Skalp genommen."
Jed wollte am gegenüberliegenden Ufer zwischen den Bäumen in Deckung gehen. Es war der beste Plan, den sie hatten, aber er hielt nur bis zur Mitte des Flusses.
„Aiiiieee!" Kriegsgeschrei scholl ihnen entgegen.
Aus dem Wald, den sie erreichen wollten, lösten sich weitere Blackfeet: Acht Krieger, an ihrer Spitze ein riesiger Indianer mit einer Streitaxt. Hunting Coyote.
Auf einen Schlag wurde Mel klar, was geschehen war. Die Blackfeet hatten sich vor ein paar Tagen von Jeds falscher Fährte nicht täuschen lassen. Sie hatten einen weiten Bogen geschlagen, um die Weißen am Yellowstone in die Zange zu nehmen. Und nun war die Falle zugeschnappt. Die Trapper befanden sich mitten auf den Fluss, nirgendwo gab es Deckung. Nur Eis und Tod in Gestalt von Rothäuten, die von zwei Seiten gleichzeitig angriffen.
Jed und der Franzose reagierten wie ein Mann. Sie zogen ihre Pistolen und schossen jedem der beiden Pferde eine Kugel in den Kopf. Pulverdampf, schlagende Hufe, das anklagende Wiehern der tödlich getroffenen Tiere. Während Mel noch zu verstehen versuchte, was vor sich ging, lagen die zwei erfahrenen Mountain Men bereits hinter den gestürzten Leibern, kappten die Stricke der Pelzbündel, zerrten die Ballen zu einer provisorischen Brustwehr zusammen und luden ihre Pistolen nach.

„Kopf runter, McGruder!“
Nun besaßen sie einen Schutzwall, drei Gewehre und ebenso viele Pistolen. Die Blackfeet würden bluten, wenn sie sich zum Sturmangriff entschlossen.
Mit einem Mal lag ein Rauschen in der Luft. Die Rothäute an beiden Ufern schossen Pfeile ab. Spitzen aus Feuerstein schlugen saugend in die noch dampfenden Körper der Pferde. Drei oder vier Krieger besaßen Musketen, deren Kugeln an einem Pelzballen zupften. Mit einer fließenden Bewegung zog Jed die Kentucky-Rifle an die Schulter und holte einen Musketenschützen von den Beinen. Ein anderer Krieger beugte sich über den Gefallenen und riss die Flinte an sich, ehe er sich in die Deckung der Bäume zurückzog.
„Verdammte Hurensöhne, ruinieren mir die Pelze.“
„Quatsch nicht, Jones, das war mein Bündel“, schimpfte der Franzose.
„Diesmal vielleicht, aber die kommen wieder.“
Prevosts Schuss streifte einen der Angreifer an der Hüfte. Der Alte fluchte und behauptete, das läge dran, dass er im Liegen schießen musste. „Ein Trapper kämpft aufrecht!“
Mel erhob sich hinter einem Pelzballen auf die Knie und nahm Hunting Coyote aufs Korn, der keine dreißig Meter entfernt am Ufer stand und herüberstarrte. Als er dem Blackfoot ins Gesicht sah, um das Weiße in seinen Augen zu finden, durchzuckte ihn ein Schreck. Mel drückte überstürzt ab, und seine Kugel fetzte bloß die Rinde von einer Pappel.
Der Kriegshäuptling hatte nur ein halbes Gesicht.
Die Nase und ein Fetzen der Oberlippe fehlten. Gelbe Zähne lugten unter dem Lippenfleisch hervor, darüber lag ein Streifen blassrot schimmernden Narbengewebes. Der Indianer atmete durch zwei unförmige Löcher, und Mel glaubte unwillkürlich, seinen rasselnden Atem zu hören.

Plötzlich verstand er den Hass, mit dem Hunting Coyote seinen Partner verfolgte. Die Verstümmelungen stammten von der Schnappfalle, die Jedediah Jones dem Blackfoot ins Gesicht geworfen hatte. Selbst unter Indianern, die Narben als Zeichen großer Tapferkeit betrachteten, musste dieses zerstörte Gesicht abstoßend wirken. Zumal Hunting Coyote damals den Kampf gegen den Trapper verloren hatte. Erst wenn Jeds Skalp an einer Stange vor Hunting Coyotes Tipi hing, würde die Schmach getilgt sein.

„Hättest du dein Gewehr damals in der Nähe behalten, Jed, würden wir jetzt nicht in Schwierigkeiten stecken."

„Er hätte einen Medizinmann aufsuchen sollen, der nicht dem Suff verfallen ist." Jed lachte grimmig.

Jehan Prevost reimte sich aus dem kurzen Wortwechsel einiges zusammen. „Du warst der hinterhältige Kerl, der diesen Bastard entstellt hat? Gut!"

Die Blackfeet machten jetzt ernst. Während die Schützen an den Ufern auf eine Gelegenheit warteten, schwärmten sieben Krieger über das Eis und griffen die Barrikade aus Fell und Fleisch von allen Seiten an. Jed und Prevost schossen je einen Angreifer nieder. Mel zielte, aber der Pulverdampf aus ihren Büchsen wehte in sein Schussfeld, und er konnte nicht sehen, ob er getroffen hatte.

Dann war der erste Indianer heran. Tollkühn sprang er über einen der Pelzballen. Noch während er in der Luft hing, setzte ihm Jed die Pistole an den Bauch und drückte ab. Ächzend prallte der Blackfoot inmitten ihrer Stellung aufs Eis. Jed entrang ihm den Tomahawk und schlug die Axt einem anderen Angreifer in die Brust. Der Krieger fiel aufs Eis und nahm das Kriegsbeil in seinem Fleisch mit. Ein dritter Indianer schwang eine Keule, wurde aber von zwei Kugeln in die Hüfte und den Rücken getroffen: Mel und Jehan Prevost hatten ihre Pistolen gleichzeitig abgefeuert.

„Vergeudet keine Kugeln", schimpfte Jed.

Ein weiterer Blackfoot schwang sich über die Barrikade und riss den Franzosen von den Beinen. Er stieß mit dem Messer zu, aber der Alte parierte mit dem Unterarm. Dann rammte er dem Indianer seinen Dolch in die Brust. Die Klinge schrammte gegen den Knochen und brach ab. Der Angreifer stieß noch einmal zu und erwischte den Franzosen.

Prevost schrie.

Jed hieb dem Indianer sein Abhäutemesser in den Nacken. Sehnen rissen, Knochen knirschten, der Krieger starb ohne einen Laut. Jed warf Prevost einen triumphierenden Blick zu.

Der Franzose blutete an der Hüfte, war aber schon wieder dabei, seine Kentucky-Rifle zu laden.

Pulver in den Lauf schütten, Schusspflaster und Kugel hinterher stopfen, mit dem Ladestock alles feststampfen. Eine Prise Pulver in die Pfanne. Feuer!

Ein Indianer wurde von den Beinen gerissen. Blutend schleppte er sich zum Ufer. Der Angriff brach zusammen.

Wären die Blackfeet alle auf einmal gekommen, hätten sie die Trapper überrannt, nachdem deren Waffen leer geschossen waren. In ihrem Ungestüm aber hatten sie sieben Krieger verloren, zwei weitere waren verletzt. Sie zogen sich ans Ufer zurück und begannen mit einem unregelmäßigen Sperrfeuer. Pfeile bohrten sich in die Pferdekadaver, hinter denen die Weißen in Deckung lagen.

Hunting Coyote hatte sich nicht an dem Angriff beteiligt. Er stand zwischen den Bäumen, eine stumme Drohung lag in seiner von Zorn und Narben entstellten Fratze. Als er sah, dass die Mountain Men herüberblickten, hob er seine Axt.

Vor vierzig Jahren hatten die Briten Indianer in Virginia mit Waffen ausgerüstet, damit sie die Siedlungen abtrünniger Amerikaner angriffen. Vielleicht hatte die Streitaxt damals einem Shawnee oder

Delawaren gehört. Auf Umwegen war sie in den fernen Westen zu den Blackfeet gelangt.
Hier und da wölkte Pulverdampf auf. Kugeln zischten über die Köpfe der Trapper hinweg. Musketen waren den Kentucky-Rifles an Treffsicherheit unterlegen, aber die Flinten der Blackfeet verfügten über besonders lange Läufe, sodass sie genauer schossen als normale Musketen.
„Die Briten verkaufen ihnen diese Dinger", sagte Prevost. „Sie verlangen einen Stapel Biberpelze so hoch wie eine Muskete lang ist. Sie machen die Läufe immer länger."
„Britische Mistkerle", grollte Jed.
Neben ihm krachte Mels Forsyth-Rifle. Ein Blackfoot ließ die Muskete fallen und rollte die Uferböschung hinab. Rasch lud Mel nach. Dann drehte er am Flakon mit dem Zündpulver.
„Guter Schuss", lobte Prevost.
„Gute Waffe", gab Mel zurück.
Jed sagte nichts, sondern schoss auf die Indianer. Er traf nicht und machte sich mit grimmigem Gesicht ans Nachladen.
Das Feuer auf beiden Seiten wurde spärlicher. Die Trapper konnten ihre Stellung auf dem Fluss nicht verlassen, und die Indianer blieben in Deckung. Während Jed verbissen nach einem Ziel suchte, fiel ihm auf, das Hunting Coyote verschwunden war. „Wo steckt der Hundesohn?"
Erneut gelang es dem Kriegshäuptling, sie zu überraschen. Er tauchte plötzlich hundert Meter stromaufwärts auf. Er lief übers Eis, bis er sich in der Flussmitte befand. Gleichzeitig nahmen seine Krieger den Beschuss der provisorischen Barrikade wieder auf.
„Was hat er vor?", fragte Prevost.
Hunting Coyote schwang seine Streitaxt. Er ließ das geschwungene Blatt kraftvoll aufs Eis krachen, zog es heraus und hieb erneut zu.

Immer wieder. Als Jed aufging, was der Blackfoot tat, war es schon zu spät.

„Knallt ihn ab!“

Wie durch bösen Zauber traf keine ihrer Kugeln.

Hunting Coyote stieß einen Kriegsschrei aus, schlug ein letztes Mal zu und hastete zum Ufer.

Hinter ihm begann das Eis zu brechen.

Auf einmal lag ein Knirschen in der Luft. Ein fernes Rieseln erst, dass jedoch immer näher kam. Das Geräusch schwoll an, und sie sahen Risse im Eis, die sich auf sie zu schlängelten. Wo Hunting Coyote gestanden hatte, hoben sich erste Schollen aus dem Wasser. Mahlend schoben sie sich über die Eisdecke, bis diese brach und sich der Vorgang wiederholte. Bald türmten sich die Platten übereinander: Eine schartige Wand aus Frost. Sie wuchs rasch und kam näher.

„Eisgang“, warnte Prevost. „Lauft!“

Er sprang auf und bekam sofort einen Pfeil in die Brust. Jed feuerte auf den Schützen, verfehlte ihn aber, weil andere Pfeile ihn zum Ausweichen zwangen. Nun begann auch das Eis unter ihren Füßen zu brechen. Mel sah eines der toten Pferde im Fluss versinken. Sofort schoben sich Eisschollen über den Kadaver und drückten ihn unter Wasser.

Mel stützte den verletzten Franzosen. „Ans Ufer!“

Über das splitternde Eis hetzten sie auf die Flussseite zurück, an der sie heute Morgen gestanden hatten. Dort hielten sich jetzt nur noch zwei oder drei Blackfeet auf. Dort hatten sie eine Chance.

Hinter ihnen versanken Pelzbündel im Yellowstone. Ein Ballen trieb auf einer großen Scholle flussabwärts. Verzweifelt sprang Jed hinterher. Er verlor sein Gewehr, landete aber auf dem Eis und klammerte sich an die Pelze. Er würde nicht schon wieder seine gesamte Ausbeute an Hunting Coyote verlieren. Die Blackfeet schossen auf ihn ohne zu treffen, weil Jed hinter dem Ballen kauerte.

Mel und Prevost erreichten das Ufer. Ein Indianer sprang auf sie zu. Mel schoss ihm mit der Pistole ins Gesicht. Der Blackfoot verschwand hinter Pulverqualm und rotem Sprühnebel. Mel ließ Prevost los, um sein Gewehr benutzen zu können. Der Alte sank zusammen. Er hatte seine Büchse auf dem Fluss verloren und feuerte seine Pistole auf einen weiteren Indianer ab. Er verfehlte ihn, aber der Krieger wurde lange genug aufgehalten, sodass Mel ihm den Gewehrkolben gegen die Stirn schmettern konnte. Dann legte der junge Pelzjäger die Forsyth-Rifle an und erwischte den dritten Krieger, der zwischen den Büschen lauerte, an der Schulter. Der Blackfoot floh. Zuvor hatte er jedoch einen Pfeil abgeschossen, der dem Franzosen in die Seite fuhr.

Dann war es vorbei. Mel und Prevost befanden sich in Sicherheit. Der Rest des Kriegstrupps war von ihnen abgeschnitten. Sie hatten gewonnen, falls man das als Sieg bezeichnen konnte. Der Alte war verletzt, und Jed trieb auf dem Eis den Fluss hinunter. Er verschwand aus ihrer Sicht. Die Blackfeet am anderen Ufer stießen triumphierende Schreie aus und folgten der Scholle über Land.

Hunting Coyote sah zu ihnen herüber. Mel konnte sein Gesicht aus der Entfernung nicht erkennen, aber er war sicher, dass trotz der schrecklichen Verluste, die die Indianer erlitten hatten, ein befriedigter Ausdruck darin lag. Zwei Weiße waren entkommen, aber Jedediah Jones trieb hilflos auf dem Yellowstone. Hunting Coyote würde ihn erwischen.

Prevosts Stöhnen brachte Mel zurück. „Du musst die Pfeile herausziehen“, flüsterte der Alte. Er litt Schmerzen. Der erste Pfeil hatte seine Lunge zumindest angekratzt.

„Und weiter?“ fragte Mel unsicher.

„Jefferson River. Die Hudson’s Bay Company. Das ist unsere einzige Chance.“

Kapitel 10

Der Handelsposten der Hudson's Bay Company lag nicht am Jefferson River, sondern nördlich davon. Mit dem verletzten Jehan Prevost brauchte Mel nahezu drei Wochen, um hinzugelangen. Selbst mit einem Pelzbündel auf dem Rücken wäre er schneller gewesen. Aber ihre Pelze und fast die gesamte Ausrüstung waren verloren, und statt ihrer schleppte Mel einen todkranken Mann durch die Wildnis. Einmal mehr musste er feststellen, dass Entfernungen in den Bergen trügerisch waren. Ein Gipfel, der am Morgen ganz nahe schien, konnte am Abend noch immer weit entfernt sein. Es lag an der Luft, erklärte Prevost. Sie war so klar, dass sie einen Mann narrte, der sich auf nur auf seine Augen verließ.

Der Atem des Franzosen ging pfeifend. Manchmal glaubte Mel, der Alte würde den nächsten Morgen nicht erleben, aber Prevost war zäh und hielt durch. Mel schnitt die Pfeilspitze aus seiner Hüfte, doch die Wunde eiterte. An die Spitze in der Brust wagte er sich nicht heran.

„Lass mich hier liegen, McGruder", sagte Prevost eines Abends, als es ihm besonders schlecht ging. „Bring dich allein in Sicherheit."

Mel hatte ein Feuer entzündet. Er kümmerte sich nicht darum, dass sie sich jetzt in den Jagdgründen der Blackfeet befanden. Er versuchte bloß noch, den Franzosen durchzubringen.

„Ich bin alt", redete Prevost weiter. „Hab ein gutes Leben gehabt. Aber nun mache ich es nicht mehr lange."

„Lang genug, um einen Whisky zu trinken", erwiderte Mel. „Deswegen bist du doch aus deinem Tal fort, oder?"

Sie besaßen ein Gewehr und zwei Pistolen, die Munition in ihren Taschen und etwas Trockenfleisch. Wasser gab es in im Überfluss. Das Tauwetter war in vollem Gange, überall flossen Bäche und

Rinnsale aus den Bergen zum Jefferson River, zum Yellowstone und zum Missouri.
Mel schoss einen Hasen, wenn ihnen einer über den Weg lief. Würden Blackfeet ihrer Fährte folgen, wären sie mit Sicherheit längst aufgetaucht.
Mel forderte das Glück heraus und gewann. Am fünfzehnten Tag erreichten sie den Pelzhandelsposten. Eine scharlachrote Fahne mit drei weißen Buchstaben wehte im Wind: HBC. Die Flagge der Hudson's Bay Company.
Es war ein kleines Fort am Fuß eines Bergmassivs, errichtet aus eilig in die Erde gerammten Palisaden. Im Innern gab es Zelte, aber nur ein einzelnes Blockhaus. Die Arbeiter hatten sich nicht die Mühe gemacht, die Rinde von den Balken zu schälen. Der Posten war nicht für die Ewigkeit gebaut. Genau genommen war er ungesetzlich, denn die Briten befanden sich auf amerikanischem Territorium. Wenn die Behörden der jungen Nation die Zeit fanden, sich mit ihnen zu befassen, würde man sie auffordern zu gehen. Bis dahin würde die Company jedoch so viele Pelze außer Landes schaffen, wie sie kriegen konnte.
Malcolm McGruder und Jehan Prevost brachten keine Pelze, aber Prevost war den Briten kein Unbekannter.
Allan Cabot, der Chief Trader, ließ dem Alten ein Lager im Blockhaus richten. Außer Cabot lebten zwei Weiße und ein Assiniboin im Fort, ein großgewachsener Mann mit dem scharfgeschnittenen Gesicht eines Asketen und einer fettigen Stirnlocke. Die Assiniboin waren seit Jahrzehnten die Handlanger der Hudson-Bay-Leute. Sie hatten in ihren Kanus mehr Felle über die Flüsse und großen Seen im Nordwesten verschifft als alle weißen Fallensteller zusammen.

Der Indianer verstand sich ein wenig auf Medizin. Die Weißen wussten kaum etwas über Heilkunde, aber sie sahen auch so, dass der Franzose dem Tode nahe war.

„Ich fürchte, Ihr habt Euren Freund umsonst gerettet", sagte Cabot.

„Nichts, was man für einen Freund tut, ist umsonst", erwiderte Mel.

„Nun, da habt Ihr Recht."

Der Chief Trader war ein dünner, blaublütig aussehender Engländer mit leicht näselnder Aussprache. Er trug einen schwarzen Frack, darunter ein weißes Hemd und auf dem Kopf einen Biberhut. Ein Gentleman am falschen Ort. Doch der erste Eindruck täuschte. Cabots scheinbar so elegante Kleider waren fadenscheinig, seine Haut hatte unter dem Einfluss von Sonne und Wind die Farbe von Kiefernborke angenommen. Dieser Mann war weder ein reicher Aristokrat noch ein verwöhnter Teehaus-Dandy. Cabot mochte täglich mit dem Rechenbrett umgehen, aber er würde gewiss auch mit einer Kentucky-Rifle klarkommen.

Mel erzählte ihm von den Blackfeet, dem Gefecht auf dem Yellowstone und ihrer Flucht nach Norden.

„Jedediah Jones?" fragte Cabot. „Er ist tot, sagt Ihr?"

„Vermutlich."

„Nun, dann hat er bekommen, was ihm zusteht."

Cabot kannte Mels Partner, und aus irgendeinem Grund mochte er ihn nicht. Aber er ließ sich nicht weiter darüber aus und machte Mel keinerlei Vorwürfe. „Bleibt eine Weile. Wir kümmern uns so gut es geht um Prevost."

Es kam nicht aller Tage vor, dass Briten einen Franzosen mehr mochten als einen Mann, der ihre Sprache sprach.

Der Assiniboin gab sich Mühe, aber er verfügte nur über Wildkräuter, aus denen er eine Heilpaste kochte, und über Beschwörungen, die er in einem weinerlichen Singsang vortrug. Keines von beiden machte Jehan Prevost gesund.

Der Indianer holte die Pfeilspitze aus der Brust des Alten, aber sie bestand aus Feuerstein, der beim Einschlag zerbrochen war. Winzige Splitter blieben in der Wunde. Das war auch der Grund, weshalb Prevosts Hüfte noch immer eiterte. Sie waren den Blackfeet entkommen, doch gegen die Tücke ihrer Pfeile hatten sie keine Chance.

Dem Alten ging es von Tag zu schlechter. Sein erdig gebräuntes Gesicht wirkte bleich. Kalter Schweiß stand auf seiner Stirn. Das Fieber verbrannte ihn.

Mel ging, um dem Franzosen seinen letzten Wunsch zu erfüllen. In einem der Vorratszelte hatte er Tonkrüge gesehen, von denen er annahm, dass sie Whisky enthielten.

Am Morgen waren Indianer im Handelsposten erschienen, Blackfeet vermutlich. Mel kannte sie nicht, hielt sich jedoch vorsorglich im Hintergrund. Die Krieger lieferten Pelze ab und nahmen Tauschwaren mit. Ein paar Messer und Glasperlen und warme Decken aus grobem Baumwollstoff.

Mel suchte Cabot und fand den Trader bei den neu eingetroffenen Pelzen. Der Ballen war übergroß, etwa hundertfünfzig Pfund schwer. Er kam Mel vertraut vor. Als er nachsah, entdeckte er ein Zeichen auf der Innenseite einer Biberhaut: BHC. Bear Hopkins' Version der Hudson's Bay Company. Es waren ihre Pelze, vielleicht dasselbe Bündel, an das Jed sich bis zuletzt geklammert hatte. Die Blackfeet hatten es aus dem Fluss gezogen und den Briten verkauft.

Allan Cabot zuckte nur die Schultern.

„Pelze gehören dem Mann, der sie ins Fort bringt. Es tut mir leid um euren Verlust. Falls es bedeutet, dass Jones tot ist, tut es mir allerdings weniger leid."

Mel wollte aufbrausen, aber er beherrschte sich. Sein Zorn brachte Jed nicht zurück. Ihre Pelze waren verloren, und er war auf Cabots Wohlwollen angewiesen.
„Gebt mir wenigstens etwas Whisky für den alten Prevost." Er deutete auf das Zelt mit den Tonkrügen.
„In Ordnung", willigte Cabot ein, „aber nicht dieses Zeug. Das ist für den Indianerhandel bestimmt. Es würde Prevost schneller umbringen als ein Blackfoot-Pfeil."
Der Chief Trader führte Mel in seine Kammer im Blockhaus und reichte ihm eine Tonflasche aus seinen eigenen Beständen. Mel roch daran und nahm einen Schluck. Es war erstklassiger Stoff. Mel bedankte sich und ging.
Jehan Prevost war noch bleicher als am Morgen. Seine Augen glänzten fiebrig. Mel half dem Alten in eine halb sitzende Position und setzte ihm die Flasche an die Lippen.
„Zeit für deinen Whisky, Jehan. Die Blackfeet haben unsere Pelze zum Fort gebracht. Cabot schuldet uns also etwas. Sobald du gesund bist, saufen wir sein Lager leer."
Der Alte verschluckte sich beim Trinken, er hustete und verzog gepeinigt das Gesicht. Aber er grinste tapfer.
„Guter Plan, McGruder. Aber ohne mich. Mit mir geht es zu Ende."
Mel wollte widersprechen, doch Prevost brachte ihn zum Schweigen. Seine Stimme war schwach.
„Für mich ist es an der Zeit, mein Testament zu machen. Ich hatte gehofft, dass mein Sohn eines Tages zu mir kommen würde und wir beide zusammen die Berge unsicher machen. Jagen, Fallenstellen und vielleicht ein paar Indianerweiber …" Er musste wieder husten.
„Du hast einen Sohn, Jehan?"
„Ja, aber er ist nicht gekommen. Er ist in deinem Alter, Mel. Ich warte seit Jahren auf ihn. Nun ist es zu spät."

„Quatsch nicht. Du weißt doch, wie das mit Söhnen ist. Sie haben ihren eigenen Kopf. Mein Vater wollte, dass ich Buchhalter werde und eines Tages die Firma übernehme. Aber ich wollte in die Berge. Deswegen habe ich mich Jed angeschlossen. Dein Sohn ist der Sohn eines Mountain Man. Vielleicht will er ja Buchhalter werden."
Es sollte ein Scherz sein, und Jehan Prevost verstand. Er verzog die Lippen zu einem Lächeln, aber sein gequälter Gesichtsausdruck strafte ihn Lügen. Seine Haut war bleich. Auf Mel wirkte es wie das Grinsen eines Totenschädels.
„Mein Sohn ist nicht gekommen, aber du bist hier", redete der Alte weiter. Seine Stimme war nur noch ein Krächzen. „Du hast dich um mich gekümmert. Du bist ein Freund, Mel, und ich möchte, dass du alles bekommst. Meine Hütte oben am Wind River, die Pelze, mein Gold."
„Erzähl keinen Blödsinn, Jehan. Wir werden zusammen noch viele Biber jagen."
„Im Trapperhimmel vielleicht. Dort soll es sogar Riesenbiber geben, die Viecher, von denen Jones träumt."
Mit schwindender Stimme und immer wieder vom Husten geschüttelt, beschrieb Prevost den Weg zu seinem Tal in den Wind-River-Bergen. Er nannte Mel eine Reihe von Landmarken und verlangte von ihm, sich alles gut einzuprägen. Zwischendrin verfiel er immer wieder in seine Muttersprache, und Mel musste ihn fragen, was er meinte.
„Schreib es auf, Malcolm, damit du den Schatz eines Tages finden kannst!"
Jehan Prevosts Schatz – das waren angeblich achthundert Pfund erlesener Biberpelze, versteckt in einem Caché. Mindestens viertausend Dollar wert. Der Alte hatte die besten Häute aus seiner Jagdbeute jeweils beiseitegelegt und in seinem Caché versenkt. Ihr Erlös sollte ihm und seinem Sohn ein paar sorglose Jahre schenken.

Er hatte lange gebraucht, um diese kostbaren Felle zusammenzutragen.
„Finde meine Pelze“, krächzte der Alte, „mein Gold. Wenn du da bist, achte auf den …“ Er stöhnte und sprach wieder französisch. „La Pivert. Il le sait. Er weiß es.“
Als die Sonne versank, starb Jehan Prevost.
Malcolm McGruder war wieder allein. Ein halbes Greenhorn, gestrandet in der Wildnis. Er war der Hüter eines Vermächtnisses, aber er hatte keinen blassen Schimmer, wie er den Schatz des alten Trappers bergen sollte. Er holte sich noch eine Flasche bei Cabot und betrank sich.

Kapitel 11

Drei Tage nach Jehan Prevosts Tod schleppte sich ein weiterer weißer Mann zum Handelsposten der Hudson's Bay Company. Halbnackt, frierend und völlig erschöpft, aber mit einem ansteckenden Grinsen im bärtigen Gesicht.

Jedediah Jones.

Er trug nur Unterwäsche und hielt die scharfe Hälfte einer Kriegslanze in der Faust. In der anderen hielt er ein Bündel aus Büffelleder. Jed hatte seinen Mantel eingebüßt, aber er trug ein zerlumptes Wolfsfell um die Schultern und besaß noch seine Pelzkappe. Er tat gutgelaunt, als sei eine Kopfbedeckung alles, was zählte. „Konnte euch doch nicht alleine Geschäfte mit den Briten machen lassen."

Als Jed erfuhr, dass der Franzose gestorben war, murmelte er ein leises Bedauern und erklärte, er habe von Anfang an gewusst, dass die Gegend am Jefferson River kein guter Ort für einen freien Trapper sei. Der Mann am Tor, der ihn eingelassen hatte, wirkte unentschlossen, was nun zu tun war, und während Mel seinen Partner zu ihrer Kammer im Blockhaus führte, eilte der Clerk zu Cabots Büro.

Mel berichtete, wie er Jehan Prevost zum Handelsposten geschleppt hatte. Damit entlockte er Jed ein anerkennendes Brummen, ehe er fragte: „Die Blackfeet waren dir dicht auf den Fersen. Wie bist du ihnen entkommen?"

„Das war nicht schwer." Jed winkte ab.

Aber ehe Mel auf die Idee kam, die Sache vielleicht auf sich beruhen zu lassen, fing er zu erzählen an.

„Hunting Coyote wollte mich an den Pfahl binden und mir das Herz herausschneiden. Doch die Alten bestanden darauf, mich einem Gottesurteil zu unterwerfen."

Drei Blackfeet-Jungfrauen hatten den Trapper nackt ausgezogen. Sie hatten betörend gelächelt, aber Jed wusste, dass ihm nicht viel Zeit blieb. Die Krieger gaben ihm dreihundert Schritte Vorsprung, ehe sie hinter ihm herjagten.

„Was hast du getan?"

„Ich habe ihrem schnellsten Läufer die Lanze entrissen und ihn getötet. Dann habe ich mich im Treibholz versteckt und bin den Fluss runtergeschwommen. Das Wasser war kalt, und ich habe die Jungfrauen rasch vergessen."

Irgendetwas an Jeds Erzählung kam Mel seltsam vor, aber er konnte den Gedanken nicht greifen.

„Colter", sagte eine schneidende Stimme hinter ihnen. „Das ist John Colters Geschichte."

Allan Cabot war in die Kammer getreten. Der Chief Trader zog ein finsteres Gesicht.

„Colter ist den Blackfeet bei einem Gottesurteil entkommen. Das war vor mehr als zehn Jahren, denke ich."

„Colter hat es genauso gemacht", räumte Jed ein. Dann grinste er. „Hallo, Cabot. Ist lange her."

„Nicht lange genug, wenn Sie mich fragen, Jones"

„Ihr Briten wart schon immer nachtragend."

Der Chief Trader ging nicht darauf ein. Stirnrunzelnd betrachtete er Jed, als müsse er eine sehr schwierige Entscheidung fällen.

„In Anbetracht Ihres Zustandes gebe ich Ihnen eine Nacht, Jones. Danach verschwinden Sie aus meinem Handelsposten." Ohne eine Antwort abzuwarten, machte er kehrt. Mel blickte ihm fragend nach.

„Jed, was ist zwischen euch vorgefallen?"

„Das ist eine lange Geschichte."

„Wir haben den heutigen Tag und die kommende Nacht Zeit für Geschichten." Diesmal würde er nicht lockerlassen.
Jed merkte, dass es seinem Partner ernst war, und so nickte er schließlich. „Aye, McGruder. Ist das da hinten Whisky? Ich könnte einen Schluck vertragen."
Allan Cabot und Jedediah Jones kannten sich aus Kanada. Vor einigen Jahren unterstand dem Briten ein Pelzhandelsposten im Gebiet der großen Seen, Jed arbeitete für die Konkurrenz der Hudson's Bay – die Northwestern Company, eine junge, aufstrebende Handelsgesellschaft, die erfahrene Waldläufer beschäftigte. Raue Männer. Männer wie Jed. Was die Briten ihnen an Geschäftstüchtigkeit voraushatten, machten die Kanadier durch Aggressivität wett.
„Du hättest mir davon erzählen sollen, Jed. Als Prevost zum Jefferson wollte, wäre ein guter Zeitpunkt gewesen."
„Ich sagte dir doch, dass ich bei den Micmac gelebt habe. Hab damals ein paar von ihnen rekrutiert und ein bisschen Unruhe gestiftet."
Allan Cabots Handelsposten war zweimal ausgeraubt, sein Pelzlager mehrere Male angezündet worden. Zuletzt hatte die Niederlassung in Flammen gestanden. Mel konnte verstehen, dass der Chief Trader nicht gut auf Jedediah Jones zu sprechen war. In Anbetracht der Umstände hatte sich der Brite sogar äußerst großmütig gezeigt.
Mel hakte nicht weiter nach. Er wusste nun, was er wissen musste. Das Verhältnis zwischen Cabot und seinem Partner betraf auch ihn, aber was Jed in seiner Vergangenheit getan hatte, ging ihn nichts an. Er nahm einen Schluck aus der Tonflasche und erzählte Jed vom Vermächtnis des alten Franzosen. Achthundert Pfund Biberpelze in einem Versteck am Wind River. Er trug die Beschreibung an seiner Brust. Da sie Partner waren, gehörte ein Teil davon Jed, fand Mel.

Außerdem hatte er keine Ahnung, wie er den Schatz ohne Hilfe des erfahrenen Mountain Man bergen sollte.

Jed vertiefte sich in das Papier, das Mel angefertigt hatte. Eine grobe Skizze mit an den Rand gekritzelten Bemerkungen. Der Weg zu einem fernen Tal.

„Die Wind-River-Berge“, brummte Jed nach einer Weile. „Wird nicht leicht, aber ich glaube, ich kann es finden. Ein paar dieser Landmarken kenne ich. Die anderen werden wir bald kennenlernen, schätze ich.“

Er wurde mit einem Mal geschäftig. Die Aussicht, nach einer unglücklichen Saison doch noch mit Packen von Pelzen nach St. Louis zurückzukehren, beflügelte ihn sichtbar.

„Was ist mit den Blackfeet, Jed. Haben sie dich wirklich demselben Gottesurteil unterzogen wie damals John Colter?“

Jed zuckte die Schultern. „Verdammte Rothäute. Sind in all den Jahren nicht klüger geworden.“

Mel fiel etwas ein. „Wenn sie dich nackt ausgezogen haben, wo hast du dann die Kleider her? Haben sie die bei deiner Verfolgung dabei gehabt?“

Jed machte eine wegwerfende Geste. „Ach was, ich bin ins Lager zurückgeschlichen und hab meine Sachen geholt. Alles habe ich nicht gekriegt. Ich wollte ins Zelt zu den Jungfrauen, aber dann habe ich etwas Besseres gefunden.“ Er wies auf den Lederbeutel, den er mitgebracht hatte.

Das Leder war weich, bunt bemalt und hatte Fransen an den Rändern. Im Innern lag ein roter Stein.

„Das“, sagte Jed, „ist der Iniskim. Der größte Schatz eines Blackfoot-Stammes.“

Der Iniskim war ein heiliger Stein. Er hatte Ähnlichkeit mit einem Büffel, und das war auch sein Zweck: Der Iniskim besaß angeblich die Macht, Büffelherden herbeizurufen. Die Indianer verehrten ihn wie einen jungen Gott. Sie malten den Stein mit geweihten Farben an, gingen auf die Jagd nach einer trächtigen Bisonkuh und schnitten ihr das ungeborene Kalb aus dem Leib. Aus der Haut des Fötus machten sie einen Beutel und wickelten den Stein darin ein. Dann wurde er an einem Dreibein neben der Hütte des Medizinmannes aufgehängt. Solange dieser den Iniskim hütete, würde der Stamm niemals Hunger leiden.

Doch nun hatte Jedediah Jones den Büffelstein gestohlen.

„Verdammt, Jed!“ Mel war schockiert. Hunting Coyotes Rachsucht würde keine Grenzen kennen.

„Genau das ist der Punkt.“ Jed zwinkerte ihm zu. „Ich werde mit Cabot darüber sprechen müssen.“

Mel fand, das sei ein Fehler. Der Chief Trader würde sie augenblicklich aus dem Fort verweisen, um einem Konflikt mit Hunting Coyotes Stamm zu entgehen.

Doch Jed ließ sich die Sache nicht ausreden.

Er brauchte ungefähr eine halbe Stunde.

„Hallo, Allan.“

„Jones.“

Der Chief Trader saß in seinem Zimmer, das kaum größer war als die Kammer, die er den Mountain Men überlassen hatte. Ein roh gezimmerter Tisch, eine Pritsche zum Schlafen, ein paar Kisten, die Cabots Habseligkeiten und Unterlagen enthielten. Die Wände waren unverkleidet. Das Moos, das man als Abdichtung zwischen die Holzbalken gestopft hatte, war an einigen Stellen herausgefallen, und schmale Streifen Tageslicht fielen ins Halbdunkel des Raumes. Das Fenster stand offen, trotzdem hatte Cabot eine Kerze anzünden müssen, um in dem Buch zu lesen, das auf dem Tisch lag.

„Hast es weit gebracht, Allan", stellte Jed leicht belustigt fest. „Ein verbotener Handelsposten im Feindesland. Nun, es gibt Schlimmeres, nehme ich an."
Der Chief Trader warf Jed einen verächtlichen Blick zu, ließ sich aber nicht aus der Reserve locken.
„An was dachten Sie, Jones? An eine Hütte in den Bergen und an Männer, die durch halbvereiste Flüsse waten, bis ihre Knochen sich vor Kälte biegen, nur um dann mit mir um ein paar Dollars für ihre Felle zu feilschen?"
„Kann schon sein, Allan, aber wenigstens sind wir dort oben in den Bergen frei. Und wir verkaufen nur an den, dessen Nase uns passt und der das meiste zahlt."
Jed nahm ungeniert auf Cabots Pritsche Platz. Der Chief Trader reagierte nicht darauf, sondern kritzelte mit einem Federkiel einige Zahlen in sein Buch. Aber etwas von dem, was der Trapper gesagt hatte, hatte sein Interesse geweckt.
„Wer macht euch die besten Preise, Jones?"
„In diesem Jahr seid ihr das, die Hudson's Bay Company. Jedenfalls war Prevost dieser Meinung."
„Sieben Dollar das Pfund. Hältst du das für fair?" Unbewusst war Cabot dazu übergegangen, Jed zu duzen.
„Es ist mehr als fair. Ein verdammt guter Preis. Meine Güte, sieben Dollar? Prevost hat also nicht gelogen."
„Sieben Dollar, wenn die Ware erstklassig ist", bestätigte der Händler. Etwas beschäftigte ihn. „Wir zahlen die besten Preise, aber es kommt einfach nicht genug herein. Hast du die Lagerzelte draußen auf dem Hof gesehen, Jones. Was glaubst du, wieviel Pelzwerk wir hier haben?"
„Hab nicht so genau hingesehen. Viertausend Pfund vielleicht."
„Viereinhalb. Ich frage mich, womit uns die Northwest Company und Astor ausstechen."

Johann Jacob Astor war der größte amerikanische Pelzhändler, mächtiger als Manuel Lisa je gewesen war und reicher als Pierre Chouteau je sein würde. Astor stank vor Geld. Die Trapper aus St. Louis hatten selten mit ihm zu tun, weil er sich auf den Norden konzentrierte, aber Jed glaubte nicht, dass Astor die Preise der Hudson's Bay Company überbot. So reich wie die Briten war er dann doch nicht.

„Ihr kriegt eure Pelze von den Rothäuten?", fragte Jed.

Cabot nickte. „Blackfeet, Crows, ein paar Flatheads und Nez Pérces. Und natürlich Assiniboin und Cree. Wir zahlen ihnen dasselbe wie euch Trappern. Natürlich tauschen sie das Geld sofort gegen Handelsware, aber auch da sind wir fair."

„Abgesehen von den Musketen und dem Whisky."

Jed grinste.

„Was ist an den Musketen auszusetzen?"

„Nichts, außer dass sie ein bisschen zu genau schießen, wegen der langen Läufe."

„Handelspolitik."

„Genau wie der Indianerschnaps. Reiner Alkohol und ein Spucknapf voll Tabaksaft."

„Wie ich schon sagte ..."

„Handelspolitik, ja."

„Hast du eine Idee, was an unserer Handelspolitik falsch ist, Jones?"

„Die Rothäute sind falsch, Cabot."

„Das glaube ich nicht. Sie liefern gute Ware. Allerdings bringen sie immer weniger davon zum Posten. In den letzten zwei Jahren haben wir ihnen zweimal bessere Preise angeboten, aber sie liefern einfach nicht mehr Pelze ab."

„Ihr Briten könnt gut mit Zahlen umgehen, aber mit Rothäuten kennt ihr euch nicht aus."

„Worauf wollen Sie hinaus, Jones?“ Der Chief Trader klang genervt und wurde wieder förmlich.
„Der Punkt ist, die Rothäute interessieren sich nicht für Dollars. Deshalb nehmen sie ja auch nicht das Geld, sondern Decken, Messer, Gewehre, Whisky, Tabak und Zucker. Was glaubst du, wie viele Decken ein Blackfoot braucht? Drei? Fünf? Vielleicht ein paar mehr, aber sicher keine fünfzig. Er braucht auch nicht mehr als eine Muskete, und besonders viele Zuckersäcke kann er ebenfalls nicht mit sich herumschleppen. Na, wird dir die Sache allmählich klar?“
Cabot zögerte. „Ich denke schon.“
Worauf Jed hinauswollte, war folgendes: Indianer waren ganz versessen auf die Handelswaren der Weißen. Sie wollten diese Dinge nicht missen, aber sie brauchten keine großen Mengen davon. Wie sollten sie eine Tonne Kaffee transportieren, wenn sie ihr Lager verlegten? Sie besaßen immer nur eine kleine Menge davon und brachten gerade so viele Felle zum Handelsposten wie nötig waren, um sie gegen die begehrten Waren eintauschen zu können.
Jed lachte rau. „Eine Crow-Squaw will einen Spiegel. Bitteschön, der Krieger zieht los und besorgt ihr einen. Für einen Biberpelz oder für zehn, das ist ihm egal. Er wird nur so viele Biber jagen, wie er braucht, um den Spiegel zu bekommen. Willst du viele Felle, musst du nicht den Lohn für Pelze erhöhen, Allan, sondern den Preis für Spiegel. Rothäute waten nicht gerne durch kalte Flüsse, bis sich ihre Knochen vor Kälte biegen. Aber sie werden es solange tun, bis sie ihrer Squaw den Spiegel bringen können.“
Der Chief Trader runzelte die Stirn. Was Jed erzählte, leuchtete ihm ein, aber er ärgerte sich, dass er von einem ungebildeten Trapper belehrt worden war.
„Sonst noch was, Jones?“

„Klar, eine Sache wäre da noch. Deswegen bin ich ja hergekommen. Ich brauche eine Ausrüstung, einen Mantel zum Überziehen und natürlich ein gutes Gewehr."
Cabot lächelte dünn. „Die Preise für Waren sind gerade gestiegen. Da musst du schon mehr anzubieten haben als eine Lektion in indianischen Handelsgepflogenheiten."
„Hab ich." Jed zog einen Gegenstand aus der Tasche.
„Was ist das?"
„Der Iniskim von Hunting Coyotes Stamm."
„Was ist daran Besonderes?"
Jed sagte es ihm. Und Cabot wurde bleich.

Jed kehrte mit einer frischen Flasche Whisky und einer halbwegs sauberen Büffelrobe zurück. Mel wunderte sich über den offensichtlichen Sinneswandel des britischen Chefhändlers, aber Jed hatte keine Lust mehr, Geschichten zu erzählen. Er sagte bloß: „Sei dankbar für das, was du kriegen kannst" und bot Mel einen Schluck aus der Tonflasche an.
Allan Cabot ließ sie die Nacht über in Ruhe. Am nächsten Morgen standen zwei Pferde und drei Maultiere bereit, beladen mit Ausrüstung. Für Jed war ein neues Abhäutemesser dabei, ein billiges Ding, aber scharf genug, um den Trapper fürs Erste zufrieden zu stellen. Jed warf einen finsteren Blick darauf, sagte jedoch nichts.
Der Chief Trader war nirgends zu sehen, doch einer seiner Clerks half ihnen beim Packen.
„Proviant, Wasser, Decken, drei Pulverhörner extra. Es ist alles da, Mister Jones."
Mister. Mel nahm den neuen Status seines Partners zur Kenntnis. Jed nickte knurrend.
„Was ist mit einem Gewehr?"

Der Assiniboin-Indianer brachte eine Waffe. Dunkel gemasertes holz, brünierte Beschläge, eine in den Kolben eingearbeitete Box für die Schusspflaster. Im Vergleich mit Jeds Kentucky-Rifle wirkte dieses Gewehr gedrungen, fast schon bullig. Es war handlicher, besaß aber einen kürzeren Lauf, was Jed die Nase rümpfen ließ.
„Es ist eine ausgezeichnete Waffe", beeilte sich der Clerk zu versichern. „Eine Baker-Rifle."
Ein Baker-Gewehr! Mel hatte von dieser Waffe gehört. Es war die Büchse der Grünröcke, der berühmten Rifles. Leichte Infanterie, ausgebildet für den Kampf im Gelände. Im Unabhängigkeitskrieg waren die Rifles die einzigen britischen Soldaten gewesen, die es in den Wäldern mit den amerikanischen Backwoodsmen aufnehmen konnten. Sie übertrafen die Freischärler sogar, weil sie Guerillataktik und Treffsicherheit mit militärischer Disziplin verbanden. Zum Glück für die Amerikaner hatte die britische Armee nie genügend Grünröcke in der neuen Welt stationiert, um den Kriegsverlauf entscheidend zu beeinflussen. Die Generäle hatten sich auf die steifen Rotröcke verlassen und verloren.
Jed lud die Waffe, hob sie an die Schulter und visierte ein Ziel außerhalb des Handelspostens an. „Beobachte den Baum, McGruder!", befahl er und drückte ab.
Der Schuss peitschte durch die Stille des Morgens. Mel sah eine einzeln stehende Eiche, etwa einhundert Yards von den Palisaden entfernt. Nichts geschah. Kein Ast fiel zu Boden, die Rinde wurde nicht vom Stamm gefetzt. Aber sein Partner schien zufrieden. „Ordentliche Waffe", brummte er und nickte dem Clerk zum Abschied sogar freundlich zu.
Als sie durchs Tor ritten, sagte Mel: „Du hast die Eiche nicht getroffen, Jed."
Der Mountain Man musterte ihn aus zusammengekniffenen Augen. „Natürlich nicht. Ich meinte die Gelbkiefer drüben am Waldrand."

Überrascht warf Mel einen Blick über die Schulter, aber nun war nichts mehr zu sehen. Auf den Waldrand hatte er nicht geachtet. Er lag dreihundert Yards vom Fort entfernt. Zu weit für einen Büchsenschuss.
Aber Jed, mit einer Baker?

Kapitel 12

Zurück in die Rocky Mountains! Sie ritten durch Kiefernwälder, deren Ausläufer an steil aufsteigenden Bergflanken klebten, weit über sich schartige Felsgrate, umweht von Gischtfahnen aus Schnee und Eiskristallen. In den Tälern bahnte der Frühling dem Leben jetzt mit aller Macht den Weg. Bunte Bergblumen sprenkelten die Wiesen, Riedgras säumte die Ufer von Bächen, die mit unverminderter Wucht zu Tal rauschten. Auf den Gipfeln schmolz der Schnee, der Urstoff der Flüsse, unter den wärmenden Strahlen der Sonne.

Allan Cabot hatte ihnen eine Fuchsstute und einen alten Rapphengst gegeben. Vielleicht hoffte der Chief Trader, dass die Pferde aufeinander losgingen oder ihren Reitern sonstwie Ärger bereiteten. Anfangs schien dieser Plan aufzugehen, denn der Hengst wandte immer wieder seinen Kopf und versuchte Jed ins Knie zu beißen. Als Jed einmal nicht aufpasste, gelang es ihm sogar. Der Trapper fluchte lauthals.

„Lass uns die Pferde tauschen“, schlug Mel vor, doch Jed schüttelte den Kopf. Er wirkte genauso verbissen wie der Rappe. Als der Hengst wieder zuschnappen wollte, rammte er ihm das Knie mit voller Wucht zwischen die Lippen.

Der Schlag musste beiden wehgetan haben, aber keiner gab einen Laut von sich. Allerdings herrschte von jetzt an eine Art Waffenruhe zwischen Mann und Tier. Der Rappe ertrug Jeds Last widerwillig, und der Trapper verkniff sich weitere Schikanen.

„Dem hast du es gegeben“, stellte Mel fest. Er sagte es hauptsächlich, um seinem schweigsamen Partner ein paar Worte zu entlocken. Jed murmelte etwas Unverständliches.

„Was hast du gesagt?“

„Nichts. War kein Kunststück. Hier oben sitze ich in der besseren Position."

Bei der nächsten Rast wusch Jed dem Rappen behutsam das Blut von den Nüstern. Dann führte er ihn an eine Stelle, wo saftige Flechten wuchsen. Die Maultiere mussten woanders grasen. Der Hengst stand unschlüssig da, den Kopf halb gesenkt, die Augen wachsam auf Jed gerichtet.

„Was glotzt du? Fressen musst du schon allein."

Tag für Tag ritten sie tiefer ins Gebirge. Einmal, als sie einem Ziegenpfad besonders hoch hinauf gefolgt waren, riss der Himmel auf und überschüttete die Berge mit stählernem Blau. Vom Kamm aus reichte der Blick hunderte Meilen weit nach Süden. Mel sah ein unendliches Band aus grauem Stein, durchzogen von silbernen Schneeadern. Ein Land, das nur aus Türmen, Zacken und Graten zu bestehen schienen, aus Zinnen, Schluchten und Gletschern. Unmöglich, dass je ein Mensch diese Berge kennen, geschweige denn sie bezwingen konnte. Und doch folgte Jed unbeirrt seinem Trail. Seit der Nacht im Handelsposten hatte er sich die Karte nicht mehr angesehen. Dennoch wusste er anscheinend recht genau, wo sie waren und wohin sie sich wenden mussten.

Mel wurde aus seinem Partner noch immer nicht schlau. Da war die Geschichte seiner Flucht vor den Blackfeet. Jeds Erzählung ähnelte stark dem Abenteuer des berühmten John Colter, und es schien unwahrscheinlich, dass einem anderen Mann dasselbe Kunststück noch einmal glückte. Andererseits hatte Jed seine Verfolger abgeschüttelt, und er musste tatsächlich im Lager der Blackfeet gewesen sein. Wie hätte er sonst den heiligen Büffelstein stehlen können?

Der Iniskim ruhte in seiner Lederhülle an Jeds Hüfte. Der Mountain Man hütete den Stein als wolle er selbst irgendwann einen

Büffelzauber wirken. Mel hielt es für töricht, das indianische Heiligtum so offen zur Schau zu stellen, und er wies seinen Partner drauf hin.
Jed stimmte ihm brummig zu. „Die Blackfeet, ja. Werden bald hinter uns her sein wie die Teufel."
Aber er machte keine Anstalten, den Stein zu verbergen. Während der nächsten Rast überprüfte er jedoch seine Ausrüstung gründlich. Die Baker-Rifle, die dazugehörige Tasche mit Papierpatronen und insbesondere die zusätzlichen Pulverhörner, die ihnen der Chief Trader überlassen hatte.
„Cabot mag dich nicht, Jed. Wie hast du es geschafft, ihm das ganze Zeug abzuschwatzen? Zusammen mit den Pferden ist das der Gegenwert unseres Pelzbündels im Fort."
„Genau das habe ich auch zu ihm gesagt." Jed grinste schief, biss einen Brocken von dem Kautabak ab, den er von Cabot bekommen hatte, und rückte schließlich mit der ganzen Geschichte heraus. „Ich habe ihn natürlich ein bisschen unter Druck setzen müssen."
Jed hatte dem Chief Trader erklärt, was es mit dem Iniskim auf sich hatte. Cabot drohte, den Mountain Man an Hunting Coyote auszuliefern, aber Jed meinte, dann werde er behaupten, den heiligen Stein im Auftrag der Hudson's Bay Company gestohlen zu haben.
„Das wäre weit hergeholt gewesen."
„Nicht, wo ich's doch beweisen konnte." Jed wollte den Blackfeet das Zeichen an den Biberhäuten zeigen: BHC. Dieselben Buchstaben wie im Firmennamen der britischen Pelzhandelsgesellschaft. Die veränderte Reihenfolge würde den Rothäuten nicht weiter auffallen, behauptete Jed, und offenbar hatte Allan Cabot das genauso gesehen.
„Du schätzt die Blackfeet nicht allzu hoch ein."

Jed hob die Schultern. „Sie sind gute Kämpfer, aber schlechte Leser. Das ist keine Schande. Ich kann es ja auch nicht besonders gut. Du etwa, McGruder?"
„Selbstverständlich kann ich lesen. Bücher, Zeitungen, Verträge, was immer du willst."
Jed schnaubte und befahl den Aufbruch. Sie hatten seit Tagen keine Indianer gesehen, aber der Mountain Man war überzeugt, dass Hunting Coyote längst die Verfolgung aufgenommen hatte. „Ich wette, wir waren kaum außer Sichtweite, da hat Cabot seinen verdammten Assiniboin mit einer Botschaft zu den Blackfeet geschickt."
„Der Indianer hat sich gut um den alten Prevost gekümmert", wandte Mel ein. „Außerdem sind wir Weiße."
„Natürlich hat er sich um Prevost gekümmert. Weil Cabot ihm befohlen hat, es zu tun. Cabot ist der Mann mit dem Whisky. Und dass wir Weiße sind, juckt die Hudson's Bay Company wenig. Mit den Roten machen sie die besseren Geschäfte. Denk nicht, ich sei der einzige Mann, der Indianer angeheuert hat, um einen Handelsposten auszurauben."
Das leuchtete Mel ein. „Verdammte Briten."
Diesmal bewies Jed achselzuckend Großmut. „Die Blackfeet hätten wir ohnehin im Nacken gehabt. Die sind hinter jedem weißen Skalp her, besonders hinter meinem."

„Old Reddy", verkündete Jed aus heiterem Himmel.
„Wer ist das?"
„Der Gaul. Ich habe ihm einen Namen gegeben." Bei diesen Worten warf der Rapphengst den Kopf in den Nacken und schnaubte. Mel hätte schwören können, dass er die Bedeutung von Jeds Worten verstand. Die beiden kamen von Tag zu Tag besser miteinander aus.

Wenn er bedachte, wie lange er selbst gebraucht hatte, um die Gunst des Trappers zu gewinnen, war Old Reddy eindeutig ein Glückspilz.
Sie ritten in ein Tal, das voller Wildblumen stand, durchquerten es und quälten sich die nächste Bergkette hinauf. Im Tal schlängelte sich ein Bach, der klares Wasser führte, und bevor sie den Aufstieg in Angriff nahmen, füllten sie ihre Trinkflaschen. Für die Jahreszeit floss das Wasser zu träge dahin, und als Mel sich umsah, konnte er ein Stück bachaufwärts einen Biberdamm erkennen. Vielleicht war das hier ein gutes Tal, um Fallen zu stellen. Vielleicht würden sie aber auch nie wieder auf die Pelzjagd gehen müssen.
„Prevost sprach davon, dass er dort oben Gold hat."
„Felle in einem Versteck."
„Er sprach auch von Gold", beharrte Mel.
„Die Pelze sind das Gold, McGruder. Braunes Gold, so nennen wir das in den Bergen. Und bei Gott, Felle für viertausend Dollar sind mehr wert als gelbes Metall. Sie sind zwar schwieriger zu transportieren, aber wir können uns davon soviel flüssiges Gold kaufen, bis wir tot umfallen."
Er lachte rau und biss in seinen Tabakklumpen.
Am späten Nachmittag kreuzte eine Fährte ihren Weg. Jed stieg vom Pferd, untersuchte die Spuren und blickte Mel aus zusammengekniffenen Augen an. „Was meinst du?"
Mel sah hin. Irgendein leichtfüßiges Huftier, ein Rehbock vielleicht, doch mehr als die Richtung, in die es gelaufen war, vermochte er nicht zu erkennen.
„So, du kannst also lesen. Bücher und Verträge, aber keine Spuren. Bekritzeltes Papier wird dich hier draußen nicht weit bringen, McGruder."
Der Mountain Man schnaubte abfällig, aber Mel merkte, dass er schauspielerte. In Wirklichkeit freute sich Jedediah Jones diebisch,

dass er seinem Partner die kühne Bemerkung vom Morgen heimzahlen konnte. Doch Jed wirkte auch besorgt. „Ein Wapiti-Hirsch“, sagte er. „Er war vor etwas auf der Flucht, und er war verletzt.“ Er machte sein Gewehr klar und bedeutete Mel, dass sie der Fährte folgen würden.

Sie fanden den Hirsch eine Meile weiter im Unterholz. Er hatte einen Pfeil im Fleisch und war verblutet. Es war kein sauberer Schuss gewesen. Der Pfeil hatte den Wapiti nur verletzt, und das Tier konnte seinen Jägern davonlaufen. Es war aus einem der Täler in die Berge geflüchtet, in der instinktiven Hoffnung, seine Verfolger abzuschütteln. Vielleicht war es ihm geglückt, aber Jed glaubte nicht daran. Wahrscheinlich waren die Indianer nicht mehr weit entfernt.

Jed zog den Pfeil aus dem Fleisch.

Eindeutig Blackfeet.

Und noch etwas erkannte er: Es war kein Jagdpfeil.

Die Rippen von Hirschen oder Büffeln standen senkrecht zum Boden. Eine Pfeilspitze, die einem Tier zwischen den Rippen ins Herz oder in die Lunge fahren sollte, musste ebenfalls senkrecht ausgerichtet sein. Dieser Pfeil war anders. Lag er schussbereit auf einem Bogen, stand seine Spitze waagerecht zur Erde. Solch ein Pfeil prallte vom Brustkorb eines Hirschs ab. Er war dafür gemacht, um zwischen den Rippen eines Menschen hindurch zu gleiten.

„Ein Kriegspfeil“, sagte Jed.

Blackfeet auf dem Kriegspfad, nicht auf der Jagd.

Aber auch Krieger mussten essen, und so hatten sie versucht, den Wapiti zu erlegen, was ihnen wegen des falschen Pfeils nicht sauber geglückt war.

„Was hat das zu bedeuten, Jed?“

Das Gesicht des Mountaineers zeigte keine Regung, aber in seinen Augen sah Mel die Vorahnung auf einen Kampf. Blackfeet, die im

Frühling nicht auf die Jagd, sondern auf den Kriegspfad gingen, mussten zu Hunting Coyote gehören.
„Es bedeutet, dass es begonnen hat."

Jed bestand darauf, dass sie den Hirsch ausnahmen und zum Abendessen brieten. Sie schlugen ihr Lager nicht weit von der Stelle auf, wo der Wapiti zusammengebrochen war, und sammelten Holz für ein großes Feuer. Nach all den Vorsichtsmaßnahmen, die sein Partner vor ein paar Wochen auf dem Weg zum Yellowstone getroffen hatte, fand Mel, dass er sich diesmal sehr leichtsinnig verhielt.
„Äußerst hellsichtig, McGruder", war alles, was Jed dazu zu sagen hatte. Er aß mit großen Appetit, doch Mel bekam, obwohl er hungrig war, kaum einen Bissen hinunter.
Nach dem Essen breiteten sie ihre Decken neben dem herunterbrennenden Feuer aus. Jed sah noch einmal nach den Tieren und vergewisserte sich, dass sie angeleint waren. Er brauchte etwas länger als üblich und brabbelte vor sich hin. Mel fürchtete schon, sein Partner könne plötzlich den Verstand verloren haben, doch dann schleppte Jed Reisigbündel aus dem Wald und fing an, die Zweige unter seine neue Hudson's-Bay-Decke zu stopfen.
„Was soll das?", erkundigte sich Mel.
„Glaubst du, ich habe vor, mich für die Rothäute zum Skalpieren zurechtzulegen?"
Er stopfte auch unter Mels Decke Zweige und winkte den jungen Mountain Man hinter sich her. Geduckt schlichen sie aus dem Camp und legten sich auf die Lauer.
Dunkelheit kroch über das Land. Das Feuer war nur noch Glut, die einen milden Schein auf ihre Deckenbündel warf. Aus der Ferne

konnte man glauben, dass dort zwei sorglose Männer ihren Rausch ausschliefen.
Trotzdem, Mel war nicht überzeugt. „Vielleicht kommen die Blackfeet überhaupt nicht“, flüsterte er. „Wären sie da, hätten sie uns erwischen können, als wir am Feuer saßen.“
„Schon möglich“, gab Jed zurück, „aber wo bliebe da die Tapferkeit?“
Einen Feind zu töten, war eine Sache. Ihn ruhmreich zu töten, war in den Augen eines indianischen Kriegers jedoch eine Frage der Ehre. Es war tapfer, dem Gegner von Angesicht zu Angesicht gegenüberzutreten. Doch es lag großer Ruhm darin, ihn zu berühren. Die Indianer nannten das einen Coup, und Jed zählte darauf, dass die Hirschjäger heute Nacht einen großen Coup landen wollten, noch dazu, nachdem die Weißen ihnen den Hirsch gestohlen hatten.
Die Blackfeet ließen sich Zeit bis Mitternacht, dann schlichen sie wie Geister ins Lager. Drei geduckte Krieger in Wildlederhemden und kniehohen Mokassins mit blankem Stahl in den Fäusten. Zwei hatten ihre Tomahawks gezückt, der dritte hielt ein Abhäutemesser mit breiter Klinge, das er einem weißen Fallensteller abgenommen haben musste. Vielleicht war dieser Krieger dabei gewesen, als die Blackfeet Bear Hopkins getötet hatten. Dieser Gedanke machte Mel wütend, und er zögerte keinen Atemzug, als Jed das Signal gab. „Feuer“, sagte der Mountain Man.
Die Krieger mit den Tomahawks waren zu den Decken geschlichen, um sich ihre Coups zu verdienen. Sie hatten keine Chance. Die Gewehre der Trapper bellten, Feuerlanzen stachen in die Nacht. Zwei Indianer wurden von den Beinen gerissen, als das heiße Blei in ihre Körper schlug. Einer stürzte ins Feuer, seine Haare und das fettstarrende Wildlederhemd loderten auf. Der Indianer brüllte wie ein Ketzer auf dem Scheiterhaufen, der die Inquisition verflucht.

„Gib ihnen den Rest, McGruder", zischte Jed.
Er selbst warf seine Baker-Rifle fort und hetzte dem dritten Krieger nach. Der Blackfoot hatte sich gleich zu Beginn in Richtung der Pferde bewegt, wo er überrascht feststellen musste, dass die Stricke nicht lose um einen Strauch gewickelt lagen, wie das üblich war. Jemand hatte einen komplizierten Knoten hinein gemacht, der sich nicht so rasch lösen ließ. Das hielt den Indianer lange genug auf. Als die Gewehre krachten, dachte er vor Scheck nicht daran, die Stricke durchzuschneiden.
„Seemannsknoten", sagte eine Stimme hinter ihm. „Kennt ihr hier draußen nicht."
Der Blackfoot wirbelte herum, das Häutemesser in der Faust. Jed schoss ihm mit der Pistole ins Gesicht. Der Indianer fiel rücklings zwischen die Bäume.
Jed beruhigte die Packtiere. Zufrieden stellte er fest, dass Old Reddy trotz der Schüsse keine Spur von Furcht zeigte.
Er lief zum Feuer, wo Mel über die anderen Krieger gebeugt stand. Den einen Indianer hatte er inzwischen aus den Flammen gezogen. Die Leiche stank nach verbranntem Haar, ihre Lederkleidung schwelte wie die Haut eines Sünders in der Hölle. Der zweite Krieger lebte noch. Er hustete Blut und starrte die weißen Männer aus hasserfüllten Augen an. Seine Hand tastete nach dem Tomahawk. Selbst im Tod war er ein Kämpfer.
Jed berührte ihn an der Schulter. „Coup."
Dann zog er ihm das Abhäutemesser über den Hals.
„Sagte ich nicht, du sollst dich um sie kümmern?"
„Ich konnte es nicht. Es ist nicht besonders ehrenvoll, einem Sterbenden die Kehle durchzuschneiden."
„Nein, aber es ist schmerzlos."

Mel musste sich setzen. Er hatte geglaubt, der Winter in den Bergen hätte aus ihm einen harten Mann gemacht. Doch dieser Ausbruch von roher Gewalt nahm ihn mit. Ihm war übel. Jed spürte, dass die Ereignisse dem jungen Mountaineer zusetzten. Er sagte: „Hier draußen haben wir selten Zeit für Heldentaten. Es sieht uns sowieso keiner zu.“

„Ich sehe dir zu, Jed.“ Trotzdem sah Mel ein, dass sein Partner vermutlich Recht hatte.

Jed lud beide Gewehre und machte alles für den Abmarsch bereit. Als sie soweit waren, sagte er: „Ich hatte gehofft, dass Hunting Coyote bei den Kriegern sein würde.“

Ohne den entstellten Kriegshäuptling würde der Mountain Man für die Blackfeet nur ein Weißer sein, den man tötete, wenn er einem ihrer Kriegstrupps über den Weg lief. Mit Hunting Coyote war Jed ein Weißer, den man so lange jagte, bis man ihn endlich töten konnte.

Jed spukte aus. „Wenn ich jemals Ruhe finden will, muss ich diesen Bastard erledigen.“

Kapitel 13

Falls die Rothäute ihnen dicht auf den Fersen waren, so stellten sie sich geschickt an. Die Trapper marschierten eine weitere Woche durch die Berge, ohne dass sich ein Blackfoot zeigte. Aber sie waren da, daran zweifelten die Männer nicht.

Jed schlug ein hohes Tempo an. Wahrscheinlich hielten sie dadurch ihren Vorsprung, aber Mel war klar, dass sie sich Hunting Coyote früher oder später stellen mussten. Er fragte seinen Partner geradeheraus: „Kannst du ihn töten, Jed?“

„Ich kann jeden Mann töten, McGruder.“

„Hunting Coyote ist nicht wie jeder Mann.“

„Dann werde ich ihn nicht wie jeden Mann töten.“

Wie Jed gewöhnliche Männer tötete, zeigte sich in den Mittagsstunden desselben Tages. Sie hatten gerade wieder die Kuppe eines Berges erreicht, als die Blackfeet in der Ebene unter ihnen auftauchten. Mel zählte fünf Krieger, die auf einem Wildpfad liefen, der sich durchs Tal schlängelte.

Die Indianer schienen zu wissen, dass sie den Mountain Men nahe waren. Sie bewegten sich vorsichtig, liefen weit auseinander gezogen und sicherten nach allen Seiten. Diese Vorsicht wurde ihnen zum Verhängnis. Vorsichtige Männer sind langsam, und langsame Männer sind gute Ziele.

Jed holte die Baker-Rifle aus dem Futteral. Er kniete nieder und schätzte den Wind. Er hob ein paar Kiefernnadeln auf, ließ sie durch die Finger zu Boden rieseln und beobachtete, wie weit sie abgetrieben wurden. Er ging zu einem Felsen, stützte das Gewehr auf und zielte sorgfältig.

Als Mel glaubte, dass Jed niemals abdrücken würde, krachte der Schuss. Donner hallte von den Felswänden wider. Funken stoben aus der Gewehrpfanne und zwangen Jed zum Blinzeln. Als er die Augen öffnete, lag einer der Blackfeet auf dem Rücken. Die anderen waren auseinandergestoben und hatten sich im Gras und hinter Felsbrocken in Deckung geworfen. Es war ein unglaublicher Schuss. Die Krieger verständigten sich mit abgehackten Rufen. Ihre Stimmen klangen guttural, aber Mel glaubte Nervosität herauszuhören.

Als ein Blackfoot den Kopf hob, riss er das Forsyth-Gewehr an die Schulter und gab einen überhasteten Schuss ab, der danebenging. Aber die Indianer waren gewarnt. Sie blieben in Deckung und zeigten sich nicht mehr.

„Weiter, McGruder", befahl Jed. Er sah eine Chance, ihren Vorsprung wieder zu vergrößern, denn die Blackfeet würden eine Weile still halten. Sie konnten nicht wissen, ob der unheimliche Meisterschütze vielleicht darauf wartete, dass ein unvorsichtiger Krieger die Deckung verließ.

„Wenn man bedenkt, dass das eine neue Büchse ist, kommst du recht gut mit der Baker klar", stellte Mel fest.

„Hab schon paar Mal mit einer geschossen, damals, in Kanada." Tatsächlich schien Jed sich verteufelt gut mit dieser Waffe auszukennen.

Zu dem Baker-Gewehr gehörte neben einem Pulverhorn auch eine Tasche mit Papierpatronen. Man biss das obere Stück mit der Kugel ab, schüttete das Pulver in den Lauf, rammte das Schusspflaster hinein und spuckte das Blei hinterher. Eine Prise hielt man zurück, um sie in die Pfanne zu streuen. Die vorgefertigten Patronen ermöglichten dem Schützen ein schnelleres Laden seines Gewehrs, aber das Schießpulver war Standardware und mitunter zu grobkörnig. Für einen Schuss auf große Distanz verwendeten die britischen

Grünröcke daher das feinere Material aus ihren Pulverhörnern. Jed hatte seine Baker bereits im Fort mit dem besseren Pulver geladen, und nun hatten die Blackfeet wieder einen Krieger verloren. Aber sie würden nicht ruhen, bis sie die weißen Männer stellen und niedermachen konnten.

„Ich möchte wissen, warum sich die Blackfeet so feindlich verhalten“, sagte Mel. „Ich meine, abgesehen von Hunting Coyote. Mit den Crows kommen wir doch gut klar.“

Jed hob die Schultern. „Das ist eine lange Geschichte. Sie stehlen unsere Pferde, wir erschießen sie. Dann stehlen wir die Pferde zurück, und sie nehmen unsere Skalps.“

„Was glaubst du, wer hat damit angefangen?“

„Sie haben mit dem Stehlen angefangen, wir haben den ersten von ihnen niedergeschossen.“

„Weißt du das genau?“

„Ich war dabei. Die verdammten Blackfeet wollten unsere Pferde klauen, aber wir bemerkten es, und Meriwether Lewis verpasste einen von denen eine Kugel.“

„Du kanntest Meriwether Lewis, den Entdecker?“

„War ein arroganter Kerl, aber ein wachsamer Mann.“

„Und Clark, kanntest du William Clark?“

„Klar. Ich war mit ihnen am großen Wasser, das sie den Pazifik nennen. Das ist jetzt fünfzehn Jahre her oder so.“

Meriwether Lewis und William Clark hatten die Expedition angeführt, die als erstes den fernen Westen erkundete, das Gebiet, das Mountain Men wie Jedediah Jones und Bear Hopkins heute als ihr Zuhause betrachteten. Der Franzosenkaiser Napoleon Bonaparte hatte das Territorium westlich des Mississippi im Jahre 1803 für 15 Millionen Dollar an die Vereinigten Staaten verkauft, um Geld für seine Kriege in Europa aufzutreiben. Bonaparte glaubte offenbar nicht daran, dass es seiner Nation gelingen würde, Louisiana zu besiedeln, geschweige denn die ferne Kolonie gegen die Briten oder Amerikaner zu halten. Gebürtige Franzosen wie Jehan Prevost musste es wurmen, dass ihr Kaiser nicht erkannt hatte, welch großartiges Land er aus den Händen gab.

„Verdammt, Jed, du warst bei Lewis' und Clarks Expedition dabei? Warum hast du nie ein Wort gesagt?"

„Du hast nicht gefragt."

„Aber du erzählst doch sonst alle möglichen Geschichten, obwohl niemand danach fragt. Zum Beispiel die Sache mit John Colter und den Blackfeet."

„Colter war damals auch dabei."

Sie ritten eine Weile, dann stieß Mel nach: „Pazifik heißt stilles Meer, wusstest du das?"

„Nein." Jed biss ein Stück von seinem Kautabak ab. „Glaube ich auch nicht. Die Wellen da sind ganz schön laut."

In der folgenden Woche erreichten sie das Wind-River-Land. Sie ritten durch Wälder aus Kiefern, Fichten, Pappeln und Birken, über sich schartige Gipfel aus rotbraunem Fels, unter sich das gewundene Band des Flusses, dessen Oberfläche in der Sonne glitzerte wie tausend Diamanten. Eine der Klippen, an denen sie vorbeikamen, bestand aus grünem Gestein, das matt im Tageslicht glänzte und härter war als alle Steine, die Mel kannte. Sogar härter als Granit.

„Grünstein", sagte Jed. „Aus diesem Zeug sind die Säulen der Erde gemacht. Oben in Kanada gibt es noch viel mehr davon." Er stieg ab und führte Old Reddy am Zügel. Der Boden war nicht sehr schlüpfrig, und Mel registrierte erneut, dass sein Partner den Rappen mit ungewohnter Fürsorge behandelte. Zwei bissige alte Hengste, die sich gefunden hatten. Mel musste grinsen.

„Was ist los, McGruder? Kanada, ich war dort."

„Schon klar, Jed."

Der grüne Berg – Green Horn – war eine der Landmarken, von denen Jehan Prevost berichtet hatte. Alle waren sie da gewesen, und dieses hier war eines der letzten Zeichen auf der Karte des französischen Trappers.

Am Morgen des nächsten Tages sahen sie den Skull Mountain vor sich aus dem Frühnebel auftauchen, eine Felsformation, die aussah wie ein riesiger Totenschädel. Der letzte Markstein in Jehan Prevosts Wegbeschreibung.

Mel war in Bezug auf den Skull Mountain unsicher gewesen, weil der Berg eher auf eine Pirateninsel zu gehören schien als in die Erhabenheit der Berge des fernen Westens. Aber es gab ihn tatsächlich. Ein Sandsteinfels, gebrochen vom Frost und ausgewaschen von Regen, bis er die Form eines haarlosen Schädels angenommen hatte.

Jed teilte Mels Vorbehalte nicht. „Die Crows nennen ihn den Berg des skalpierten Mannes. Bei den Shoshonen heißt er der Riese, der zum Berg wurde. Dachte mir schon, dass Prevost diese Gegend meint. Skull Mountain? Verdammt, vielleicht war dieser Franzose früher ja ein Pirat."

Hinter dem Schädelberg lag das Tal des alten Trappers.

Sie waren fast am Ziel.

Als sie den Felsen halb umrundet hatten, tauchten in der Ferne unter ihnen wieder die Blackfeet auf. Diesmal waren es acht Krieger, und an ihrer Spitze lief ein roter Riese mit der Streitaxt eines Rotrocks. Hunting Coyote.

Jed zog die Baker-Rifle aus dem Futteral. Diesmal wählte er den Ast einer Birke als Auflage. Er zielte eine Weile und schoss. Die Kugel raste auf einer Feuerlanze in die Schlucht und zerfetzte eins der

Grasbüschel vor Hunting Coyotes Füßen. Doch der Furcht erregende Indianer lief weiter als sei nichts geschehen.
Jed fluchte lästerlich auf die Baker, die er eine beschissene britische Muskete nannte. Mel wusste, dass weder die Büchse noch der Schütze die Beschimpfungen verdienten. Hunting Coyote befand sich fast vierhundert Yards bergabwärts. Er wusste, dass seine Feinde nahe waren und lief im geduckten Zickzack über ein Geröllfeld – ein Ziel, das nach menschlichem Ermessen unmöglich zu treffen war. Aber in der Welt der Mountain Men bedeutete menschliches Ermessen nicht viel, das hatte Mel in den Monaten an der Seite von Jedediah Jones begriffen.
Jed biss eine Papierpatrone auf und lud die Baker. Er hatte alle Finessen aufgegeben.
„Ins Tal“, knurrte er. „Hoffen wir, dass Prevost wusste, wie man eine Hütte baut.“
Eine gute Blockhütte sollte so platziert sein, dass ein einzelner Mann von ihr aus sein Tal beherrschen konnte. Zwei Männer mit Gewehren würden eine Horde Blackfeet wie ein Rudel Wapiti-Hirsche abschießen können.
Mel fragte sich, ob Hunting Coyote das wusste.

Das Tal des Franzosen war das schönste Tal, das Mel in seinem Leben gesehen hatte. Wundervoller noch als Bear Hopkins’ kleines Reich, das sie vor vielen Wochen hatten verlassen müssen. Zwischen jungen Kiefern und Tannen lag ein kleiner See, in dessen kristallklarem Wasser sich die Berge spiegelten. Blauschwarze Kuppeln, durchzogen von silbrigen Adern aus Schnee.
Während sie das Wasser umrundeten, ritten sie über einen Teppich aus Flechten, der übersät war mit bunten Blüten. Hinter den Nadelbäumen kam ein Wald aus Pappeln und Birken, durch deren

Äste ein weiteres Gewässer blinkte. Ein Biberteich, wie sie bald erkannten, gespeist aus einem klaren Bach, der sich mäanderförmig durchs Tal wand.

Überall gab es Spuren von Bibern: kegelförmig abgenagte Stümpfe, Erdhöhlen in den Böschungen des Flussufers und Bäume, die scheinbar aus dem Wasser herauswuchsen, in Wirklichkeit aber in einem von Bibern gefluteten Waldstück standen. Dazwischen sahen die Trapper Burgen aus totem Holz, die mattsilbern in der Sonne glänzten. „Ein guter Ort für einen Schatz“, meinte Jed.

Ein Knacken aus dem Pappelwald ließ ihn herumfahren, das entsicherte Baker-Gewehr bereits halb im Anschlag. Aber da war nichts. Ihre Pferde schnaubten unruhig, die Augen angstvoll geweitet. Zwei der Maultiere versuchten durchzugehen. Mel hielt die Zügel mit eiserner Hand.

Jed fluchte, als sein ausbrechendes Packtier die Büchse mit einem Ruck aus der Richtung brachte, aber dann sah er einen Schatten zwischen den Bäumen verschwinden. Schwarzbraunes Fell, ein massiger Leib, plumpe Bewegungen. Ein dahintrottender Bär. Jed senkte die Waffe.

„War bloß ein Grizzly.“

Mel empfand keine Beruhigung. Er hatte gelernt, dass Grizzlys furchtbare Gegner waren, und er dachte an Bear Hopkins’ von einer brandroten Narbe entstellte Brust.

Würde Bear auch so ruhig im Sattel sitzenbleiben, wenn er einen Bären in der Nähe wusste?

Einmal mehr schien es, als könne Jed die Gedanken des jungen Mountain Man erraten. Er sagte: „Die Viecher sind unberechenbar, wenn sie Junge haben. Das da war aber kein Weibchen, sondern ein alter Bär. Der macht uns keine Schwierigkeiten. Jedenfalls nicht mehr als Hunting Coyote.“

Damit trieb er Old Reddy an. „Beeilen wir uns."

Jehan Prevosts Blockhütte duckte sich in den Schatten einer Felswand, wodurch sie von hinten unangreifbar wurde. Sie stand leicht erhöht auf einem von Moos bewachsenen Hügel und bot einen guten Blick über einen Teil des Tales. Der Franzose hatte gewusst, wie man eine Hütte baut. Jed brummte anerkennend. Nur die Grassodenschicht war von Wind und Wetter löchrig geworden, an einigen Stellen schimmerten die Balken durch. Das Dach bedurfte dringend einer Reparatur; wahrscheinlich hatte sich Prevost diese Arbeit für den Spätsommer vorgenommen, wenn er mit dem Erlös seiner Felle in sein Tal zurückgekehrt wäre.
„Wo, sagtest du, hat der Franzmann die Pelze versteckt?"
„Keine Ahnung. Das hat er nicht erwähnt, jedenfalls nicht so genau."
Mel strengte sein Gedächtnis an, während Jed den Blick über die Landschaft schweifen ließ. Von den Blackfeet war noch nichts zu sehen. Vielleicht rückten sie wieder langsamer vor, weil sie einen weiteren Meisterschuss fürchteten.
Mel fiel etwas ein. Der alte Fallensteller hatte einen Namen erwähnt – La Pivert.
La Pivert. Il le sait. – Er weiß es, waren seine exakten Worte gewesen. Damals hatte Mel nicht viel darauf gegeben, aber jetzt überlegte er, wer dieser Pivert wohl sein mochte.
„Ich glaube, Prevost hatte einen Partner."
Jed hob die Schultern. „Ach?"
Mel erklärte ihm, was er meinte, doch noch während er redete, kam ihm seine Theorie falsch vor. Wenn der Franzose einen Partner besaß, der wusste, wo sich das Caché mit den Pelzen befand, wieso sollte er diesen Schatz dann einem anderen vermachen? Und vor allem: Wo war dieser Partner? Jehan Prevost war ein Einzelgänger

gewesen, ein Einsiedler. Zwar hatte er gehofft, dass sein Sohn eines Tages zu ihm stoßen würde, aber der war nie aufgetaucht.
Falls Jed dieselben Gedanken durch den Kopf gingen, so ging er nicht darauf ein. Statt eine unwirsche Bemerkung zu machen, meinte er sachlich: „Die Blackfeet werden bald auftauchen. Reite du schon mal rüber zur Hütte, McGruder."
Er selbst stieg von Pferd und führte Old Reddy ein paar Schritte zur Seite. Vielleicht wollte er nach Spuren suchen.
Mel setzte die Fuchsstute in Bewegung. Neben dem Blockhaus wuchs eine Pappelgruppe. Es waren dürre Bäume, und beim Näherkommen erkannte Mel, dass von jedem Stamm Rinde geschält worden war: Dicht über dem Boden fehlte den Pappeln ein Streifen der schützenden Haut. Bear Hopkins hatte ihm diesen Trick letzten Herbst beigebracht. Der Schnitt verhinderte das Aufsteigen der Säfte, und der Baum starb ab. Auf diese Weise hatte ein Trapper immer trockenes Brennholz in der Nähe seiner Behausung. Auch Jehan Prevost hatte auf diese Weise vorgesorgt.
Ein Specht flog durch sein Blickfeld. Mel folgte dem bunt gefiederten Vogel mit den Augen und wunderte sich darüber, dass der Specht die abgestorbenen Pappeln verschmähte und stattdessen am Stamm einer dicken Kiefer landete, die auf der anderen Seite der Hütte stand. Auf der Suche nach Käfern fing er an, mit dem Schnabel in der Borke herumzupicken. Offenbar hatte der Vogel mehr Hunger als Lust, sich eine Höhle ins Totholz zu hacken.
Mel musste grinsen. Seltsam, was einem Mann hier draußen alles durch den Kopf ging, obwohl eine Horde mordlüsterner Rothäute hinter ihm her war. Es lag wohl an der Idylle dieses Tals, das friedliche Gedanken spendete.
Dann krachte ein Schuss.

Mel spürte das Geschoss dicht an seinen Kopf vorbeizischen wie eine zornige Hummel. Das Projektil flog durch die Fensteröffnung der Blockhütte. Der Specht auf der Kiefer stob kreischend davon.
Der Schuss war von hinten gekommen. Mels Pferd stieg hoch. Er warf sich aus dem Sattel, die Forsyth-Rifle im Anschlag, und hielt nach dem Heckenschützen Ausschau.
Aber dort stand nur Jed, mit der rauchenden Baker- in den Händen, in die er bereits wieder eine Kugel spuckte.
Teufel, hatte Jed auf ihn geschossen?
Im nächsten Augenblick flog die Tür der Blockhütte auf, und ein Mann im Hirschlederzeug stürmte heraus. Er hielt eine Waffe, und als er sie hochriss, schoss ihm Mel im Herumfahren instinktiv eine Kugel in die Brust. Aus weniger als zehn Yards abgefeuert, fuhr das schwere Geschoss glatt durch den Körper hindurch. Blut und Blei klatschten gegen die Hüttenwand. Der Mann wurde von den Füßen gerissen und schlug mit einem dumpfen Geräusch auf den Boden.
„Du machst dich, McGruder“, stellte Jed fest, während er daranging, ihre Pferde und Maultiere zusammenzuholen, die sich vor den Schüssen erschreckt hatten.
Mel lief zu dem Toten. Es war ein Indianer. Eine gezackte Adlerfeder steckte in seinem Haar, die anzeigte, dass dieser Krieger schon viele Feinde nach erfolgreichen Coups getötet hatte. Aber diesmal hatte er kein Glück gehabt. Seine Waffe war eine der billigen Musketen, die Pelzhändler gegen Felle eintauschten. Es besaß einen langen Lauf und war unhandlich. *Hätte der Krieger mit seinem Tomahawk angegriffen, läge jetzt ich an seiner Stelle*, dachte Mel.
Jed kam heran. Es war ihm nur gelungen, den Rappen und ein Maultier einzufangen, das immer noch bockte.
„Blackfeet“, sagte er. „Der andere liegt drinnen.“

Tatsächlich, in der Hütte lag ein zweiter Krieger. Er hatte am Fenster gestanden und das Tal beobachtet. Jetzt hatte er ein blutiges Loch, wo zuvor sein rechtes Auge gewesen war. Auch in seinem Haar steckte eine gezackte Adlerfeder.

Hunting Coyote kannte also den Wert einer gut platzierten Blockhütte, und er hatte gewusst, dass die beiden Trapper hierher unterwegs waren. Deshalb hatte er zwei seiner besten Krieger auf schnellen Wegen ins Tal vorausgeschickt, um seinen Feinden eine weitere Falle zu stellen. Aber die Krieger hatten einen Fehler gemacht.

„Das Fenster", sagte Jed. „Ich habe gesehen, dass da keine Bretter davor waren. Nur ein schwarzes Loch. Aber nicht mal ein Franzose ist so blöd, dass er seine Hütte für Wochen verlässt, ohne die Fenster zu vernageln."

Außerdem, fügte er hinzu, während er den Hals seines Hengstes tätschelte, habe Old Reddy die Ohren aufgestellt.

Mel musste wieder einmal anerkennen, dass sein Partner die Augen scheinbar überall hatte. Beim nächsten Gedanken jedoch überlief ihn ein Schaudern: Jed hatte ihn einfach so als Köder vorgeschickt! Er sagte ihm, was er davon hielt.

„Vor ein paar Wochen am Biberfluss hat es doch auch ganz gut geklappt", meinte Jed leichthin.

„Trotzdem, ich will künftig in deine Pläne eingeweiht werden, Partner." Mel betonte das letzte Wort.

„Wenn uns die Zeit bleibt, werd ich dran denken."

Jetzt blieb ihnen keine Zeit mehr. Unter wütendem Kriegsgeheul brachen die Blackfeet aus dem Wald am See. Sie hatten erkannt, dass ihre Falle nicht zugeschnappt war. Nun kamen sie, um sich die Weißen zu holen – und sie sannen auf Rache für ihre getöteten Brüder.

Kapitel 14

Jed stieß Mel in die Hütte. Er selbst rannte zu seinem Pferd, schnappte sich hastig eine Handvoll Sachen und hetzte zurück in die Sicherheit der Balken. Er warf die Tür hinter sich zu und legte den armdicken Riegel vor, der am Pfosten lehnte. Zwei Pfeile bohrten sich draußen klopfend ins Holz.

Ohne zu zögern eilte Jed zum Fenster, legte die Baker an und schoss. Mel hörte einen Körper schwer zu Boden fallen.

„Die Musketen", rief Jed.

Der junge Mountaineer reichte ihm nacheinander die erbeuteten Waffen. Jed schoss ohne zu zielen. Der Qualm der Baker-Rifle hing noch in der Luft, und er konnte nicht viel sehen. Es ging ihm wohl bloß um eine Machtdemonstration. In der Hütte stank es nach verbranntem Schießpulver.

Jed befahl seinem Partner, mit der Forsyth-Rifle am Fenster Wache zu halten, während er hastig die Musketen der toten Rothäute lud und sich anschließend die Zeit nahm, sein Gewehr sorgfältig mit dem feinen Pulver aus dem Horn für einen Präzisionsschuss vorzubereiten.

Mel spähte nach draußen, doch obwohl sich der Rauch langsam verzog, konnte er nicht viel sehen. Die Blackfeet waren wieder in Deckung gegangen. Auf halbem Weg zur Hütte lag der Indianer, auf den Jed geschossen hatte. Er war noch nicht tot. Ein dunkler Fleck breitete sich auf seinem Hirschlederhemd aus. Jeds Kugel war ihm in die Lunge gefahren. Der Krieger spuckte blutigen Schaum, als er sich aufrichtete. Entkräftet fiel er wieder hin und versuchte nun, kriechend den Schutz einiger Sträucher zu erreichen. Aber es war klar, dass er nicht mehr lange leben würde. Mel legte seine Waffe an und schoss ihm eine Kugel in den Hinterkopf.

„Verschwende unsere Munition nicht“, maulte Jed, als er sah, worauf Mel geschossen hatte.

Der junge Trapper wollte aufbrausen. Vor ein paar Nächten hatte Jed selbst einen Sterbenden erlöst, und heute sollte es auf einmal falsch sein?

Jed schien seine Gedanken zu erraten. „Zu wenig Kugeln“, sagte er.

„Wie viele hast du?“

„Weiß nicht, ungefähr dreißig.“

„Ich auch.“

Als sie die Blackfeet zuletzt gesehen hatten, waren diese zu Acht gewesen, einschließlich ihres Kriegshäuptlings. Davon war einer jetzt tot. Vielleicht hatte Hunting Coyote noch ein paar Späher über andere Bergpfade geschickt, aber viele Krieger konnte er nicht mehr in Reserve haben. Er hatte in den letzten Wochen ein halbes Dutzend Männer verloren, und sein Stamm lagerte weit weg von hier am Bighorn River.

„Sechzig Kugeln sollten reichen, Jed.“

Der Mountain Man brummte etwas, das wohl Zustimmung signalisieren sollte.

„Aye, Wasser ist ein größeres Problem.“

Erst jetzt nahm Mel die Dinge wahr, die Jed von seinem Pferd geholt hatte: Die extra Pulverhörner, die ihnen Allan Cabot mitgegeben hatte, einen Leinenbeutel und eine Wasserflasche. Eine einzige Wasserflasche, mehr besaßen sie nicht. Sie hatten zwei Musketen erbeutet, und da die Blackfeet beim letzten Angriff nicht gefeuert hatten, nahm Mel an, dass es die letzten Schusswaffen der Rothäute gewesen waren. Aber ihre Pferde und Maultiere standen draußen bei den Indianern, und mit ihnen alle Wasservorräte. Alle, bis auf diese eine Holzflasche. Das konnte wirklich zum Problem werden, wenn die Belagerung lange dauerte.

„Jed, egal wie diese Sache ausgeht, ich möchte, dass du eines weißt. Es war mir eine Ehre, mit dir in den Bergen gewesen zu sein."

Ein verlegenes Lächeln huschte über das Gesicht des älteren Mannes.

„Na ja, wir sind immer noch in den Bergen."

„Scheiße, Jed, wir haben genug Pulver und Blei, aber wir verdursten, ehe wir das Zeug verschießen können."

„Schon möglich."

„Was soll's, gib mir trotzdem eins von den zusätzlichen Pulverhörnern."

„Geht nicht, McGruder, dieses Zeug ist nicht für dich bestimmt."

Jed ließ sich auf dem Hüttenboden nieder, die Pulverhörner neben sich. Er knotete das Ledersäckchen mit dem Iniskim vom Gürtel. Der heilige Büffelstein polterte auf die Holzbohlen. Mel schüttelte den Kopf. Dieses Ding hatte ihren Ärger mit den Blackfeet nur noch vergrößert.

„Was ist?", fragte Jed. „Sieh nach, ob die Rothäute wieder angreifen!"

„Und du?"

„Ich bereite mich vor."

Damit zog er einen Wetzstein aus dem Leinenbeutel, den er vom Pferderücken gerettet hatte, und fing an, sein britisches Abhäutemesser zu schärfen.

Mel spähte durchs Fenster. Draußen war alles ruhig. Keine Bewegung, kein Blackfoot, nicht mal die Pferde waren zu sehen. Hatten die Indianer die Tiere bereits eingefangen und weggetrieben?

Mel schaute zu Jed, aber der war mit den Pulverhörnern beschäftigt. Er ließ seinen Blick durch die Hütte schweifen. An der Rückwand hatte Prevost ein langes Brett als Regal befestigt; darauf standen allerlei Töpfe und Krüge aus gebranntem Ton. Einige waren mit

filigranen Verzierungen versehen. Ob Prevost die von Indianern hatte? Einige der sesshaften Stämme im Osten verstanden sich auf diese Kunst.
Hinter den Töpfen gewahrte Mel die vergilbten Rücken einiger Bücher. Eine Bibel in französischer Sprache, ein Band mit frivolen Zeichnungen draller Frauenzimmer und eine Abhandlung über mexikanische Geschichte.
Die Reisen des Fray Marcos.
Das Buch mit den dicken Frauen war abgegriffener als die Bibel, das historische Werk hingegen kaum benutzt. Trotzdem, dass Jehan Prevost lesen konnte, überraschte Mel. Der Alte erstaunte ihn.
Neben dem Regal hatte der Einsiedler eine Art Kalender ins Holz geritzt. Kolonnen von Messerkerben, jeweils sechs nebeneinander und eine siebente als Querstrich. Jehan Prevost hatte hier viele Wochen verewigt; die Kerben reichten über die gesamte Wand, vom Boden bis unters Dach. Weiter oben gab es noch andere Einritzungen, doch sie lagen im Schatten und Mel konnte sie nicht entziffern. Worte auf jeden Fall; der Franzose hatte hier einige Fetzen in seiner Muttersprache hinterlassen, vermutlich schlüpfrige Überlegungen über füllige Frauen. Was einem Franzosen in der Einsamkeit der Berge halt so einfiel.
Mels Blick wanderte über die Decke. Dort, wo das Moos aus den Ritzen gefallen war, schimmerte Tageslicht zwischen den Dachbalken hindurch. Jehan Prevost hätte sich wirklich dringend um sein Dach kümmern müssen.
Mel zog seine Taschenuhr heraus und klappte sie auf. Drei Uhr durch, Mittag war lange vorbei.
„Was ist los“, schnaubte Jed. „Glaubst du, die Blackfeet richten sich nach einem Zeitplan?“

Mel erschrak. Seine Gedanken waren abgeschweift. Er war unaufmerksam, und das konnte sie das Leben kosten.
„Ich wollte einfach nur wissen, wie spät es ist."
„Eine Uhr." Jed schüttelte belustig den Kopf. „So was brauchst du hier draußen nicht. Merk dir eines: In den Bergen ist es nie zu spät. Und wenn doch, bist du tot."
„Natürlich, Jed, alles klar."
Sein Partner würde nie mit ihm zufrieden sein. Aber dieses Mal hatte Jed Recht, wenn er auf ihn wütend war.
Mel blickte wieder nach draußen. Ein bunter Schemen huschte über die Landschaft. Der Specht war zurückgekommen. Der Vogel ließ sich wieder auf der dicken Kiefer nieder und bearbeitete den Stamm mit seinem Schnabel. Es musste dort Unmengen Insekten geben.
Ein zweiter Schemen flog heran, dann ein dritter. Noch mehr Vögel? Mel wandte den Kopf und zuckte zurück. Diese Schemen zogen Rauchspuren hinter sicher her.
Brandpfeile!
Einer flog durchs offene Fenster und prallte gegen die hintere Hüttenwand.
Jed fluchte. Er wollte den Pfeil aus dem Holz ziehen, aber die Spitze saß fest. Der Schaft brach mit einem trockenen Knacken. Ohne Hebel war es fast unmöglich, die Spitze freizubekommen. Jed schnitt sie mit dem Messer aus dem Balken. Draußen prasselten weitere Brandpfeile gegen die Hütte. Nicht mehr lange, und das dörre Holz würde brennen wie Zunder. Dann würden sie hier drinnen bei lebendigem Leib geröstet.
Aber das Blockhaus brannte nicht. Mel hatte aufgehört, die Einschläge zu zählen, doch in den Balken musste inzwischen ein gutes Dutzend Brandpfeile stecken, ohne dass Feuer ausgebrochen war. Jed grinste jetzt wieder. Als ein weiteres Geschoss durchs

Fenster flog, tat er nichts. Er ließ den Pfeil einfach in der Wand stecken und wartete, bis dieser von selbst erlosch. Das Holz war geschwärzt vom Ruß, aber es hatte keinen Schaden genommen.
„Verdammt, dieser Franzmann wusste wirklich, wie man eine Hütte baut."
Als Mel die Stirn runzelte, erklärte Jed, was er meinte. Holz war nicht gleich Holz. Aber nicht nur die Baumart machte einen Unterschied, sondern auch die Zeit, wann man einen Baum fällte. Jehan Prevost hatte seine Hütte offenbar aus Stämmen gebaut, die er in einer Vollmondnacht bei Frühlingsbeginn geschlagen hatte, wenn die Säfte in den Bäumen besonders reichlich nach oben stiegen. Solches Holz mochte von außen vertrocknen, aber im Innern blieb es feucht. Es galt als nahezu unbrennbar.
Mel brach einen Pfeil ab, der in die Innenwand gefahren war. Es gab ein Knacken, gefolgt von einem Geräusch, das sich wie ein Widerhall anhörte. Ein weiteres Knacken.
Die Männer sahen einander an. Der Laut war von oben gekommen. Jemand war auf dem Dach. Sie lauschten in die Stille. Da! Leise Schritte, das Rascheln von trockenem Gras. Die Rothäute hatten die Ablenkung durch den Pfeilbeschuss genutzt, um einen Krieger aufs Dach zu schicken. Dort oben hockte er jetzt unangreifbar. Allerdings konnte er den Männern in der Hütte ebenfalls kaum gefährlich werden.
Es sei denn …
Leises Klappern, wie Stein auf Stein. Feuersteine? Versuchte der Krieger, das Gras, mit dem das Dach gedeckt war, in Brand zu stecken? Aber wieso hatten die Blackfeet keine Brandpfeile aufs Dach geschossen? Das knochentrockene Deckmaterial musste brennen wie Zunder. Brennen, und danach rasch verlöschen, erkannte Mel. Den

Balken der feuerfest gebauten Hütte würde ein Grasbrand vermutlich nicht viel ausmachen, oder?

Jed erriet Mels Gedanken. „Die wollen uns ausräuchern. Wenn der Kerl genug Gras auf einen Haufen legt, das Zeug anzündet und es dann von oben durchs Fenster wirft, wird es hier drinnen ziemlich stickig werden."

Mel verstand. Mit einer Waffe vermochte der Krieger wenig auszurichten, aber er konnte sich über den Dachrand beugen und Zunder durchs Fenster werfen.

Ob er ihn mit der Pistole erwischen konnte? Dazu müsste er sich jedoch aus dem Fenster lehnen und wäre den Pfeilen der Blackfeet ausgesetzt.

Jed betrachte die Decke von unten. Tageslicht fiel durch die Ritzen, aber dort, wo der Krieger hockte, wurde der schmale Streifen unterbrochen. Ein Körper auf Mokassinsohlen. Jed stieß sein Messer zwischen die Balken.

Der Indianer auf dem Dach gab ein überraschtes Keuchen von sich und fiel auf die Seite. Der Trapper zögerte nicht und stieß immer wieder zu. Als er das Messer herauszog, war die Klinge klebrig rot.

„Gott segne diesen alten Waldläufer", brummte Jed. „Er wusste sogar, wann man sein Dach lieber nicht ausbessert. Gott ... wie sagt man das auf Französisch? Dieu ... le vieux ..." Jeder Mountain Man kannte ein paar Brocken dieser Sprache, weil es unter den Trappern viele Franzosen gab.

„...Coureur le bois", vollendete Mel den Satz. *Gott segne diesen alten Waldläufer.*

Ihm fiel etwas ein, und er spähte nach draußen zum Stamm der mächtigen Kiefer. Der Specht war fort, aber die Idee setzte sich in Mels kopf fest.

„Bring uns hier raus, Jed", sagte er.

Sein Partner kam zum Fenster. „Ja, das ist mein Plan.“ Dann begann er, die Blackfeet zu verhöhnen.
„Der große Geist hat Hunting Coyotes Krieger verlassen. Sie haben viele Männer verloren und es gelingt ihnen nicht einmal, eine verrottete alte Hütte in Brand zu setzen. Sie sollten fortgehen, ehe wir rauskommen und sie alle töten.“
Keine Antwort.
Zäh tropften die Minuten dahin, wie das Blut des toten Kriegers, das noch immer zwischen den Balken hindurch in die Hütte leckte. Jed wurde nicht müde, Beleidigungen zu schreien. Er verglich Hunting Coyotes Mutter mit einer räudigen Schneeziege und seinen Vater mit einem Vielfraß. Mel fragte sich, ob die Blackfeet darin überhaupt eine Bosheit sahen, denn der Vielfraß war ein wehrhaftes Tier, wie er am eigenen Leib erfahren hatte.
„Hunting Coyote wollte uns in eine Falle locken, aber er hat kein Glück mit Fallen“, brüllte Jed. „Wenn sie zuschnappen, dann nur in Hunting Coyotes Gesicht.“
Mel nahm an, dass diese Beleidigung zu kompliziert für die Denkweise eines Indianers war, aber offenbar sah Hunting Coyote das anders.
Der Blackfoot-Hüne trat aus dem Wald.
Aus der Ferne war sein Gesicht unter der Kriegsbemalung nur ein schwarzroter Fleck. Er sah wie ein Dämon aus. Er trug keine Waffen außer seiner Streitaxt. Hinter ihm schoben sich seine Krieger auf die Lichtung. Sechs weitere Indianer. Keine Verstärkung. Gut.
„Der weiße Mann versteckt sich wie ein Feigling in einem Haus. Wenn er herauskommt, wird er sterben.“
„Vielleicht will ich ja nicht vom Blitz getroffen werden“, rief Jed. „Letzte Nacht ist mir Na'pi im Traum erschienen. Der alte Mann sagte, er würde den Krieger vernichten, der den Büffelstein verloren

hat, weil er das Volk der Blackfeet verurteilt hat, großen Hunger zu leiden. Es ist nicht mehr sicher, sich in der Nähe von Hunting Coyote aufzuhalten."

Na'pi war der Hauptgott der Blackfeet. Der Legende nach hatte er den Himmel, die Erde und die Büffel erschaffen, und er hatte den Indianern die Fähigkeit verliehen, diese mächtigen Tiere zu jagen. Doch wenn sie den Iniskim verloren, konnte die Gottheit sehr zornig werden.

„Der weiße Mann sollte den Zorn von Hunting Coyote mehr fürchten als seine Träume", rief der Häuptling.

Mel konnte sehen, wie einige der Krieger entsetzte Blicke wechselten. Die Worte kamen einer Verhöhnung der Götter gleich. Hunting Coyote stellte seine Macht über die von Na'pi. Der Kriegshäuptling schritt jetzt ohne Zögern auf die Hütte zu. Aus der Nähe glich sein verunstaltetes Gesicht noch mehr einer Dämonenfratze mit Reißzähnen in einem fast lippenlosen Mund

„Gib mir den heiligen Stein, dann werde ich dir einen schnellen Tod gewähren." Die unförmigen Nasenlöcher des Blackfoot bebten wie die Nüstern eines erregten Hengstes.

Mel erwartete eine von Jeds drastischen Reaktionen. Wenn er Hunting Coyote niederschoss, konnten sie mit dem Rest der Krieger leichter fertig werden. Aber Jed tat nichts dergleichen. Er war auch diesmal für eine Überraschung gut.

„Ich werde dir den Stein geben. Dann kämpfen wir."

Mit diesen Worten lehnte er die Baker-Rifle gegen die Hüttenwand und zog sein Häutemesser.

Mel versuchte, ihn aufzuhalten. „Verdammt, Jed, hast du dir diesen Kerl genau angesehen? Er ist stärker als du und vermutlich auch wütender."

Jed zuckte nur die Schultern. „Sonst noch was? Ich habe nicht viel Zeit.“ Er öffnete die Tür und schickte sich an, hinauszugehen. Mel machte noch einen Versuch.
„Erinnerst du dich daran, was Prevost gesagt hat? Man kann diesen Kerl nicht mit einer Kugel töten“, beschwor er Jed. „Glaubst du etwa, mit einem Messer gelingt das?“
„Wohl nicht, vor allem nicht mit einem britischen Zahnstocher, aber ich habe über das Problem nachgedacht.“
Jed trat über die Schwelle ins Freie. Einige der Brandpfeile in der Hüttenwand kokelten noch. Er steckte das Messer in den Gürtel, zog einen der glimmenden Pfeile heraus und hielt ihn wie einen kleinen Speer.
Hunting Coyote lächelte böse.
„Nur eins noch, McGruder, wenn du das Signal hörst, schießt du aus allen Rohren auf die Krieger am Waldrand.“
Das Signal? Mel überlegte fieberhaft. Was meinte er? Sein Blick fiel auf die Stelle, wo Jed vorhin gesessen hatte. Zwei der Pulverhörner lagen geöffnet am Boden. Leer. Aus dem Leinenbeutel mit dem Wetzstein lugte etwas hervor. Ein Stück Schnur. Keine gewöhnliche Schnur. War das …?
Draußen lief Jed seinem riesenhaften Feind entgegen, in der einen Hand den schwelenden Pfeil, in der anderen den Ledersack mit dem heiligen Büffelstein.
Hunting Coyote fletschte die Zähne. Er wiegte die Axt in den Händen. Er trug ein ärmelloses Hirschlederhemd, und die Muskeln an seinen Oberarmen spielten.
„Der Iniskim“, rief Jed. „Da, fang!“
Das prall gefüllte Bündel flog durch die Luft. Es war zu dick, aber das fiel dem Indianer nicht auf. Hunting Coyote streckte die Hand aus, und vielleicht wunderte er sich im letzten Augenblick darüber,

dass ein Ende verkohlter Schnur aus dem Beutel lugte. Schnur, aus der Funken stieben.
Zündschnur.
Eine Explosion zerriss die Stille des Tals. Hunting Coyote verschwand in einem Feuerball. Glutfinger stachen nach ihm. Eine schwarzgraue Wolke hüllte den Häuptling ein. Seine Streitaxt wirbelte durch den beißenden Qualm davon. Die Druckwelle erschütterte die Hütte.
Mel warf sich instinktiv zu Boden. Er landete neben dem Leinenbeutel mit der Zündschnur und spürte, wie etwas hart auf seine Hüfte drückte. War das Jeds Wetzstein? Nein, der Wetzstein lag dort drüben. Mel war auf dem Büffelstein gelandet. Der Iniskim war gar nicht im Ledersack gewesen, nur das gepresste Pulver aus zwei Hörnern.
Auch Jed war in Deckung gehechtet. Nun stemmte er sich hoch und lief zu Hunting Coyote. Auf dem Weg zu ihm hob er die Streitaxt auf.
Der Blackfoot lebte. Die Explosion hatte ihm einen Arm und die Hälfte des Gesichts weggerissen. Er hatte nur noch ein Auge, aber in diesem glomm wilder Hass. Er ließ ein zorniges Schnauben hören wie ein betrogener Zyklop.
Jed hob die Axt und schlug ihm den Kopf ab.
Die Krieger standen starr vor Entsetzen. Für sie musste es aussehen, als habe sich der Traum des Mountain Man erfüllt: Na'pi hatte einen Blitz gesendet und Hunting Coyote getötet. Und nun hatte ihm sein ärgster Feind nach dem Gesicht auch noch den Kopf genommen.
Ein oder zwei Krieger legten ihre Bogen an, aber Mel kam aus der Hütte, hob die Forsyth-Rifle und erschoss einen. Die restlichen Blackfeet machten kehrt und liefen davon. Mel feuerte ihnen mit den Musketen hinterher.

„Bisschen spät, McGruder“, schnaufte Jed. „Eigentlich war die Explosion das Signal.“
Er ließ den Kopf des Toten zu Boden fallen und warf die Axt hinterher. Dumpf polterte sie ins Gras. Dann drehte er sich suchend um die eigene Achse, fand einen Platz und ließ sich schnaufend ins Moos sinken. Befriedigt registrierte Mel, dass der Kampf auch einen so abgebrühten Mann wie Jedediah Jones mitgenommen hatte.
„Teufel, Jed, ich dachte wirklich, du willst mit dem Messer gegen diesen Kerl kämpfen.“
„Ach was.“ Der ältere Mann schüttelte abwesend den Kopf. „Keine Zeit für Heldentaten, weißt du doch.“
„Ja, Jed, hab ich gesehen. Du warst großartig.“
Er reichte ihm die Baker-Rifle, aber sein Partner reagierte nicht. Mel legte ihm das Gewehr mit dem Kolben voran in den Schoß. Ein Trapper blieb niemals ohne seine Waffe, so viel wusste er inzwischen. Obwohl Jed auch ohne Gewehr mörderisch war.

Nach einer Weile, als die Anspannung von ihm wich, sagte Jed: „Ein schönes Tal, das Prevost hatte, und elend groß dazu. Dieses Caché zu finden, kann Wochen dauern.“
„Dir fehlt einfach der Glaube, Jed.“
„Oh, ich glaube schon an ein paar Dinge, McGruder. Eines davon ist, dass dieser Franzmann ein ausgebuffter alter Halunke war. Der wusste, wie man ein Versteck anlegt.“
„Mag sein, Jed, aber …“
Das Brechen von Zweigen ließ ihn verstummen. Zwischen den Stämmen des Pappelwaldes, wo die Indianer auf der Lauer gelegen hatten, regte sich etwas. Kamen die Blackfeet zurück, um Rache für ihren gefallenen Häuptling zu nehmen? Nein, Rothäute auf dem Kriegspfad schnauften nicht. Der Grizzly, dem sie schon früher am

Tag begegnet waren, strich durch den Wald. Grollend näherte er sich der Leiche eines der Indianer.
Jed, der die Baker im Sitzen bereits an die Wange gezogen hatte, hob die Büchse ein wenig an und feuerte einen Schuss ab. Das Blei fegte über den Kopf des Bären hinweg, der aus der Bewegung heraus einen Haken schlug und zwischen den Bäumen verschwand. Für einen Augenblick sah Mel den mächtigen Rücken des Grizzlys.
Es war ein beängstigend großer Bär.
„Vielleicht hättest du ihn erschießen sollen, Jed."
„Aber nicht auf diese Entfernung. Die Kugel hätte ihn bloß wütend gemacht." Jed stemmte sich hoch und lud seine Büchse. „Was wolltest du vorhin sagen, McGruder?"
„Was?"
„Dass mir der Glaube fehlt – und weiter?"
„Ach so, ich meinte …"
Aber Jed unterbrach ihn erneut. „Wir müssen die Rothäute begraben. Ist nicht gut, wenn sie in diesem Tal verfaulen, falls wir mal wieder hierherkommen wollen."
„Wegen der Totengeister."
„Die Geister können mich mal. Es ist wegen des Grizzlys. Das sind Aasfresser, und falls er auf den Geschmack von Menschenfleisch kommt, wird er zum Problem. Ich habe keine Lust, künftig auf die Blackfeet und auf einen blutgierigen alten Grizzly Acht geben zu müssen."
„Verstehe, Jed."
„Wird ein hartes Stück Arbeit, die Gruben für die Krieger auszuheben. Wie viele haben wir erwischt?"
Mel sah sich um. „Ich glaube, es sind sechs."
„Ja, sechs und ein Kopf. Macht eine Menge Gräber. Herrje, die Rothäute hätten besser aufgeben und uns die Schufterei ersparen

sollen." Grummelnd schickte Jed sich an, in der Hütte nach Werkzeugen zum Graben zu suchen.
„Wir könnten die Grube von Prevosts Caché benutzen", schlug Mel vor.
„Ehe wir die finden, sind die Kerle zu Staub zerfallen. Falls sie sich nicht zuvor der Grizzly holt."
„Das war es, was ich vorhin sagen wollte, Jed: Dir fehlt der Glaube daran, dass wir auch mal Glück haben könnten."
„Über Glück denke ich nicht mal nach, McGruder. So etwas bringt einen Mann hier draußen nur um."
„Ja, aber manchmal bringt ihn Denken auch ans Ziel." Mel lief zu der alten Kiefer, wo er den Specht gesehen hatte.
Oder *La Pivert*, wie der Name des Vogels auf Französisch lautete. Ein Specht, kein Partner.
„La Pivert weiß es", hatte ihm Jehan Prevost in seiner Muttersprache anvertraut. Der Alte hatte ihm geraten, auf den Specht zu achten. Warum? Mel hatte darüber nachgedacht. Der Vogel kam, um zu fressen. Ein Specht, der immer wieder zu einem bestimmten Baum zurückkehrte, weil es dort Insekten im Überfluss gab. Insekten, die am liebsten totes Holz bevölkerten! Mel wusste das aus Büchern, die er als Junge verschlungen hatte. Konnte es so einfach sein?
Er untersuchte den Baum und fand seine Vermutung bestätigt. Die Kiefer war abgestorben. Doch weshalb? Vielleicht, weil sich jemand unter ihr zu schaffen gemacht und dabei das Wurzelwerk zerstört hatte?
Nach einer Weile fand er es: Eine Klappe im Boden, bedeckt mit Moosbatzen und Nadeln.
„Pack endlich mal mit an, Jed."
Kopfschüttelnd kam der Mountain Man näher. Er hatte eine alte Schaufel aus Prevosts Hütte dabei. Als er sah, worüber sein Partner

gestolpert war, drängte er ihn beiseite und fegte das Tarnmaterial mit der Schippe vollends beiseite.
Zu zweit stemmten sie die aus Ästen gebundene Klappe auf.
Moderdunst schlug ihnen entgegen. Der Geruch erinnerte an toten Fisch. Unter den Wurzeln der abgestorbenen Kiefer befand sich eine Grube, mindestens zwei Meter tief und drei im Quadrat, ausgekleidet mit Holzbohlen. Jehan Prevosts Geheimversteck, gefüllt mit einem Schatz aus Biberpelzen.
„Teufel, McGruder", grinste Jed. „Ich wusste, dass aus dir noch mal ein brauchbarer Trapper wird."
„War das etwa ein Kompliment, Jed?"
„Kann schon sein. Obwohl ich das Versteck auch alleine gefunden hätte."
Mel sah seinen Partner leicht belustigt an.
„Siehst du die Spuren dort drüben?"
„Das sind Tierfährten."
„Wölfe", präzisierte Jed. „Die haben hier überall herumgeschnüffelt. Vermutlich hat sie der Geruch der Pelze angelockt. Ich wäre einfach den Wolfsspuren gefolgt."
„Na klar, Jed, was immer du sagst."

Achthundert Pfund Biberpelze, erstklassige Ware. Jehan Prevost hatte nicht übertrieben. Die Felle waren dicht und schwer und würden eine Stange Geld einbringen. Mindestens viertausend Dollar, erklärte Jed, musste ihnen Pierre Chouteau über den Tresen schieben, wenn er diese Biber haben wollte. Vielleicht viereinhalbtausend Dollar, falls sich die Fellaufkäufer in St. Louis gegenseitig überboten.
Was sie zu einem Problem brachte. Die Stadt am Mississippi war weit entfernt, und sie hatten inzwischen mehrere Wochen Rückstand auf andere Trapper, die sich beim ersten Zeichen des Frühlings auf den

Weg zu den Handelsplätzen gemacht hatten. Die Lagerhäuser der Pelzhändler würden gut gefüllt sein, ehe sie aus den Bergen und über die endlose Prärie nach St. Louis kamen.

Jed war dankbar für Mels Idee, die Pelzgrube als Grab für die Blackfeet zu benutzen, und so tauschten sie achthundert Pfund Felle gegen vierhundertfünfzig Pfund totes Fleisch. Der Mountain Man stand fluchend über dem Caché und hielt Hunting Coyotes Kopf.

„Der Teufel soll diese elende Rothaut holen!"

„Das wird er, Jed. Was hast du mit dem Kopf vor?"

„Der verdammte Skalp ist nicht mehr zu gebrauchen."

Jed wies auf das verbrannte Haar, das am geschwärzten Schädel klebte. Er nahm selten Skalps, aber die Trophäe von einem so berühmten Kriegshäuptling wie Hunting Coyote hätte ihrem Besitzer große Ehrfurcht bei den Indianern aller Stämme eingebracht. Anerkennung bei den Crows und Shoshonen, Angst bei den Blackfeet. Beides konnte einem Trapper das Überleben in den Bergen erleichtern.

Die Blackfeet würden zwar auf Rache aus sein, doch wenn sie den Skalp am Gürtel ihres Feindes erkannten, würden sie möglicherweise eine Sekunde zögern, und mehr brauchte ein Kämpfer wie Jed nicht.

„Nimm einfach einen von den anderen Skalps und gib ihn als das Haar von Hunting Coyote aus", schlug Mel vor.

„Das würde nicht funktionieren."

„Bei dem Biberkönig hat es geklappt."

Jed starrte ihn eine Weile aus zusammengekniffenen Augen an. Dann stahl sich ein Grinsen in das Gesicht des älteren Mannes, als er erkannte, dass sein junger Partner Bescheid wusste, und das offenbar schon seit einer ganzen Weile. Er ließ Hunting Coyotes Schädel in die Grube fallen.

„Das ist nicht dasselbe, McGruder. Es gibt Dinge, mit denen kommt man hier draußen nicht durch.“
Sie verschlossen das Caché und beluden die Pferde und Maultiere. Danach brachen sie auf.
Als sie das Tal verließen, lärmte der Grizzly noch immer durch das Pappelwäldchen. Nicht einmal Jeds Schuss hatte ihn vertreiben können. Sie erhaschten einen Blick auf die Flanke des riesigen Bären und sahen, dass sein Fell durchhing wie die Robe eines einst fetten Missionars, der nach einem frustrierenden Jahr bei den Prairiestämmen in die Zivilisation am Mississippi zurückstolperte.
Der Grizzly musste früher noch größer und vor allem um einiges fetter gewesen sein. Jetzt aber litt er Hunger.
„Ich glaube, der ist auf Ärger aus“, murmelte Jed.

Kapitel 15

Der Bär blieb ihnen auf den Fersen.

Zu Anfang sahen sie ihn nicht; seine Gegenwart war nur eine Ahnung: Ein Rumoren im Wald, das Brechen von Zweigen, ein davoneilender Hirsch, ein Wachtelpaar, das kreischend an Höhe gewann. Der Grizzly musste schon sehr alt und schwerfällig sein, wenn er keins der Tiere erwischte.

Jed trieb zur Eile. Er wollte das Revier des Bären so schnell wie möglich verlassen, in der Hoffnung, dass dieser sich nach anderer Beute umsah. Doch entweder war sein Jagdgebiet weiter als alle Bärenreviere, die der Trapper kannte, oder der Hunger des Grizzlys war brennender als der Instinkt, sein Territorium unter Kontrolle zu halten.

Obwohl es allmählich Sommer wurde, war es bei Sonnenaufgang noch immer empfindlich kalt in den Bergen. Vormittags brachte die Sonne den Morgentau zum Schmelzen, aber Jed behauptete, ein paar der feinen Nebelfahnen, die im Dickicht hingen, seien der Atem des Bären. Dunst stieg vom Waldboden auf und waberte zwischen den Stämmen verkrüppelter Pappeln. Die Bäume waren von der Schneelast vieler Winter geformt worden, und Mel fragte sich, wie viele Jahre ein Mann in den Rockies leben konnte, ohne genauso nachzugeben wie diese Pappeln.

Die Antwort lautete, dass es auf den Mann ankam. Jedediah Jones, Bear Hopkins und selbst der alte Jehan Prevost waren vom harten Leben hier oben nicht gebeugt worden. Und die anderen waren längst nicht mehr da. Wo würde er selbst in ein paar Jahren sein? Mel wusste noch keine endgültige Antwort darauf.

Nach zwei Tagen war der Bär noch immer da, und jetzt konnten sie ihn riechen. Eine Mischung aus feuchtem Fell und verwesendem Fleisch. Unverkennbar Raubtiergestank. Wenn der Wind in ihre Richtung wehte, trug er den Geruch des Grizzlys heran und machte die Maultiere scheu. Auch die Nüstern der Pferde blähten sich; verängstigt verdrehten sie ihre Augen und suchten unruhig den Wald ab.

„Verdammt, Jed, was will er von uns?"

„Fressen, nehme ich an."

„Du meinst, er ist schon an Menschenfleisch gewöhnt?"

„Vielleicht hat er es ja bloß auf die Mulis abgesehen." Jed gab sich wie stets überlegen, doch an den Blicken, die er zwischen die Bäume sandte, erkannte Mel, dass sein Partner die Bedrohung keineswegs auf die leichte Schulter nahm.

„Warum Old Reddy?" fragte er, um das Thema zu wechseln. Jed verstand nicht sofort.

„Dein Pferd. Es ist doch schwarz. Wieso hast du es da Old Reddy genannt?"

„Ach, das. Ist eine lange Geschichte." Jed riss ein Stück Kautabak von seiner Rolle ab und stopfte es in den Mund.

„Mir reicht die Kurzform."

„Old Reddy war jemand, mit dem ich den Bergen war. Früher. Ist eine Weile her."

Mel begnügte sich mit dieser Erklärung, zumal er spürte, dass er vorläufig nicht mehr aus Jed herausbekommen würde.

Mit dem Grizzly als Schatten wurde das Jagdwild knapp, denn die Wapitis flohen, sobald sie die Witterung des Raubtieres aufnahmen. Es schien, als wolle der Bär die Menschen dazu zwingen, entkräftet aufzugeben. Sie streckten ihre Trockenfleischrationen, und einmal entdeckte Jed am Fuße eines Baumes ein Häuflein

Tannenzapfenschuppen. Er schickte Mel mit den Packtieren voraus und legte sich auf die Lauer. Als der den jungen Mountain Man ein paar Stunden später einholte, hatte er ein fettes Eichhörnchen erbeutet.
Mel hatte keinen Schuss gehört.
„Wie hast du es erwischt?"
„Mit einem Stein."
„Und der Grizzly?"
„Keine Ahnung, ich hatte nur den einen Stein."
Mel sagte sich, dass die Lage nicht allzu ernst sein konnte, solange Jed zu seltsamen Scherzen aufgelegt war.
Doch darin irrte er sich. Am Abend entfachten sie ein Feuer und sorgten dafür, dass es groß genug war, um in der Nacht nicht niederzubrennen. Trotzdem holte sich der Grizzly in der Dunkelheit das erste Maultier.
Das panische Wiehern der Pferde ließ die Trapper aus dem Schlaf hochfahren. Die Tiere gingen durch, die überlebenden Mulis keilten mit den Hufen aus. Mit dem Gewehr im Anschlag eilte Jed zum provisorischen Pferch. Er sah zuerst nach dem Rappen. Old Reddy war wohlauf.
„Ruhig, alter Junge."
Ein Muli fehlte. Wo es gestanden hatte, hing nur noch der zerrissene Strick von Ast. Eine Spur aus blutigen Schlieren zog sich in den Wald: Gedärme, die dem Maultier aus dem Bauch gequollen waren, während der Grizzly es fortgeschleppt hatte. Sie hörten das Schnaufen des Bären in der Dunkelheit. Dann wurde es still.
Jed fluchte. „Dieser Dreckskerl!"
Wahrscheinlich war es nur Einbildung, aber Mel fand, das Schnaufen des Bären hatte triumphierend geklungen.

Sie beschleunigten ihren Marsch nochmals, was Mensch und Tier enorme Anstrengungen abverlangte, weil die Pelzballen nach dem Tod des Mulis auf weniger Rücken verteilt werden mussten. Jed hatte die zusätzliche Last den Pferden aufgebürdet. Entschuldigend tätschelte er Old Reddy beim Aufbruch am Hals. Innerlich schmunzelnd nahm Mel zur Kenntnis, dass sein knurriger Partner mittlerweile einen Narren an diesem alten Rappen gefressen hatte. Ihre bissige Auseinandersetzung schien vergessen. Oder nein, nicht vergessen. Sie hatte zu gegenseitigem Respekt geführt.

Die Männer gingen jetzt zu Fuß, ihre Gewehre griffbereit, die Nerven zum Zerreißen gespannt. Was würde der Grizzly als nächstes tun?

„Vielleicht hat er genug", sagte Mel. „Das Maultier müsste ihn für eine Weile satt machen."

„Da würde ich nicht drauf wetten, McGruder. Man darf diese alten Mistkerle nicht unterschätzen. Der Hunger macht sie hinterlistig und gemein. Irgendwann wollen sie nicht nur fressen. Sie wollen töten."

Als es im Unterholz knackte, riss Jed die Baker-Rifle an die Wange, doch es war nur eine Hirschkuh, die, aufgeschreckt durch die Annäherung der kleinen Kolonne aus Menschen und Reittieren, mit raumgreifenden Sprüngen floh. Für einen Schuss war es zu spät. Wenigstens war wieder Wild in der Nähe. Hieß das, der Grizzly war fort?

Jed zuckte mit den Schultern.

Die Landschaft wurde üppiger. Sie liefen durch lichte Wälder aus Zitterpappeln, zwischen denen Wildblumen wuchsen. Die hohen, ewig mit Schnee bedeckten Gipfel blieben zurück, und vor ihnen öffnete sich das Tal des Wind River, von dem aus kleinere Täler abzweigten. Knorrige Kiefern säumten die Hänge, im Wechsel mit grünendem Buschwerk, dessen Blätter voll im Saft standen. Von

Felsflanken rauschten Sturzbäche ins Tal. Die Natur kündete vom Nahen des Sommers.

Während Mel versucht war, diese Augenblicke klarer Schönheit zu genießen, beschleunigte Jed seine Schritte, wann immer sie an einem der tosenden Schmelzwasserfälle vorüber zogen, die es hier zu Dutzenden gab.

Er erklärte, er wolle den Grizzly hören können, falls dieser sich zum Angriff entschloss.

Mel sagte: „In meiner Zeit im Osten habe ich viele Bücher gelesen. In einem stand stand, dass Grizzlys Menschen meiden, weil wir aufrecht gehen und weil unsere Waffen uns zu gefährlichen Gegnern machen."

„Kann schon sein, McGruder. Aber unsere Beine sind langsam. Sie machen uns zu leichter Beute."

Mel dachte an Bear Hopkins, den gutmütigen Hünen, der drei Bären getötet hatte. Bear war keine leichte Beute gewesen. Doch wer weiß, wenn seine Beine schneller gewesen wären, hätte er vielleicht nicht die entsetzliche Narbe auf seiner Brust davongetragen.

Am folgenden Abend lagerten sie in der Nähe eines Wildbachs, jedoch weit genug vom plätschernden Wasser entfernt, damit Jed auf die Geräusche des Waldes achten konnte. Er half Mel beim Abladen der Pelzballen, dann führte er die Tiere zum Bach, um sie zu tränken. Old Reddy voran. Während der Hengst trank, striegelte Jed sein Fell mit einem Tannenzweig. Offenbar ersetzten die biegsamen Nadeln eine Bürste recht gut, denn Old Reddy schnaubte zufrieden.

Später schlug Jed am Bachufer Pflöcke ein und leinte die Pferde und Mulis an, damit sie über Nacht grasen konnten. Sollten Indianer in der Nähe sein, konnte sich das freilich als Fehler erweisen. Das Lager der Mountain Men befand sich gut hundert Schritte entfernt. Einen geschickt ausgeführten Diebstahl würden sie kaum bemerken. Doch

Jed glaubte nicht, dass sie auf Indianer trafen. Es war der Grizzly, der ihm Sorgen bereitete. Wenn der Bär aus dem Wald zu den Packtieren gelangen wollte, führte sein Weg am Lager vorbei. Jed hoffte, dass ihn das Feuer abschreckte.

Mel sammelte Holz. Er musste mehrmals laufen, weil er nur einen Arm frei hatte. Im anderen trug er die geladene Forsyth-Rifle, aber diese Vorsichtsmaßnahme erwies sich als überflüssig. Der Grizzly war weder zu hören noch zu riechen. Vielleicht war er tatsächlich in sein Territorium weiter oben in den Bergen zurückgekehrt.

Später saßen sie am prasselnden Feuer. Ihre Mahlzeit bestand aus Forellen, die Jed im Bach gefangen hatte. Mel hatte erwartet, dass sein Partner einen angespitzten Stock benutzte, aber wieder einmal hatte ihn Jed überrascht. Statt eines Speers baute er eine Vorrichtung aus durchlöchertem Segeltuch und zwei Ästen, die er auf dem Grund auslegte. Schwamm eine Forelle darüber, riss er das primitive Netz nach oben und katapultierte den Fisch ans Ufer, wo er zuckend liegen blieb. Es klappte nicht immer, aber nach knapp einer Stunde hatten sie eine reichliche Mahlzeit aus sechs Fischen beisammen, die Jed mit seinem Abhäutemesser ausnahm, wobei er unentwegt fluchte.

„Dieser britische Zahnstocher taugt zu fast gar nichts. Viel zu sperrig, ein Stück Rost."

„Jed, dieses Messer ist gemacht worden, um Biber aufzuschlitzen. Das hier sind Forellen. Wenn wir ein kleineres Messer hätten, wäre das überhaupt kein Problem."

„Ach, und wie viele Messer sollte ein Mann deiner Meinung nach mit sich herumschleppen?"

„Es kommt darauf an, was er vorhat, denke ich."

„Falsch, McGruder. Ein Trapper braucht nur ein einziges Messer, aber eines, mit dem er alles erledigen kann."

„So ein Messer gibt es nicht, Jed."

„Eines Tages werde ich eins erfinden."
Er hörte aber auf zu fluchen und konzentrierte sich auf die Zubereitung der Mahlzeit. Nach dem Essen befahl er Mel, die Gräten, Innereien und Fischköpfe zu vergaben, damit ihr Geruch nicht den Grizzly anlockte. Er selbst schlenderte zu den Pferden. Während er Old Reddy behutsam auf die Flanke klopfte, blickte sich Jed sorgfältig um.
Nichts Verdächtiges. Kein Bär. Keine Rothäute. Vielleicht würde es ja wirklich eine ruhige Nacht werden.

Zurück am Feuer stopfte Jed seine Pfeife. Er rauchte nicht oft, aber wenn er es tat, genoss er es, den Rauch tief zu inhalieren. Er konnte dann völlig versinken, seine Gedanken glitten davon, vielleicht zu einem Land, in das er gehen würde, wenn seine Zeit in den Bergen abgelaufen war. Mel konnte sich nicht vorstellen, dass diese Zeit irgendwann kommen würde, aber er war sicher, dass ein Land, in dem Jed alt werden wollte, großartig sein musste.
„Woran denkst du, Jed?"
„Molly Swingwater. Ich frage mich, ob sie in diesem Jahr wieder die Preise erhöht hat."
Jed sog an der Pfeife. Die Ware der Hudson's Bay Company war erstklassig. Allan Cabot hatte ihnen den guten Tabak gegeben, nicht das verschnittene Kraut, das für die Indianer bestimmt war. Mel konnte das leise Knistern hören, mit dem der Tabak verbrannte. Er selbst rauchte nicht, hatte sich nie daran gewöhnen können. Tabak färbte die Zähne braun, und das war etwas, das Mel vermeiden wollte.
Alle Männer, denen er in den Bergen begegnet war, hatten braune Zähne und ihre Bärte waren fleckig vom Nikotin. Bear Hopkins, Jedediah Jones, Jehan Prevost, obwohl der kaum noch Zähne

besessen hatte. Shawnee-Jim. Wenn der bullige Trapper den Mund aufmachte, sah er wie ein Mann aus, der in der Hölle zuhause war. Ein Schlund aus braunen Stummeln und Gestank. Der Kerl musste sich ernsthafte Sorgen um Molly Swingwaters Preise machen, denn woanders als in einem Bordell würde er bestimmt kein Mädchen kriegen. Jed hingegen – nun ja, er war ungewaschen und ungehobelt, aber das war etwas anderes.

Mel überlegte, woran es lag, dass ihn die Gesellschaft von Jed oder dem alten Prevost nicht anwiderte, obwohl ihre Erscheinung kaum angenehmer war als die von Shawnee-Jim. Jed, Bear, und Jehan waren Männer, die ihr Leben dem rauen Land anpassen mussten, in dem sie lebten. Shawnee-Jim hingegen war nur ein verwahrloster Schläger.

Er schreckte aus seinen Gedanken hoch, als eines der Pferde leise schnaubte. Auch Jed wandte den Kopf, aber da war nichts. Die Tiere beruhigten sich wieder.

Jed räusperte sich. „Old Reddy war ein Ire. Ein Kerl mit Haaren so rot wie die Nippel einer Hure."

Mel brauchte einen Moment, um zu verstehen, wovon Jed sprach. Old Reddy. Der Mann, nach dem er den Rappen genannt hatte. Eine Geschichte, die lange zurücklag.

„Keiner wusste, wie alt Old Reddy war, aber er musste viele Jahre auf dem Buckel haben, denn in den Bergen kannte sich keiner besser aus als er." Jed sog an der Pfeife. „Trapper zogen damals noch nicht bis zum Wind River oder in die Bitterroots. Die paar Männer, die sich hinauswagten, jagten in den Black Hills. Aber Old Reddy kam aus den Bighorn Mountains, er kannte die Grey Owls, und, ich will verdammt sein, er hatte sogar den großen Schlund gesehen, durch den der Colorado River fließt als wäre er bloß ein Rinnsal."

Er bedeutete Mel, den Whisky zu holen.

Die Flasche, die er Allan Cabot abgenommen hatte, war nur noch zu einem Fünftel voll. Ihr letzter Vorrat, aber den würden sie sich heute Nacht genehmigen.
„Old Reddy hat mir alles beigebracht, was ich über das Leben hier draußen weiß", sagte Jed nach einer Weile. „Damals war ich genau wie du, McGruder. Unerfahren, aber abenteuerlustig bis in die Haarspitzen."
„Verstehe", murmelte Mel. „Er hat dir viel bedeutet."
Jed nickte. „Ja, und vor einer Weile, als die halbe Blackfeet-Nation samt Hunting Coyote hinter mir her waren, musste ich auf ein paar von den Tricks zurückgreifen, die ich von Old Reddy gelernt habe. Da ist mir klar geworden, dass ich viel zu lange nicht an den alten Halunken gedacht habe."
Und so hatte Jed ein Pferd nach seinem Lehrer benannt.
Unter Mountain Men war dies gewiss ein Zeichen großen Respekts, entschied Mel.

Kapitel 16

Morgens zwischen zwei und drei Uhr waren die Nächte am finstersten, hatte Mel einmal gehört. Kurz bevor der Morgen erwachte, regierte die Dunkelheit uneingeschränkt. Man hörte das Rauschen des Windes in den Blättern, aber man konnte die Bäume nicht sehen. Selbst wenn der Mond am Himmel stand, blieb die Umgebung seltsam diffus und die Schatten verschmolzen mit der Landschaft.

Das war die Stunde, in welcher der Bär angriff.

Der Grizzly hatte einen Bogen um das Lager der Trapper geschlagen und sich entlang des Flussufers auf die Pferde und Mulis zu bewegt. Er hatte gewartet, bis der Wind ihm den Geruch der Packtiere zutrug, was gleichzeitig bedeutete, dass er selbst bis zuletzt unentdeckt bleiben würde. Er war ein heimtückischer alter Bastard, und nun schlug er zu.

Schrille Laute. Panisches Wiehern.

Das angstvolle Blöken von Maultieren.

Raubtiergebrüll.

Mel fuhr aus dem Schlaf hoch, orientierungslos. Im Augenwinkel sah er einen grellen Blitz. Rötliches Feuer loderte, Funken flogen. Dann ein ohrenbetäubender Knall. Jed war auf den Beinen und feuerte mit der Baker-Rifle. Fluchend lud er nach und rannte zum Fluss.

„Auf, McGruder! Der Bär ist hier."

Vorsichtig näherten sie sich dem Wasserlauf. Mel fiel auf, dass Jed weniger Vorsicht walten ließ als das für ihn üblich war. Er sah als erstes nach Old Reddy.

„Ruhig, alter Junge."

Der Hengst stand mit zitternden Flanken am Ufer, schnaufend, seine Hufe stampften den Boden. Er hatte den Pflock aus der Erde gerissen, war aber nicht weggelaufen. Anders Mels Stute. Auch sie hatte sich losgerissen und war auf und davon. Eines der Mulis war ebenfalls fort. Sein Blöken klang durch die Nacht. Es war irgendwo am anderen Ufer. Das zweite Maultier hatte es nicht geschafft, den Pflock aus dem Boden zu ziehen. Es verharrte heftig atmend im Gras. Nein, erkannte Mel, dass das Maultier nicht geflohen war, lag nicht am Pflock. Sein Bauch glänzte nass und schwarz. Der Bär hatte es erwischt. Die Rippen des Mulis waren gebrochen, Blut sickerte aus mehreren parallel zueinander verlaufenden Rissen. Ein Prankenhieb.
Jed fluchte unterdrückt. Er hielt sein Gewehr im Anschlag, zielte über den Fluss, dann in Richtung des Waldes. Vergebens. Von dem Angreifer fehlte jede Spur.

Das Maultier starb, als die Sonne über den Bergen aufging. In der Nacht hatte Jed mit der ihm eigenen Entschlossenheit reagiert. Ihre Bilanz fiel dennoch ernüchternd aus. Das zweite Packtier tot, ein Pferd und ein Muli durchgegangen. Nur der alte Rapphengst war ihnen geblieben.
Jed kehrte aus dem Wald zurück. Er hatte die Fährte des Bären gesucht. „Ich hab ihn erwischt, ein Streifschuss vielleicht. Nicht genug, um ihn aufzuhalten. Er ist noch irgendwo dort draußen.“ Er machte eine unbestimmte Kopfbewegung. Eine Spur, der Jed nicht folgen konnte?
Nein, erkannte Mel, sein Partner wollte dieser Fährte nicht folgen. Sie hatten die Wahl, einem unberechenbaren Grizzly durch die Wälder hinterher zu jagen oder sich um die entlaufenen Tiere zu kümmern. Jed hatte sich für letzteres entschieden. „Die Packtiere sind wichtiger“, erklärte er.

„Und der Bär?"
„Der kommt von allein zu uns, verlass dich drauf."
Jed sattelte Old Reddy, um sich auf die Suche nach der Fuchsstute und dem letzten Muli zu machen. Mel sollte im Lager bleiben und mit geladener Büchse Wache halten.
„Das Muli – begrab' es nicht. Vielleicht holt sich der verdammte Grizzly, die Beute. Wenn er sich am Fleisch zu schaffen macht, hast du Zeit für einen sauberen Schuss."
Mel blieb zurück. Er fühlte Beklemmung. Mit den Augen suchte er unruhig den Waldrand ab. Er hatte geglaubt, nach seinem ersten Winter in den Bergen und nach all den Indianerangriffen, die er überlebt hatte, würde ihn so leicht nichts mehr ängstigen, doch das Gegenteil war der Fall.
Dieser Grizzly benahm sich unheimlich. Folgte ihnen weit über die Grenzen seines Territoriums hinaus, blieb unsichtbar und schlug immer dann zu, wenn sie nicht mehr mit ihm rechneten. Was trieb ihn an? Mel wusste keine Antwort.
Er hatte eine Idee. Es war noch etwas von ihrem extra Pulver übrig. Er nahm Jeds Wetzstein und die Zündschnur aus dem Leinentuch und schüttete den Inhalt des letzten ihrer zusätzlichen Pulverhörner hinein. Dann lief er zum Fluss und platzierte das Säckchen auf dem Kadaver des Maultieres.
Wenn der Bär kam, um zu fressen, musste Mel bloß auf die improvisierte Sprengladung schießen.
Im selben Augenblick kamen ihm Zweifel. Würde die Detonationskraft reichen, um den Bär ernsthaft zu verletzen? Dieser Grizzly war stärker als Hunting Coyote. Und würde es ihm überhaupt gelingen, die Pulverladung zu treffen? Wenn er seinen Schuss vergeudete, würde der Bär über ihm sein, ehe er nachladen konnte.

Mel dachte angestrengt nach. Von wo würde der Grizzly angreifen? Er suchte den Boden nach Tatzenabdrücken ab, um die Richtung herauszufinden, aus der er letzte Nacht gekommen war. Würde das Untier denselben Weg ein zweites Mal nehmen?

Dann entdeckte er etwas. Bei dem nächtlichen Kampf war der Boden aufgerissen worden. In Gedanken sah Mel stampfende Hufe, auskeilende Läufe, Bärenkrallen, die sich ins Erdreich gruben. Zurückgeblieben waren aufgewühlte Grasbatzen, und dazwischen ragte etwas heraus, das nicht hierher gehörte. Leder, uralt und brüchig. Ein Gurt mit einer verrosteten Schnalle. Mel zog daran. Sofort riss der Riemen entzwei, aber Mel fegte die losen Erdbrocken beiseite.

Mehr Leder. Im Laufe der nächsten halben Stunde legte er die Überreste von drei alten Sätteln frei. Vor langer Zeit hatten Männer hier gelagert, eine gut berittene Gruppe. Weiße natürlich, denn Indianer benutzten kein Sattelzeug.

Mel vergaß die Bedrohung durch den Grizzly und grub weiter. Dieses Rätsel weckte sein Interesse. Wie groß war die Chance, in diesen einsamen Bergen auf die Spuren anderer Weißer zu treffen? Noch dazu auf welche, die lange vor ihnen hier gewesen sein wussten. Mel wusste nicht, wie rasch Leder verwitterte, aber diese Gegenstände mussten seit Jahrzehnten hier liegen. Oder länger?

Neben dem Zaumzeug fand er Knochen, alt, voll grünlichem Bewuchs. Das waren Pferdeknochen, nicht wahr? Dann hielt er einen Unterkiefer in der Hand, grau und verwittert, die meisten Zähne fehlten. Für ein Pferd war dieser Kiefer zu klein. Mel ließ den Knochen fallen.

Er stammte von einem Menschen.

Diese Männer, korrigierte er sich, hatten hier nicht gelagert. Sie waren hier gestorben. Hatten sie zu einer Expedition gehört, die versucht

hatte, einen Weg über die Berge ins westliche Paradies zu finden? Aber das musste – wie lange her sein? Fünfzig Jahre, hundert? Waren damals schon Weiße in die Berge am Wind River vorgedrungen?
Das Sattelzeug war wertvolle Arbeit gewesen. Geprägtes Leder. Rückenstützen aus lederüberzogenem Holz. Mel fand ein Paar rostiger Sporen mit siebenarmigen Rädchen, die wie die Beine von Felsenspinnen aussahen. Die Reiter, die er kannte, benutzten Sporen mit kleineren, kompakten Rädchen. Wer waren diese Männer gewesen?
Auf der Innenseite eines der Sättel erkannte Mel verblichene Buchstaben, kaum sichtbar unter all dem Dreck, aber die Lettern waren ins Leder gestickt worden und hatten so die Zeit überdauert. Mel fühlte die Buchstaben. Es waren sechs. Sie bildeten einen Namen. *Ortega.* Ein Spanier. Was hatte dieser Mann so weit im Norden gemacht?
Geräusche rissen Mel aus seinen Gedanken. Hufschlag, das störrische Blöken eines Maultieres. Jed kehrte zurück. Er ritt auf Old Reddy und zog die Fuchsstute und das Muli an einem Strick hinter sich her.
„Was stehst du da herum, McGruder, hast du den Grizzly in die Flucht geschlagen?"
„Nein, Jed, der hat sich nicht blicken lassen. Schau dir mal dieses Zeug hier an."
Jed rümpfte die Nase. „Verrottetes Sattelzeug. Abfall. Was ist damit?"
„Es sind spanische Sättel."
„Spanische Abfälle, na und?"
„Was haben die Spanier in diesen Bergen gemacht?"
„Was weiß ich." Jed spuckte aus. „Aber mach dir mal keine Sorgen, McGruder. Das Zeug ist uralt. Die Kerle, denen das gehört hat, treiben sich nicht mehr hier herum."

„Wegen der Spanier mache ich mir keine Sorgen. Ich frage mich bloß, was sie hier getrieben haben."
Jed brummte etwas, das Mel nicht verstand, führte die Tiere zum Lager hinüber und machte sich an den Pelzen zu schaffen. Mel folgte ihm nicht gleich, sondern stocherte noch eine Weile im Boden herum. Mehr verrottetes Leder, weitere Knochen. Dann stieß er einen leisen Pfiff aus. Stahl. Verrostet, aber nicht zerstört. Ein drahtumwickelter Griff, eine halbe Klinge, Korb und Parierstange fehlten. Er hielt ein zerbrochenes Rapier in den Händen.
„Jed, das musst du dir ansehen."
Aber Jed hatte jegliches Interesse an den Hinterlassenschaften des geheimnisvollen spanischen Reitertrupps verloren.
„Verdammt, McGruder, wir kommen hier nicht weg."
„Wieso, wir haben die Pferde und …" Mel verstummte. Schlagartig wurde ihm klar, was sein Partner meinte. Achthundert Pfund Biberpelze zuzüglich ihrer Ausrüstung. Zwei Pferde und ein Maultier waren zu wenig, um diese Last zu schleppen. Aber vielleicht konnten sie selbst einen Teil der Pelze tragen. Er fing an, das Gewicht in seiner Vorstellung auf drei Tiere und zwei Männer zu verteilen.
Bevor er fertig wurde, kehrte der Grizzly zurück.

Der Bär musste erneut einen Bogen um ihr Lager geschlagen haben. Außerhalb ihrer Sichtweite war er ins Flussbett gestiegen und hatte sich im Schutz der Böschung genähert. Während die Männer redeten und ihre Blicke auf die Pelzballen richteten, kam er in ihrem Rücken aus dem Wasser. Wie ein brauner Felsbrocken, der ins Rollen geraten war, schoss er heran, unaufhaltsam, mörderisch. Um den Kadaver des Maultiers am Ufer kümmerte er sich nicht.
Old Reddy rettete ihnen das Leben.

Der Hengst wieherte und brach aus, Jed mit sich reißend, der ihn am Zügel hielt. Die Fuchsstute stob in die andere Richtung davon. Damit gab sie den Blick auf den Grizzly frei. Mel sah ihn heranstürmen, unfähig etwas zu unternehmen.

Knurren und Brüllen, ein harter Aufprall. Das Brechen von Knochen. Der Bär rammte das verbliebene Maultier, das mehrere Meter weit durch die Luft flog und kläglich blökend liegenblieb. Hilflos trat es mit den Läufen um sich.

Der Grizzly setzte nach, lief erstaunlich behände um die auskeilenden Hufe herum und versetzte dem Muli einen Prankenhieb. Mel hörte etwas Zerreißen. Blut spritzte aus der Kehle des Maultiers.

Bumm! Das Donnern der Baker-Rifle.

Jed schoss aus nicht einmal zwanzig Metern Entfernung. Seine Kugel drang seitlich in den Bärenleib, ein rauchendes Loch hinterlassend. Für einen Sekundenbruchteil konnte Mel die Einschlagstelle ganz genau sehen. Dann schüttelte sich der Bär und das Bild verschwamm. Knurrend wandte sich der Grizzly ihnen zu.

Unmöglich, Jed hatte ihn ins Herz getroffen.

Nein, korrigierte sich Mel. Jed hatte die Stelle getroffen, wo das Herz saß. Aber das Blei war nicht durchgedrungen. Der Bär, ein Koloss aus Knochen und Muskeln, steckte den Schuss ebenso weg wie den Treffer von letzter Nacht. Er war abgemagert, nicht in bester Verfassung, aber die Kugel konnte ihm nichts anhaben. Sie musste in seinem Fleisch stecken geblieben oder von einer Rippe abgeprallt sein.

Auf zwei Beinen kam der Grizzly näher, die Tatzen drohend erhoben, das Maul weit aufgerissen.

Mel schoss, er nahm sich nicht die Zeit, das Gewehr an die Schulter zu heben, sondern drückte aus der Hüfte heraus ab. Er war überzeugt, nicht danebenschießen zu können, aber im selben

Augenblick ließ sich der Bär wieder auf alle Viere fallen, und das Projektil zischte über seinen Kopf hinweg.
Vorbei.
Mel rannte um sein Leben.
Er hielt nach den Pferden Ausschau, doch die waren durchgegangen. Weder die Fuchsstute noch Old Reddy waren zu sehen.
Bumm! Erneut donnerte die Baker-Rifle. Jed hatte die Zeit genutzt, sein Gewehr geladen und auf das Untier angelegt. Doch wieder bewies der Grizzly seinen unheimlichen Instinkt und warf sich zur Seite. Die Kugel schrammte ihm Fell und Haut von der Flanke, richtete aber keinen nennenswerten Schaden an.
Nun hatten sie zwei ungeladene Gewehre, und der Bär befand sich genau zwischen ihnen.
Er wählte Jed.
Der Trapper ließ das nutzlose Gewehr fallen und rollte sich über eins der Pelzbündel in Deckung. Ein so unvermittelt aus seinem Blickfeld verschwindender Gegner verwirrte den Bären, der von Natur aus kurzsichtig war. Er wurde langsamer, trabte an dem Pelzballen vorbei und …
… Jed stach ihm sein Messer zwischen die Rippen.
Der Grizzly fuhr herum. Dabei brach die Klinge. Jed riss die Augen auf. Ein Blick, der den eigenen Tod einfing: Er sah schwarze, boshaft funkelnde Pupillen, umgeben von zottigem Fell. Ein Maul voller gelber und brauner Zähne.
Nein, erkannte Jed, keine Zähne. Stummel. Der Bär musste uralt sein. Sein Gebiss war abgenutzt, und was davon übrig war, verfaulte. Diese Zähne konnten ihm nicht gefährlich werden. Angespornt von dieser Erkenntnis, rammte er dem Grizzly die Faust in die Schnauze.
Die Faust, die noch den Messerstumpf hielt.
Instinktiv schnappte der Bär zu.

Jed drehte die Faust, bis die Klinge nach oben zeigte. Dann ließ er los und zog die Hand hastig zurück.
Der Grizzly brüllte vor Schmerz, als der Stahl in das weiche Fleisch seiner Mundhöhle drang.
Jed rollte sich weg. Fieberhaft suchte er nach einer Waffe. Der Grizzly schüttelte sich und brüllte. Bis jetzt war er gefährlich gewesen. Nun wurde er wütend. Heimtücke und Zorn – die tödlichste Mischung, die Jed kannte. Er griff nach dem altem Rapier, das Mel vorhin aus dem Boden gezogen hatte. Spanischer Schrott, doch Jeds letzte Hoffnung. Das zerbrochene Schwert war kaum unterarmlang, aber es reichte, um sich den Bären vom Leib zu halten, der nach seiner schmerzhaften Erfahrung der Klinge mit Respekt begegnete.
Eilig hatte Mel die Forsyth-Rifle geladen. Er zielte sorgfältig, wagte es aber nicht abzudrücken, denn der Bär tänzelte von rechts nach links, und hinter ihm stand Jed, der mit dem rostigen Rapier fuchtelte. Mel fürchtete, seinen Partner zu treffen. Er musste näher heran.
In diesem Augenblick verlor der Grizzly den Respekt vor der Klinge. Ansatzlos preschte er auf Jed zu, der sich mit einem Satz in Sicherheit brachte.
Mel schoss. Seine Kugel verschwand in dem riesigen braunen Leib, ohne etwas auszurichten. Er fluchte und begann fieberhaft nachzuladen.
Die Kugel vermochte den Bären nicht zu töten, aber sie verlangsamte ihn. Er schlug mit den Pranken um sich, als wolle er ein lästiges Insekt verscheuchen. Jed nutzte die Gelegenheit und brachte ihm einen Streich mit dem Rapier bei. Erstaunt stellte er fest, dass die alte Klinge hielt. Dann prellte ihm ein Tatzenhieb den Stahl aus der Hand.
Jed war waffenlos.

Verdammt, dachte er, *wo bleibt Mel?*

Mel hatte die Forsyth-Rifle zur Hälfte nachgeladen. Pulver im Lauf, die Kugel hinterher gespuckt. Jetzt der Ladestock. Ein Griff ins Leere. Wo zum Teufel war der Ladestock? Mel erinnerte sich, ihn vorhin in die Erde gerammt zu haben, um ihn rascher bei der Hand zu haben. Doch dann war er ein paar Schritte gegangen, um näher an den Bären heranzukommen.

Der Grizzly ragte drohend über Jed auf, anderthalb Männer hoch, das Maul weit aufgerissen. Mel würde es nicht mehr rechtzeitig schaffen, einen weiteren Schuss abzufeuern.

Jed sah die Tatzen des Bären. Dessen Zähne mochten stumpf sein, doch seine Krallen waren rasiermesserscharf. *Scheiße, und ich dachte immer, die Blackfeet erwischen mich.*

Doch gerade als der Bär sich auf Jed werfen wollte …

Whammm!

… stieß ihn etwas mit roher Gewalt zur Seite.

Old Reddy.

Unbemerkt von allen war der Rapphengst herangaloppiert und hatte den Grizzly gerammt. Wiehernd stieg er nun auf die Hinterläufe und schlug mit den Hufen nach dem Untier. Der Bär schüttelte sich. Endlich schienen die vielen Verletzungen Wirkung zu zeigen. Der Aufprall hatte ihn zusätzlich benommen gemacht.

Old Reddy. Jed grinste dankbar. Der Hengst hätte längst über alle Berge sein können, aber er war zurückgekehrt, um zu kämpfen. Doch wie lange konnte er gegen diesen Grizzly durchhalten? Jed sah sich nach einer Waffe um. Sein Blick fiel auf ein Bündel mit Biberfallen. Er riss eine an sich.

Der Bär tauchte unter den schlagenden Hufen hindurch und zog dem Hengst die Krallen über die Brust.

Jed spannte die Falle.

Old Reddy wieherte ängstlich. Der Grizzly brachte ihn zu Fall. Zwei-, dreimal zischten die Tatzen durch die Luft und rissen große Brocken Fleisch und Fell aus der Brust des Pferdes. Der vierte Hieb durchtrennte Old Reddys Kehle.

Jed schrie. Wut und Schmerz lagen in seiner Stimme. Als der Bär zu ihm herumfuhr und sich drohend aufrichtete, schleuderte er ihm die gespannte Biberfalle entgegen.

Es war derselbe Trick, mit dem er vor Jahren Hunting Coyotes Gesicht entstellt hatte. Doch dieser Grizzly reagierte schneller als der rachsüchtige Blackfoot. Er wischte das heranfliegende Eisen mit einer Tatze aus der Luft.

Die Falle schnappte zu. Stählerne Klammern legten sich um die Pranke des Grizzlys. Er brüllte, versuchte sich zu befreien, aber die gezahnten Bügel gaben nicht nach.

Jed eilte zu Old Reddy. Doch hier kam jede Hilfe zu spät. Der Hengst war tot.

Mel fand seinen Ladestock. Rammte ihn in den Lauf. Drehte am Flakon, um Zündpulver in die Pfanne zu geben. Ladestock herausziehen, spannen, fertig.

Hinter sich hörte Jed das Schnaufen des Bären. Trotz der Biberfalle um sein Gelenk setzte er zu einem neuen Angriff an. Jed sprang auf und lief zu seiner Baker-Rifle. Er wusste, er würde sie nicht rechtzeitig erreichen. Und selbst wenn – die Waffe war nicht geladen.

Dann hörte er, wie Mel einen Schrei ausstieß. Der verrückte Kerl machte den Bären auf sich aufmerksam.

Mel lief mit geladenem Gewehr auf das Untier zu. Eine Kugel im Lauf, doch was vermochte sie auszurichten? Dieser Bastard hatte bereits drei oder vier Kugeln abbekommen und war immer noch auf den Beinen. Mel hatte keine Ahnung, wie er den Grizzly töten sollte, aber er musste es versuchen, um Jed eine Chance zu geben, die

eigene Waffe zu laden. Zwei weitere Brocken Blei im Leib – vielleicht würde das Untier dann endlich sterben.
Der Grizzly stand wieder auf seinen Hinterbeinen, machte Drohgebärden und wartete auf den richtigen Moment zum Zuschlagen. Mel kam heran.
Wie tötete man so einen Koloss?
Mel beschloss, es auf die richtige Art zu versuchen.
Die Art von Bear Hopkins.
Mit raschen Schritten überbrückte er die Distanz, tauchte unter einem Krallenhieb weg, setzte dem Bären den Lauf der Forsyth-Rifle unters Kinn und drückte ab. Jed, der hinter dem Grizzly stand, sah, wie dem Untier das Schädeldach in einer Fontäne aus Blut und Hirnmasse wegflog.
Der Bär taumelte und schlug um sich, Mel musste sich ducken, um den wirbelnden Ketten der Biberfalle zu entgehen, die sich in einer Pranke verbissen hatte. Es schien, als wolle der Grizzly trotz allem weiter kämpfen.
Doch dann, endlich, fiel er.

„Alle Achtung, McGruder, du hast dir gemerkt, wie man mit einem Grizzly fertig wird.“ Jed atmete schwer, aber er klang bereits wieder so, als könne ihn nichts erschüttern.
„Natürlich, hab ich‘s mir gemerkt. Ich frage mich, wieso du nicht vor mir auf die Idee gekommen bist, ihm einfach den Schädel wegzuschießen.“ Mel wies auf die Schnappfalle, die noch immer an der Bärenpranke hing.
„Ich wollte mal was Neues ausprobieren. Hat nicht richtig funktioniert.“
Dann wurde Jed ernst. Er trat zu Old Reddy hin, der erschlafft im Gras lag. Der Körper des Hengstes war blutüberströmt. Er war nur

noch ein Bündel toten Fleisches, zerrissener Sehnen und zerschmetterter Knochen.
„Verdammt“, murmelte Jed. „Verdammt.“
Mel untersuchte den toten Grizzly. Sein Maul stand offen, und der junge Trapper konnte die zerstörten Zähne sehen, braune Stummel, abgenutzt und faulig. Kein Wunder, dass der Bär so bösartig gewesen war. Die Schmerzen mussten ihn wahnsinnig gemacht haben. Außerdem hatte er kaum noch Fleisch fressen können.
Er teilte Jed seine Überlegungen mit. Der nickte und gewährte Mel einen Blick in seinen eigenen Mund. Jed fehlten mindestens drei Backenzähne, ein anderer war schwarz, das Zahnfleisch wulstig und dunkelrot.
„Ich hoffe, das Mistvieh hat genauso gelitten wie ich.“
Mel verstand. Jed, der so oft schlecht gelaunt vor sich grummelte – wie lange lebte er wohl schon mit diesem entzündeten Zahn?
„Seit dem Sommer. Dachte, es hört von allein wieder auf. Manchmal tut es das.“
„Warum hast du nichts gesagt?“
Der ältere Mann machte eine wegwerfende Handbewegung. „Ein Trapper kennt keinen Schmerz.“
„Das ist Blödsinn, Jed. Schmerzen zeigen uns an, dass etwas nicht in Ordnung ist, und dass wir etwas dagegen unternehmen sollten.“
„Ach ja, Klugscheißer? Und was sollte ich deiner Meinung nach gegen Zahnschmerzen unternehmen?“
„Weiß nicht, ich bin kein Doktor. Ich meinte ja nur.“
„Danke, war sehr hilfreich.“
Danach inspizierten sie schweigend das Schlachtfeld, sammelten die verstreute Ausrüstung ein und überlegten, was als nächstes zu tun war. Jed steckte das zerbrochene Rapier in seinen Gürtel. Spanischer

Müll, aber besser als ein britischer Zahnstocher, erklärte er achselzuckend.
Ihre Packtiere waren tot. Unmöglich, die Biberpelze nach St. Louis zu bringen. Sie würden ein Caché bauen müssen. Jed wollte das Versteck unter der Uferböschung anlegen, wo man am leichtesten graben konnte. Wenn sie den Stollen tief genug in die Erde trieben, würden die Pelze auch bei einem Hochwasser verschont bleiben. Er beauftragte Mel damit, nach einer geeigneten Stelle zu suchen, während er selbst loszog, um die Fuchsstute einzufangen.
Mel schritt das Ufer ab. Innerlich fluchte er. Seitdem sie Bear Hopkins' Tal verlassen hatten, klebte ihnen das Pech an den Hacken. Hunting Coyote, der Grizzly, und nun würden sie ihren Schatz aus braunem Gold verlieren und mit leeren Händen nach St. Louis ziehen müssen. Na schön, sie konnten einige Ballen auf dem Rücken schleppen, aber was würde von ihren Pelzen übrig sein, wenn sie zurückkehrten? Mel fühlte tiefe Erschöpfung. Konnte es schlimmer kommen?
Er hörte ein Geräusch und spähte über den Uferrand. Jed hetzte atemlos über die Wiese. Was war nun schon wieder passiert?
„Reiter", rief Jed. „Ein ganzer Trupp."
Er hatte ein Dutzend Männer auf Pferden erspäht, gehüllt in verblichene Capotes, Fellmützen auf den Köpfen, Kentucky-Rifles über dem Sattelhorn. Trapper.
„Sie können uns helfen", meinte Mel.
Jed schüttelte den Kopf. Die Fremden waren Weiße, aber keine Freunde. „Shawnee-Jim und seine Leute."
Ihr alter Feind war wieder aufgetaucht.

Kapitel 17

Die Männer gehörten zur St. Louis Missouri Fur Company. Sie waren ein Teil der Trapperbrigade, die im Spätsommer den Platte River hinauf in die Berge gefahren war, um Fallen zu stellen. Nun zogen sie, beladen mit Fellen, in die Ebene, wo sie sich mit dem Rest der Truppe vereinen wollten, um gemeinsam die Stadt der Pelzhändler zu erreichen.

Jed hatte die Trapper jenseits des Wäldchens erblickt, durch das der Bär in der Nacht gekommen war. Er hoffte, sie würden weiterziehen, ohne Notiz von ihnen zu nehmen. Wenn Shawnee-Jims Leute auf der anderen Seite des Waldes blieben, würden sie nichts von der Schlacht mitbekommen, die hier vor kurzem noch getobt hatte.

Der tote Grizzly lag weithin sichtbar auf der Wiese, umgeben von einem Durcheinander aus umgeworfenen Pelzballen. Daneben der schlaffe Körper Old Reddys und weiter unten am Fluss der Kadaver des Maultieres.

Hatten die Fremden die Gewehrschüsse gehört? Gut möglich. Allerdings waren sie bei Mels letztem Schuss noch ein paar Meilen entfernt gewesen, zwischen ihnen und dem Schauplatz des Kampfes hatte ein bewaldeter Hügel gelegen. Hatten die Männer vielleicht laut miteinander gescherzt, bestand eine Chance, dass sie nichts bemerkt hatten. Zumindest die Richtung, aus der die Schüsse gekommen waren, konnten sie nicht exakt feststellen. Und womöglich hatten sie auch gar kein Interesse daran, nachzusehen, wer außer ihnen hier draußen war. Immerhin mussten sie ihre Pelze sicher zum Rendezvous mit dem Rest der Brigade bringen, und jeder Abstecher würde sie Zeit kosten und konnte in eine Falle führen.

Jed ahnte, dass er sich etwas vormachte, und seine Hoffnungen zerstoben, als die ersten Schatten zwischen den Bäumen auftauchten. Zwei Männer auf Pferden, ein drittes führten sie am Zügel mit sich. Jed erkannte die Fuchsstute, die beim Angriff des Grizzlys durchgegangen war.
„Dein verdammter Gaul", knurrte er. „Erst läuft er weg, dann verrät er uns."

Die beiden Reiter ließen ihre Blicke über die Lichtung schweifen. Als sie überzeugt waren, dass außer toten Tieren und zwei weißen Männern niemand hier war, ritten sie näher. Sie saßen lässig im Sattel, die Kentucky-Rifles quer über den Widerrist ihrer Tiere gelegt, doch als sie anhielten, brachten sie die Pferde so zum Stehen, dass die Gewehrläufe wie zufällig auf Jed und Mel zeigten.
Jed hatte neben einem Pelzballen Aufstellung bezogen, hinter dem er jederzeit wegtauchen konnte. Mel weigerte sich, sein Misstrauen so offen zur Schau zu stellen. Verdammt, sie waren doch alle Weiße!
Mit dem Gewehr im Arm, dessen Mündung nach unten zeigte, ging er den Ankömmlingen entgegen und hob die Hand. „Hallo, Gentlemen."
Einer der Männer war Shawnee Jim, der andere war bei ihm gewesen, als die Trapper der Pelzhandelsgesellschaft dem alten Prevost die Felle stehlen wollten. Seitdem waren einige Wochen vergangen, und die beiden sahen noch verwahrloster als damals aus. Lange, fettige Haarbüschel quollen unter ihren Pelzmützen hervor, und es war nur zu ahnen, wo ihr Kopfhaar endete und die Bärte anfingen.
„Nun sieh mal einer an." In dem schwarzen Filz in Shawnee-Jims Gesicht tat sich eine schmale Öffnung auf. „Wenn das keine Überraschung ist."

Der bullige Trapper sah sich übertrieben deutlich auf der Lichtung um: Ein zertrampelter Lagerplatz, tote Packtiere, der riesige Grizzly.
„Habt wohl ein paar Probleme gehabt, was?“
Mel nickte. „Wir könnten ein bisschen Hilfe gebrauchen. Zwei Mulis vielleicht. Unser Pferd habt ihr ja schon mitgebracht. Wir danken euch dafür.“
„Ein Pferd? Welches Pferd?“
Mel wies auf den Waldrand, wo Shawnee-Jim die Fuchsstute an einen Baum gebunden hatte.
„Ach das. Ist uns zugelaufen.“
Mel wartete, dass Jed etwas sagen würde, aber sein Partner schwieg beharrlich. Er ließ die beiden Reiter nicht aus den Augen, schien es aber für unter seiner Würde zu erachten, ein Gespräch mit ihnen zu beginnen.
„Hören Sie, Gentlemen, die Stute ist uns weggelaufen, während wir ein kleines Gerangel mit einem Grizzly hatten. Die Bestie hat unsere Mulis getötet, aber das sehen Sie ja selbst.“ Mels Stimme war höflich. „Wir wären Ihnen wirklich sehr verbunden, wenn Sie uns ein paar Maultiere überlassen würden. Wir werden auch dafür bezahlen. Unsere Pelze dürften in St. Louis eine hübsche Stange Geld einbringen.“
„Ja, das dürften sie“, bestätigte Shawnee-Jim.
Sein Begleiter besah sich den toten Grizzly. „Wie seid ihr mit dem fertig geworden?“
Plötzlich sprach Jed. „Lauf unters Kinn und – peng! Ich glaube, ich hab’s euch schon mal vorgeführt.“
Bei ihrer letzten Begegnung hatte er Shawnee-Jim sein Gewehr an den Unterkiefer gesetzt und die Trapper anschließend in ihre Läufe urinieren lassen. Mel fand es nicht sehr diplomatisch, jetzt wieder davon anzufangen.

Rasch sagte er: „Fünfundzwanzig Dollar pro Maultier und zehn Dollar Finderlohn für die Stute."
Shawnee-Jim tat so, als denke er darüber nach, ohne jedoch zu einem befriedigenden Ergebnis zu kommen. „Wie viele Biberpelze habt ihr hier? Fünfhundert Pfund? Das macht …?" Er sah seinen Begleiter an.
„Ein bisschen mehr als tausendachthundert Dollar", erwiderte dieser zögernd.
„Ich tippe eher auf zweitausendfünfhundert Dollar. Warum sollten wir die uns nicht einfach nehmen?"
„Weil Tote keine zweitausend Dollar ausgeben können", sagte Jed gefährlich leise. „Nicht mal tausendachthundert."
Mel holte tief Luft. „Hundert Dollar für drei Mulis und die Stute – unser letztes Angebot."
Shawnee-Jim runzelte die Stirn. Seine von filzigem Haar umrahmten Augen funkelten boshaft. Ein schmutziges Fell lag als Umhang über seinen Schultern. Er war ein Bär auf einem Pferd, ein weiteres Untier, gegen das sie würden kämpfen müssen.
Wider Erwarten erklärte der bullige Trapper: „Ich muss das mit den Jungs besprechen."
Ohne ein weiteres Wort zog er sein Pferd um die Hand und ließ es zum Waldrand traben. Sein Begleiter wirkte verwirrt. Er wollte etwas sagen, besann sich dann aber. Er spuckte aus, wobei er demonstrativ in Jeds Richtung zielte, und folgte Shawnee-Jim.
Zwischen den Bäumen erschienen jetzt weitere Pferde und Männer. Mel erkannte schwer beladene Maultiere. Die Reiter saßen ab und trieben die Tiere zusammen. Offenbar hatten sie vor, Rast zu machen. Ihm war nicht nach der Gesellschaft dieses Haufens zumute, aber wenn es nicht anders ging, würde er sich zu den ungewaschenen

Kerlen ans Feuer setzen und so tun, als könne er sich keine besseren Kameraden vorstellen. „Was meinst du?“ fragte er Jed.
„Der Kerl konnte nicht besonders gut spucken. Er wollte meine Füße treffen.“
„Ich meine, glaubst du, sie lassen sich auf den Handel ein?“
Jed spie aus. Er traf den Rotz des anderen Trappers. „Wir werden sehen.“
Shawnee-Jim und sein Kumpan erreichten den Waldrand. Dort drüben herrschte jetzt geschäftiges Treiben. Männer rannten durcheinander, Pferde und Mulis wurden in den Wald getrieben. Bald waren die Tiere außer Sicht.
„Sieht nicht so aus“, sagte Jed.
Mel kniff die Augen zusammen. „Wie meinst du das?“
Der erste Schuss, der über die Lichtung peitschte, enthob seinen Partner einer Antwort.

Die Kugel zupfte an dem Pelzballen, neben dem Jed eben noch gestanden hatte. Am Waldrand stieg Pulverdampf auf. Mel glaubte die bullige Gestalt Shawnee-Jims zu erkennen, der sein Gewehr an die Schulter gerissen und überhastet abgedrückt hatte. Für einen zweiten Blick blieb ihm keine Zeit, denn nach dem ersten Schuss brach die Hölle los.
Weißgraue Wolken blühten auf, Explosionen knatterten, heißes Blei zischte heran. Die Trapper hatten eine Salve geschossen. Jed, der längst hinter dem Pelzballen lag, murmelte einen Fluch, als einige der Kugeln in seine Deckung schlugen. Mel warf sich neben ihn zu Boden.
„Die Kerle ruinieren unsere Pelze“, schimpfte Jed.

Mel wollte den Kopf schütteln. Wie konnte sein Partner in dieser Situation an durchlöcherte Biberhäute denken. Jetzt ging es einzig darum, die eigene Haut zu retten.
Doch Shawnee-Jim auf der anderen Seite der Lichtung schien Jeds Sorge zu teilen. Sein Fluch erklang zwischen den Bäumen. „Verdammt, ihr Vielfraße, passt auf die Felle auf!"
Natürlich, beschädigte Ware würde in St. Louis weniger Geld einbringen. Mel wusste nun, weshalb Jed sich die ganze Zeit dicht bei den Pelzen gehalten hatte. Die Gefahr, sich eine Kugel einzufangen, war in ihrer Nähe geringer. Die Pelzballen waren nicht nur erstklassige Kugelfänge; der Wert der Felle verhinderte auch, dass die Trapper der St. Louis Fur Company ein Sperrfeuer aufzogen. Der Bleihagel versiegte.
Shawnee-Jim hatte sie übertölpeln und mit einer Salve rasch erledigen wollen, aber er hatte dem Geschosshagel das Überraschungsmoment genommen, indem er allein auf Jed angelegt hatte, um seinen alten Widersacher als erster zu erwischen. Für den Augenblick herrschte eine Pattsituation, doch einem entschlossenen Ansturm der feindlichen Trapper hätten Jed und Mel nichts entgegenzusetzen.
„Was sollen wir tun, Jed?"
Sein Partner antwortete nicht.
„Sag schon – was?"
„Ich weiß nicht, was *du* vorhast, McGruder, aber ich an deiner Stelle würde gar nichts tun."
Mel ging in die Hocke und spähte über ihre Deckung. Sofort blitzte drüben Mündungsfeuer auf. Drei, vier Kugeln sirrten über seinen Kopf hinweg, eine schlug in den Pelzballen ein. Shawnee-Jim verfluchte seine Männer, und Mel ließ sich fallen. In der Hektik verlor er seine Mütze.

„Ich hab's dir gesagt, McGruder. Mit jeder unbedachten Bewegung von dir verlieren wir ein paar Dollars."
Verdammt, dieser Jed! Die Männer aus den Bergen hatten es verlernt, die richtigen Prioritäten zu setzen. In einem Kampf auf Leben und Tod dachten sie bloß an Felle.
„Vielleicht sollten wir ihnen geben, was sie wollen."
Jed sah ihn verständnislos an.
„Die Pelze, meine ich. Hinter denen sind sie her, oder?"
„Die Trapper vielleicht, aber nicht Shawnee-Jim. Der Bastard will meinen Skalp", sagte Jed.
Mel dachte nach. Sein Partner hatte vermutlich Recht. Shawnee-Jim war ein rachsüchtiger Teufel. Es konnte nicht mehr lange dauern, bis die Kerle auf die Idee kamen, ihre zahlenmäßige Überlegenheit auszuspielen und ihre Gegner einfach zu überrennen. Aber das würde sie einige Leben kosten, und Mel konnte sich nicht vorstellen, dass die Pelzjäger darauf erpicht waren. Wenn sie die Felle kampflos bekommen konnten, würden sie darauf eingehen und ihr Leben verschonen. Das war eine einfache Rechnung.
Jed erriet seine Gedanken. „Denk nicht mal dran, McGruder. Das sind unsere Pelze. Die geben wir nicht her."
„Wir haben sie nicht mal selbst gejagt. Es sind die Felle vom alten Prevost."
„Der Franzmann hat sie dir vermacht. Er würde aus dem Grab fahren, wenn er wüsste, was du vorhast."
Jed lag flach hinter dem Ballen, die Baker-Rifle dicht an die Brust gezogen. Er wandte den Kopf und lugte seitlich an dem Hindernis vorbei. Plötzlich rollte er sich herum. Den Hahn spannen, das Gewehr an die Schulter ziehen: Alles war eine einzige, fließende Bewegung. Ein Schuss krachte, ein Mann schrie, und Jed war schon wieder in Deckung.

„Also hör zu, wir machen folgendes."
Jeds Plan war es, sich im Schutze des Flussbetts bis an das Wäldchen heranzuarbeiten, in dem Shawnee-Jims Leute lagen. Er wollte einen Bogen schlagen, die Wache bei den Pferden überwältigen und die Tiere forttreiben. Dann wollte er mit vier schnellen Pferden zurückkommen.
Der Plan war verzweifelt und hatte mehrere Haken.
Einer davon: Zunächst einmal musste Jed zum Fluss gelangen. Ohne dass die anderen ihn sahen. Dafür war ein Ablenkungsmanöver nötig. Und dieses Manöver war Mels Sache.

„Los!"
Jeds Ruf war das Signal. Der Trapper rollte wieder hinter dem Pelzballen vor und gab einen Schuss ab, der erreichen sollte, dass die Pelzjäger die Köpfe einzogen.
Auch Mel schoss. Dann rannte er in einem wilden Zickzackkurs auf den Wald nördlich von Shawnee-Jims Stellung zu. Falls Jeds Plan funktionierte, richteten die Jäger ihre Aufmerksamkeit jetzt auf den flüchtenden Mann.
Schüsse knallten, Kugeln schlugen in den Boden hinter Mel. Ein Stück Blei zupfte an seiner Hose. Er glaubte, die Hitze zu spüren. Und wie Jeds Plan funktionierte!
Mel erreichte den Waldrand, halb in Panik. Er sah einen umgestürzten Baum, warf sich dahinter und landete im Schlamm. Schmelzwasser hatte sich in einer Kuhle gesammelt und den Boden aufgeweicht. Mel rappelte sich auf und stolperte weiter. Kugeln umschwirrten ihn jetzt wie zornige Insekten. Verdammt, er hätte unten bleiben sollen!
Er ging hinter einer vertrockneten Wurzel in Deckung, deren ausladende Arme ihr das Aussehen eines gestrandeten Kraken

verliehen. Mel hatte über diese mythischen Ungeheuer gelesen, und er wünschte sich, er wäre bei seinen Büchern im Haus seiner Familie geblieben.

Die Wurzel war dick und gab ihm das Gefühl, halbwegs in Sicherheit vor den Geschossen zu sein, wenigstens für den Augenblick. Die Wurzel gehörte zu einem mächtigen Baum, der vor vielen Jahren umgestürzt war. Die Zeit, das raue Wetter und nagende Käfer hatten ihn bezwungen, und nun war bloß noch die Wurzel übrig, die der stärkste Teil des Baumriesen gewesen war.

Ein weiterer Schuss krachte.

Die Kugel fuhr glatt durch das morsche Wurzelholz. Späne und Staub rieselten auf Mel herunter. Nicht einmal mächtige Wurzeln behaupteten sich hier draußen auf Dauer. Dies war alles andere als ein sicheres Versteck.

Doch der Schuss war ungezielt; die Gegner hatten Mel aus den Augen verloren. Er lugte seitlich an seiner Deckung vorbei, wie er es bei Jed beobachtet hatte. Keine weiteren Schüsse, gut. Drei Männer rannten geduckt über die Lichtung auf das Wäldchen zu, in dem er sich verbarg. Gar nicht gut.

Mel überlegte fieberhaft. Das konnte seine Chance zum Verhandeln sein. Shawnee-Jim war nicht unter den Verfolgern. Vielleicht ließen diese Drei mit sich reden. Doch er verwarf den Gedanken. Es wäre Verrat an Jed gewesen – und an Jehan Prevost. Der Alte hätte nicht gewollt, dass seine Pelze Shawnee-Jim in die Hände fielen.

Prevosts letzte Worte zuckten durch Mels Erinnerung.

Finde meine Pelze, mein Gold.

Der Franzose hatte nicht viel besessen, eine Hütte, ein wundervolles Tal und achthundert Pfund erstklassiger Biberpelze, das braune Gold der Rocky Mountains.

Was Mel zu Jed gesagt hatte, stimmte. Sie hatten für diese Häute nicht jagen müssen. Aber sie waren ein wertvolles Geschenk, ein Ausgleich für die Pelze, die sie mit Jehan Prevost im Schlepptau auf dem Yellowstone verloren hatten. Und mit jedem Schweißtropfen, den sie beim Transport der Felle vergossen hatten, mit jedem schmerzenden Muskel und mit jedem verdammten Tropfen Blut, den sie im Kampf gegen Hunting Coyote vergossen hatten, waren es ein bisschen mehr ihre Pelze geworden. Mel spürte frische Entschlossenheit. Er würde seine Pelze nicht Shawnee-Jim und seinen räudigen Hunden überlassen!

Er hörte die Stimmen der drei Trapper. Sie suchten nach ihm, aber sie hatten keine Ahnung, wo er steckte.

Er rollte aus seiner Deckung, nicht so elegant wie Jed, aber es reichte. Ein Schuss, einer der Männer fiel. Mel tauchte wieder hinter die Wurzel.

Fieberhaft lud er das Forsyth-Gewehr. Pulver und Blei in den Lauf schütten, den Ladestock hinterher rammen. In der Eile verzichtete er auf das Schusspflaster. Der Flakon, der den Zündkanal speiste, brachte ihm einen weiteren Geschwindigkeitsvorteil, da er nicht erst umständlich Pulver auf die Gewehrpfanne streuen musste.

Als er wieder hochkam, überrumpelte er einen weiteren Gegner. Der Mann erreichte gerade die Wurzel, hielt seine Kentucky-Rifle aber nicht im Anschlag, weil er annahm, dass der junge Trapper noch beim Laden war.

Mel schoss ihm in die Brust. Mit einem rauchenden Loch in seinem aus schmutzigen Decken zusammengenähten Mantel kippte der Angreifer hintenüber.

Der dritte Mann, der dabei war, Mel in einiger Entfernung zu umgehen, riss sein Gewehr überstürzt an die Schulter. Die Kugel durchschlug harmlos die Wurzel.

Mel spurtete los.
Sein Gegner begann zu laden.
Er rammte den Kolben in den Boden, den Lauf gegen das Bein gelehnt. Ein Griff zur Pulverflasche. Pulver in die Mündung schütten. Gefettetes Leder, Kugel, Ladestock. Der Mann arbeitete mit geübten Griffen. Aber er war noch nicht schussbereit. Noch fehlte die Zündladung in der Pfanne.
Er griff erneut nach der Pulverflasche.
Mel war schneller. Er stieß seinem Gegner den mit Messing beschlagenen Gewehrkolben ins Gesicht. Knorpel rissen, Blut spritzte aus der Nase des anderen. Mel schlug noch einmal zu. Der Mann sank zu Boden. Mel griff nach der Kentucky-Rifle des feindlichen Trappers und rannte zurück zu ihrer provisorischen Barrikade aus Pelzballen. Im Laufen lud er das Gewehr seines Gegners fertig.
Er war bereit für den zweiten Teil von Jeds Plan.

Mels Auftauchen überraschte die Gegner. Shawnee-Jims Raufbolde hatten den flüchtenden Mann bereits abgeschrieben und sich wieder auf das Lager konzentriert. Irgendwo zwischen den Pelzballen und Tierkadavern vermuteten sie Jed, der nur darauf wartete, dass einer von ihnen unvorsichtig wurde und sich zu nahe heranwagte.
Bis jetzt hatte der Bluff funktioniert.
Mel kam aus dem Wäldchen, und zunächst achtete keiner auf ihn. Er rannte wie der Teufel. Als er ungefähr auf Höhe des toten Grizzlys war, wurden Rufe laut. Gleich darauf knatterten mehrere Gewehre los. Mel ließ sich sofort fallen und rutschte hinter den Bärenkadaver. Der Grizzly war groß genug, um ihn völlig zu verbergen. Er lud beide Gewehre, schoss blind in Richtung Walrand und sprang wieder auf.
Vier Schritte.

Fünf. Sechs.

Ein Schuss bellte.

Mel warf sich in Deckung. Er lag nun hinter dem toten Körper Old Reddys. Der tapfere Hengst hatte ihnen gegen den Bären geholfen und nun beschützte er Mel erneut.

Die Salve der Pelzjäger schlug in den Kadaver des Pferdes ein, heißes Blei riss an kaltem Fleisch. Rufe klangen über die Lichtung. Dort drüben herrschte jetzt einige Verwirrung. Der geflohene Mountain Man war zurückgekehrt, aber von den Männern, die Shawnee-Jim ihm hinterhergeschickt hatte, fehlte jede Spur. Die Trapper der Pelzhandelsgesellschaft machten sich so ihre Gedanken.

Mel nutzte das Durcheinander, um aufzuspringen und zu den Pelzballen zu hetzen, hinter denen er mit Jed gelegen hatte. Jed war natürlich fort, er musste inzwischen das Flussbett erreicht haben. Bis hierher hatte der Plan gut funktioniert, sogar besser als erwartet, wenn man die drei Angreifer einrechnete, die jetzt außer Gefecht waren.

Mel spähte um die Deckung und hielt den Atem an. Zwei der Pelzjäger robbten jetzt durchs Gras auf die Uferböschung zu. Sie hatten offenbar dieselbe Idee wie Jed und wollten im Schutze des Flussbetts in die Flanke ihrer Gegner gelangen. Dabei sie würden auf Jed stoßen. Ein Kampf würde Mels Partner verraten, und Shawnee-Jim würde weitere Männer zum Fluss schicken. Das wäre Jeds Ende.

Verdammt, dachte Mel, was kann ich tun?

Dann sah er es.

Das tote Maultier. Es lag nahe beim Fluss, wo es am Abend zuvor von den Pranken des Bären niedergestreckt worden war. Die beiden Pelzjäger erkannten in dem Muli eine Deckung auf ihrem Weg zum Fluss und krochen darauf zu. Mel lächelte finster und zielte.

Die Männer erreichten das Maultier, hockten sich dahinter und hielten Ausschau. Dann fiel der Blick des einen auf etwas, das direkt vor ihm auf dem Kadaver lag.

Ein Lederbeutel.

Was zur Hölle …

Es war der Beutel, den Mel mit Pulver gefüllt hatte. Als Falle für den Grizzly. Der Bär war nicht hineingetappt. Die beiden Pelzjäger hingegen …

Er drückte ab.

Die Explosion warf zwei Körper durch die Luft und ließ verbranntes Maultierfleisch vom Himmel regnen.

Für einen Augenblick wurde es still auf der Lichtung. Nur das Stöhnen der Pelzjäger war zu hören. Zumindest einer der Männer lebte, doch keiner von beiden war jetzt noch eine Bedrohung.

Die Stille hielt nicht lange an.

„Tötet die Bastarde", grollte Shawnee-Jim, und nun machten seine Leute Ernst. Sie feuerten abwechselnd und achteten kaum noch darauf, die Pelzballen nicht zu beschädigen. Sie gaben einander Deckung und rückten vor.

Feuern, Vorrücken. Feuern, Vorrücken.

Mel konnte nur noch in die Luft schießen, wenn er nicht getroffen werden wollte, und sein ungezieltes Feuer hielt den Vormarsch der Angreifer kaum auf. Mel machte sich ganz klein hinter seinem Fellpacken und fing an zu beten. Es wurde Zeit, dass sein Partner mit den Pferden auftauchte.

„Zum Teufel, Jed", murmelte er. „Ich könnte hier wirklich ein bisschen Hilfe gebrauchen."

Als die beiden Pelzjäger durch die Luft flogen, war Jed gerade dabei, das Flussbett zu verlassen. Bis hierher war sein Plan aufgegangen.

Shawnee-Jims Männer hatten ihre Aufmerksamkeit auf den davonrennenden Mel verschwendet und danach wieder misstrauisch das Lager beobachtet, ohne zu merken, dass er sich weggeschlichen hatte.

Die Körper der beiden Männer prallten nahe bei Jed auf die Erde. Er hörte Knochen brechen. Der eine Pelzjäger gab keinen Laut mehr von sich, er war entweder ohnmächtig oder tot. Der andere stöhnte. Dann fiel sein Blick auf Jed, der bereits halb aus dem Flussbett gekrochen war. Seine Augen wurden groß, aber die einsetzende Schießerei übertönte seinen Warnruf. Jed stieß dem Mann das rostige Rapier in den Hals und schüttelte den Kopf.

Dieser Mel und seine verrückten Ideen! Irgendwann würde der Junge sie beide umbringen.

Jed huschte geduckt zum Wald. Die Pelzjäger konzentrierten ihr Feuer inzwischen auf seinen Partner, und es wurde Zeit, dass er ihm zu Hilfe kam.

Die Stelle zu finden, an der Shawnee-Jims Trapper ihre Packtiere abgestellt hatten, fiel Jed nicht schwer. Der Platz lag ein Stück abseits vom Kampfgeschehen, damit die kostbaren Tiere nicht von einer verirrten Kugel getroffen werden konnten. Aber er lag nicht zu weit weg.

Shawnee-Jim würde nicht mehr als zwei Männer zur Bewachung abgestellt haben, und diese beiden hatten sicher alle Hände voll zu tun, damit ihnen die durch den Gefechtslärm nervös gewordenen Tiere nicht durchgingen.

Jed brauchte nur ein paar Minuten, um die Stelle zu finden. Alles war genau so, wie er es sich ausgerechnet hatte: Drei Dutzend Pferde und Mulis, dicht zusammengedrängt auf der anderen Seite des Wäldchens. Mehrere eilig zwischen den Bäumen gespannte Seile. Und zwei

Männer, welche die primitive Koppel in gegenläufiger Richtung abschritten, um die Pferde am Ausbrechen zu hindern.
Er wartete, bis sich der erste Mann auf seiner Runde am weitesten entfernt hatte. Den anderen ließ er an sich vorbeilaufen, ehe er aus seiner Deckung sprang.
Das Wiehern eines Pferdes brachte seinen Gegner dazu, sich umzudrehen. Trotzdem war er nicht schnell genug. Jeds Faust raste auf ihn zu und schickte ihn zu Boden.
Jed hob den Kopf und sah das Pferd, dessen Laute die Wache alarmiert hatten. Es war Mels Fuchsstute.
„Biest", zischte Jed, „dich werd' ich nicht klauen. Meinetwegen kannst du in den Wäldern verrotten."
„Genau", sagte eine Stimme hinter ihm, „du auch."
Klickend wurde ein Hahn gespannt.
Ein dritter Mann! Jed schalt sich einen Narren. Er hätte es wissen müssen. Langsam wandte er sich um.
Ein runzliges Gesicht voll stahlgrauer Stoppeln starrte ihn an. Der Mann war alt, fünfzig Jahre vielleicht, was für die Berge beinahe schon zu alt war. Es sei denn, man war verteufelt gut. Dieser Mann schien es zu sein.
Jed legte die Baker-Rifle vorsichtig auf den Boden.
Die Mündung einer Kentucky-Pistole zielte auf seinen Kopf. Die Augen hinter dem schwarzen Schlund waren grau, hart und kalt. Sie blinzelten kein einziges Mal. Dieser Mann wusste, was er tat. „Shawnee dachte sich schon, dass du irgendetwas versuchen würdest", sagte er.
Shawnee-Jim war also nicht so dumm, wie er aussah. Er hatte seinen besten Mann beauftragt, sich in der Nähe zu verstecken und abzuwarten, ob jemand kommen würde, um die Pferde zu stehlen.

Ein gerissener Kerl. Jed beschloss, Shawnee-Jim zu töten, ehe er noch klüger wurde.

Im Augenblick aber sah es nicht danach aus, als würde er in absehbarer Zeit eine Chance dazu bekommen. Die Pistole vor seinem Gesicht wich keinen Millimeter, und hinter ihm kam jetzt der Mann, den er niedergeschlagen hatte, wieder auf die Beine. Er massierte sich den Kiefer.

„Dir Bastard wird ich's zeigen."

Der andere stoppte ihn mit einem einzigen Wort.

„Halt! Nimm seine Pistole."

Jed hatte die Steinschlosspistole hinten im Gürtel stecken, doch der er Mann mit den harten Augen hatte sie nicht übersehen. Der Pelzjäger mit dem angeschlagenen Kiefer nahm ihm die Waffe ab.

„Und nun ruf Mort her."

Mort war offenbar der Posten auf der anderen Seite der Seilkoppel.

Der Pelzjäger nickte und brüllte: „Mort!"

Dann noch einmal: „Mort! Komm rüber. Schau mal, wen wir hier haben." Er grinste und zeigte Zähne, die braun von zu viel Kautabak waren.

Jed konnte sich ausmalen, was als nächstes passieren würde. Zwei Mann würden ihn zusammenschlagen, während der harte Pelzjäger mit geladener Pistole und kaltem Blick zusah. Wenn er Glück hatte, erwischten sie den verdammten Zahn, der seit Tagen hinter seiner Backe rumorte wie ein Schwarm Erdwespen in einem Maulwurfsbau. Danach würden die Männer ihn fesseln und abwarten, bis ihre Kumpane Mel überwältigt hatten. Überwältigt – oder getötet.

„Mort, zur Hölle, nun komm schon!"

Aber Mort kam nicht.

Der Mann mit dem lädierten Kiefer rief noch einmal. Ohne Erfolg. Vielleicht, dachte Jed, falls der Kerl nachsehen ging, würde er eine

Chance bekommen, mit dem Pistolenmann fertig zu werden. Doch der Alte erriet seine Gedanken. „Zach", befahl er, „leg diesem Kerl Fesseln an." Und noch immer hielt er die Pistole auf Jeds Gesicht gerichtet. Keine Chance, etwas zu versuchen.

Jed blickte zur Seite.

Dann sagte er: „Gentlemen, ihr seid tot."

Die beiden Männer lachten rau. Jed spuckte ihnen vor die Füße. „Warum, glaubt ihr, ist Mort nicht gekommen?"

Für einen Augenblick glomm Unsicherheit in den Augen seiner Gegner auf, aber der Mann mit der Pistole gewann seine Fassung rasch zurück. „Die Fesseln, Zach …"

Der andere nickte und schickte sich an, ein Seil zu holen. „Willst du ihm erst noch ein Ding verpassen, Rod?"

Aha, dachte Jed, *Rod ist der Kerl mit der Pistole*. Nicht, dass es noch von Bedeutung gewesen wäre.

Denn Rod antwortete nicht.

Ein Pfeil ragte ihm plötzlich aus der Kehle.

Die Angreifer kamen jetzt von allen Seiten. Mel hatte die Forsyth-Rifle noch nie so schnell geladen wie in diesem Gefecht. Fünf Schuss pro Minute, aber die Pelzjäger ließen sich nicht mehr ins Bockshorn jagen. Sie hatten gemerkt, dass ihr Gegner ziellos in die Luft feuerte. Einzig die Furcht vor Jed, den sie offenbar noch immer hinter den Pelzballen wähnten, hinderte sie daran, Mel einfach zu überrennen.

„Der Alte", brüllte Shawnee-Jim über das Knattern einer unregelmäßigen Salve hinweg. „Passt auf den Alten auf. Er muss noch hier irgendwo sein."

Jed, der Mann aus den Bergen, galt als gefährlicher Kämpfer. Vor ihm hatten die Trapper Respekt.

Aber wo, zum Teufel, steckte Jed?

Mel riskierte einen Blick aus der Deckung. Hinter dem Kadaver Old Reddys kauerten zwei Männer, zwei weitere hinter dem massigen Leib des Grizzlybären. Mel verglich die Körper der getöteten Tiere mit vorgeschobenen Bastionen, die nun gefallen waren. Wie lange noch, bis auch das Hauptfort verloren war? Shawnee-Jim und zwei seiner Kumpane verschwanden soeben hinter der Uferböschung. Sie würden einen Angriff von der Flanke oder in seinem Rücken versuchen, und es war niemand da, der sie daran hindern konnte. Verdammt, was würde Jed in dieser Situation tun?

Mit Sicherheit nicht *das*.

„Okay, Leute, wir geben auf", brüllte Mel. „Ihr könnt die Felle haben." Dann warf er die erbeutete Kentucky-Rifle über die haarige Barrikade, hinter der er hockte. Das Forsyth-Gewehr behielt er. Er hatte es ein letztes Mal geladen. Die Pelzjäger stellten das Feuer ein.

„Kommt mit erhobenen Händen raus", rief einer.

Mel schraubte sich in die Höhe, das Gewehr griffbereit. Außerdem hatte er noch seine Pistole im Gürtel. Eine letzte Kugel, die er sich als Überraschung aufgespart hatte.

Shawnee-Jims Kopf tauchte über der Uferböschung auf. Er hielt seine Waffe im Anschlag. „Das ist ein Trick", brüllte er seinen Männern zu. „Wo ist der andere Kerl, der Alte?"

Die Pelzjäger hoben misstrauisch ihre Waffen. „Jones soll sich zeigen, sonst blas ich dir den Schädel weg", tobte Shawnee-Jim. In seiner Stimme schwang ein Unterton mit, der Mel verriet, dass es ihm egal war, ob sich Jed zeigte.

Der bullige Trapper *wollte* abdrücken.

„Na ja", versuchte er Zeit zu gewinnen, „Jed ist …"

Der Pfeil war seitlich in Rods Hals gedrungen und auf der anderen Seite wieder herausgekommen. Jed konnte die blutige Spitze und die Federn am hinteren Ende sehen.
Die Machart war eindeutig Crow.
Besser als Blackfoot, dachte Jed.
Rods ursprünglich harter Blick wurde glasig, er brach zusammen. Jed ließ sich fallen, rollte ab und griff nach seiner Baker-Rifle, die auf dem Waldboden lag. Er wollte auf Zach anlegen, der wie gelähmt dastand und den toten Rod anstarrte. Ehe Jed abdrücken konnte, legten sich zwei braune Hände von hinten um den Hals des verdutzten Pelzjägers. Es waren Hände, die aus einem speckigen Wildlederhemd ragten und ein Skalpiermesser hielten. Ein blutroter Schnitt klaffte in Zachs Hals auf. Mit einem ein Gurgeln ging er zu Boden. Hinter ihm stand Little Eagle, der Crow. Der Mann, dem sie im Winter bei der Büffeljagd begegnet waren.
„Jones", sagte er mit neutraler Stimme. „Hast du schon wieder Streit angefangen?"
Jed grinste breit. „Wollte bloß ein paar Mulis stehlen."
„Du bist nicht sehr geschickt."
Grey Otter tauchte aus dem Wald auf, in der Hand einen Bogen. Jed hatte ihn kurz vor dem Überraschungsangriff der Crows zwischen den Büschen entdeckt: Little Eagles Sohn hatte den Pfeil abgeschossen, der Rod getötet hatte. Ein Meisterschuss. Jed nickte ihm anerkennend zu.
Immer mehr Indianer erschienen. Sie waren plötzlich überall. Mit zielstrebigen Bewegungen öffneten sie die primitive Seilkoppel und trieben die Pferde der Pelzjäger zusammen. Auf die Rücken der Packtiere waren noch die Felle geschnürt. Reiche Beute für die Crows.

Jed war klar, dass sie den Männern der St. Louis Fur Company dicht auf den Fersen gewesen sein mussten. Wahrscheinlich folgten sie ihnen schon seit Tagen, immer auf eine Gelegenheit lauernd. Er zählte knapp ein Dutzend Krieger. Die Indianer waren den Pelzjägern zahlenmäßig unterlegen, aber nun hatten sie ihre Chance erkannt und aus dem Hinterhalt zugeschlagen, während Shawnee-Jim und seine Leute abgelenkt waren.

Jed sah mehrere Krieger mit langläufigen Musketen, aber die Crows hatten gegen die Wachen an der Koppel nur Messer und Bogen eingesetzt. Offenbar wollten sie unentdeckt wieder verschwinden. Das konnte Jed nicht zulassen. Er brauchte diese Krieger.

„Little Eagle“, sagte er. „Es ist mir eine Ehre, an deiner Seite zu kämpfen.“

Dann feuerte er die Baker-Rifle ab.

Ein Schuss ertönte hinter den Pelzjägern, die Mels Stellung umstellten hatten. Verwirrt fuhren die Männer herum und starrten zum Waldrand.

„Jed ist … ich glaube, das war er“, vollendete Mel seinen Satz, zog die Pistole aus dem Gürtel und warf sich gleichzeitig zur Seite. Shawnee-Jim feuerte, doch seine Kugel schlug harmlos in einen Pelzballen ein.

Mel drückte ab und zwang den bulligen Trapper damit in Deckung. Dann griff er nach der geladenen Forsyth-Rifle, ging auf die Knie und richtete die Waffe auf die Rücken der vier Männer, die zwischen ihm und dem Waldrand standen.

„Werft eure Waffen weg!“

Er hatte keine Ahnung, wie lange er sie in Schach halten konnte. Vermutlich nicht lange, denn gleich würden Shawnee-Jim und die beiden Kerle im Flussbett wieder in den Kampf eingreifen. Da

kamen sie auch schon. Sie kletterten über die Böschung und hoben im Laufen ihre Gewehre. Aber dann zögerten sie.
Kriegsgeheul ertönte drüben am Waldrand. Zwischen den Bäumen erschienen Gestalten in Hirschleder. Indianer! Musketen belferten, Pfeile flogen über die Lichtung, und über all dem lag das Geschrei der Krieger, die so unvermittelt auf der Szene erschienen waren.
Einer der Trapper griff sich an den Oberschenkel. Er riss einen Pfeil heraus und machte kehrt. Er scherte sich nicht um Mel, der die Forsyth-Rifle im Anschlag hielt, sondern hetzte einfach an ihm vorbei. Mit ihm ergriffen die anderen Pelzjäger die Flucht.
Shawnee-Jim feuerte auf die neuen Gegner, die Männer an seiner Seite taten es ihm gleich. Doch es waren halbherzige Versuche. Das plötzliche Auftauchen der Crows hatte sie entmutigt. Verfolgt von Kriegsgeheul rannten die Pelzdiebe der St. Louis Fur Company davon.
Mel starrte den Indianern sprachlos entgegen. Zwischen den Kriegern erkannte er Jed, der sich lässig auf seine Baker-Rifle stützte. Teufel auch, der Kerl hatte bloß ein paar Pferde holen wollen und war mit einer Armee zurückgekehrt!

Little Eagle war ungehalten.
„Jones“, sagte er, „deine Seele ist finster.“
Doch der Triumph angesichts des vollständigen Sieges besänftigte seinen Unmut rasch. Es gelang Indianern nicht alle Tage, eine Trapperbrigade aufzureiben. Über diesen Sieg würde man an den Feuern viele Geschichten erzählen können. Gute Geschichten.
„Was hat er?“, wollte Mel wissen.
„Ach, dieser Spielverderber. Die Crows wollten nicht kämpfen, sondern sich mit der Beute heimlich aus dem Staub machen. Das hab ich ihnen vermasselt.“

Als Jed gefeuert hatte, mussten die Indianer fürchten, dass die Trapper auf das Geschehen in ihrem Rücken aufmerksam wurden. Sie hatten alles auf eine Karte gesetzt und einen Angriff gestartet, der die Männer der St. Louis Fur Company demoralisierte. Aber die Sache hätte auch anders ausgehen können. Wären die Pelzjäger besser organisiert gewesen, hätten sie den Crows schwere Verluste beibringen können. Das vergaß Little Eagle nicht, egal wie berauschend der Siegestaumel seiner Krieger auch sein mochte.

Mel entdeckte Grey Otter, den Jungen, den sie im Winter vor dem heranstürmenden Büffel gerettet hatten. Er rief ihm einen Gruß zu, den Grey Otter mit einem würdevollen Nicken quittierte. Seit ihrer letzten Begegnung war er erwachsen geworden, reifer und selbstsicherer. Er lief zu den Pelzballen, die Mels Barrikade gewesen waren und versuchte, einen anzuheben.

„Hey, was hast du vor?", rief Mel.

Der junge Krieger antwortete nicht.

Jed trat hinzu. „Das ist die falsche Beute, Junge."

Grey Otter hielt inne. Er wagte es nicht, sich dem alten Trapper zu widersetzen, aber er warf seinem Vater einen fragenden Blick zu. Little Eagle machte ihm ein Zeichen, die Felle nicht anzurühren.

„Jones ist mein Freund. Seine Medizin ist stark."

Damit spielte er auf den toten Grizzly an. Mehrere der Crows standen um den toten Bären herum. Sie bewunderten seine Größe und die Narben in seinem Fell. Ein alter, grimmiger Räuber, der viele Schlachten geschlagen und schließlich von einem besseren Kämpfer besiegt worden war. Beide verdienten Respekt, besonders natürlich der Jäger, der den Bären zur Strecke gebracht hatte.

Jed kratzte sich am Bart. „Na ja, eigentlich war es dieser Kerl da, der dem Grizzly den Schädel weggeblasen hat. Ich habe ihn zuvor nur

ein bisschen gepiekst." Er wies auf Mel. „Wäre in Ordnung, wenn auch er euer Freund sein könnte."
Die Crows betrachteten Mel mit neuem Interesse. Bisher war er für sie nur der Begleiter von Jedediah Jones gewesen, einem Mann, der sich in den Bergen besser auskannte als viele Eingeborene. Nun war er Malcolm McGruder, der Jäger, der an Jones' Seite den Bären getötet hatte.
Little Eagle nickte. „Wo ist Hopkins, der andere Bärentöter?"
„Die Blackfeet haben ihn in erwischt. Hunting Coyote."
„Wir hörten, dass Hunting Coyote im Frühjahr auf deiner Fährte war", sagte Little Eagle.
„War er", bestätigte Jed. „aber jetzt nicht mehr. Nie wieder, würde ich sagen."
„Du hast seine Seele in die ewigen Jagdgründe geschickt? Das ist gut. Aber dem Mann, der den Iniskim gestohlen hat, blieb auch keine andere Wahl."
„Ich habe nicht nur seine Seele in die Himmelsprärie geschickt", erwiderte Jed. „Ich hab ihn in Einzelteilen zur Hölle geschickt." Er fragte sich, woher der Crow von dem Büffelstein wusste, den er den Blackfeet gestohlen hatte.
„Cabot erwähnte, dass du einen großen Frevel begangen hast und die Blackfeet hinter dir her seien."
Allan Cabot, der Chief Trader im Handelsposten der Hudson's Bay Company. Das erklärte einiges. Jed konnte sich lebhaft ausmalen, wie er die Crow aufhetzte, die Pelze der St. Louis Missouri Fur Company zu stehlen. Das war eine der Methoden, mit denen die Briten das Fehlen eigener großer Trapperbrigaden ausglichen: Sie stachelten Indianer an, die Pelze ihrer amerikanischen Konkurrenz zu erbeuten.

Er fragte Little Eagle danach. Dieser zuckte gleichmütig mit den Schultern. „Cabot hat uns Feuerwaffen versprochen, Pulver, Blei und die Decken mit den drei Streifen."
Three Points Decken, die besten der Welt. Verblüffende Dinger: Im Winter hielten sie warm und im Sommer schwitzte man unter ihnen kaum. Da hatten die verdammten Briten tatsächlich mal etwas Brauchbares erfunden. Ihr Name kam von den drei eingewebten schwarzen Streifen. Ursprünglich waren die Streifen ein Zeichen für die Qualität des Stoffes gewesen. In den Bergen war daraus eine Preisangabe geworden. Drei Streifen stand für eine dicke Decke, die drei Biberfelle kostete.
Allan Cabot, dieser elende Schurke, hatte ihnen vermutlich das Leben gerettet, als er die Crows auf die Spur der Missouri Fur Company setzte. Jed freute sich darauf, dem steifen Briten diese Geschichte unter die Nase zu reiben.
Mel riss ihn aus seinen Gedanken. „Was machen wir jetzt?"
„Ich denke, wir schnappen uns ein paar Pferde und gehen erstmal mit den Crows. Damit Shawnee-Jim nicht noch mal auf dumme Gedanken kommt."
Little Eagles Stamm lagerte nur einen Tagesritt entfernt. Die Crows hatten den größten Teil des Winters in den tieferen Lagen der Rocky Mountains verbracht. Nun waren sie auf dem Weg in ihr Sommertal am Wind River, verbrachten zunächst aber einige Wochen an einem vertrauten Platz auf halbem Wege zu ihrem Sommerlager.
Ehe sie losritten, hatte Jed noch etwas zu erledigen. Er borgte sich Mels Messer, um dem toten Grizzly das Fell abzuziehen. Sein rostiges Rapier war dazu nicht zu gebrauchen, und auch das Abhäutemesser drang nur mit Mühe durch die dicke Lederhaut des alten Bären. Jed schwitzte und fluchte, während er an dem Fell riss, zerrte und ruckte.

„Verdammt, es wird Zeit, dass ich nach St. Louis komme und ein neues Messer kriege."

Kapitel 18

Sie ritten bis zur Abenddämmerung, verbrachten die Nacht im weichen Moos eines Birkenhains und zogen mit den ersten Sonnenstrahlen des neuen Tages weiter. Zwei angeschlagene Trapper und zehn überschwängliche Crow-Krieger mit zwei Dutzend schwer beladenen Packpferden und Maultieren im Schlepptau.

Jed schätzte, dass die Indianer um die fünftausend Pfund Pelze erbeutet hatten. Shawnee-Jim würde bei seiner Rückkehr nach St. Louis einiges zu erklären haben. Joshua Pilcher, der neue Patriarch der Missouri Fur Company, würde ihn mit einem Tritt in den Hintern zur Hölle schicken. Jed fand, dass Shawnee-Jim von Glück reden konnte. Wäre Manuel Lisa noch am Leben, würde er kaum so glimpflich davonkommen. Einem Mann, der eine Ladung Biberhäute verlor, hätte der finstere Spanier die eigene Haut abgezogen, um sich einen Lederhut daraus anfertigen zu lassen.

Gegen Mittag erreichten sie das Lager der Crows. Von einem Bergkamm aus blickten sie in ein lang gestrecktes, grünes Tal. Ein Bach glitzerte in der Sonne. Er zog sich in Windungen zwischen Wiesen aus Frühlingsblumen dahin. Ein Adler schwebte majestätisch über der Klamm, und unter seinen Flügeln lag ausgebreitet ein Dorf aus spitzen Zelten.

Die Anordnung der Tipis folgte keinem erkennbaren Muster, doch lagen sie alle auf derselben Seite des Baches, die Zelteingänge der aufgehenden Sonne zugewandt. Neben den Behausungen gab es Ständer für Waffen und Gestelle mit getrocknetem Fleisch, alte Männer saßen vor den Zelten und blickten auf Frauen, die Handarbeiten verrichteten: Häute waren zu gerben, Hemden zu nähen, Wurzeln zu stampfen.

An der Seite der Squaws spielten Kinder im Gras. Junge Krieger stolzierten zwischen den Tipis umher und kümmerten sich um ihre Lieblingspferde, die neben den Zelten angepflockt waren. In der Ferne grasten weitere Pferde, mehrere Hundert Tiere; die Hauptherde des Stammes.
Holzrauch lag über allem, vermischt mit den Düften von gebratenem Fleisch, Fett, das im Feuer verbrannte und dem Geruch von Exkrementen aus einem Weidengebüsch am Rande des Lagers.
Schreiend galoppierten Little Eagle und seine Krieger ins Tal, begrüßt vom Geheul einer Kinderhorde und dem Gekläff einer Kavalkade struppiger Hunde. Es mussten mehr als fünfzig Tiere sein, und Mel fragte sich, wie es den Indianern gelang, sie alle durchzufüttern. Jed zuckte mit den Schultern.
„Gar nicht. Die Viecher fressen die Abfälle, und wenn es keine mehr gibt, sind auch die Hunde fort."
„Das verstehe ich nicht. Wo gehen sie hin?"
„Nirgendwohin." Jed machte die Geste des Gefressenwerdens.
„Die Crows essen ihre eigenen Hunde?"
„Ist eine praktische Angelegenheit."
Mel starrte entgeistert.
„Früher haben sie die Hunde als Lasttiere gebraucht. Aber das ist lange her, denn sie haben Pferde bekommen. Die sind schneller als ein Hund, schleppen siebenmal so viel, und auf ihren Rücken tragen sie Krieger in die Schlacht. Was soll man dazu groß sagen? Die Hunde sind entbehrlich, aber irgendwie haben sich die Crows an sie gewöhnt."
Wie auf Kommando rannte eines der aufdringlichen Tiere in die Traube der heranstürmenden Krieger. Es wurde von den wirbelnden Hufen eines Pferdes erfasst, überschlug sich winselnd und geriet

zwischen andere Hunde, die knurrend um sich bissen. Hinkend und mit eingeklemmter Rute suchte der unglückliche Köter das Weite.

„Sieht nicht so aus als würden die Crows ihre Hunde besonders mögen“, meinte Mel.

„Mmh, meistens ignorieren sie die Viecher bloß. Mehr kann ein Bastard in der Wildnis nicht erwarten.“

Nach einer Weile wurden die heimgekehrten Krieger müde, sich bewundern zu lassen. Sie übergaben die erbeuteten Lasttiere den jungen Männern und zerstreuten sich. Little Eagle lenkte sein Pferd an die Seite der Trapper.

„Ihr seid unsere Gäste. Sucht euch einen Platz für euer Lager. Wenn die Sonne untergeht, kommt zum Zelt von Brave Crow. Dann werden wir reden und von unserem großen Sieg berichten.“

Jed nickte. Brave Crow war der Häuptling des Stammes. Er war ein alter Mann und teilte sich die Verantwortung mit Little Eagle. Letzterer führte die Krieger in die Schlacht, doch in allen anderen Dingen musste er dem Wort von Brave Crow und dem Rat der Alten gehorchen. Die Weisheit und Autorität des alten Häuptlings stand außer Frage.

Am Abend würden die Crows ein großes Palaver abhalten. Die Krieger würden von ihrem erfolgreichen Raubzug gegen die weißen Pelztierjäger berichten, in ihren Heldentaten schwelgen, und die Alten würden über die Verteilung der Beute sprechen. Jed hoffte, einige Pferde und Pelze beanspruchen zu können. Zuvor aber hatte er noch etwas zu erledigen. Etwas, das keinen Aufschub duldete.

Die Tipis der Crows standen auf derselben Seite des Baches. Alle bis auf eines. Es war am jenseitigen Ufer errichtet worden, was Mel an das Herrenhaus seines Vaters erinnerte, das sich am Rand von Philadelphia befand, nahe genug, um zur Stadt zu gehören, doch so

abseits gelegen, um die gehobene Stellung seines Besitzers hervorzukehren.
Das einzelne Tipi gehörte Lame Deer, dem Medizinmann des Stammes. Jed erklärte, Lame Deer wolle sich nicht abgrenzen, nur absondern, um Zwiesprache mit den Geistern zu halten, und manchmal wolle er vermutlich einfach nur länger schlafen als die anderen. Wie auch immer, heute Mittag würden sie seine Ruhe stören müssen.
„Komm mit, McGruder", knurrte Jed. „Ich könne Hilfe gebrauchen." Er klemmte sich das frisch gehäutete Bärenfell unter den Arm und setzte über den Bach.
Lame Deers Tipi war mit geometrischen Figuren und mystischen Zeichen bemalt. Blaue Kreise, gelbe Quadrate, schwarze Schnörkel. Grüne Schlangenlinien und gezackte Pfeile in Zinnober, die auf einen braunen Mann mit einem Bärenkopf herniederfuhren.
„Das ist Lame Deer", erklärte Jed. „Er wurde mal von einem Blitz getroffen. Seitdem ist er erleuchtet."
Mel blickte skeptisch. „Glaubst du dieses Zeug?"
„Die Gewitter auf den Prärien können ganz schön heftig sein", erwiderte Jed unverbindlich.
„Weshalb sieht er wie ein Bär aus?"
„Das ist irgend so eine Veränderung, die mit ihm passiert ist, nachdem er vom Blitz getroffen wurde."
Jeds Miene blieb undurchdringlich.
Mel seufzte. Ein Mann, der zum Bär wurde. Das hörte sich nach grobem Unfug an. Andererseits, er hatte schon von Menschen gelesen, die sich nachts in Wölfe verwandelten. Die Wissenschaft war uneins, ob so etwas möglich war. In Philadelphia hatte Mel den Vortrag eines Forschungsreisenden besucht, der von einer Expedition in Kanada zurückgekehrt war. Er hatte von

Affenmännern berichtet, die in den Wäldern von Saskatchewan hausten.
Der Eingang von Lame Deers Tipi war nicht offen. Jed bedeutete seinem Partner, in angemessener Entfernung stehen zu bleiben. Offenbar hatte es etwas mit dem geschlossenen Zelt zu tun. Wie bei einer Hütte in der Wildnis. Man musste anklopfen. Jed räusperte sich und rief: „Lame Deer. Ein Gast ist hier, um dich zu sehen." Sein Ton war respektvoll.
Eine Weile geschah nichts. Jed schwieg und wartete geduldig. Schließlich drang eine Stimme durch die Wand aus Büffelhäuten: „Ich erkenne dich. Doch sprich deinen Namen selbst aus." Die Stimme klang hoch und rau zugleich. Eine knarzige Fistelstimme, falls es so etwas gab. Als wenn man auf einer alten, verstimmten Geige zu spielen versuchte.
„Jones."
„Jones. Der weiße Händler? Hast du Feuerwasser mitgebracht?"
„Nein, hier ist Jones, der Jäger."
Stille im Zelt. Dann wieder die morsche Geigenstimme: „Jones, gut. Hast du Geschenke dabei?"
„Für einen Freund wie Lame Deer immer."
Die Decken am Zelteingang wurden mit einem Ruck beiseite geschoben, und der Kopf eines Grizzlys erschien. Mel brauchte ein paar Herzschläge, um ein runzliges Gesicht auszumachen, das mit spöttisch funkelnden Augen unter der Bärenkappe hervorsah. Lame Deer war ein Mensch; er hatte sich bloß als Bär verkleidet.
Mel fluchte innerlich. Jed hatte es wieder einmal beinahe geschafft, ihn auf den Arm zu nehmen.
Der alte Indianer kniff die Augen zusammen. „Jones, der Biberfänger. Und dein Freund? Handelt er mit Feuerwasser?"

„Nein, Lame Deer. Es war ein langer Winter, und unser Feuerwasser ist dabei komplett aufgebraucht worden."
„Ein langer Winter, ja. Musstet ihr viele Blackfeet töten?"
„Hunderte."
„Gut."
Der Medizinmann trat jetzt vollständig ins Freie. Er war dürr und knochig und reichte den weißen Männern kaum bis zur Brust. Trotzdem strahlte er enorme Energie aus. Sein Körper war nicht abgemagert, sondern sehnig, erkannte Mel. Die Falten in seinem Gesicht mochten vom Alter herrühren, aber seine Haut hatte nichts Schlaffes an sich. Lame Deers Antlitz war wie die Berge des fernen Westens: Zerklüftet, verwittert, von der Zeit gezeichnet, und doch voller Kraft.
„Welche Geschenke, Jones?"
Jed entrollte das Fell des Grizzlys.
Zunächst wirkte der Medizinmann enttäuscht; wahrscheinlich hatte er mit Gegenständen gerechnet, wie sie die Weißen ins Land brachten. Waren aus Metall oder Glas, die bei anderen Indianern nicht zu beschaffen waren. Aber dann sah er, dass Jeds Fell erheblich größer war als sein eigener Bärenumhang. Der Pelz war ungegerbt und steif, voller Fleischreste und verkrustetem Blut, doch ein paar Stunden Arbeit durch eine Squaw würden das Fell trotz der Narben, die der alte Bär zu Lebzeiten davongetragen hatte, in eine imposante Robe verwandeln. Vielleicht fand Lame Deer die Narben sogar besonders attraktiv. Sie zeugten von der einstigen Stärke des Grizzlys. Huldvoll nickend nahm er den Pelz entgegen.
„Du sprachst von mehreren Geschenken, Jones."
„Richtig, Lame Deer. Aber sieh genau hin: Die Krallen sind noch dran und die Reißzähne auch. Das sind mächtige Geschenke, starke Medizin."

Der Medizinmann kicherte. „War nur so ein Gedanke, Jones. Nur ein Gedanke. Ich werde nicht mit dem Mann streiten, der den Iniskim von Hunting Coyotes Stamm gestohlen hat. Darf ich ihn sehen?"
Jed wickelte den Stein aus dem Lederbeutel. Ein großer Kiesel, der im Wasser die Form eines Büffels angenommen hatte. Lame Deer betrachtete ihn mit einer Mischung aus Neugier und Ehrfurcht. Ein anderer Medizinmann hatte den Iniskim mit roter Farbe bemalt und einen großen Zauber damit gewirkt. Aber er war nicht stark genug gewesen, den heiligen Stein gegen den weißen Jäger namens Jones zu verteidigen. Lame Deer grunzte zufrieden.
„Ohne den Iniskim, werden die Büffel nicht zu unseren Feinden kommen. Die Blackfeet müssen verhungern. Das ist auch ein Geschenk, Jones."
„Sehe ich genauso", knurrte Jed.
„Woher weißt du von dem Iniskim, Lame Deer?" platzte Mel heraus.
Der Alte funkelte ihn spöttisch an. „Eine Krähe hat es mir geflüstert, Mann-der-nicht-mit-Feuerwasser-handelt."
Jed räusperte sich lautstark. „Lame Deer, ich brauche deine Hilfe." Der Blick, den er Mel zuwarf, besagte, dass sein Partner besser still sein sollte. „Erinnerst du dich an den Zahn, den du mir vor zwei Wintern versorgt hast?"
„Natürlich, Jones, das war starke Medizin."
„Das war es, Lame Deer. Aber nun ist der Zauber erloschen."
„Was? Unmöglich!" Der Kopf des Alten ruckte herum, sodass ihm die Bärenkappe vom Scheitel rutschte. Fettiges graues Haar wurde sichtbar. Es war zu einem hornartigen Zopf über seiner Stirn geflochten, der bisher von Maul des toten Grizzlys verdeckt gewesen war.
„Na ja, ich glaub schon, dass es möglich ist. Ich habe Schmerzen, als würde ein Ameisenschwarm in meinem Kiefer hausen."

Lame Deer schien zu überlegen. „Richtig, Jones. Du warst der, den ich mit Kräutern versorgt habe. Kräuter können schon mal nachlassen. Wenn du willst, mache ich diesmal einen stärkeren Zauber – mit Knollen.“
„Knollen? Also, ich weiß nicht. Vielleicht kann ich nächsten Winter nicht zu dir kommen, weil ich noch mehr Blackfeet töten muss, die sich den Iniskim wiederholen wollen. Ich möchte, dass du den Zahn rausholst.“
Lame Deer nickte. „Natürlich, Jones. Das habe ich dir damals schon vorgeschlagen, oder?“
Ehe Jed etwas erwidern konnte, machte er kehrt und verschwand im Zelt, das geschenkte Bärenfell unterm Arm. Hinter ihm fielen die Decken über die Öffnung und verwehrten den Besuchern jeden Blick ins Innere.
„Du willst dir von diesem Kerl einen Zahn ziehen lassen?“, flüsterte Mel. „Bist du wahnsinnig?“
„Vor lauter Schmerz bin ich's beinahe.“
Mel konnte es nicht glauben. Er wusste, wie Doc Riley, der Leibarzt seiner Familie, Zähne zog. Erst setzte er eine Zange an und bewegte sie mit kräftigen Bewegungen vor und zurück. Hatte der Patient Glück, war der Zahn bereits locker und gab nach. Aber Glück war in Gegenwart eines Zahnarztes ein seltenes Gut. Meistens zersplitterte der Zahn, und der Doc musste die Wurzel aus dem Kiefer meißeln. Es war eine blutige Tortur, und dabei war Doc Riley der beste Arzt von Philadelphia. Was mochte da erst dieser seltsame Wilde für Verheerungen in Jeds Mundhöhle anrichten?
„Als du sagtest, du brauchst meine Hilfe, meintest du hoffentlich nicht, dass ich ihm zur Hand gehen soll.“
„Doch McGruder. Lame Deer wird keine Hand frei haben. Jemand muss meinen Kopf halten.“

„Mein Gott."
Die Decken am Zelteingang raschelten, und der Alte erschien, ein breites Lächeln im Gesicht. In der Hand hielt er einen gelblichen Strick – eine Bogensehne, erkannte Mel. Stirnrunzelnd prüfte Lame Deer ihre Festigkeit. Schließlich schien er zufrieden zu sein. „Bereit, Jones?" Jed nickte.
„Müssen wir ihn wirklich fesseln?", fragte Mel.
„Nein, eigentlich nicht", kicherte Lame Deer.
Jed verdrehte die Augen und befahl seinem Partner, den Anweisungen des Medizinmannes zu folgen.
Der Alte spähte in den geöffneten Mund des Trappers und klopfte gegen einen schwarzen Backenzahn. Das Zahnfleisch war blau angelaufen. Als Jed aufstöhnte, nickte er und legte die eingefettete Bogensehne um den Zahn. Im Nachhinein wurde Mel klar, dass dies der schwierigste Teil der gesamten Operation war. Lame Deer zog die schmale Schlinge zusammen und bedeutete Mel, den Kopf seines Partners festzuhalten. Mel gehorchte. Der Medizinmann straffte die Sehne und begann mit der flachen Hand dagegen zu schlagen. Dabei fiel er in einen rituellen Singsang, der sowohl Jeds Stöhnen übertönte als auch eine beruhigende Wirkung auf alle Beteiligten entfaltete.
Lame Deers Schläge kamen schnell und hart. Die Sehne summte dumpf wie die verstimmte Saite eines Zupfinstruments. Es sah gefährlich aus, aber Jeds Schmerzen schienen sich in Grenzen zu halten.
Schlag auf Schlag.
Bong, Bong.
Das Vibrieren der Bogensehne vermischte sich mit dem Gesang des Alten.
Schlag, Schlag. *Bong, Bong.*
Jed schloss die Augen und wurde ganz ruhig.

Lame Deer brauchte vielleicht dreißig Schläge, dann sprang der faule Zahn aus dem Kiefer. Jed brummte erleichtert und spuckte einen Mundvoll Blut und Eiter ins Gras. „Großer Zauber, Jones“, sagte Lame Deer.

Jed dankte ihm. „Mächtig großer Zauber.“

„Hier, nimm das.“ Lame Deer reichte ihm ein Stück Leder, in das eine breiige Masse gewickelt war, dunkelgrün und nach Kräutern riechend. Eine Salbe für die Wunde in Jeds Mund. „Vergrößert Zauber“, bekräftigte der Alte.

„Danke, Lame Deer. Wir sehen uns nachher beim Palaver.“ Jed lief zum Bach und winkte Mel hinter sich her. Unterwegs schmierte er sich eine Fingerspitze voll von der grünbraunen Salbe in den Mund.

„Zerkaute Tabakblätter, geriebenes Wurzelholz und ein paar Sachen, von denen ich lieber nichts wissen will“, erklärte er, als er Mels fragenden Blick sah. „Ekelhaft und unübertroffen. Lame Deer ist wirklich kein schlechter Medizinmann, was?“

Mel schaute zurück, aber der Alte war schon wieder in seinem Tipi verschwunden. Mel musste zugeben, dass er sich in Lame Deer getäuscht hatte. Seine Art, eiternde Zähne zu behandeln, war effektiver und weniger zerstörerisch als Doc Rileys Methode. Trotzdem fand Mel, dass der Medizinmann der Crows ein Aufschneider war.

„Eine Krähe hat ihm von dem Iniskim erzählt? Das ist doch lächerlich.“

„Überhaupt nicht“, meinte Jed. „Vielleicht hat er ja Little Eagle gemeint. Der ist auch eine Krähe, schon vergessen? Na ja, und Little Eagle hat es wahrscheinlich von diesem dämlichen Cabot, der sein Maul nicht halten konnte.“

Mel nickte. Diese Erklärung lag nahe. Lame Deer hatte in Rätseln gesprochen, um Eindruck zu schinden. Jed bediente sich manchmal

derselben Methode. Bis heute hatte er nicht verraten, wie er mit dem Iniskim aus dem Lager der Blackfeet geflohen war. Mel fragte ihn danach.
„Ein Waldgeist hat mir geholfen“, sagte Jed.

Bis Sonnenuntergang blieben noch einige Stunden. Die Mountain Men bauten sich einen Unterstand aus Decken, die sie über zwei senkrecht in die Erde gerammte Äste legten, sodass eine Art halbes Zelt entstand. Sie reinigten ihre Waffen und aßen einen Happen. Danach hatten sie nichts zu tun, und so schlenderten sie durchs Indianerlager. Die Crows störten sich nicht an ihrer Anwesenheit. Ab und zu waren schon Weiße zu ihnen gekommen – Trapper, Händler sowie der eine oder andere Abgesandte einer Pelzhandelsgesellschaft, der die Krieger dazu überreden wollte, Biber, Marder oder Nerze zu jagen und ihm die Felle im Tausch gegen Bratpfannen, Messer und Spiegel aus glatt poliertem Metall zu überlassen.
Die meisten der Crows kannten Jedediah Jones, denn einmal hatte er einen Winter bei ihnen verbracht und mit einer Squaw zusammengelebt. Im Frühling war er in die Berge verschwunden und hatte die Frau zurückgelassen. Im Herbst hatte ihm Little Eagle ein paar Maultiere gestohlen, nicht, um Jeds Untreue zu bestrafen, sondern weil es sich so ergeben hatte. Dann hatte Jed den Sohn des Kriegshäuptlings vor einem heranstürmenden Büffel gerettet, und nun waren sie wieder Freunde. Auch das hatte sich ergeben.
Jed hielt Ausschau nach seiner Squaw, aber dann erfuhr er, dass sie zwei Jahre mit einem Krieger zusammen gewesen und im letzten Winter an einem Fieber gestorben war.
Mehrere Crows boten den Weißen einen Tauschhandel an, aber die Trapper besaßen nichts, was sie hergeben konnten. In Jeds Hosentasche klapperten noch ein paar seiner Glasperlen, und er

dachte darüber nach, sie einer Indianerin zu schenken, damit sei ein paar Nächte lang sein Lager teilte. Ungefähr ein halbes Dutzend der bunten Murmeln waren ihm geblieben. Vielleicht konnte er einen guten Preis aushandeln und auch für Mel eine Squaw besorgen.

Bereits nach kurzer Zeit hatten sich die Crows so sehr an die Anwesenheit der Mountain Men gewöhnt, dass sie Jed und Mel kaum noch beachteten. Ein paar Frauen kicherten, als sie an ihren Tipis vorübergingen. Sie trafen einen Krieger, der mit auf dem Beutezug gewesen war. Er nickte ihnen feierlich zu, als teilten sie ein großes Geheimnis, dann widmete er sich wieder seinen eigenen Angelegenheiten.

Vor einem Zelt saß ein alter Mann mit zerfurchtem Gesicht, der noch mehr Jahre auf dem Buckel zu haben schien als Lame Deer. Zu seinen Füßen spielten Kinder, ein Junge und ein Mädchen. Sie verstummten und betrachteten die weißen Männer neugierig. Der Alte rauchte eine Pfeife und sagte etwas zu Jed auf Absarokee, der Sprache der Crows. Jed verneinte und hob dabei entschuldigend die Schultern. Der Alte nickte und saugte weiter an seiner Pfeife.

„Was wollte er?“ fragte Mel.

„Tabak. Hab ihn gesagt, wir haben keinen mehr.“

„Ein bisschen ist noch da, glaube ich.“

„Und womit sollen wir nachher im Zelt des Häuptlings aufkreuzen, wenn ich jetzt schon alles verschenke?“

Der alte Indianer hatte dem kurzen Disput ungerührt zugehört, aber Jed war sicher, dass er ein bisschen von der Sprache der Weißen verstand, zumindest die wichtigsten Worte, und Tabak stand ganz weit oben auf der Liste.

Brummend griff er in die Tasche und riss einen Brocken von seiner Kautabakrolle ab. „Hier, hab noch was gefunden. Aber nicht

anzünden. Kauen, verstehst du?“ Und an Mel gewandt: „Zufrieden, McGruder?“
Aber sein Partner antwortete nicht. Mel starrte gebannt auf etwas, was das kleine Mädchen in seinen Händen hielt.
Ein Spielzeug. Ein seltsames Tier.
Es war aus einem Stück Holz geschnitzt und mit brauner Farbe bemalt worden, so ähnlich wie der Iniskim, nur dass dieses Tier keinen Büffel darstellte. Es wirkte größer und massiger als der König der Prärien. Zwei lange, gebogene Zähne ragten ihm aus dem Maul, und es hatte zwei Schwänze, einen hinten und einen vorne zwischen den mächtigen Stoßzähnen.
Mel bückte sich und streckte die Hand aus. „Kann ich das mal sehen, meine Kleine?“
Das Mädchen verstand ihn nicht, aber es begriff, was er wollte und versteckte das Spielzeug rasch in den Falten ihres langen Antilopenlederkleides.
„Ich will es mir nur mal anschauen. Du kriegst es wieder, versprochen.“ Mel redete mit Engelszungen, aber das Mädchen starrte ihn trotzig an.
„Jed, kannst du ihr bitte erklären, dass ich ihr das Spielzeug nicht wegnehmen will? Ich möchte es mir bloß aus der Nähe ansehen. Dann gebe ich es zurück.“
Jed brummte und sagte etwas zu dem alten Indianer. Dieser verzog keine Miene, brummte aber zurück, und schließlich wechselte ein weiterer Brocken Kautabak den Besitzer. Dann sagte der Alte ein paar herrische Worte zu dem Mädchen. Erst wollte sich die Kleine widersetzen, aber der Greis erhob kurz seine Stimme, und schließlich gab sie die Spielzeugfigur widerstrebend her.
„Siehst du. Die Crows wissen, wie man mit Frauen redet“, sagte Jed.

Fasziniert betrachtete Mel das Tier. Es war ein Riese mit zwei Schwänzen. Das nannte man einen Elefanten. Mel hatte darüber gelesen. Der vordere Schwanz hieß Rüssel, wie bei einem Schwein, nur dass dieser Rüssel hier viel länger als der irgendeines Schweines war, das auf Erden wandelte. Solche Tiere, Elefanten, gab es in Afrika und in Indien. Einmal war ein Beamter der britischen Ostindien-Kompanie im Haus von Mels Vater zu Gast gewesen. Er hatte Zigarre rauchend im Salon gesessen, sich Portwein in den Rachen gekippt und geschworen, auf einem Elefanten geritten zu sein. Aber in Amerika lebten keine Elefanten, und soweit Mel wusste, waren die Crows, obwohl ihre Vorfahren aus Europa stammten, nie in Indien oder Afrika gewesen.

Er zeigte Jed das Spielzeug.

„Das ist ein Elefant", brummte der alte Trapper schulterzuckend.

Mel hatte Jed verblüffen wollen, aber dieser wirkte nicht sonderlich beeindruckt. „Muss einen ziemlich großen Pelz haben. Wie hundert Biber, vielleicht mehr."

Jed hatte Recht. Das war kein gewöhnlicher Elefant, wie ihn Mel von einer Abbildung aus einem Buch über Afrika kannte. Elefanten waren nackt. Der Schnitzer dieser Figur hatte jedoch ein Fell angedeutet, lang und zottig. Außerdem waren die riesigen Eckzähne viel länger als bei einem Elefanten. Sie beschrieben beinahe einen vollständigen Kreis. Solch ein Tier gab es nicht einmal in Indien.

„Diese Leute haben eine beachtliche Phantasie."

„Wie kommst du darauf?", fragte Jed.

„Sich so etwas auszudenken, ohne je einen Elefanten gesehen zu haben."

„Ich glaube nicht, dass die sich das ausgedacht haben."

„Aber so ein Tier gibt es nicht. Es ist ein Fabeltier!"

„Blödsinn, ein Fabeltier ist große Medizin. Sie würden es verehren, nicht ihren Kindern zum Spielen überlassen. Die Crows müssen dieses Ding da gesehen haben."

Mel lachte auf. „Du meinst wie den Riesenbiber, den du nie gefunden hast?"

„Ja, verdammt noch mal. Es bedeutet ja nicht, dass diese Tiere gleich hinter dem nächsten Hügel weiden. Aber die Crows kennen sie, darauf kannst du einen lassen."

Jed wandte sich in Absarokee an den Alten. Der Indianer antwortete, aber Jed machte eine ärgerliche Geste und wandte sich ab. Mel gab dem Mädchen das Spielzeug zurück und lief hinter seinem Partner her. „Was sagt er?"

„Er wollte mehr Kautabak."

„Warum hast du ihm nichts gegeben? Vielleicht weiß er, wo diese haarigen Elefanten leben."

„Möglich, aber wir haben ja schon mehr Pelze als wir tragen können."

Mel sah noch einmal zum Tipi zurück. Er fand das Rätsel um den amerikanischen Elefanten faszinierend. Wer weiß, vielleicht hatten sich die Crows dieses Tier tatsächlich nicht ausgedacht. Womöglich existierte ja sogar Jeds Riesenbiber. Er winkte dem Mädchen und dem Alten zum Abschied zu.

„Er war ihr Großvater, oder?"

„Wahrscheinlich", knurrte Jed. „Vielleicht auch ihr Mann. So genau weiß man das bei Indianern nie"

„Du lügst, Jed."

„Okay, McGruder, du hast mich erwischt. Aber er könnte ihr Vater sein, und das ist bei Gott die Wahrheit."

„Ach, Jed."

„Hier draußen in der reinen Bergluft bleibt ein Mann bis ins hohe Alter zeugungsfähig. Was glaubst du, warum immer mehr bleiche Kerle aus St. Louis Trapper werden wollen. Um bis zum Arsch im eiskalten Wasser zu stehen?“

Jed erklärte das Thema für beendet, indem er schneller ausschritt und auf ihren Lagerplatz zusteuerte. Sie liefen am Waldrand entlang, als plötzlich eine Indianerin zwischen den Fichten hervortrat. Sie trug ein schlichtes Kleid, hatte ein Reisigbündel in den Armen und summte in Lied. Sie prallte mit Mel zusammen, dem noch immer der Haarelefant durch den Kopf spukte, und die trockenen Zweige klapperten zu Boden. Jed blieb kopfschüttelnd stehen, aber sein Partner kümmerte sich schon um das Mädchen. Er reichte der jungen Frau die Hand und zog sie auf die Füße.

Sie war schlank, fast zerbrechlich, mit einem schüchternen Lächeln im Gesicht. Sie hatte kupferfarbene Haut, klare braune Augen, eine gerade Nase und Haar, so schwarz wie das Gefieder des Totemtiers der Crows. Sie hatte es zu Zöpfen geflochten und mit dünnen Lederschnüren zusammengebunden. Mel erkannte das Mädchen. Es war im Winter bei der Büffeljägergruppe gewesen und hatte geholfen, den Tieren das Fell abzuziehen. Die Tochter eines Crow-Kriegers, sehr geschickt und unglaublich schön.

„Ha… hallo“, stotterte Mel.

Viele Weiße behaupteten, Indianer würden nie erröten, und falls doch, könne man es wegen der Farbe ihrer Haut nicht sehen. Aber das stimmte nicht. Das Gesicht des Mädchens schien auf einmal zu leuchten.

„Ach, herrje“, brummte Jed.

Mel klaubte das Feuerholz vom Boden auf und reichte es der jungen Indianerin. Ein paar dürre Äste fielen ihm wieder herunter, und er bückte sich linkisch, um sie zu greifen, wobei ihm der ganze Stoß aus den Armen glitt.

„Ach, herrje", wiederholte Jed und stapfte weiter.

Mel gelang es, das Holz aufzulesen und dem Mädchen zu geben. Seine Hand streifte versehentlich ihre Brust, die sich klein und fest unter dem Wildlederkleid abzeichnete. Er spürte wie er selbst errötete und murmelte eine Entschuldigung, aber die Augen der Indianerin strahlten, und ihre Haut war tiefrot wie ein Sonnenuntergang.

Mel beeilte sich seinen Partner einzuholen, und als er sich noch einmal umdrehte, stand das Mädchen noch immer da und lächelte ihm zu.

„Was glaubst du, wie alt sie ist, Jed?"

„Alt genug für das, was du vorhast, McGruder."

„Blödsinn, ich …" Doch er errötete schon wieder und wechselte lieber das Thema. Er fragte, wann die Zusammenkunft im Zelt des Häuptlings beginnen würde.

„Little Eagle sprach von Sonnenuntergang, was war daran so schwierig zu verstehen?"

„Na ja, ich meinte ja nur, wie spät ist das?" Mel ließ den Deckel seiner Taschenuhr aufspringen.

„Um das herauszufinden, darfst du nicht dieses Ding da anstarren", schnaubte Jed. „Sieh dir lieber den Himmel an."

Sie erreichten ihren Lagerplatz, wo Jed anfing, eine Mulde für ein Feuer auszuheben, das sie in der Nacht brauchen würden.

„Wie wär's, wenn du ein bisschen Holz sammeln gehst, McGruder? Lass aber nicht wieder alles fallen."

„Geht klar, Jed."

Mel wandte sich zum Gehen, aber sein Partner hielt ihn zurück. Er grummelte etwas vor sich hin, griff in seine Tasche und gab Mel die Glasperlen. Sechs bunte Kugeln in Blau, Grün, Gelb und Rot. Zwei wiesen ein Spiralmuster aus allen Farben auf. Jed hatte die Murmeln für sich selbst verwenden wollen, aber er wusste, dass junge Squaws eigensinnig und teuer und hinter buntem Glitzerkram her waren wie der Teufel hinter einer Seele, und wenn Mel seinerseits hinter der Kleinen her war, ging das in Ordnung.

Mel murmelte ein Dankeschön und lief zurück zum Wald. Aber die Indianerin war nicht mehr da. Er tröstete sich, dass er ihr heute Abend oder am nächsten Tag gewiss wieder begegnen würde. Auf dem Rückweg machte er einen Abstecher zum Tipi des alten Indianers und schenkte dem kleinen Mädchen mit dem seltsamen Pelzelefanten eine von den Spiralmurmeln. Fünf Glasperlen blieben ihm, um das Herz einer Crow-Prinzessin zu erobern.

Mel beschloss zu baden, aber der Zeitpunkt ihres Treffens mit den Stammesführern kam schneller als er dachte. Sonnenuntergang, belehrte ihn Jed, bedeutete nicht zwangsläufig Abend. Es hieß lediglich, dass die Sonne hinter den Horizont sinken musste. In einem Tal, umgeben von hohen Bergen, kam dieser Moment früher als auf einem Hochplateau oder draußen in den Ebenen.

Etwa zu der Zeit, zu der man in Philadelphia Tee trank, zog sich der Tag aus dem Tal zurück, und im Lager der Crows breitete sich neue Geschäftigkeit aus. Frauen schürten die Feuer und hängten Fleisch, das sie tagsüber zurechtgeschnitten hatten, über die Flammen. Krieger liefen hinaus zur Pferdeherde, die abseits des Lagers weidete, nahmen ihre Lieblingstiere am Strick und führten sie neben ihre Zelte, um sie an eigens dafür in den Boden gerammten Stangen festzubinden. Falls feindlichen Indianern in der Nacht ein Überfall gelang, sollten sie auf keinen Fall die besten Tiere erbeuten. Die Feinde mochten die jungen Männer, die zur Wache bei der Herde eingeteilt waren, ausmanövrieren, überwältigen, sie vielleicht sogar töten, doch um den Lieblingshengst eines Crow-Kriegers vom Pfosten neben dem Tipi zu stehlen, war wahrhaft große Medizin vonnöten. Und die, davon waren alle überzeugt, besaßen nur die Crows selbst, die nicht umsonst als die geschicktesten Pferdediebe in den Bergen galten.

Der Himmel war von einem dunklen Blau, die Gipfel trugen tiefrote Kränze, geflochten aus den letzten Sonnenstahlen des Tages. Aus dem Flussbett stiegen blasse Dunstschwaden auf. Der Geruch von Kochfeuern lag in der Luft, Hunde suchten die Nähe der Zelte, um ihren Teil an den Abfällen des Abendmahls einzufordern, und es wurde Zeit, das Tipi des Häuptlings aufzusuchen.

Es war ein großes Zelt, das größte, das Mel je zu Gesicht bekommen hatte. Zwei Dutzend Pappelstangen waren zu einem Kegel zusammengebunden, der höher als zwei Männer aufragte. Die Büffelhäute und Wolldecken, die über die Konstruktion gespannt waren, mussten nach Indianerbegriffen ein Vermögen wert sein.

Brave Crow lebte mit sechs Frauen zusammen, erzählte Jed, und so viele Weiber brauchte er wohl auch, um seinen Hausstand zusammenzupacken, wenn der Stamm weiterzog. Brave Crow besaß fünfzig Pferde, sodass der Transport der Zeltstangen und der vielen Häute sowie der Körbe und Töpfe seiner sechs Frauen kein Problem darstellte. Aber Mel fragte sich, was ein Mann wie Brave Crow früher gemacht hatte, als die Roten Völker noch keine Pferde besaßen und die Hunde die Arbeit verrichten mussten. Wahrscheinlich waren die Zelte damals kleiner gewesen und die Häuptlinge hatten mit der Hälfte der Frauen auskommen müssen.

Jetzt hockten Brave Crows Weiber hinter dem Tipi, wo mehrere kleine Herdfeuer brannten. Sie schwatzten und kicherten und waren damit beschäftigt, das Festmahl für die Gäste des Häuptlings zu kochen. She-she-be-nes war bei ihnen, kleine Ente, die Frau von

Little Eagle. Mel sah auch die alte Indianerin, die schon beim Häuten der Büffel dabei gewesen war, und zwei andere Frauen, die er nicht kannte. Er hielt Ausschau nach dem jungen Crow-Mädchen, konnte sie aber nirgendwo erblicken.

Das Tipi des Häuptlings stand offen, und so bückten sie sich und traten ein.

Halbdunkel empfing sie. In der Luft lag der Geruch von altem Schweiß, Tabak, feuchtem Leder, warmem Rauch, kaltem Braten und Wildkräutern, die zu Bündeln geschnürt an den Zeltstangen fingen. Es stank wie in Bear Hopkins' Hütte, aber nach all den Nächten im Freien empfand Mel es als angenehm, wieder ein Dach über dem Kopf zu haben.

Jed war nach rechts getreten und wartete dort in gebeugter Haltung, bis der Häuptling ihn mit einer Handbewegung aufforderte, näher zu kommen.

Brave Crow war ein alter Mann. Seine Haut sah aus wie die Borke einer tausendjährigen Eiche. Er mochte knapp sechzig Jahre zählen, aber dessen konnte man sich in der Wildnis niemals sicher sein. Bei seiner Ankunft in St. Louis vor einem Jahr hatte Mel junge Männer gesehen, die sich ihren Lebensunterhalt als Jäger auf den Prärien verdienten. Sie waren keine fünfundzwanzig, sahen aber so verwittert wie Greise aus. Und er hatte alte Männer kennen gelernt wie Jehan Prevost, deren Alter sich kaum schätzen ließ und die es mit jedem jüngeren Mann von der Ostküste aufnahmen, wenn es ums Laufen, Klettern, Schießen oder Trinken ging.

Rechts von Brave Crow saß Little Eagle und neben ihm einer seiner Krieger, der sich auf dem Raubzug gegen die Jäger der Pelzhandelsgesellschaft hervorgetan hatte. Der Boden des Tipis war mit Fellen ausgelegt, auf denen die Holzschalen und Löffel der Männer standen. Auch Jed und Mel hatten ihr Essgeschirr mitgebracht. Brave Crow winkte die Trapper auf den Gästeplatz zu seiner Linken. Jed nickte ihm zu und warf einen Beutel mit Tabak in die Mitte, sodass alle sich bedienen konnten. Es war eine Gabe, die man unter Brüdern teilte, kein Geschenk an den Häuptling, für das dieser sich mit einem noch großzügigerem Geschenk hätte erkenntlich zeigen müssen, wenn er nicht sein Gesicht verlieren wollte. Die Etikette in einem Tipi war subtil und streng zugleich, und vor dem Eintreten hatte Jed seinem Partner eingeschärft, nichts zu sagen und nichts zu tun, bevor er nicht von ihm oder Brave Crow dazu aufgefordert wurde.

„Ich habe keine Lust, am Ende der Nacht mit einer Häuptlingstochter verheiratet zu sein oder das Zelt ohne meine Haare zu verlassen, McGruder."

Mel hatte genickt.

Mehr Gäste trafen ein. Ein weiterer Krieger, der auf dem Raubzug dabei gewesen war, der Medizinmann Lame Deer und der Alte, von dem sie nicht wussten, ob er der Vater des kleinen Mädchens mit dem Pelzelefanten war. Er sah Jeds Tabaksbeutel, gab ein Schnauben von sich, sagte aber nichts.

Die Gäste hockten im Schneidersitz um die Grube in der Mitte des Zeltes, in der jetzt nur ein kleines Feuer brannte, weil die Abende im Frühling mild waren und die Körpertemperatur der Männer ausreichte, um die Luft zu erwärmen. Das Feuer sollte nur Licht spenden, aber es heizte die Luft im Zelt auf, und Mel fing an zu schwitzen. Den Indianern schien die Hitze nichts auszumachen. Auch Jed beschwerte sich nicht, nahm aber seine Pelzkappe vom Kopf.

Als es schien, dass niemand mehr ins Tipi passen wollte, erschienen zwei von Brave Crows Frauen mit dem Essen. Sie stellten Schalen aus Holz und Birkenrinde und geflochtene Körbe aus Weidenruten

auf den Boden. Die Gefäße enthielten getrocknetes Büffelfleisch, fette Scheiben gebratenen Hirsch und Pemmikan, eine Masse aus Talg, Trockenfleisch und Waldbeeren. Mel sah auch gerösteten Büffeldarm, wie ihn Bear Hopkins zubereitet hatte. Er dachte oft an den stämmigen Trapper und spürte einen Anflug von Trauer, weil Bear nicht mehr bei ihnen war.
Die Frauen zogen sich zurück, und Brave Crow machte eine einladende Geste. „Esst, meine Brüder."
Jed schnappte sich eines der Hirschsteaks. Mel griff bescheiden nach einem Klumpen Pemmikan, doch als er sah, dass außer ihm niemand Zurückhaltung übte, nahm auch er von dem saftigen Braten.
Die erste Portion aßen sie schweigend, später griffen sie nur noch gelegentlich nach einem Happen, und der Häuptling forderte seine Gäste auf zu sprechen. Das war der Hauptgrund für diese Versammlung. Beute war zu verteilen und Taten mussten ins rechte Licht gerückt werden.
Das Palaver hatte begonnen.

Als erstes ergriff Little Eagle das Wort. Er berichtete von ihrem Ausflug zum Handelsposten der Hudson's Bay Company und wie die Crow von Cabot, dem Chief Trader, erfahren hatten, dass eine Gruppe amerikanischer Trapper mit vielen Fellen zum Powder River zog. Cabot hatte ihnen langläufige Musketen und erstklassige Decken versprochen, wenn sie ihm die Pelze der Amerikaner brachten und mehrere Krüge mit Feuerwasser, falls die Crows die Haare der Trapper mitbrachten. Aber Little Eagle hatte kein Interesse am Feuerwasser und er beschloss, die Skalps der Weißen zu behalten. Die Männer in der Runde nickten zustimmend, zum Zeichen, dass sie genauso entschieden hätten. Nur Lame Deer wirkte enttäuscht. Er hätte das Feuerwasser vorgezogen.

Am Powder River hatte Little Eagle die Pelzjäger der St. Louis Fur Company verpasst. Doch es zeigte sich, dass die Trapper den Fluss nicht benutzt hatten, sondern weitergezogen waren in Richtung auf den Platte River. Die Crow setzten die Verfolgung fort und erkannten sehr bald, dass die weißen Männer in zwei Gruppen unterwegs waren. Der Haupttrupp war sechsmal zwei Hände stark und führte viele Pferde und Maultiere mit sich. Die kleinere Gruppe war ein Stück weiter ins Landesinnere gezogen, vermutlich, um Pelzverstecke aufzulösen, die sie im Herbst angelegt hatten.
Das war Shawnee-Jims Trupp gewesen, überlegte Jed. Die anderen sechzig Männer wurden offenbar von dem Deutschen Hommel angeführt, den sie im Spätsommer auf dem Kielboot kennengelernt hatten. Seine Gruppe war zu stark für Little Eagles kleine Kriegsmeute und das wiederum war ihr Glück gewesen, denn es hatte die Crows im rechten Augenblick in den Kampf gegen Shawnee-Jim geführt.
Mehrere Tage lang waren die Indianer den Weißen gefolgt, und als ihnen die Gelegenheit günstig schien, griffen sie an. Der Raub sollte in aller Heimlichkeit vonstatten gehen, aber dann hatte Jed sein Gewehr abgefeuert und die Crows hatten entgegen ihrer Absichten kämpfen müssen. Das hinderte Little Eagle jedoch nicht daran, den gemeinsam errungenen Sieg in blumigen Worten auszuschmücken. „Wir haben Jones und seinem weißen Bruder das Leben gerettet“, schloss er. „Wir haben viele Pferde und Pelze erbeutet.“
Jed räusperte sich. „Wir haben auch ein paar von denen getötet. Fünf Männer. Es war ein großer Kampf.“
Brave Crow hatte mit unbewegter Miene zugehört. Jetzt hob er eine Braue. „Diese Männer waren von deiner Art.“
„Es waren schlechte Männer. Sie wollten unsere Pelze stehlen, aber nun nehmen wir uns ein paar von ihren Fellen.“

Damit sprach Jed ein heikles Thema an, denn Little Eagle betrachtete die Pelze von Shawnee-Jims Leuten als alleinige Beute der Crow. Er würde sie unter seinen Kriegern verteilen und dem Stammeshäuptling einen Anteil geben.

„Jones war ein Gefangener“, erinnerte Little Eagle. „Wären wir nicht gekommen, hätte er seine Pelze, seine Pferde, sein Leben und das Leben seines Bruders verloren.“

„Wir haben unsere Pelze und unser Leben ganz gut verteidigt“, sagte Jed. „Ich war gerade dabei, mir die Pferde der weißen Jäger zu schnappen, als ihr kamt.“

„Du warst dabei, zu sterben.“

„Wir haben fünf Männer erledigt. Wie viele habt ihr erwischt? Drei? Wenn überhaupt.“

Little Eagle ließ ein zorniges Schnauben hören, aber der Häuptling hob eine Hand und gebot Ruhe. „Was taten Jones und sein Bruder als ihr eintraft. Haben sie gekämpft? Waren sie im Besitz ihrer Pelze?“

Little Eagle bestätigte es.

Brave Crow wandte sich an Jed: „Wie viele Pferde hattet ihr?“ Jed kratzte sich am Kopf. Die meisten ihrer Pferde waren tot gewesen. Und Shawnee-Jim hatte ihre Fuchsstute in seinem Besitz gehabt.

Lame Deer mischte sich ein. „Die weißen Männer haben tapfer gekämpft. Vielleicht waren sie schwächer als sonst, weil sie zuvor gegen einen Grizzly gekämpft hatten. Sie haben ihn getötet, nach vielen Tagen. Sein Fell hängt in meinem Tipi. Große Medizin. Es war ein mächtiger Grizzly.“

Mel verstand nicht genau, was Lame Deer damit ausdrücken wollte. Hatte er für sie Partei ergriffen? Oder wollte er Little Eagle Recht geben, indem er darauf hinwies, dass sie nach dem Kampf gegen den

Bären geschwächt waren? Jed schien zufrieden zu sein. Er stritt nicht mehr.

Der Medizinmann und der Häuptling tauschten stumme Blicke, dann verkündete Brave Crow sein Urteil: „Jones und sein Bruder haben ihre Pferde verloren, doch sie haben Mut bewiesen. Die Crows respektieren das. Ihr bekommt Pferde, damit ihr reiten und eure Pelze mitnehmen könnt."

Jed war nicht glücklich, aber er verbarg seine Enttäuschung. „Das wären dann also acht Pferde."

„Fünf", rief Little Eagle.

„Sagen wir sieben."

„Sechs", legte Brave Crow fest. „Das ist mein letztes Wort. Und nun lasst uns rauchen, Freunde."

Der alte Indianer, welcher der Großvater oder der Vater des kleinen Mädchens mit dem Spielzeugelefanten sein mochte, griff als erster nach Jeds Tabakbeutel, der in der Mitte lag. Er bediente sich großzügig und reichte den Beutel an Lame Deer weiter. Jeder der Männer hatte seine eigene Pfeife mitgebracht. Auch Jed zog seine alte, von Glut und Tabak geschwärzte Pfeife aus dem Gürtel.

Nach dem Kampf auf dem Yellowstone hatte er fast seine gesamte Ausrüstung verloren, nur die Pfeife konnte er retten. Mel fand es bemerkenswert, dass die Blackfeet Jed die Pfeife ließen, nachdem sie ihn sie ihn gefangen genommen hatten. Er hatte seinen Partner bereits darauf angesprochen, aber dieser hatte nur mit den Schultern gezuckt. „Nimm einem Trapper sein Gewehr, und er stirbt vielleicht. Doch wenn du ihm seine Pfeife nimmst, wird ihn das so sehr reizen, dass er eine Gefahr für jeden Menschen, jedes Tier und jedes Greenhorn in seiner Nähe darstellt. Schätze, die Blackfeet haben das gewusst." Weiter hatte er sich nicht über das Thema ausgelassen.

Die Männer rauchten. Tabakschwaden zogen durch das Tipi, die Luft wurde immer stickiger. Keiner außer Mel schenkte dem Beachtung. Brave Crow bemerke, dass der junge Trapper keine Pfeife besaß, und er reichte ihm seine eigene. Mel bedankte sich mit einer freundlichen Geste, lehnte das Angebot jedoch ab. Jed stieß ihn an.
„Ich möchte nicht rauchen", sagte Mel.
„Du musst rauchen, um ihnen zu zeigen, dass du nichts Böses im Schilde führst. Es ist Brauch."
„Sag ihnen, ich bin ihr Freund, aber ich rauche nicht."
„Verdammt. McGruder, was ist los mit dir?"
Die Crows folgten dem leisen Disput der weißen Männer mit spöttischem Interesse.
„Ich sah einmal einen Mann in Philadelphia, der ist am Rauchen gestorben. Ein Doktor, ein Freund meines Vaters, experimentiert mit Leichen. Er hat ihn aufgeschnitten. Der Tote hatte schwarze Lungen. Ich rauche nicht."
„Ich glaube, du verstehst nicht", knurrte Jed. „Du musst rauchen, wenn du leben willst."
Die Crows wirkten nicht besonders grimmig, eher neugierig. Die wässrigen Augen in Lame Deers faltigem Gesicht blinzelten belustigt. Mel wollte etwas sagen, aber dann fiel sein Blick auf einen Gegenstand, der an Brave Crows Pfeife befestigt war. Es sah aus wie eine alte Münze. Sie weckte sein Interesse. Er griff nach der Pfeife und nahm einen vorsichtigen Zug. Es schmeckte bitter. Mel hustete und zog ein zweites Mal, um der Freundschaft Genüge zu tun. Es schmeckte noch immer abscheulich.
Die Pfeife des Häuptlings besaß einen Stiel aus Eschenholz. Ihr Kopf hatte die Form eines Tomahawks und bestand aus rotem Stein, der weich genug war, dass man an ihm herumschnitzen und ein Loch in ihn bohren konnte. Der Stein glänzte, als werde er regelmäßig mit

Büffelfett poliert. Die Pfeife war mit bunten Schnüren umwickelt, mit Pferdehaar und Adlerfedern verziert – und am Unterteil des Kopfes, an der stilisierten Beilklinge, glänzte mattsilbern die Münze, auf deren Rand Mel eine Inschrift lesen konnte.

CAROLUS HISP ET IND REX MDXXXVIII.

Mel kannte sich nicht gut mit Münzen aus. Aber sein Vater besaß eine Sammlung seltener Geldstücke aus aller Herren Länder. Wer Geld machen will, muss Geld kennen, pflegte er zu sagen. Sein Vater liebte Geld, und während sein Reichtum wuchs, hatte er viele wertvolle Stücke zusammengetragen, die er im Rauchzimmer aufbewahrte, wo er mit ihnen vor seinen Geschäftspartnern prahlte. Mel interessierte sich nicht für die Münzen, aber er war klug genug, sich zu merken, was sein Vater darüber erzählte. So konnte er den nächsten weitschweifigen Vortrag abkürzen.

Ja, Vater, ich weiß …

Die Inschrift auf der Münze an der Pfeife von Brave Crow bedeutete: *Carolus Hispaniae et Indiarum Rex: Karl, König von Spanien und Indien. Geprägt im Jahre des Herrn 1539.* Es war eine Münze aus der Zeit der Konquistadoren.

Mel dachte an das zerbrochene Rapier, das Jed mit sich herumschleppte, an den Schädel im Gras, den er gefunden hatte, die rostigen Sporen, das verwitterte Sattelzeug. An den Namen im Leder. Ortega. Vielleicht war dieser Mann gar kein Mexikaner gewesen, sondern ein Spanier. Ein Grande, ein Eroberer aus Neuspanien. Wo diese Männer hingingen, war immer auch Reichtum zu holen, hatte sein Vater behauptet. Doch er hatte nie etwas davon gesagt, dass die Konquistadoren so weit nach Norden vorgestoßen waren.

Mels Forschergeist erwachte. Er war nach Westen gegangen, um frei von den Pflichten eines Mannes aus gutem Haus zu sein, um Abenteuer zu erleben und die Rätsel einer unerforschten Welt zu entschlüsseln. Konquistadoren in den Rocky Mountains. Das war ein Rätsel, das es verdiente, genauer betrachtet zu werden.

Mel nahm noch einen Zug, einen tiefen diesmal, er hustete, aber er war viel zu aufgeregt, um sich darum zu scheren. Er gab dem Häuptling die Pfeife zurück und fasste sich ein Herz. Jed hatte gesagt, er dürfe nicht sprechen, solange er nicht gefragt werde, aber das war ihm jetzt egal.

„Brave Crow, dies ist eine wertvolle Münze. Große Medizin. Wie bist du zu diesem Stück gekommen?"

Jed murmelte einen Fluch.

Der Häuptling hielt Mel die Pfeife hin. „Rauche, weißer Mann, manchmal beantwortet das deine Fragen."

Tapfer schob sich Mel das Mundstück zwischen die Lippen. Er sog den warmen Dunst ein, bei jedem Mal ein wenig tiefer. Der Husten ließ nach und er spürte, wie sein Körper leicht wurde und sein Geist zu schweben schien. Es war etwas anderes als der Alkoholrausch, den Mel kannte. Er fühlte sich schwerelos und sorgenfrei, und als er seine Fragen fast vergessen hatte, begann Brave Crow zu sprechen.

„Dieses Metall ist so alt wie unser Stamm. Ich bekam es von meinem Vater, er hatte es von seinem Vater und so fort. Es war ein Geschenk der Eisenmänner, die vor langer Zeit in unser Land kamen und sich an unserem Feuer wärmten."

„Eisenmänner!" Diesmal war es Jed, der mit seinen Worten herausplatzte. „Was waren das für Kerle?"

„Sie kamen von Süden, durch das Land der Cheyenne und der Arapahoes, aber ihr Weg war noch viel weiter gewesen, weiter als je ein Crow, ein Cheyenne oder ein Arapahoe geritten ist. Sie waren weiß wie ihr. Sie trugen Kleidung aus Eisen, die sie unverletzbar machte."

Mel fiel der verblichene Schädel ein. Ortega, ein Konquistador in einem Kürass, der fest an seine Unbezwingbarkeit geglaubt und in diesen Bergen wahrscheinlich eine schmerzliche Lektion gelernt hatte.

Jed schnaubte. „Eisenkleider! Verdammt unpraktisch, um Biber zu fangen. Müssen wohl Mexikaner gewesen sein. Kein besonders cleveres Volk."

„Die Alten sagen, die Fremden waren auf einer Suche, die schon viele Jahre andauerte. Sie suchten keine Pelze, sondern gelbes Metall. So ähnlich wie das hier." Brave Crow deutete auf die alte Silbermünze.

Jed pfiff leise durch die Zähne. „Haben sie es gefunden?"

„Das wissen nur die Eisenmänner selbst." Die Miene des Häuptlings war undurchdringlich.

„Es ist eine Legende", warf Lame Deer ein. „Die Eisenmänner suchten seit vielen Jahren nach dem gelben Metall, doch ihre Suche brachte ihnen den Tod."

„Ihr habt sie umgebracht!"

„Nein, Jones. Das alles geschah vor sehr langer Zeit. Noch nicht einmal ich habe damals gelebt. Wie konnte ich da einem anderen den Tod bringen?" Lame Deer lächelte listig.

Jed brummte, dann wechselte er das Thema, indem er sich an den alten Indianer wandte, mit dem sie am Nachmittag Kautabak und Informationen getauscht hatten.

„Das Tier, mit dem deine Tochter vor dem Zelt gespielt hat – wo kann ich so eines finden?"

„Du meinst den zweischwänzigen Büffel."

„Es ist ein Pelzelefant. Aber egal. Mal angenommen, ich möchte das Fell eines zweischwänzigen Büffels erbeuten. Wo müsste ich suchen?"

Der Alte blickte ihn mit stoischer Miene an. Statt einer Antwort sog er geräuschvoll an seiner Pfeife. Jed seufzte und warf ihm den Tabaksbeutel zu. Der Alte schob ihn sich hinter den Gürtel. „Unsere Vorfahren haben diese Tiere gejagt. Damals bestand die Welt nur aus Eis, und ein Winter dauerte viele Menschenleben lang. Heute gibt es sie nicht mehr. Wenn du sie jagen willst, such in der Zeit, Jones."

„Na klar, und du pass auf, dass dir der Tabak nicht den Verstand vernebelt." Verärgert griff Jed nach einem übrig gebliebenen Stück Fleisch.

Mel hatte dem Häuptling die Pfeife zurückgegeben. Die Benommenheit wich von ihm. Er wusste, wie er sich vielleicht Klarheit verschaffen konnte. Es war zumindest einen Versuch wert. „Wartet einen Augenblick." Er verließ das Zelt. Wenig später kehrte er mit Jeds zerbrochenem Rapier zurück. Er reichte Brave Crow das rostige Eisen. „Habt ihr so etwas schon einmal gesehen?"

Der Häuptling besah sich den Degengriff von allen Seiten, ehe er antwortete. „Man sagt, so haben die Klingen der Eisenmänner ausgesehen. Aber diese hier ist zerbrochen. Wo hast du sie her?"

Mel erzählte vom Fund der Skelette und des verrotteten Sattelzeugs. Brave Crow nickte bedächtig. „Also ist es wahr, was die Alten uns berichtet haben. Die Eisenmänner, die in unser Land kamen, haben es nicht wieder verlassen. Sie wurden alle getötet."

Mel fühlte, dass er etwas Großem auf der Spur war.

„Getötet von wem?", fragte er hastig.

Brave Crow ließ sich Zeit und nahm erneut einen tiefen Zug aus seiner Pfeife, ehe er sagte: „Unsere Feinde, die Blackfeet haben ihnen das Leben genommen."

„War ja klar", brummte Jed. „Die töten alles."

„Dich haben sie nicht getötet, Jones", warf Little Eagle ein. „Obwohl du ihren heiligen Stein gestohlen hast."

Mel spürte die Spannung im Zelt. Die Crows waren begierig zu erfahren, wie sein Freund diese Heldentat zustande gebracht hatte. Ihm ging es nicht anders, und doch wollte er mehr über die Eisenmänner wissen, die vor vielen Generationen durch diese Berge gekommen waren, wo sie die Gastfreundschaft der Crows und den Hass der mörderischen Blackfeet den Tod gefunden hatten.
Brave Crow rief ein paar Worte in der gutturalen Sprache seines Volkes. Ein paar Herzschläge später erschien eine seiner Frauen. Sie kroch in einen Winkel des Zeltes, stöberte eine Weile herum und reichte dem Häuptling schließlich einen langen, in Büffelleder eingeschlagenen Gegenstand.
Brave Crow wickelte das Bündel aus, und Mel hielt den Atem an. Ein alter Degen!
Er war gut einen Meter lang und besaß einen kunstvoll gewickelten Griff aus versilbertem Draht. Das Parierstück bestand aus mehreren ineinander verschlungenen Bügeln. Auf der Klinge zeigten sich einige Rostflecken, doch insgesamt wirkte sie gut erhalten. Im Schein des Lagerfeuers sah Mel Fett glänzen. Brave Crow oder seine Squaws schienen den Degen regelmäßig mit Büffeltalg einzureiben.
Der Häuptling sagte, auch dies sei die Klinge eines Eisenmannes. Einer seiner Vorfahren habe sie gefunden und an sich genommen, denn der Krieger, dem sie gehört habe, sei im Kampf gegen die Blackfeet gefallen.
„Große Medizin“, erklärte Brave Crow. „Aber keine gute Waffe. Sie ist zu schwer. Ein Blackfeet mit einem Tomahawk wird diese Klinge leicht bezwingen!“
„Man muss erst lernen, mit solch einer Waffe zu kämpfen“, wandte Mel ein. „Es geht darum, die richtige Stellung einzunehmen, und dann gibt es da verschiedene Hiebe und Stöße, deren Abfolge genau

festgelegt ist. Wenn ein Mann lange trainiert, ist das Rapier eine tödliche Waffe."
Brave Crow schien nicht überzeugt. „Kannst du mit dieser Waffe kämpfen?", wollte er wissen, und Mel musste eingestehen, dass dem nicht so war. „Also ist es eine nutzlose Waffe", befand der Häuptling.
„Aber es ist große Medizin."
„Warum?"
„Niemand sonst in diesen Bergen nennt die Klinge eines Eisenmannes sein Eigen."
„Ich habe jetzt auch so ein Ding", warf Jed ein und hielt das abgebrochene Rapier in die Höhe. „Für zwei weitere Gäule und zwei Ballen Pelze würde ich mich davon trennen."
Brave Crow schüttelte den Kopf. „Ich besitze die Waffe eines Eisenmannes, die nicht zerbrochen ist, aber ich kann nicht damit kämpfen. Niemand bei den Crows kann das, nicht einmal dein weißer Freund, obwohl er über großes Wissen verfügt. Was würde mir da eine zerborstene Eisenmann-Waffe nützen?"
„Na ja, diese hier ist kürzer und daher leichter zu benutzen." Jed erhob sich und bedeutete den neben ihm sitzenden Indianern, Platz zu machen. Murrend, aber auch neugierig, wichen sie zurück.
„Passt auf, ich zeige es euch. Ich habe da diese Kampfstellung, ich nenne sie Leck-mich-am-Arsch-Stellung, weil ich dem Feind damit glauben mache, mir sei alles egal."
Jed nahm eine betont entspannte Haltung ein, die Knie leicht angewinkelt, die Arme locker an den Seiten hängend. Die Klinge hielt er verkehrt herum, sodass sie von seinem Unterarm verborgen wurde. „Ich lasse den Gegner herankommen, schließe die Augen, damit er glaubt, ich mache meinen Frieden mit Gott, und erst im allerletzten Augenblick, wenn ich seinen stinkenden Atem rieche und den Luftzug seiner herabstoßenden Klinge spüre …"

Jeds Klingenarm beschrieb einen aufwärtsgerichteten Halbkreis, schnell wie der Schemen eines jagenden Falken, die Rapierklinge klappte nach außen und fuhr seinem imaginären Gegner seitlich in den Hals. „Seht ihr."

Im einsetzenden Gemurmel der Krieger nahm Jed wieder Platz. „Na, ist das zwei Gäule wert?"

Brave Crow lächelte, aber er schien nicht beeindruckt. Er deutete auf den kunstvoll geflochtenen Degenkorb, den Jed nicht hatte hinter seinem Arm verbergen können. „Das da hat dich verraten, Jones. Jeder Crow-Krieger hätte deine Klinge kommen sehen. Sie besitzt keinen Wert im Kampf."

Jed grinste. „Es war einen Versuch wert, Brave Crow. Aber du kannst mir glauben: Hätte ich ein richtiges Messer, würde niemand meinen Hieb kommen sehen."

Der Häuptling lächelte zurück. „Ich glaube dir, denn die Crow wissen, dass du ein großer Krieger bist, Jones. Was die Crow nicht wissen, ist, wie du unseren Feinden, den Blackfeet, ihren heiligen Stein, den Iniskim, gestohlen hast."

Lame Deer, der Medizinmann, der die ganze Zeit über schweigend geraucht hatte, mischte sich wieder ins Palaver ein. „Ja, diese Geschichte würden die Crows gerne hören. Wenn es eine Geschichte ist, die wir glauben, werden wir uns von einem Pferd und einem Ballen Pelze trennen."

Mehrere Krieger, unter ihnen Little Eagle, murmelten beifällig. Auch der Häuptling nickte. Die Crows waren begierig, die Geschichte vom Raub des Büffelsteins zu erfahren, und sie waren sogar bereit, einen Tauschhandel zu einzugehen, aber Lame Deer hatte klargemacht, dass sie nur die Wahrheit akzeptieren würden. Mel schloss sich ihnen an.

„Jetzt erzähl schon, Jed."

Sein Partner nahm einen Zug aus seiner Pfeife und legte sich die Worte zurecht. Diesmal versuchte er nicht auszuweichen oder nach mehr Pferden und Pelzen zu fragen. Er wusste, wann es an der Zeit war, nachzugeben.
„Na schön, aber ich weiß nicht, ob es die Geschichte ist, die ihr wirklich hören wollt.“

Die Blackfeet hatten Jed nie gefangengenommen. Folglich war er ihnen auch nicht entkommen. Nach dem Angriff der Krieger am Yellowstone und dem durch Hunting Coyote ausgelöstem Eisgang war Jed auf seiner Eisscholle den Fluss hinuntergetrieben, in rasender Fahrt, sodass die Indianer, die ihm am Ufer folgten, rasch zurückblieben. Das war gut, aber Jed hatte ein neues Problem. Die Scholle schmolz! Wollte er sein eisiges Floß länger nutzen, um möglichst viel Land zwischen sich und seine Verfolger bringen, musste er sich von den Pelzen trennen. Jed zögerte nicht und warf den Packen in den Fluss. Sein Überleben hing davon ab.
Später rammte die Eisscholle einen im Wasser treibenden Baum und zersprang knirschend in mehrere Teile. Jed musste schwimmen, und noch immer wurde er im rauschenden Wasser flussabwärts getrieben. Viele Meilen vom Ort des Hinterhalts entfernt kroch er ans Ufer, fürs erste gerettet, aber durchgefroren und nass wie ein glückloser Dachs.
Er suchte sich eine abseits vom Fluss gelegene Stelle für ein Lager und ließ sich zwischen jungen Birken und Pappeln nieder, die ihre ersten Knospen trugen. Er benutzte seinen Mantel als Windschutz und entfachte ein Feuer, um seine Kleider zu trocknen, und das war ein guter Plan, bis der Bär auftauchte. Ein großer Schwarzbär, der offenbar erst kurz zuvor aus dem Winterschlaf erwacht war.

Jed behauptete, nur das Knurren des Raubtiermagens hätte ihn davor gewarnt, dass Ungemach drohte. Waffenlos wie er war, blieb Jed nur ein energischer Sprint zu einer nahen Kiefer, dem einzigen Baum im Umkreis, der stark genug war, dass man ihn erklettern konnte.
Der Bär kümmerte sich nicht um Jed, sondern fing an, den erbeuteten Mantel zu zerlegen, der nach Holzrauch und menschlichen Ausdünstungen roch. Die Flammen von Jeds Lagerfeuer beeindruckten ihn kaum, im Gegenteil, nach einer Weile holte sich der Bär Jeds über dem Feuer trocknende Hose, um sie ebenfalls zu untersuchen. Was er nicht in Fetzen riss, verbrannte im Feuer.
Als sich der Schwarzbär eine Stunde später enttäuscht brummend und noch immer mit knurrendem Magen trollte, war Jed nur die Unterwäsche geblieben, die er am Leibe trug. Das erklärte den Aufzug, in dem ihn Mel Tage später im Handelsposten der Hudson's Bay Company empfangen hatte.
Mit einem Pappelast als einziger Waffe wankte Jed landeinwärts. Er nahm an, dass sich Hunting Coyotes Krieger am Ufer des Yellowstone River in seine Richtung bewegten und hatte vor, sie zu umgehen und sich dabei nordwestlich zu halten, wo er nach Jehan Prevosts Beschreibung den Piratenposten der Briten vermutete. Dabei stieß er auf das Lager der Blackfeet. Als erstes roch er die Kochfeuer, dann hörte er ein paar Pferde wiehern, die auf einer Wiese an einem kleinen Nebenfluss des Yellowstone grasten. Vorsichtig näherte er sich und entdeckte die Zelte.
Ein paar junge Krieger bewachten die Pferde, im Lager tollten Kinder und Hunde herum, Squaws gingen ihren Beschäftigungen nach, und alte Männer saßen vor ihren Zelten, und ihre Blicke ruhten auf der friedvollen Landschaft. Nichts deutete darauf hin, dass die Blackfeet Ärger erwarteten. Krieger sah Jed nur wenige. Natürlich,

der Kriegstrupp unter Hunting Coyote war noch nicht ins Lager zurückgekehrt. Jed brauchte dringend warme Kleidung, etwas zu Essen und eine Waffe, aber er würde ein großes Risiko eingehen, wenn er sich in dieses Indianerlager schlich.

Dann erblickte er das einsame Zelt.

Es stand abseits von den anderen, ähnlich wie das Zelt von Lame Deer im Lager der Crows. Der kleine Fluss und die Pferdeherde lagen zwischen dem einsamen Tipi und dem Rest des Zeltdorfes. Jed nahm an, dass er das Wigwam des Blackfoot-Medizinmannes gefunden hatte. Er verhielt sich still und beobachtete das Lager weiter, bis sich die Abenddämmerung über das Land senkte.

Der Medizinmann war ein knorriger alter Kerl mit grauen Haaren und einer Fistelstimme, die ihn nicht davon abhielt, drei fette Blackfoot-Weiber herumzuscheuchen. Die Squaws entzündeten ein Kochfeuer neben dem Zelt und umsorgten den Medizinmann wie eifrige Glucken einen narbigen Hahn, bis er sie fortscheuchte. Dann saß der Alte vor dem Zelt und starrte in den Abend. Jed fragte sich, was er dort machte, und inzwischen war es dunkel genug, dass er sich anschleichen und nachsehen konnte.

Der Medizinmann hatte sich in eine Decke gehüllt und wiegte seinen Oberkörper sanft in der Abendbrise, während er leise vor sich hinmurmelte. Ab und zu verfiel er in einen melodischen Singsang, bis er husten musste und wieder zu Nuscheln anfing. Er war völlig in sich gekehrt, und Jed begriff, dass der alte Schamane unter dem Einfluss einer Droge stand, die ihn helfen würde, mit den Geistern seines Volkes zu sprechen. Da der Alte nicht rauchte, musste das Rauschmittel in seinem Essen gewesen sein, vielleicht ein Pilz, der ihm farbenprächtige Visionen schickte. Jed hatte so etwas schon bei anderen Indianern erlebt und wusste, dass der Medizinmann in diesem Zustand kaum etwas von dem wahrnehmen würde, was um ihn herum vorging, solange keine Muskete neben seinem Ohr abgefeuert wurde.

Er schlich sich auf die Rückseite des Tipis, zog zwei der Haltepflöcke aus dem Boden und schlüpfte leise unter der Büffelhaut hindurch ins Innere. Er fand etwas Pemmikan, aber kein Messer, wie er gehofft hatte. An einer der ledernen Wände lehnte jedoch eine zerbrochene Kriegslanze. Jed nahm an, dass sie ein Beutestück war, an dem der Medizinmann einen Zauber wirken sollte, vielleicht, um die Waffen eines verfeindeten Stammes stumpf zu machen.

Jed griff nach der Lanze. Einen Augenblick lang überlegte er, ob er den Alten draußen vor dem Zelt erwürgen sollte. Das würde ein harter Schlag für Hunting Coyotes Stamm sein, aber es würde die Verfolger allzu bald auf seine Fährte lenken. Besser, er verschwand ungesehen.

Er griff sich ein zusammengerolltes Fellbündel, das sich später als ramponierter Wolfspelz entpuppte, der nicht besonders gut wärmte. Im Hinausschlüpfen stieß Jeds Knie gegen etwas Hartes. Schmerz zuckte durch sein Bein, und er musste an sich halten, um nicht aufzustöhnen.

Als er nach dem Gegenstand tastete, fühlte er Leder, einen Beutel, in dem sich ein Stein befand, der etwa die Größe eines Rettichs hatte. Er war bunt bemalt und seine Form ähnelte der eines Büffels. Jed erkannte, dass er einen der wichtigsten Zauber in den Händen hielt, über die der Medizinmann gebot – den Iniskim, den heiligen Büffelstein.

Er wusste nun, wie er Hunting Coyote eine Niederlage beibringen konnte, ohne den Schamanen zu erwürgen.

Jed stahl den Iniskim.

Der Rest war rasch erzählt. Jed hatte sich in Richtung des Handelspostens der Hudson's Bay Company bewegt und seine Spuren so gut es ging verwischt. Die Blackfeet fanden seine Fährte trotzdem, aber es dauerte lang genug, damit Jed die Sicherheit der britischen Palisaden erreichen konnte.
„Das war's, mehr gibt es nicht zu erzählen, und es ist die volle Wahrheit", endete Jed.
Die Crows schiegen, während sie das Gesagte auf sich wirken ließen. Mel war nicht sicher, was er von dem Bericht seines Partners halten sollte. Jed hatte sich mit Geschick und Glück aus einer tödlichen Lage befreit und den Blackfeet ein Heiligtum gestohlen. Wieso aber hatte er seine Geschichte später mit blutrünstigen Kriegern, einem Gottesurteil und indianischen Jungfrauen ausgeschmückt? Mel kam zu dem Schluss, dass es Jed nicht reichte, ein tapferer Mann zu sein. Er wollte wohl auch als Held verehrt werden.
„Das ist eine gute Geschichte", befand Brave Crow. „Unser weißer Bruder Jones hat große Tapferkeit bewiesen."
Little Eagle und die Crow-Krieger nickten beifällig. Lame Deer machte ein ernstes Gesicht.
„Deine Worte haben mir die Augen geöffnet, Jones, ich werde über den Platz für mein Tipi nachdenken."
Die Crows bedauerten den Tod von Jehan Prevost. Sie waren dem alten Franzosen hin und wieder in den Bergen begegnet und hatten seine Zähigkeit und sein Jagdgeschick bewundert. „Er kam in unser Lager und stellte viele Fragen", sagte Brave Crow. „Auch er interessierte sich für die Eisenmänner, aber er blieb nie lange genug, um uns zu berichten, was ihn antrieb."
Ein Bild blitzte in Mels Erinnerung auf. Das Buch, das er in Jehan Prevosts Hütte gesehen hatte. *Die Expeditionen des Fray Marcos.* Fray war das spanische Wort für Mönch. Ein weiteres Mal stießen sie in

diesen Bergen auf die Spuren von Spaniern, und wie es schien war auch der französische Waldläufer dieser Fährte gefolgt.
Jed gab gerade eine weitere Geschichte zum Besten, in der es darum ging, dass ihm Biber vor vielen Jahren das Paddel aus seinem am Ufer vertäutem Kanu gestohlen hatten. Angeblich schleppten Biber alles fort, was sich als Material für ihre Dämme gebrauchen ließ, und als Jed am Morgen erwachte, hatte er nicht weiterrudern können. „Ich musste den ganzen Weg zurück schwimmen, durch Stromschnellen und einen mörderischen Wasserfall hinunter."
„Wieso hast du kein neues Paddel geschnitzt?", wollte Brave Crow wissen.
„Es ist wahr, das hätte ich tun können", gab Jed mit einem hintergründigen Grinsen zurück. „Aber das wäre dann ja keine Geschichte gewesen, die man im Tipi eines großen Häuptlings erzählt."
Brave Crow gab Jeds Lächeln auf ebenso hintergründige Weise zurück. „Wahre Worte, Jones."
In diesem Augenblick glaubte Mel zu verstehen, weshalb Jed die Geschichte seiner Flucht aufgebauscht hatte. Sein Partner war kein Aufschneider. Aber Geschichten waren hier draußen eine Art Handelsware, mit der man für Gastfreundschaft bezahlte, und Jed wollte sicherstellen, dass ihm diese Währung nie ausging.

Auf dem Weg zu ihrem Schlafplatz sagte Mel: „Gold, Jed. Meinst du, die Eisenmänner haben es gefunden?"
„Keine Ahnung. Das Ganze ist wahrscheinlich nur ein Crow-Märchen. Aber es gibt eine hübsche Geschichte her."
„Die Eisenmänner waren Konquistadoren. Solche Männer waren immer auf der Jagd nach Gold."
„Konquis … Aus welchem Land stammen die?"

„Spanien.“
„Da hast du deine Antwort. Glaubst du, ein Spanier aus Eisen würde auch nur einen Winter in diesen Bergen überstehen? Die Stürme, die Kälte, die Blackfeet. Und diese Pelzelefanten sehen auch ganz schön gefährlich aus. Ein Crow-Märchen, denke ich, nichts weiter.“
Mel war sich da nicht so sicher.

Kapitel 19

Brave Crow hatte entschieden, dass es ein großes Spiel geben würde. Ein Spiel, in dem die Krieger ihre Geschicklichkeit unter Beweis stellen und das die letzte Trägheit des Winters aus ihren Knochen vertreiben würde. Little Eagle kam mit zwei Stöcken zum Herdfeuer der Trapper. Es waren daumenstarke Weidenäste, die man vorn zu einer Schlinge gebogen und mit einem Netz aus Lederschnüren bespannt hatte, sodass ein primitiver Schläger entstand, mit dem man einen Ball vor sich her treiben konnte.

„Tewa-Raathon", stöhnte Jed. „Der dämlichste Sport, den die Rothäute erfunden haben. Schlimmer als Skalpieren." Mit der Begründung, er habe in den letzten Tagen genug gekämpft, lehnte er es ab, einen Schläger entgegenzunehmen.

„Jones stiehlt den Iniskim unserer Feinde, der Blackfeet, aber er ist zu feige, sich mit seinen Freunden im Wettkampf zu messen." Little Eagle gab vor, beleidigt zu sein.

„Wart's ab", sagte Jed. „Während ihr mit diesen Stecken herumfuchtelt, nehme ich mir eure Pferde."

„Ha!", machte Little Eagle.

„Also, ich werde gerne mit euch spielen", sagte Mel rasch, um einen Streit mit ihrem Crow-Freund zu vermeiden.

„Es sind deine Knochen", meinte Jed und erklärte, dass es beim Tewa-Raathon darum ging, einen mit Gras gefüllten Hirschlederball zwischen zwei Markierungen auf der Seite des Gegners zu befördern, wozu man den Schläger benutzte.

„Klingt einfach", sagte Mel.

„Kommt drauf an, wie sie den Schläger einsetzen."

Ehe Mel dieses Thema vertiefen konnte, erblickte er etwas, das ihn sein Gespräch mit Jed vergessen ließ. Das Crow-Mädchen, dem sie bei der Büffeljagd begegnet, und das er am Vorabend wiedergesehen hatte, kam aus einem der Zelte in ihrer Nähe. Mel hatte nicht gewusst, dass die junge Indianerin letzte Nacht so nahe gewesen war. Sie trug eine bunte Schale aus Weidengeflecht unterm Arm und machte sich an der Herdstelle neben dem Tipi zu schaffen. Sie schaute kurz herüber und lächelte. Mel glaubte zu erkennen, dass ihre Aufmerksamkeit ihm galt.

Er lächelte zurück.

Die Lederdecke am Zelteingang wurde zurückgeschlagen, und ein Mann trat ins Freie. Es war der Krieger, der Little Eagle und Grey Otter damals auf der Büffeljagd begleitet hatte. Er mochte vierzig Sommer zählen. Er dehnte sich ausgiebig, und unwillkürlich fragte sich Mel, ob das junge Mädchen eine seiner Squaws war und letzte Nacht sein Lager gewärmt hatte.

Little Eagle, der Mels Blicke bemerkt hatte, sagte: „White Elk ist großer Jäger. Er mit uns spielen. Seine Tochter Tis-see-wpp-na-tis wird ihn mit Rufen antreiben."

Die wunderschöne Wildblume war also nicht die Squaw des Crow-Kriegers, sondern seine Tochter. Mel nickte.

„Sie hat einen schönen Namen."

„Es bedeutet: Die-mit-ihren-Knien-badet", erklärte Jed süffisant. „Es gibt schlechtere Namen, denke ich. Wenigstens wissen wir jetzt, dass sie reinlich ist."

Aber Mel hörte nicht hin und schlenderte zum Zelt von White Elk, wo er die Hand hob und dem Krieger einen guten Morgen wünschte. Dann kam er auf die Büffeljagd vom letzten Herbst zu sprechen. Der Crow erkannte den jungen Trapper wieder und sprach eine Weile freundlich mit ihm. Mel aber schielte immer wieder zu Tis-see-wpp-na-tis hinüber, die einen Büffelbalg an ein Gestell aus Ästen gehängt und Wasser aus zwei Hirschhautblasen hineingegossen hatte. Sie lief zum Fluss, wo sie die Transportgefäße noch einmal auffüllte.

Irgendwann bemerkte White Elk, dass Mels Interesse mehr seiner Tochter als ihrem gemeinsamen Jagdabenteuer galt. „Du willst lernen, wie man kocht, weißer Mann? Dann sieh zu! Tis-see-wpp-na-tis ist sehr gute Köchin!“ Damit ließ er Mel stehen, der annahm, dass er nun den Segen des Crows hatte, sich seiner Tochter zu nähern.

Er trat auf das Mädchen zu, das sich an dem Kessel aus Büffelhaut zu schaffen machte. „Hallo“, sagte Mel. Und weil ihm nichts Besseres einfiel: „Sprichst du meine Sprache?“

Tis-see-wpp-na-tis lächelte, aber sie sah Mel nicht an, sondern setzte ihre Arbeit fort. An ihrem Gesichtsausdruck glaubte er dennoch zu erkennen, dass sie sich sehr wohl für ihn interessierte und sich dies bloß wegen irgendwelcher indianischen Gepflogenheiten nicht offen anmerken ließ.

Das Mädchen duftete nach einer Mischung aus Leder, Holzrauch und Wildblumen, und Mel gestand sich ein, dass er sie haben wollte.

Er sah Grey Otter vorbeischlendern, achtete aber nicht weiter darauf. Er nahm an, dass der junge Crow gekommen war, um Jed zu überreden, beim großen Spiel mitzumachen.

„Wie kocht man Wasser in einer Büffelhaut?“, fragte er Tis-see-wpp-na-tis. Das interessierte ihn wirklich, denn man konnte ja schlecht ein Feuer unter dem improvisierten Kessel anzünden, weil dann der Balg verbrennen würde.

„Heißer Stein“, sagte Tis-see-wpp-na-tis. Sie deutete auf ein Feuer, das ein Stück abseits schwelte. Große runde Bachkiesel lagen in den Flammen. Mit einem Stock holte die junge Squaw einen Stein aus dem Feuer, wickelte geschickt einen Lappen aus Leder darum, der

ihre Hand vor der Hitze schützte, und warf den Stein in den Büffelbalg, wo er platschend im Wasser versank.
„Feuer kocht Stein. Stein kocht Wasser."
„Das ist toll", sagte Mel unbeholfen. Er hatte wieder etwas über das Leben in den Bergen erfahren und wusste nun, dass Tis-see-wpp-na-tis passables Englisch sprach.
Grey Otter trabte auf einem Pony vorbei. Mel winkte ihm kurz zu, aber der junge Crow beachtete ihn nicht. Er ritt mit geradem Rücken und vorgewölbter Brust, was ihn wie einen dürren Gockel auf einem Pferd aussehen ließ.
„Du versuchen", sagte Tis-see-wpp-na-tis. Sie hielt Mel den Stock hin, mit dem sie den Stein aus dem Feuer gerollt hatte. Mel nickte und beförderte den nächsten Kiesel in den Kessel. Es funktionierte tatsächlich. Im Wasser bildeten sich schon die ersten Bläschen. Auch ihr Gespräch kam in Gang.
Da ihm kein anderes Thema einfiel, befragte Mel Tis-see-wpp-na-tis nach den verschiedenen Aspekten der Hausarbeit. Der Trick mit den Kochsteinen war auch für einen Trapper nützlich, und wer weiß, was er noch alles von den Crows lernen konnte. Beim Häuten der Büffel hatten die Indianerinnen jedenfalls selbst Männer wie Jed und Bear Hopkins wie Anfänger aussehen lassen.
Mel bewunderte das Elchlederkleid von Tis-see-wpp-na-tis ausgiebig. Es war sauber verarbeitet, wirkte stabil und besaß bunte Verzierungen aus Federkielen, Samenperlen und Muscheln. Außerdem gab es ihm Gelegenheit, das Mädchen sanft zu berühren. Tis-see-wpp-na-tis wich nicht zurück.
Grey Otter kam zum dritten Mal vorbei. Diesmal ließ er sein Pony galoppieren und stieß einen schrillen Schrei aus. Sein langes schwarzes Haar wehte wie ein Banner. Im vollen Lauf ließ er sich

vom Pferd fallen, doch seine Füße hatten kaum den Boden berührt, da schnellte er schon wieder auf den Rücken seines Tieres.
„Hey, Grey Otter!“, rief Mel. „Tolles Kunststück!“
Tis-see-wpp-na-tis kicherte.
„Ich habe gesehen, wie gut du Büffelhäute bearbeiten kannst“, sagte Mel. „Das ist auch eine große Kunst. Aber ich weiß natürlich, dass es zugleich sehr harte Arbeit ist.“
„Im Winter sind Hände immer kalt“, erwiderte Tis-see-wpp-na-tis. „Sie bluten.“
Dazu fiel Mel nichts ein, und er wusste nicht, wie er das Gespräch fortsetzen sollte. Er dachte an die Glasperlen in seiner Tasche und zog sie hervor. Fünf bunte Murmeln in Blau, Grün, Gelb und Rot, eine mit einem Spiralmuster.
„Die möchte ich dir schenken.“
Tis-see-wpp-na-tis‘ Augen blitzten. Sie griff nach den Perlen und schien sich aufrichtig zu freuen.
Mel wusste nicht weiter, weshalb er sich linkisch verabschiedete. „Wir sehen uns dann noch, vielleicht nach dem Spiel, einverstanden?“
Dieses Wort kannte Tis-see-wpp-na-tis nicht, aber sie nickte und wiederholte: „Ein-ver-standen.“
Na also, dachte Mel, das lief gar nicht mal schlecht.

Als er zu ihrem Lagerplatz kam, saß Jed zwischen den Biberballen und reinigte seine Baker-Rifle. Er benutzte das Werkzeug, das in dem Fach im Kolben untergebracht war.
„Na, McGruder, wie lief es mit der Kleinen?“
„Nicht schlecht, glaube ich. Aber ich würde sonst was dafür geben, wenn ich wüsste, was in ihrem Kopf vorgeht.“

„Was soll schon in ihrem Kopf vorgehen? Wie sie die Arbeit für ihr Tipi am schnellsten erledigt und dass sie im Winter spröde Finger kriegt."

„Etwas in der Art hat sie tatsächlich gesagt."

„Siehst du, ich kenne mich mit Frauen aus." Jed beendete die Arbeit an seinem Gewehr.

„Aber ich meine – ist das alles?", bohrte Mel nach.

„Denke schon. Indianerfrauen sagen, was sie wollen. Das haben sie unseren Frauen voraus. Die denken um sieben Ecken und sind sauer, wenn du ihnen nicht folgen kannst."

„Damit willst du andeuten, dass Indianerfrauen keinen Ärger machen."

„Genau. Den Ärger kriegst du hier nicht mit den Frauen, sondern höchstens mit ihren Vätern und Brüdern – oder mit Grey Otter."

„Grey Otter?" Mel war verwirrt.

„Hast wohl nicht bemerkt, wie er um ihr Tipi herumstolziert ist?" Jed grinste. „Ich sage dir, McGruder, der ist hinter der Kleinen her. Du wirst dich ranhalten müssen, wenn du bei der zum Schuss kommen willst."

Mel fuhr hoch. „Ich will doch gar nicht …"

Jed unterbrach ihn. „Hast du ihr die Perlen gegeben?"

„Alle fünf."

„Teufel auch, dafür kannst du sie kaufen! Hat sie dich schon rangelassen?"

„Nein, Jed", brauste Mel auf. „Wir haben nur geredet."

„Ach, herrje."

„Was willst du damit sagen?"

Jed schüttelte in gespielter Verzweiflung den Kopf. „Na, jedenfalls ist dir die Kleine jetzt ganz schön was schuldig."

Das große Spiel wurde auf einer Wiese am Rande des Crow-Lagers ausgetragen. Im Abstand von hundert Metern waren jeweils zwei Zeltstangen in die Erde gerammt worden, die nun eine Art Tore bildeten. Fünf Männer hätten gleichzeitig hindurchschreiten können, wenn sie nebeneinanderliefen.
„Da muss der Ball rein“, erklärte Jed.
Der Ball bestand aus Hirschleder und war so groß wie zwei Männerfäuste. Die Crows hatten Büffelgras hineingestopft, bis eine feste Kugel entstand, die nicht allzu hart war, aber auch nicht ohne Weiteres eingedellt werden konnte. Jed sagte, bei den Indianern an den großen Seen habe er kleinere Bälle gesehen, aber die Leute von Brave Crow, die sich das Tewa-Raathon-Spiel bei anderen Stämmen abgeschaut hatten, bevorzugten offenbar größere Kaliber.
Er zuckte mit den Schultern. „Wenigstens kann man dieses Ding da nicht so leicht verfehlen.“
Mit dem Schläger, den Mel von Little Eagle bekommen hatte, musste der Ball über die Wiese getrieben und irgendwie zwischen die beiden Stangen aufseiten der anderen Spielerhorde geschossen werden. Wer am Ende mehr Bälle im Tor der Gegner versenkt hatte, würde von Brave Crow zum Sieger erklärt werden und sich großes Ansehen erworben haben.
„Das sind die Regeln“, sagte Jed.
„Einfach genug“, meinte Mel. „Sonst noch was?“
„Keine weiteren Regeln.“
Etwa vierzig Männer würden am Spiel teilnehmen. Soweit Mel es verstand, bildeten die erfahrenen Krieger von Little Eagle die eine Horde. Die jüngeren Crows, die noch nicht in vielen Schlachten gekämpft hatten, begaben sich auf die andere Seite des Feldes. Zu ihnen gehörte Grey Otter. Mel wollte ihm folgen, aber Little Eagle

winkte ihn zu sich. „Weißer Bruder von Jones neu bei Tewa-Raathon. Lernen."
„Klar", sagte Mel.
Er konnte nicht erkennen, wer oder was den Beginn des Spiels verkündet hatte, doch auf einmal wurden hektische Rufe laut, und die Crows liefen wild durcheinander. Die jungen Krieger hatten offenbar einen Überraschungsangriff versucht, aber dieser war vereitelt worden, und nun trieben Little Eagles Männer den Ball durch die gegnerischen Reihen. Mel hatte fragen wollen, wie er die Spieler der anderen Horde von den eigenen unterscheiden sollte, denn er kannte ja nur Grey Otter, aber dann sah er, dass ihre Gegner alle mit nacktem Oberkörper spielten, während die Kämpfer seiner Horde alle ihre Hirschlederhemden trugen.
Von der anderen Seite drangen Rufe herüber, die an Kriegsgeschrei erinnerten, und das war es wohl auch.
„Ihr liegt mit einem Treffer von", rief Jed vom Spielfeldrand.
Mist, dachte Mel, *und ich habe kaum einen Schritt getan.*
Auf beiden Seiten der Wiese und hinter den Toren versammelten sich jetzt immer mehr Crows, viele Frauen, aber auch alte Männer und einzelne Krieger, die aus irgendwelchen Gründen nicht am Spiel teilnahmen, vielleicht weil sie eine Verletzung auskurierten oder weil ihre Medizin schlecht war. Mel sah den alten Indianer, der mit ihnen um Tabak gefeilscht hatte. Auch Lame Deer war gekommen und natürlich Brave Crow. An seiner Seite stand ein Junge mit einer Trommel, der begierig auf Anweisungen seines Häuptlings zu warten schien. Mel hielt nach dem Mädchen Ausschau, Tis-see-wpp-na-tis. Gerade als er sie erblickte, schwoll das Geschrei auf dem Spielfeld wieder an.
In ungestümem Lauf flog Grey Otter über das Gras. Mehrere Krieger versuchten, ihn anzurempeln, aber er wich ihnen geschickt aus und

setzte über die ausgestreckten Schläger hinweg. Mel lief ihm entgegen. Grey Otter, erkannte er, balancierte die Hirschlederkugel vorne auf dem Netz seines Schlägers. *Was muss ich tun?*

Mel versuchte, den Ball mit seinem eigenen Schläger zu treffen. Wenn Grey Otter die Kugel verlor, konnte er vielleicht einen Gegenangriff einleiten. Aber der junge Crow war viel zu gewandt. Er katapultierte den Ball hoch in die Luft, und während Mel noch überlegte, wie er darauf reagieren sollte, war Grey Otter an ihm vorbei, fing den fallenden Ball geschickt mit seinem Schläger und lief durchs Tor. Mel erkannte, dass er der letzte Mann gewesen war.

Little Eagle und White Elk kamen angetrabt. „Du musst laufen, nicht stehen“, schnaubte Little Eagle.

Grey Otter stieß seinen Schläger wie eine Kriegslanze in den Himmel und gab schrilles Triumphgeheul von sich. Er blickte hinüber zu Tis-see-wpp-na-tis, aber das Mädchen beachtete ihn kaum, sondern sah kichernd zu Mel.

„Da hab ich mich wohl ganz schön blamiert“, murmelte dieser und schwor, es beim nächsten Mal besser zu machen.

Er stürmte nach vorn und forderte den Ball, doch als Little Eagle die Kugel mit einem weiten Schlag in seine Richtung beförderte, spurtete Grey Otter dazwischen, fischte den Ball aus der Luft und wiederholte seinen Siegeslauf von vorhin. Scheinbar mühelos umkurvte er die älteren Krieger und landete einen weiteren Treffer.

„Jetzt liegt ihr hinten“, kommentierte Jed.

Ja, und vermutlich bin ich schuld.

Mel sah zu Tis-see-wpp-na-tis und zuckte wie zur Entschuldigung mit den Schultern.

Tis-see-wpp-na-tis winkte ihm zu.

Und jetzt wurde das Spiel rüde.

Als Mel in Richtung Ball rannte, rempelte ihn Grey Otter von der Seite an und warf ihn um.
„Hey, pass doch auf", schimpfte Mel, aber der junge Crow lachte nur höhnisch, und als Mel sich aufrappelte, stieß ihm Grey Otter wie beiläufig seinen Schläger zwischen die Füße, sodass er erneut hinfiel. Kopfschüttelnd machte sich Mel davon. „Verdammt, was hast du für ein Problem", rief er, aber er hatte schon begriffen. Es ging um Tis-see-wpp-na-tis. Der junge Crow wollte das Mädchen für sich gewinnen. Er wollte ihr imponieren, und Mel war ein Rivale. Dass sie zusammen Büffel gejagt und gegen Shawnee-Jims Raubeine gekämpft hatten, zählte in dieser Angelegenheit recht wenig.
Na schön, dachte Mel, *ich kann auch anders.*
Aber Grey Otter war eindeutig der bessere Spieler. Immer wieder attackierte er Mel, sodass dieser nicht einmal an den Ball kam. Wollte Mel ihn seinerseits rammen, wich Grey Otter leichtfüßig aus. Die jungen Krieger seiner Mannschaft stießen schrille Schreie aus und warfen ihm den Ball mithilfe ihrer Schläger zu so oft es ging. Dadurch wurde ihr Spiel berechenbar, aber Grey Otter war gut genug, um den Ball zwei weitere Male durch die Torstangen zu tragen.
Auch Little Eagle und ein Krieger namens Angry Badger trafen, und als der Häuptling den Trommler eine Spielpause verkünden ließ, lag Mels Horde einen Treffer hinten.
„Das können wir aufholen", keuchte Mel, als ihm Jed eine Wasserflasche reichte.
Er schielte zu Tis-see-wpp-na-tis, und erwiderte ihren Blick mit einem entschlossenen Nicken. Er würde sich nicht kleinkriegen lassen. Er würde dieses Spiel gewinnen.
Lame Deer kam zu ihnen. „Grey Otter ist junger Krieger, aber alter Tewa-Raathon-Mann. Er immer siegreich."

Mel war nicht sicher, ob der Medizinmann Grey Otters Spielkunst oder etwas anderes meinte – seinen Kampf gegen Mel und um das Mädchen.

„Ach, mein Partner hat ein paar Tricks auf Lager, die er bisher noch gar nicht gezeigt hat“, sagte Jed.

Mel wünschte, es wäre so.

Die Trommel wurde geschlagen. Das Zeichen zur Fortsetzung des Tewa-Raathon. Die Krieger versammelten sich wieder auf der Wiese. Mel betrachtete die beiden Mannschaften. Grey Otters Jungkrieger strotzten vor Selbstvertrauen. Außerdem, stellte Mel fest, waren sie in der Überzahl. Sie hatten eine Handvoll Spieler mehr. Das war nicht fair. Little Eagle machte eine wegwerfende Handbewegung, als Mel ihn darauf ansprach.

„Pah! Junge Krieger! Müssen viel lernen.“

Aber danach sah es nicht aus.

Die jungen Crows versuchten es erneut mit einem Überraschungsangriff, und diesmal hatten sie Erfolg. Die älteren Krieger rechneten offenbar mit einem weiteren Sturmlauf von Grey Otter, aber dieser führte sie hinters Licht, indem er nur so tat, als treibe sein über den Boden zuckender Schläger den Ball. Während die Krieger Grey Otter nachsetzten, brachte ein anderer Läufer den Ball ins Ziel. Die Jungkrieger lagen jetzt mit zwei Treffern vorn.

„Wir brauchen große Medizin“, verkündete Little Eagle, doch Mel war eher der Meinung, dass sie ihre Züge besser planen mussten. Aber er wusste nicht, wie er das tun sollte. Das Spiel wogte hin und her, ohne dass eine Mannschaft punkten konnte. Ein ums andere Mal stoppten Little Eagles Kämpfer einen Angriff mit ruppigen Attacken. Ihre Gegner zahlten es ihnen mit gleicher Münze heim. Stöcke trafen dumpf auf Fleisch, Ellbogen wurden in Gesichter gerammt, Knochen brachen. Drei Krieger mussten verletzt ausscheiden. Nur einer kam

aus Grey Otters Team, dessen Spielerhorde ihre zahlenmäßige Überlegenheit damit ausbaute.
Aus den Augenwinkeln sah Mel, wie Jed mit Lame Deer und Brave Crow diskutierte. Vielleicht forderte er sie auf, für eine Einhaltung der Regeln zu sorgen, hoffte Mel.
Dann gewahrte er Tis-see-wpp-na-tis, die das Spiel mit weitaufgerissenen Augen verfolgte. Er wollte ihr zuwinken und merkte zu spät, weshalb die Indianerin entgeistert herüberstarrte. Grey Otter näherte sich in vollem Sturmlauf!
Er rannte Mel um, als sei der junge Weiße nur eine Decke vor einem Tipi, durch die man hindurchlaufen konnte. Mel fiel, die Luft wurde aus seinen Lungen gepresst, sein Kopf knallte auf den Boden, und er sah mehr Sterne als in einer klaren Prärienacht am Himmel standen.
„Du bist schwach, weißer Mann", zischte Grey Otter.
Mel wollte ihm sagen, dass im letzten Herbst nicht er von einem Büffel beinahe zu Tode getrampelt worden sei, aber er brachte keinen Ton heraus. Tatsächlich fühlte er sich, als habe ihn ein Büffel überrannt.
„Steh auf."
Jeds Stimme war plötzlich neben ihm und eine schwielige Hand erschien in seinem Blickfeld. Jed zog ihn hoch. In der anderen Hand hielt er einen der Weidenstöcke, deren Spitze unter Dampf zu einer Schlinge gebogen worden war, sodass ein Schläger entstand.
„Ich denke, du spielst nicht mit?"
„Einer muss diesen *Yunks* doch zeigen, wo es langgeht." Jed machte eine Kopfbewegung in Richtung der jungen Crows, die Grey Otters Attacke mit herausfordernden Schreien begleitet hatten.
„Hast du den Häuptling aufgefordert, dass seine Krieger die Regeln befolgen sollen?"

„Welche Regeln?“, fragte Jed. „Es gibt keine Regeln. Bloß diese Stangen da auf beiden Seiten.“
„Was hast du vorhin mit Brave Crow besprochen?“
„Ich habe eine Wette abgeschlossen. Wenn ich das Spiel drehen kann, bekommen wir fünf Pferde extra.“
Mel schüttelte grinsend den Kopf. Dieser Jed!
„Keine Regeln also?“, sagte er dann.
„Genau.“
„Okay, dann habe ich vielleicht eine Idee.“ Mel erklärte seinem Partner, was er vorhatte. Es hörte sich aberwitzig an, doch augenscheinlich ging es beim Tewa-Raathon bloß darum, den Ball ins Tor zu befördern. Wie das geschah, schien den Crows egal zu sein. Ihre Schlagstöcke benutzten sie nicht nur, um den Ball zu bewegen. Mindestens genausooft brachten sie ihre Gegner damit zu Fall.
Sie riefen Little Eagle und erklärten ihm in groben Zügen, was sie vorhatten. Little Eagle schüttelte erstaunt den Kopf, verstand jedoch die Grundzüge des Plans und grunzte.
„Große Medizin, Jones!“
Beim darauffolgenden Angriff rammten Little Eagles Krieger so viele der jungen Crows wie sie erwischen konnten. Es war eine reine Keilerei, die eine Gasse freiräumte, durch die Jed nahezu unbedrängt nach vorne laufen konnte. Mel sprintete mit dem Ball an der Seite des Spielfeldes entlang und brachte die Lederkugel mit einem kräftigen Schlag nach innen. Der Ball beschrieb einen Bogen und fiel kurz vor dem Tor der Jungkrieger vom Himmel …
Zwei der Gegner liefen darauf zu …
… doch ehe das Leder den Boden berührte, sprang Jed plötzlich hoch und traf die Kugel mit dem Kopf!
Der Ball wurde zwischen die Stangen katapultiert.

Grey Otters Krieger waren zu verblüfft, um zu protestieren. Mögliche Einwände wurden durch das Triumphgeheul der älteren Krieger weggewischt, die zurück in ihre Spielfeldhälfte liefen und sich für den nächsten gegnerischen Angriff bereitmachten.

Dieser lief wieder über Grey Otter. Dessen Sturmlauf wurde von Können und kochendem Blut unterstützt. Er trug den Ball in gefährliche Nähe des Tors, doch ehe Grey Otter mit seinem Schläger ausholen konnte, trat ihm Jed in den Weg. Der junge Crow hatte damit gerechnet und setzte zu einem seiner tänzelnden Ausweichmanöver an. Jed wurde auf dem falschen Fuß erwischt und ging zu Boden.

Trotzdem wurde Grey Otter gestoppt.

Jed hatte sich in seine Leggings verkrallt und zog sie dem jungen Krieger mitsamt dem Lendenschurz herunter. Grey Otter war jetzt nackt und verblüfft. Jed trat nach dem Ball und beförderte ihn in die andere Hälfte des Feldes, wo Angry Badger die Kugel aufnahm und zu Little Eagle spielte. Dieser täuschte einen Gegner und warf den Ball zu White Elk, der den nächsten Treffer erzielte.

Der Spielstand war wieder ausgeglichen. Beide Mannschaften hatten je fünfmal getroffen.

Grey Otter schäumte vor Zorn.

Brave Crow ließ die Trommel schlagen. Damit signalisierte er, dass er das Spiel gleich beenden würde.

„Eine Deckung aufbauen!“, brüllte Mel.

Jed verstand. Gemeinsam mit Little Eagle formierte er die Krieger ihrer Mannschaft zu einer Reihe, die den wütenden Ansturm von Grey Otters Kämpfern aufhielt. Keiner kam durch. Wer es versuchte, wurde zu Fall gebracht.

„Der Ball“, schrie Mel, „der Ball! Zu mir!“

Irgendwie gelangte Jed an den Ball. Während er mit seinem Gegner rang und ihn am Durchkommen hinderte, schlug er die Kugel mit der Hacke nach hinten in die eigene Hälfte. Mel sah das Leder auf sich zurollen, nahm Maß – und drosch es mit dem Fuß auf das gegnerische Tor. Der Ball segelte durch die Luft, und kaum einer der Spieler achtete auf ihn, denn alles war ineinander verkeilt, aber dann senkte sich das Leder zwischen die Stangen.
„Ja!" Mel riss eine Faust in die Höhe.
Die Trommel dröhnte.
Sie hatten gewonnen. Oder?
Grey Otter und einige seiner Krieger liefen sofort zu Brave Crow. Jetzt protestierten sie. Der Häuptling wirkte unentschlossen. Wie sollte er entscheiden?
„Ihr habt listig gekämpft, Jones", sagte Brave Crow.
„Wie es ein Krieger tun sollte", gab Jed zurück.
„Große Medizin!", bekräftigte Little Eagle, der nun auch auf den Häuptling einredete.
Brave Crow setzte ein undurchdringliches Gesicht auf und beriet sich mit Lame Deer. Schließlich sagte er: „Die Art der weißen Männer zu kämpfen, ist den Crows unbekannt."
Grey Otter und einige andere nickten bestimmt. Doch der Häuptling gebot ihnen mit einem Handzeichen Einhalt.
„Aber wenn wir sie eines Tages besiegen wollen, müssen wir lernen, zu kämpfen wie der weiße Mann. Auch auf dem Schlachtfeld des Tewa-Raathon."
Jed grinste. „Wir helfen unseren Freunden, den Crows, gern. Aber sag mir: Wo kann ich meine Pferde finden?"

Mel trieb im Fluss. Das klare Wasser kühlte seine erschöpften Muskeln und betäubte den Schmerz in seinen Knochen. Er hatte sich noch nie so erschöpft gefühlt wie nach dem Tewa-Raathon. Das Spiel hatte ihn mehr abverlangt als harte Arbeit in den Biberteichen oder ein Kampf mit den Blackfeet. Er spürte Muskeln, von denen er nicht gewusst hatte, dass er sie besaß. Wie Brave Crow sagte: Tewa-Raathon vertrieb die Trägheit aus dem Körper.

Mel hielt die Augen geschlossen und hörte dem Plätschern des Wassers und dem Gezwitscher der Vögel zu, die in den knorrigen Kiefern am Ufer saßen. Der Ruf eines Falken klang aus großer Höhe herab. Als Mel Stimmen wahrnahm, blickte er sich um. Ein paar junge Crows kamen zum Fluss, Krieger aus Grey Otters Spielerhorde.

Was, wenn sie auf Rache aus sind?

Platschend rannten die Jungkrieger ins Wasser, ohne auf den weißen Mann zu achten. Nein, hier drohte ihm keine Gefahr. Er befand sich unter Freunden, oder?

Wie würde Grey Otter darüber denken?

Der junge Crow war nach dem Spiel missmutig zu seinem Tipi gestapft. Seitdem hatte Mel ihn noch nicht wieder gesehen. Er betrachtete Grey Otter als Freund oder zumindest als etwas, das dem nahekam. Zwei junge Männer, die in den Bergen überleben wollten und für die es von Vorteil war, wenn sie nicht versuchten, sich gegenseitig umzubringen. Aber nun stand die Sache mit Tis-see-wpp-na-tis zwischen ihnen. Mel hatte keine Ahnung, wie er sich verhalten sollte. Er mochte das Mädchen, aber wozu würde das führen? Bald zog er mit Jed nach St. Louis, während Tis-see-wpp-na-tis bei ihrem Volk bleiben würde. Er wusste natürlich, dass Trapper sich manchmal eine rote Frau als Gefährtin nahmen, aber würde Tis-see-wpp-na-tis dazu bereit sein, mit ihnen zu gehen? Und was würde Jed dazu sagen?

An der Seite von Grey Otter hätte Tis-see-wpp-na-tis eine Zukunft, die sie nicht von ihrem Stamm fort in ein ungewisses Schicksal führen würde.
Andererseits hatte sie ihr Lächeln Mel geschenkt, nicht Grey Otter. Er beschloss, die Dinge ihren Lauf nehmen zu lassen. Wenn die Zeit kam, würde sich alles finden. Das tat es immer, soviel hatte er in den Bergen inzwischen gelernt.
Mel beendete sein Bad und kehrte zum Lager zurück. Die jungen Krieger winkten ihm zu, und er erwiderte ihren Gruß. Es war keine Feindseligkeit zwischen ihnen. Das Tewa-Raathon war bloß ein Wettstreit, kein Krieg. Aber Mel war nicht sicher, was sein nächster Zug im Kampf um die Gunst von Tis-see-wpp-na-tis bei Grey Otter auslösen würde.

An ihrem Lagerplatz saß Jed an einen der Pelzballen gelehnt, rauchte seine Pfeife und machte ein zufriedenes Gesicht. In der kleinen Koppel hinter ihm standen zwölf Pferde. Zu den sechs, die ihnen Brave Crow nach dem Gefecht gegen die Männer der Missouri Fur Company zugesprochen hatte, kam das eine Tier, das sich Jed mit seiner Geschichte über den Diebstahl des Iniskim verdient hatte. Die anderen fünf stellten die Wettschuld des Häuptlings nach ihrem Sieg im Tewa-Raathon dar. Trotzdem fand Jed ein Haar in der Suppe.
„Da bist du ja, McGruder. Wir haben jetzt mehr Pferde als wir brauchen, und ich zerbreche mir schon die ganze Zeit über den Kopf, wo wir zusätzliche Pelze herbekommen."
Mel zog sein Messer und ging wortlos zu einem der Ballen mit Biberpelzen, die sie aus Jehan Prevosts Caché geborgen hatten. Er schnitt die Stricke durch und begann, den Packen auseinanderzunehmen.
„Was soll das, McGruder?"

„Ich brauche ein Geschenk für Tis-see-wpp-na-tis."
Mel erinnerte sich daran, wie das Mädchen über ihre kalten Finger geklagt hatte, die bei der Arbeit im Winter bluteten, und ihm war eine Lösung für dieses Problem eingefallen. Er würde für Tis-see-wpp-na-tis einen Muff aus feinstem Biberpelz anfertigen lassen. Sie konnte ihn bei der Arbeit um den Hals tragen und ihre Hände zwischendurch aufwärmen. Mel hatte bisher noch keinen Muff bei den Indianern gesehen und nahm an, dass ihnen solch ein Kleidungsstück unbekannt war. Aber er war guter Dinge, dass er eine Squaw auftreiben konnte, die in der Lage war, einen Muff nach seinen Vorgaben anzufertigen.
„Da wir jetzt zu viele Pferde haben, würde ich gerne eines von ihnen eintauschen." Mel hatte vor, die Familie der Indianerin, die den Muff nähte, zu bezahlen. Als erstes würde er She-she-benes, die Frau von Little Eagle, fragen.
Mel zog eine Braue hoch. „Teufel auch, McGruder, willst du die Kleine heiraten?"
„Vielleicht. Warum nicht?"
„Dann solltest du in St. Louis Tabak, Pulver, Blei und außerdem ein gutes Gewehr kaufen."
„Ich glaube kaum, dass Tis-see-wpp-na-tis dafür Verwendung hat."
„Sie nicht, aber ihr Vater, White Elk. Ihn musst du mit Geschenken überhäufen, wenn du seine Tochter willst."
„Soweit ist es noch nicht, Jed. Ich möchte dem Mädchen bloß eine Freude machen."
Während Jed einen Vortrag über Balzrituale bei den Crows brummte, durchsuchte Mel den Pelzballen. Er wusste, dass Bear Hopkins die besten Felle immer ganz nach innen gepackt hatte, um sie auf dem Transport zu schützen. Nach einer Weile fand er ein besonders dichtes, weiches, nahezu schwarzes Biberfell. Er breitete es aus und

besah es sich von allen Seiten, um sicherzugehen, dass der Pelz beim Feuergefecht mit Shawnee-Jims Trappern nichts abbekommen hatte. Plötzlich fluchte er. Die Hautseite des Felles war verschmutzt. Oder nein, das waren Linien, die jemand in voller Absicht mit Holzkohle aufgemalt hatte!

Die Linien formten sich grob zu einem Fluss, Bergen und einem Tal mit etwas, das nach einer Höhle aussah. Rechts unten standen einige Worte: *Dans la visibilité des cavernes vides.* Ein Satz in französischer Sprache. Für Mel bestand kein Zweifel, dass Jehan Prevost das geschrieben hatte.

„Von den leeren Höhlen aus zu sehen", übersetzte Jed, der die Sprache von Trappern aus Louisiana gelernt hatte.

„Es könnte aber auch *in Sichtweite der leeren Höhlen* heißen", ergänzte Mel. „Was glaubst du, ist das eine Schatzkarte? Damals im Briten-Fort hat Prevost zu mir gesagt, ich solle sein Gold finden."

Jed betrachtete die Karte eingehend, kam aber zu keinem befriedigenden Ergebnis. „Keine Ahnung. Womöglich ein weiteres Pelzversteck?"

„Jehan Prevost hat sich für die Konquistadoren interessiert, die diese Berge vor langer Zeit bereist haben", erinnerte ihn Mel. „Diese Männer waren immer auf der Suche nach Gold. Vielleicht haben sie welches gefunden, ehe sie von den Blackfeet getötet worden sind, und jetzt hat Prevost ihre Spur wiederentdeckt."

Jed zuckte mit den Schultern. „Selbst wenn du Recht hast, nützt uns das wenig. Ich könnte nämlich nicht sagen, welche Gegend die Karte zeigt. Ist nur das Gekritzel eines alten Mannes. Prevost wusste, wohin er gehen muss. Wenn wir den Ausgangspunkt nicht kennen, finden wir gar nichts."

„Es muss möglich sein“, beharrte Mel. „Prevost hatte einen Sohn. Ich glaube nicht, dass er diese Karte für sich selbst gezeichnet hat. Sie war für seinen Sohn bestimmt.“

„Aye“, stimmte Jed nachdenklich zu. Auf der Karte waren außerdem ein Kreis und daneben eine Reihe aufwärtsstrebender, gekrümmter Linien zu erkennen, die entfernt an einen schlecht gezeichneten Springbrunnen erinnerten. Jed schüttelte den Kopf. „Trotzdem habe ich keinen Schimmer, wo wir mit der Suche anfangen sollen.“

Auch Mel wusste es nicht. Der alte Franzose hatte diese Karte für seinen Sohn gezeichnet. Aber dann hatte er sie ihm vermacht, Malcolm McGruder.

Und er hatte vor, das Rätsel zu lösen.

Kapitel 20

Zwei Tage später war Mel auf dem Rücken seiner Fuchsstute unterwegs. Das Forsyth-Gewehr lag quer über dem Sattel, aber er rechnete nicht mit Schwierigkeiten und genoss den heraufziehenden Tag. Birken, Pappeln und Espen zeigten ein kräftiges Grün, Wildblumen blühten, und beiderseits des Tales erhoben sich schneegesprenkelte Gipfel, aus denen rauschende Schmelzwasserbäche in die Tiefe stürzten. Dunst lag über dem Land wie die Decke über einem Geheimnis, das sich enthüllen würde, sobald die Sonne höher stieg.

Mel spürte, dass er dem Mysterium der Eisenmänner dicht auf der Spur war.

An seiner Seite ritt Tis-see-wpp-na-tis, die junge Crow. Obwohl nicht zu fürchten stand, dass es eisig kalt wurde, hing der neue Muff aus bestem Biberpelz vor ihrer Brust.

Mel hatte der Squaw von Little Eagle ein gutes Pony gegeben, und She-she-be-nes hatte sich kopfschüttelnd an die Arbeit gemacht. Sie begriff schnell, was er wollte, aber sie verstand nicht, wieso ihre Dienste ein Pferd wert waren. Auch Little Eagle hatte den Kopf geschüttelt, die Bezahlung aber grinsend akzeptiert. Dass er einem Nebenbuhler seines Sohnes half, schien ihn nicht zu stören.

„Das ist eine Sache zwischen Grey Otter und dir“, erklärte Jed. „Falls deine komische Pelzrolle ein Schlag ins Wasser ist, gehört dieses Pony später vielleicht zu dem Brautpreis, den Grey Otter an White Elk zahlen wird.“

Jed hatte nur wenig gemault, als Mel das Pferd, einen struppigen Rappen, aus ihrer Koppel wegführte. Die Karte des alten Prevost und die Eisenmänner schienen ihn genug zu interessieren, um Mel ein

bisschen Spielraum zu geben, obwohl er sich nicht aktiv in die Nachforschungen einbrachte.
Während She-she-be-nes nähte, war Mel durchs Lager gegangen und hatte versucht, die Indianer in Gespräche zu verwickeln. Wer wusste etwas über die Eisenmänner, die vor vielen Generationen Gast ihres Volkes gewesen waren? Was hatte Jehan Prevost, der weiße Jäger, von den Crows über die Konquistadoren erfahren? Aber Mel bekam lediglich zu hören, dass der Franzose viele Fragen gestellt hatte.
Der alte Crow, dessen Enkelin mit dem hölzernen Pelzelefanten spielte, fragte nach Tabak und bunten Murmeln und hüllte sich in Schweigen, als er herausfand, dass Mel nichts mehr besaß. An Biberfellen zeigte er kein Interesse.
„Wenn du lange genug bei unserem Volk bleibst, wirst du dem Eisenmann vielleicht begegnen", erklärte Lame Deer kryptisch. „Zu schade, dass Jones bald zur fernen Stadt der Pelzjäger aufbrechen wird." Dann bat er Mel, ihm bei der Verlegung seines Tipis näher an das Hauptlager zu helfen.
Am nächsten Morgen war der Muff für Tis-see-wpp-na-tis fertig. Mel dankte She-she-be-nes und Little Eagle und ging zum Tipi von White Elk. Der Krieger war nicht zu sehen. Seine Squaw wies stumm in Richtung Fluss, wo Mel das Mädchen fand. „Ich habe etwas für dich."
Er reichte ihr die solide vernähte Pelzrolle, sah aber, dass Tis-see-wpp-na-tis keine Hand frei hatte, weil sie zwei Wasserhäute trug. Er bot an, die Transportgefäße zu nehmen. Mel hätte ihr den Muff gern um den Hals gehängt, um ihr nahe zu sein, ihren Blumenduft zu riechen und vielleicht ihren Hals zu berühren, der schlank und sehnig wie der einer Bergantilope war. Doch weil er die improvisierten Eimer halten musste, funktionierte das nicht.

Tis-see-wpp-na-tis‘ Gesicht leuchtete vor Freude, als sie sich den Muff umhängte. „Das sehr schön.“

„Wie du“, sagte Mel. „Es ist auch sehr warm“, fügte er hinzu. „Und sehr weich.“ Das Gesicht des Mädchens war jetzt wie eine erwachende Blüte.

„Ich dir auch etwas schenken“, sagte Tis-see-wpp-na-tis.

„So, was denn?“

„Die Leute meines Stammes sagen, du suchen die Männer aus Eisen.“

„Ja, aber was …“, entfuhr es Mel.

„Wir mit Lame Deer reden.“

Und so waren sie am Nachmittag zu dem Medizinmann gegangen, dessen Tipi jetzt nahe bei den anderen stand. Der alte Crow hatte sein Runzelgesicht in die Sonne gewandt als wolle er Energie aus dem Universum saugen. Er grunzte, als Tis-see-wpp-na-tis in der Crow-Sprache auf ihn einredete.

Schließlich wandte er sich an Mel. „An diesem neuen Lagerplatz gibt es viele Spitzmäuse. Ich bin nicht sicher, ob das ein guter Ort für mein Tipi ist.“

„Spitzmäuse?“

„Kleine Teufel mit vielen Zähnen. Fressen den ganzen Tag. Meine Vorräte, meine Büffelhäute, alles. Sie fressen sogar Menschen. Wenn ich eines Morgens fort bin, könnten es die Spitzmäuse gewesen sein.“

Mel verstand nicht. Aber er sah tatsächlich eine graubraune Maus, die um Lame Deers Zelt huschte, während sie von einer anderen Maus verfolgt wurde. Beide verschwanden flink im Tipi. Tis-see-wpp-na-tis sah Mel demonstrativ an.

„Keine Ahnung, was ich da tun könnte, Lame Deer“, gab er zurück. „Ich bin ja kein Mäusejäger.“

„Man braucht ein Gefäß aus Eisen. Es muss tief sein, damit die Mäuse nicht herausklettern können."
Lame Deer wollte eine Falle bauen. Man musste das Gefäß in die Erde eingraben und einen Stock darüberlegen, in dessen Mitte man etwas Fleisch festband. Die gierigen Mäuse balancierten zum Köder, der Stock geriet ins Rollen, und die Tiere fielen in das Gefäß. Weil sie die hohen Wände nicht überwinden konnten, würden sie sich gegenseitig auffressen, und Lame Deers Büffelhäute wären sicher.
„Solch ein Gefäß ist schwierig zu besorgen", sagte der Medizinmann, und Mel dämmerte, wo das hinführen würde.
Tis-see-wpp-na-tis half ihm auf die Sprünge: „Gefäß, in dem ihr schwarze Suppe kocht, ist gut."
„Schwarze Suppe? Du meinst Kaffee?"
Das Mädchen nickte, und Mel holte eine Blechkanne aus ihrem Unterstand. Sie hatten ohnehin kaum noch Kaffee. Jed, der mit Little Eagle, Grey Otter und einigen anderen um die Mittagszeit zur Jagd aufgebrochen war, konnte keine Einwände erheben. Die Jäger würden zwei oder drei Tage fort sein, sodass Mel vorerst keinen Ärger zu fürchten brauchte. Und wer weiß, vielleicht konnte er Jed bei dessen Rückkehr mit einer großartigen Entdeckung milde stimmen.
Lame Deer grunzte zufrieden und nickte Tis-see-wpp-na-tis zu. Das Mädchen dankte ihm und lächelte Mel an.
„Morgen ich dir den Eisenmann zeigen."

Sie waren in der Dämmerung des neuen Tages aufgebrochen. Die junge Crow trug ein reichverziertes Hirschlederkleid. Ihr rabenschwarzes Haar hatte sie zu Zöpfen geflochten und mit Lederbändern zusammengebunden, an denen zwei der Perlen befestigt waren, die Mel ihr geschenkt hatte. „Vor vielen Wintern kamen Eisenmänner zu unserem Volk", erzählte Tis-see-wpp-na-tis während des Rittes. „Einer noch immer hier. Vielleicht er dir sagen, was du wissen willst."

Mel war elektrisiert. Einer der Konquistadoren lebte noch heute in diesem Tal? Das konnte nicht sein. Vielleicht ein Nachfahre? Ein Einsiedler, der mit den Indianern Handel trieb? Aber auch das erschien Mel unwahrscheinlich. Von so einem Mann hätte Jed sicher schon einmal gehört. Zumindest eines lag auf der Hand: Die Crows kannten den Eisenmann, redeten aber nicht offen darüber. Es war eine Art Geheimnis, und Tis-see-wpp-na-tis hatte sich von Lame Deer die Erlaubnis geholt, Mel einzuweihen. Was der listige Medizinmann mit seiner Zustimmung wohl bezweckte? Vielleicht wollte er die Mountain Men enger an seinen Stamm binden. Oder das Geheimnis des Eisenmannes war gar nicht so bedeutend, und er hatte einfach eine günstige Gelegenheit erkannt, an eine Kaffeekanne zu kommen.

Mel genoss den Ausflug an der Seite der schönen Crow. Tis-see-wpp-na-tis war von einer Anmut, die ihn zunehmend in den Bann zog. In seiner Vorstellung war sie ein schöner Frühlingstag, der das Versprechen eines heißen Sommers in sich trug. Während einer Rast fasste er sich ein Herz, berührte einen ihrer seidigen Zöpfe und zog sie zu sich heran. Sanft küsste er ihre Lippen, und Tis-see-wpp-na-tis ließ es einen Herzschlag lang geschehen, ehe sie sich ihm entzog.

„Bald", sagte sie.

„Bald?", fragte Mel.

Sie nickte. „Bald wir sind da."

„Ich dachte, du hättest etwas anderes gemeint."

Tis-see-wpp-na-tis lachte.

Sie weiß genau, was ich gemeint habe, dachte er.

Am Vormittag hatten sie das Tal, in dem das Lager von Brave Crows Stamm lag, verlassen und waren einem Seitenarm gefolgt, der von schneegleißenden Bergen gesäumt war, deren Flanken ineinandergriffen wie die Zähne eines sagenhaften Urtieres. Brodelnde Bäche schossen von den Hängen wie der Geifer des äonenalten Monsters. Das Land war hart, rau und schön wie die Gespielin des Teufels.
Hier wartete der Eisenmann auf sie.

„Dort drüben", sagte Tis-see-wpp-na-tis.
Sie standen auf einer Anhöhe und überblickten das langgestreckte Tal. Schmale Birken und verkrüppelte Kiefern umschlossen weite Flächen saftiger Moose. Mel fiel auf, dass es keinen Fluss oder Bachlauf zu geben schien, worüber er sich wunderte, denn irgendwohin mussten die Sturzbäche, die sich in der Ferne von den Bergrücken ins Tal ergossen, ja münden. Er hielt nach einer Hütte Ausschau, die einem Einsiedler gehören konnte, aber er sah nichts.
„Wo?", fragte er, und als Tis-see-wpp-na-tis mit dem ausgestreckten Arm in eine Richtung wies, erblickte er auf einem der Moosteppiche in vielleicht einer halben Meile Entfernung die vagen Umrisse eines Gestells aus Ästen. Die Reste eines Unterstandes? War der Eisenmann schon fort?
Tis-see-wpp-na-tis schüttelte den Kopf. „Er noch da."
Sie trieben die Pferde den Hügel hinunter und ritten im Trab zwischen Bäumen hindurch und über weiches Moos, und als sie näherkamen, erkannte Mel, worum es sich bei der hölzernen Konstruktion handelte. Es war eine Plattform aus zusammengebundenen Zeltstangen, wie sie viele Stämme benutzten, um ihre Toten zu bestatten. Obenauf lag, in morsche Büffelhäute gewickelt, das Skelett eines Menschen.

„Eisenmann“, sagte Tis-see-wpp-na-tis. „Er liegen hier sehr lange Zeit.“

Der Konquistador war also seit langem tot. Mel spürte einen Anflug von Enttäuschung. Wie er aus Tis-see-wpp-na-tis‘ Erklärungen entnehmen konnte, lag der Eisenmann seit vielen Generation in diesem Tal. Die Holzplattformen verfaulten, doch ehe sie zusammenbrechen und die bleichen Knochen unter sich begraben konnten, kamen die Leute von Brave Crows Stamm her und erneuerten die Konstruktion. Sie wickelten das Skelett in frische Büffelhäute und banden Bündel aus Wildblumen und Kräutern an die Pfosten, um böse Geister fernzuhalten. All das musste mit großer Sorgfalt erledigt werden, damit das Totenbett genauso wiederhergestellt wurde, wie ihre Vorfahren es angelegt hatten. Die Crows wiederholten diese Handlungen immer wieder, seit Hunderten von Jahren, denn der Eisenmann war große Medizin. Einst hatte er den Crows das erste Pferd gebracht, und ihre Feinde, die Blackfeet mieden dieses Tal aus Furcht vor der Rache des Fremden, dessen Gefährten sie vor langer Zeit heimtückisch ermordet hatten.

Mel ritt direkt neben das Stangengerüst und richtete sich in den Steigbügeln auf. Der Schädel des Toten war von einem schmutzigen Grau. An einigen Stellen breiteten sich grüne Tupfen aus, Anflüge von Moos und Flechten. Mel griff unter die zusammengenähte Büffelhaut und fühlte rostnarbiges Eisen. Der Tote trug einen Brustpanzer. Es handelte sich also wirklich um einen spanischen Hidalgo!

Mel dachte darüber nach, was er mit dieser Gewissheit anfangen konnte. Er holte Jehan Prevosts grobe Karte unter seinem Hemd hervor und versuchte sie in die Landschaft einzupassen. Da waren die einander gegenüberliegenden Felsformationen, die an Reißzähne erinnerten, ja. Es mochte diese Gegend, aber ebenso gut eine andere

sein. Wo war die angedeutete Höhle? Er konnte keine sehen. Und was war mit den leeren Höhlen, von denen in der Inschrift die Rede war? Und der seltsame Springbrunnen? Stellten die unbeholfen gemalten Linien überhaupt Wasser dar? Mel war ratlos.
Er zog seine Uhr aus der Tasche und ließ den Deckel aufspringen. Er hatte die Uhr schon seit Wochen nicht mehr benutzt, obwohl er sie noch immer regelmäßig aufzog. Eine alte Gewohnheit, die abzulegen er noch nicht bereit war. Doch Jed hatte Recht, das Leben in den Bergen richtete sich nicht nach der Zeiteinteilung der Menschen.
Mel wusste, dass man mithilfe der Zeiger und des Sonnenstandes die Himmelsrichtung bestimmen konnte. Zumindest hatte er davon gehört, das Verfahren jedoch nie richtig beherrscht, und jetzt wollte ihm partout nicht mehr einfallen, wie es ging.
Mel seufzte. Er hatte die Karte einnorden wollen, aber das konnte er sich sparen, denn Prevost hatte ohnehin keinen Nordpfeil eingezeichnet. Aus Gewohnheit schaute er aufs Ziffernblatt. Es war drei Uhr dreiunddreißig am Nachmittag. Bald würde sich die Sonne hinter die Berge zurückziehen.
Tis-see-wpp-na-tis betrachtete interessiert die im Sonnenschein funkelnde Uhr. Sie sagte etwas, doch Mel verstand nichts, denn ein plötzliches Fauchen übertönte ihre Worte. Erschrocken fuhr er herum, die Büchse flog in seine Armbeuge, aber da war kein wildes Tier, und Tis-see-wpp-na-tis legte beschwichtigend ihre Hand auf seinen Arm.
„Nasser Donner."
Hinter einer Bodenwelle war fauchend eine Fontäne aus Dampf und Gischt in die Höhe geschossen. Eine Wand aus Wasserdampf wehte durchs Tal und verhüllte die Berge im Hintergrund. Nasser Donner? Natürlich! In der Bibliothek seines Vaters hatte Mel über ein solches Naturphänomen gelesen. Reisende aus dem fernen Island berichteten

über Quellen, die sich kochend in den Himmel entluden. Der Springbrunnen auf Prevosts Karte bezeichnete diese Stelle!

„Lass uns hinüberreiten“, sagte Mel.

Auf seiner Haut spürte er jetzt Tropfen heißen Wassers, die herabregneten. Es schmerzte, wenn auch nicht schlimm. Doch Mel war sicher, dass das Wasser, wenn es direkt aus dem Geysir kam, einen Menschen verbrühen konnte.

Hinter der Bodenwelle lag ein Becken aus totem Land. In einem Umkreis von vielleicht dreihundert Metern waren Moos und Bäume verbrannt. Die Ränder der Senke bestanden aus grauem Gestein, während in der Mitte ein riesiges Auge aus gelben, blauen und grünen Krusten lag, aus dem noch immer etwas Wasser blubberte, bis es schließlich ganz versiegte. Schwefelgestank lag über allem. Inmitten der Senke erblickte Mel die Skelette glückloser Tiere: Ein paar Elche, wie an den Schaufelgeweihen unschwer zu erkennen war, ein großer Bison neben einem kleinen, und sogar ein mächtiger Grizzlybär. „Die Pforte zur Hölle“, murmelte Mel.

Tis-see-wpp-na-tis sagte: „Geister in Erde. Machen nassen Donner.“ Sie betrachtete die Szenerie mit Respekt, schien aber keine Angst zu haben. Dies hier war Teil ihres Landes. „Nasser Donner einmal am Tag. Wenn Sonne über diesem Gipfel steht.“ Sie wies auf einen der Berge.

Der Geysir brach also einmal täglich aus, immer zur selben Zeit. Ein erstaunliches Wunder. Die einsame Welt der Berge versetzte Mel immer wieder aufs Neue in Staunen.

Er war jetzt überzeugt, dass das Kreuz auf Jehan Prevosts Karte das Gestell markierte, auf dem der Eisenmann zur letzten Ruhe gebettet war. Die Anordnung im Vergleich zur Wasserfontäne des Geysirs stimmte. Aber was war mit den leeren Höhlen, von deren Standort aus man etwas sehen sollte? Und was sollte man sehen? Mel konnte sich noch immer keinen Reim darauf machen, und er beschloss, die Felsen zu erkunden, die sich in einiger Entfernung erhoben. Vielleicht gab es dort irgendwo Höhlen. Von denen würden sie dann allerdings auf dieses Tal zurückblicken, und hier war ja offenbar auch nichts. Die Sache blieb rätselhaft.

Tis-see-wpp-na-tis erklärte ihm, dass es zu spät sei, um heute noch zu den Felsen zu reiten. Noch waren die Tage kurz, und der Abend in den Bergen würde rasch hereinbrechen. Sie führte Mel zu einem Wäldchen aus knorrigen Kiefern und Birken, zwischen denen sie ihr Lager aufschlugen. Die Crow sammelte Holz für ein Feuer, während Mel einen unvorsichtigen Hasen erlegte.

„Dies ist ein prächtiges Land und ein prächtiges Leben“, erklärte Mel, als er später mit vollem Bauch am prasselnden Feuer saß. Über ihnen funkelten die ersten Sterne, in der Ferne heulte ein Kojote. Irgendwo schnaubte ein Elch.

„Vielleicht du bleiben hier“, sagte Tis-see-wpp-na-tis. „Wir zusammen in prächtigem Land.“

„Ja“, antwortete Mel. „Das würde mir gefallen.“

In dieser Nacht liebten sie sich unter einer Büffeldecke im silbernen Licht des Mondes, und als die Sonne aufging und Mel den ersten Blick aus den glücklichen Augen der jungen Crow auffing, da wusste er plötzlich, wo er das Geheimnis des Eisenmannes finden würde.

Tis-see-wpp-na-tis wollte ihnen ein Frühstück zubereiten, doch Mel hatte es eilig. Sie mussten zurück zum Totenbett des Eisenmannes! Neben dem hohen Gestell brachte Mel seine Fuchsstute zum Stehen.

„Was siehst du?“, fragte er.

Das Mädchen runzelte die Stirn.

„Entschuldige, das war die falsche Frage. Was, glaubst du, sieht *er*?“

Er wies auf das Skelett.

„Er tot“, sagte Tis-see-wpp-na-tis. „Keine Augen. Nichts sehen.“
„Ganz genau“, bestätigte Mel. „Seine Augenhöhlen sind leer. Leere Höhlen.“ Er dachte an die Worte, die Jehan Prevost auf seine Karte gekritzelt hatte.
In Sichtweite der leeren Höhlen.
Brave Crows Stamm sorgte seit Generationen dafür, dass die hölzerne Plattform des getöteten Spaniers erneuert wurde, wann immer sie zu zerfallen drohte. Und die Indianer betteten den Leichnam des Eisenmannes stets in derselben Stellung auf, wie sie ihn vorgefunden hatten. So hatte es Tis-see-wpp-na-tis am Vortag erklärt.
Das Mädchen nickte. „Es stimmt.“
Mel lenkte sein Pferd an die Seite des Eisenmannes, richtete sich in den Steigbügeln auf und blickte sich um. „Wo würde *er* hinschauen, wenn er noch sehen könnte?“
Der Schädel des Spaniers war so ausgerichtet, dass seine Augenhöhlen auf eine Felswand blickten, die sich in einer knappen Meile Entfernung aus dem grünen Tal erhob.
„Große Höhle dort“, sagte Tis-see-wpp-na-tis. „Viel Wasser. Fluss in der Dunkelheit.“
Mel starrte sie entgeistert an. „Du kennst den Ort? Warum hast du mir das nicht eher gesagt?“
„Du nicht fragen. Du suchen Eisenmann. Er hier.“
„Mädchen, ich könnte dich küssen“, lachte Mel.
Und er tat es.

Der Eingang zur Höhle war hinter störrischen Sträuchern versteckt, und selbst wenn man das wusste, konnte man ihn leicht übersehen. Da war nicht mehr als ein schmaler Spalt, der von vorspringenden Felsgraten verdeckt wurde. Mel und Tis-see-wpp-na-tis vermochten sich hindurchzuzwängen, aber der junge Trapper bezweifelte, dass die schmerbäuchigen Männer aus dem Rauchsalon seines Vaters den Zugang ohne weiteres hätten passieren können.

„Jetzt ergibt alles einen Sinn“, erklärte Mel. „Die einzelne Höhle, die Jehan Prevost gezeichnet hat, die Fontäne des Geysirs und die leeren Augenhöhlen des Eisenmannes, die ihren Blick auf diesen Eingang richten. Als eure Vorväter ihn zur Totenruhe betteten, müssen sie gewusst haben, dass dieser Mann auf der Suche nach diesem Ort war.“

Und wenn es stimmte, dass die Konquistadoren auf der Suche nach Gold gewesen waren, dann … Mel wagte es nicht, diesen Gedanken zu Ende zu spinnen.

Er opferte seine Three-Point-Decke, um primitive Fackeln herzustellen, indem er den Stoff in Streifen schnitt, die er um trockene Äste wickelte. Er machte je eine Fackel für Tis-see-wpp-na-tis und sich selbst und hielt weitere Streifen bereit, die sie später um die verbrauchten Fackelköpfe wickeln konnten. So betraten sie die Höhle.

Nur die ersten Meter waren eng. Eben noch schoben sie sich an glitschigem Steinwänden vorbei, die sie zu erdrücken schienen wie die Biberpresse eines Riesen, dann standen sie auf einmal in einer Kaverne, die wie die Stube ebenjenes Riesen wirkte. Das Licht ihrer Fackeln reichte nicht weit genug, um die Höhlendecke oder die ferner gelegenen Felswände zu beleuchten. Mel fühlte sich ins Innere einer europäischen Kathedrale versetzt, über deren erstaunliche Größe ein Geschäftspartner seines Vaters bei einem ausgiebigen Dinner im Hause McGruder berichtet hatte.

Aus dem Boden wuchsen kalkweise Gebilde, die vor Feuchtigkeit glänzten und Mel an blinde Riesenwürmer erinnerten. An den

Wänden schimmerte grünliches Moos, dem der Fackelschein Leben einzuhauchen schien.
Es war wie in einem Sagenreich.
In der Ferne plätscherte Wasser. „Fluss in Dunkelheit", wiederholte Tis-see-wpp-na-tis ihre Worte von vorhin.
Sie folgten dem Geräusch durch ein Gewirr von Felsbrocken, die im Laufe der Jahrhunderte von der Höhlendecke gebrochen sein mussten. Mel hob die Fackel hoch über seinen Kopf, und ganz oben glaubte er jetzt das Dach dieses gewaltigen Felsendoms zu erkennen. Auch dort gab es Kalksteinwürmer, die mächtigen Gegenstücke der Gebilde am Boden. Einige von ihnen waren so lang wie drei Männer und an ihrer Basis so breit, dass Mel sie nicht hätte umfassen können. Am beeindruckendsten aber war der Fluss, der sich träge durch die Höhle wälzte. Das Wasser war nicht tief, man konnte es bequem durchwaten. Mel schätzte seine Breite auf mehr als zehn Meter. Draußen in den Tälern war das nicht viel, doch hier drinnen, umschlossen von massivem Gestein, hatte er so etwas nicht erwartet. Er vermutete, dass das Schmelzwasser, das von den Hängen der Berge herabschoss, diesen Wasserlauf speiste, einen verlorenen Fluss, der sich vor langer Zeit ins Dunkel des Gebirges gegraben hatte, um seinen Weg unter der Erde zu suchen.
Als der rötliche Schein seiner Fackel auf ein Skelett fiel, zuckte Mel zusammen. Ein weiterer Toter? Nein, die braunen Knochen, die am Ufer des Flusses zwischen Steinen lagen, gehörten keinem Menschen. Mel erkannte Rippenbögen, eine Wirbelsäule, vier Beine mit schlanken Zehen und einen Schwanz. Das Tier war beinahe zwei Meter lang gewesen, doch für einen Bären waren die Knochen zu dünn. Mel hatte so etwas noch nie erblickt, aber der Schädel kam ihm nur allzu bekannt vor. Im letzten Winter hatte er solche Tiere zu Dutzenden gesehen. Kleinere Exemplare. Er hatte sie gejagt.

„Ein Biber“, staunte er. „Ein Riesenbiber.“
„Crows kämpfen mit diesen Tieren vor langer Zeit“, sagte Tis-see-wpp-na-tis. „Heute nicht mehr. Große Biber sind lange gegangen.“
Mel begriff, dass er ein Urzeittier vor sich hatte, ein Geschöpf aus jener Ära, in der die Berge und Prärien von Eis und ewigem Schnee bedeckt waren. Der große Pelzelefant, dessen Abbild er im Lager der Crows gesehen hatte, musste aus demselben Zeitalter stammen. Damals hatten die Indianer diese Tiere gejagt, um Nahrung zu haben.
„Jed wird staunen. Er träumt davon, einen Riesenbiber zu fangen“, meinte Mel. „Er glaubte immer, hoch in den Bergen gebe es ein Tal, in dem diese Biber leben. An eine Höhle hat er wohl noch nie gedacht.“
Mel fragte sich, wie der Biber hier herein gekommen war. Hatte er im Innern der Erde gehaust oder sich vor langer Zeit zum Sterben in die Dunkelheit zurückgezogen? Das Skelett konnte natürlich auch vom Wasser angeschwemmt worden sein, obwohl das nicht erklären würde, wieso die Knochen so vollständig erhalten waren.
Das Wasser des unterirdischen Flusses war kristallklar, im Fackellicht konnte man die Kiesel und Sandkörnchen auf seinem Grund erkennen. Mel beugte sich hinunter, um zu trinken. „Halt meine Fackel“, bat er Tis-see-wpp-na-tis.
Unter der Oberfläche sah er einen der Steine aufblitzen. Das war nicht bloß ein weißer Kiesel. Er fischte den Brocken aus dem Wasser. Es war ein Nugget von der Größe eines Taubeneis. Gold. Und es gab mehr davon. Mel ließ sich die Fackel wiedergeben und schwenkte sie mal hierhin, mal dorthin. Überall schimmerte und funkelte es. Die Nuggets lagen im Ufersand und auf dem Grund des Flusses. Man brauchte sie nur einzusammeln und würde reich sein.
Mel hat Jehan Prevosts Gold gefunden.

Die Sonne stand hoch am Himmel, als sie die Höhle mit dem goldenen Fluss verließen. Mel hatte sich eines der Nuggets eingesteckt, damit Jed ihm glaubte, obwohl er sicher war, dass sein Partner schon allein wegen des Riesenbibers mitkommen würde. Das war immerhin die Chance, eine alte Legende bestätigt zu finden. Tis-see-wpp-na-tis konnte Mels Begeisterung für das gelbe Metall nicht nachempfinden. Ihr Volk kannte die glitzernden Steine. Sie waren nutzlos.

„Diese Steine“, sagte Mel, „verändern alles.“

„Was verändern“, fragte Tis-see-wpp-na-tis. „Das Land? Das Wild? Unser Leben?“

„Vor allem unser Leben“, erwiderte Mel. „Wir müssen nie wieder arbeiten, nie wieder den Bibern in kalten Teichen nachstellen. Wir können uns alles kaufen, was wir wollen.“

„Was willst du?“

Mel dachte darüber nach. Was wollte er? Frei sein, zu tun, was ihm beliebte und zu gehen, wohin immer er wollte. Er wollte dieses Mädchen lieben und eine Hütte in den Bergen besitzen, und er wollte, dass Jed ab und zu vorbeischaute und eine seiner Geschichten brummte. Er wollte, dass sie gemeinsam auf die Jagd gingen, und einmal im Jahr, wenn ihnen die Einsamkeit der Berge zu viel wurde, würden sie nach St. Louis reiten, ein Zimmer im besten Hotel nehmen und eine Woche lang essen und trinken, was die Saloons hergaben. Er würde sich Berge von Büchern kaufen und in Erfahrung bringen, was in der Welt geschehen war. Dann würde er zurückkehren zu seiner Hütte und mit Tis-see-wpp-na-tis leben. Das war es, was er sich wünschte, und das Gold würde ihm dabei helfen, seinen Traum wahr zu machen.

Aber das Gold konnte auch ein Fluch sein. Wenn andere Männer kamen, um die Mine auszubeuten, die es irgendwo hier oben geben musste, würden sich das Land und das Leben in ihm verändern. Nicht zum Besseren, soviel war klar.

„Ich will nicht, dass sich alles verändert", sagte Mel zu Tis-see-wpp-na-tis. „Ich will, dass du meine Frau wirst."

„Ich gerne deine Frau", gab sie schlicht zurück.

Mels Herz machte einen Sprung, und in diesem Augenblick war ihm klar, was er mit dem Gold machen würde. Er würde einige Nuggets nehmen und in St. Louis einen Brautpreis für Tis-see-wpp-na-tis besorgen. Er würde das Tipi ihres Vaters mit Decken, Pfannen und Messern und einem gutem Gewehr füllen, sodass White Elk nicht Nein sagen konnte. Danach würde er Tis-see-wpp-na-tis mit sich nehmen und seine Hütte bauen. Er musste sich nur noch überlegen, wie er seine Entscheidung Jed beibrachte.

Sie näherten sich jetzt wieder dem Wäldchen, in dem sie die Nacht verbracht hatten. Schon war die Plattform mit den Gebeinen des Eisenmannes in Sichtweite, der Mel den Weg zu seinem Glück gewiesen hatte. Frieden lag über dem Tal. Sie hörten das Rascheln der Blätter in den Bäumen, deren Zweige sich im sanften Wind bogen, übertönt nur vom Summen der dicht an ihnen vorbeihuschenden Insekten, die auf der Suche nach frischen Blüten waren.

Ein großer Vogel landete federnd auf dem dünnen Ast einer Birke. Der Ast schwang aus, und der Vogel kam zur Ruhe. Ein Adler, erkannte Mel. Seiner Aufmerksamkeit entging nichts in diesem Tal.

Als der Adler plötzlich aufflog und mit kraftvollen Flügelschlägen rasch an Höhe gewann, wusste er, dass sie nicht länger allein waren.

Kapitel 21

Reiter galoppierten zwischen den Bäumen hervor und hielten geradewegs auf Mel und Tis-see-wpp-na-tis zu. Dann trennten sie sich, um zu verhindern, dass ihre Beute floh. Es waren weiße Männer, wie Mel anhand ihrer Pelzmützen und den schmutzig roten Überwürfen aus Hudson's-Bay-Decken schloss. Sie waren zu viert. Zwei schnitten ihnen den Weg ab, ein anderer galoppierte in ihren Rücken, während sich der vierte von der Seite näherte. Er hatte ein Gesicht wie ein verwahrloster Bär. Ein fettiger Bart, umrandet von verfilztem schwarzem Haar, und als er den Mund aufmachte und etwas rief, sah Mel noch mehr Schwarz. Shawnee-Jim!

Mel riss sein Gewehr hoch und verfluchte sich, weil er nicht sofort geschossen hatte. Ein Überraschungsangriff hätte dem Gegner vielleicht den Schneid abgekauft, doch jetzt war es zu spät dafür. Shawnee-Jim brachte sein Pferd grinsend zum Stehen und hob die Hand zu einer verschlagenen Geste des Friedens. „Na, na, Junge, wir wollen doch nicht das Leben dieser schönen Wildblume da aufs Spiel setzen, oder?"

Einer der Reiter hatte Tis-see-wpp-na-tis erreicht und zog sie vom Pferd. Sie wehrte sich, doch der Mann war stark, ein sehniger Kerl mit der Geschmeidigkeit und der Kraft eines Berglöwen. Er hatte keinen Sattel, sondern ritt nach Indianerart auf einer Decke, und es war ihm ein Leichtes, das Mädchen bäuchlings auf den Rücken seines Pferdes zu ziehen. Er grub seine Finger in Tis-see-wpp-na-tis' Hinterteil. „Rotes Fleisch. Besser als ein Büffelsteak", lachte er.

Mel richtete sein Gewehr auf ihn, doch da war der vierte Mann aus dem Hinterhalt heran und rammte seinen Hengst in die Flanke der Fuchsstute. Mel ging zu Boden.

„Da wären wir also wieder“, sagte Shawnee-Jim. „Du bist der Raw Hand, der mit diesem verrückten Jones reitet. Und ehe du etwas Dummes versuchst: Dort drüben unter den Bäumen sind zwei Gewehre auf dich gerichtet.“

Shawnees dritter Mann sprang aus dem Sattel und nahm die Forsyth-Rifle an sich. Er vergaß auch die Kentucky-Pistole und das Messer in Mels Gürtel nicht. Er trat dem am Boden Kauernden zwischen die Rippen, dann saß er rasch wieder auf, ergriff die Zügel der Fuchsstute und ritt ein Stück zur Seite, um den Männern im Wäldchen nicht in der Schusslinie zu stehen.

Shawnee-Jim nahm das Forsyth-Gewehr entgegen.

„Ein hübsches Stück. Los jetzt!“ Er dirigierte Mel in Richtung der Baumgruppe.

Dort warteten tatsächlich weitere Männer. Zwei finstere Trapper mit Kentucky-Gewehren und ein dritter Pelztierjäger mit bleichem Gesicht, der an einen Baum gelehnt saß. Es ging ihm sichtlich schlecht, und er schwitzte stark. Seine Wildlederhose war dunkel vor Schmutz und Fett, und am rechten Oberschenkel konnte Mel verkrustetes Blut erkennen. Die Trapper rochen übel nach Schweiß, Tabak und seit Wochen ungewaschenen Körpern, doch dieser Mann stank nach brandigem Fleisch, als würde er verwesen.

„Stu hat einen Pfeil ins Bein gekriegt, von deinen Crow-Freunden“, sagte Shawnee-Jim. „Aber jetzt wollen wir mal sehen, was du uns im Ausgleich dafür bieten kannst.“

Die sieben Männer waren das, was von Shawnees Fallenstellern nach dem Kampf mit Jed, Mel und Little Eagles Kriegern übriggeblieben war. Sie waren entkommen, hatten aber nur vier Pferde und ihre Waffen retten können. Shawnee war klar, dass er sich nicht mit leeren Händen am Treffpunkt der Trapperbrigade von der Missouri Fur Company blicken lassen konnte. Statt sein Scheitern zu akzeptieren, hatte er die Verfolgung der abziehenden Crows aufgenommen, in der Hoffnung, ein paar der Pelzbündel, Mulis und Pferde zurückstehlen zu können.

Shawnee besaß eine grobe Vorstellung davon, wo das Indianerlager zu finden war, hatte es aber nicht gewagt, sich weiter zu nähern und einen Überfall zu starten. Doch nun waren ihm Mel und Tis-see-wpp-na-tis in die Falle gegangen.

„Ich werd' dir sagen, wie das jetzt läuft", erklärte Shawnee mit einem Grinsen, das die Zahnruinen in seinem Mund entblößte und die Frühlingsluft mit faulem Atem verpestete. „Wir behalten die Kleine hier, während du zu deinen Freunden reitest und unsere Pelze holst. Wenn du parierst und ich zufrieden mit dir bin, bekommst du diese Schönheit vielleicht in einem Stück zurück."

Er schloss eine seiner schmutzigen Pranken um Tis-see-wpp-na-tis' Kinn und bewegte den Kopf des Mädchens grob in alle Richtungen als würde er Frischfleisch für eines der Bordells in St. Louis begutachten. Tis-see-wpp-na-tis wehrte sich, hatte Shawnees Kräften aber nichts entgegenzusetzen.

„Wenn du ihr auch nur ein Haar krümmst …"

Shawnee zog spielerisch an einem von Tis-see-wpp-na-tis' geflochtenen Zöpfen und knickte das Haar dann um. Mel wollte auf den massigen Mann losgehen, aber zwei der Trapper hielten ihn fest, während ihm ein dritter eine Faust in den Magen rammte. Mel keuchte vor Schmerz.

„Was dann, Greenhorn?", höhnte Shawnee-Jim. „Gerade habe ich deiner Kleinen ein ganzes Büschel Haare gekrümmt, und du konntest nichts dagegen tun. Und jetzt solltest du dich besser auf den Weg machen, ehe ich mir die Haare an anderen Stellen dieses wunderbaren Körpers vornehme."

Er bewegte seine Hand in die Mitte von Tis-see-wpp-na-tis' Wildlederkleid. Das Mädchen wich zurück, stieß dabei aber nur gegen den Mann, der sie von hinten festhielt und nun ein lüsternes Stöhnen von sich gab.
„Ein wildes Fohlen, diese Kleine", lachte Shawnee-Jim. Er griff nach dem Muff, der um den Hals der Indianerin hing und krallte seine schmutzigen Fingernägel in das weiche, schwarze Biberfell. „Ich wette, an einigen Stellen kann sie es mit diesem erstklassigen Pelz aufnehmen, was?"
„Ich brauche mein Pferd", sagte Mel.
„Natürlich. Reite schnell und mach uns glücklich. Sonst wird die Rothaut hier es tun."
Mel saß auf und suchte Tis-see-wpp-na-tis' Blick. „Ich komme wieder", versprach er. „Dir wird nichts geschehen."
Tis-see-wpp-na-tis nickte. Sie hatte Angst, aber sie glaubte ihm. Mel schlug der Fuchsstute die Hacken in die Flanken und ritt los. Er wusste, dass er einen Plan brauchte, aber er hatte keine Ahnung, wie ein guter Plan in seiner Situation aussah. Er konnte ins Lager reiten, Jed, Little Eagle und die Crow-Krieger zu Hilfe rufen und Shawnee-Jims Männern eine böse Überraschung bereiten. Aber wie überraschend würde das in Wirklichkeit sein? Würden die Trapper nicht mit genau diesem Schachzug rechnen? Und wie groß wäre die Wahrscheinlichkeit, dass sie Tis-see-wpp-na-tis töteten, ehe man sie überwältigen konnte?
Mel legte etwa fünf Meilen zurück, ohne zu einem Schluss zu gelangen. Er war in Gedanken versunken und achtete kaum auf die Umgebung, sodass er völlig verblüfft war, als er erneut angegriffen wurde.
Diesmal von einem Indianer.

Der Reiter preschte wie ein tollwütiger Büffel zwischen ein paar Büschen hervor, stieß einen Kriegsschrei aus und warf sich auf Mel. Beide gingen zu Boden. Mel wollte sich freistrampeln, doch der Indianer ließ nicht locker, legte ihm die Hände um die Kehle und drückte zu. „Wo Tis-see-wpp-na-tis?", schrie er in einer Mischung aus Crow-Sprache und Englisch. „Was du mit ihr gemacht?" Es war Grey Otter.

„Nichts", presste Mel hervor. „Ich hab ihr nichts getan. Aber sie braucht unsere Hilfe!"

Grey Otter hielt inne, und Mel konnte sich befreien. „Die weißen Männer, die ihr überfallen habt, sind hier. Sie haben Tis-see-wpp-na-tis gefangen." In knappen Worten berichtete er, was geschehen war. „Ich konnte nichts tun."

„Du nicht gekämpft." Grey Otters Stimme war ein Laut der Anklage. „Du nicht gut für Tis-see-wpp-na-tis."

„Wenn ich gekämpft hätte, wären Tis-see-wpp-na-tis und ich tot", erwiderte Mel. „Und was das andere betrifft, schlage ich vor, dass wir Tis-see-wpp-na-tis entscheiden lassen."

Er erhob sich und fing die Fuchsstute wieder ein, die ein paar Schritte neben dem gefleckten Pony des jungen Crow graste. Als Mel und Tis-see-wpp-na-tis tags zuvor aus dem Lager geritten waren, war Grey Otter zusammen mit Little Eagle, Jed und einigen anderen auf der Jagd gewesen. Doch Mels Hoffnung, dass die Jäger nun alle in der Nähe waren, erfüllte sich nicht. Die Gruppe war gestern Abend ins Lager der Crows zurückgekehrt. Heute Morgen hatte sich Grey Otter allein auf den Weg gemacht, um seinem Nebenbuhler zu folgen. Angeblich war er in Sorge um Tis-see-wpp-na-tis gewesen, aber Mel glaubte, dass Grey Otter lediglich von seiner Eifersucht in Unruhe versetzt wurde. Vielleicht hatte er vorgehabt, Mel eine Abreibung zu verpassen. Grey Otter schien das selbst nicht so genau zu wissen, und jetzt hatte sich die Situation grundlegend gewandelt. Tis-see-wpp-na-tis war dem Feind in die Hände gefallen!

Sie konnten zusammen ins Lager zurückkehren, um Verstärkung zu holen, überlegte Mel. Aber dann hätten sie noch immer das Problem, dass Shawnee-Jims Männer mit einem Angriff rechneten. Und wenn sie den Trappern ein paar Pelzbündel überließen? Die Crows konnten sie ihnen später ja wieder abjagen. Aber natürlich wusste Shawnee das auch. Wie Mel es auch drehte, er kam zu dem Schluss, dass die Männer der Missouri Fur Company das Mädchen nicht gehen lassen würden. Sie würden ihre Geisel behalten, bis sie mit den Fellen in Sicherheit waren. Doch was sollte sie danach dazu bringen, Tis-see-wpp-na-tis freizulassen?

Nein, er musste Grey Otters unverhofftes Auftauchen zu seinem Vorteil nutzen. Der junge Crow hatte sich als geschickter Krieger erwiesen. Mel konnte ihn vorausschicken, um das Lager der Trapper zu erkunden. Wenn er dann mit Jed und einigen Kriegern zurückkam, würden ihnen Grey Otters Beobachtungen von Nutzen sein, um Shawnees Männer auszuschalten, ehe sie mitbekamen, dass sie angegriffen wurden.

Aber der Crow schüttelte den Kopf. „Nicht warten. Dauert lang. Weiße Männer Tis-see-wpp-na-tis wehtun."

„Okay", nickte Mel. „Ich nehme an, du hast einen besseren Plan."

„Wir zusammen kämpfen", verkündete Grey Otter feierlich.

„In Ordnung. Wir kämpfen. Wir befreien Tis-see-wpp-na-tis. Aber wir können nicht einfach in dieses Lager stürmen. Wir brauchen einen Plan."

„Ich Krieger. Du Plan", sagte Grey Otter.

Hieß das, er überließ Mel die Führung? Oder wollte der Crow andeuten, dass Mel als weißer Mann für den verschlagenen Teil ihrer Zusammenarbeit zuständig war? Mel beschloss, nicht darüber nachzugrübeln.
„Fein."

Sein Plan sah genug Verschlagenheit vor, um Grey Otters Vorurteile nicht zu enttäuschen. Sie würden es mit einer doppelten Ablenkung versuchen. Sie sammelten kleine Äste und Zweige, die sie zu Bündeln schnürten und auf den Rücken von Grey Otters Pony luden. Darüber warfen sie eine Reitdecke. Aus der Ferne machte das den Eindruck, als sei das Pony mit mehreren Pelzballen beladen. Natürlich wollte Shawnee-Jim mehr als nur eine so kleine Ladung haben, und er würde sich wohl auch fragen, woher diese so rasch kam, aber Mel hoffte, dass die Trapper genug an einer Antwort interessiert waren, damit Grey Otter seine Chance bekam.
Während Mel mit dem Pony im Schlepptau sich dem Lager näherte, würde der Crow sich von hinten anschleichen. Mel nahm an, dass Shawnee-Jim nicht mehr als einen oder zwei Männer bei Tis-see-wpp-na-tis und den Pferden lassen würde. Noch rechnete er ja nicht mit dem Eintreffen eines größeren Kriegstrupps. Grey Otter sollte die Wachen überwältigen, Tis-see-wpp-na-tis' Fesseln lösen und sich mit ihr und den Pferden aus dem Staub machen. Inzwischen würde Mel das beladene Pony zwischen die Trapper treiben, soviel wie möglich Verwirrung stiften und dann zusehen, dass er sich ebenfalls davonmachte. Es war kein perfekter Plan, aber er würde genügen müssen. Außerdem hatte er noch die zweite Überraschung in der Hinterhand.
Mel schaute nach der Sonne und ließ den Deckel seiner Uhr aufspringen. Die Trapper hatten ihn lediglich nach Waffen

durchsucht und dabei weder die Uhr noch das Goldnugget in seiner Tasche gefunden. Fast zwei Uhr nachmittags. Sie konnten es schaffen.

Er berichtete Grey Otter von dem Geysir, der um drei Uhr dreiunddreißig, wenn sich die Sonne anschickte, hinter die Gipfel zu tauchen, fauchend Dampf in den Himmel blasen würde. Der junge Krieger nickte. „Nasser Donner." Natürlich, auch er kannte das Naturphänomen.

Mel wollte, dass Grey Otter mit Tis-see-wpp-na-tis durch die Senke des Geysirs floh. Es würde nicht einfach werden, aber wenn sie die Zeit für ihren Angriff gut abpassten, würde ihnen der Dampfvorhang der Fontäne Deckung bieten, sodass die überraschten Trapper kein klares Ziel bekämen.

Grey Otter schien dieser Teil des Planes zu gefallen. „Erdgeister kämpfen mit uns", sagte er. „Große Medizin."

Dann reichte er Mel seinen Tomahawk. Der Schaft des Kriegsbeils war mit Hirschleder umwickelt und mit Fransen besetzt, die Klinge schimmerte golden. Messing, erkannte Mel, eine seltene Kombination. An der Basis waren drei Buchstaben ins Metall geprägt: HBC. Die Waffe stammte von der Hudson's Bay Company und war wohl eigens für den Handel mit Indianern hergestellt worden. Messing war kein Metall mit hoher Schnitthaltigkeit und für ein Beil wenig geeignet, aber den Pelzhändlern ging es wohl darum, den Indianern durch die ungewöhnliche Färbung der Klinge einen hohen Wert vorzugaukeln. Indianer liebten den Tand des weißen Mannes. Wie viele Felle hatte Grey Otter dafür ins Fort schleppen müssen? Später hatte er den Axtstiel zusätzlich mit Leder überzogen, was zeigte, dass er vernarrt in sein blinkendes Beil war. Mel dankte ihm, denn er spürte, dass der junge Crow ihm eine große Ehre erwies.

Grey Otter selbst behielt sein Messer.
Ihre Bewaffnung war nicht gerade Ehrfurcht gebietend, doch sie würden damit auskommen müssen. Mel wog den Tomahawk in der Faust. Er hatte noch nie mit einer solchen Waffe gekämpft, aber er nahm an, dass er damit vom Pferd aus größeren Schaden unter Shawnee-Jims Halunken anrichten konnte, als wenn er das Messer bekommen hätte.
Grey Otter sah, dass Mel die richtigen Schlüsse gezogen hatte und nickte ihm zu. „Jetzt wir kämpfen."

Die Sonne hatte ihren höchsten Punkt überschritten und näherte sich den schroffen Berggraten, als Mel auf das Wäldchen zuhielt, in dem die Trapper ihr Lager aufgeschlagen hatten. Ein weiteres Mal passierte er die Plattform des Eisenmannes und warf einen flüchtigen Blick hinauf. *Tja, alter Mann, ich wünschte, du würdest an meiner Seite stehen. Wir könnten jedes bisschen Hilfe gebrauchen.*
Er hielt das gefleckte Pony mit den Pelzballenattrappen hinter sich, damit Shawnee-Jims Männer keinen direkten Blick darauf bekamen. Sie würden nur ein Packtier sehen, das hinter ihm her trottete, sich fragen, was er ihnen da brachte, und hoffentlich nicht bemerken, dass der Rücken des Pferdes nicht durchhing. Die trockenen Äste, verhüllt von einer alten Decke, brachten kaum Gewicht. Viel weniger als zwei dicht gepresste Pelzbündel es tun würden.
Die Sonne, die jetzt die Bergspitze berührte, erinnerte Mel an eine überreife Sommerfrucht, kurz bevor sie aufgespießt wurde. Er hoffte, dass dies kein böses Omen war. Sogleich schalt er sich einen Narren. Er war kein Indianer, der an Zeichen glaubte. *Du hast es in deiner Hand*, würde Jed sagen. Jed! Wenn sein Partner doch hier wäre. Aber das war er genauso wenig wie der Eisenmann sich erheben und Shawnee-Jim sein zerbrochenes Rapier ins Herz stoßen würde. Mel

musste diese Sache allein durchstehen. Nun, nicht ganz allein. Grey Otter war bei ihm, unsichtbar und für die Trapper sicher eine ähnliche Überraschung, wie ein aus seinem Grab fahrender Hidalgo. Der junge Crow musste unterdessen weit genug herangekommen sein.

Nun denn, es galt!

„Heda“, rief Mel und fuchtelte mit den Armen in der Luft herum. „Heda, ihr im Lager. Ich bringe eure Pelze!“

Ein paar Herzschläge später entstand Bewegung zwischen den Bäumen. Shawnee-Jim und drei seiner Männer erschienen, die Kentucky-Rifles misstrauisch erhoben. Sie schienen verdutzt, weil Mel so rasch zurückgekommen war und spähten suchend über die Moosfelder, als erwarteten sie, von dort eine Horde Blackfeet heranstürmen zu sehen. Shawnee, der wie ein aus dem Schlaf gerissener Höhlenbär wirkte, hielt Mels Forsyth-Gewehr in den Pranken.

„Wo kommst du her?“, grollte er.

Mel hielt geradewegs auf die Trapper zu, das Packpony hinter sich, sodass die rauen Kerle noch immer nicht genau sehen konnten, was er da alles mit sich führte.

„Von da.“ Mel deutete hinter sich. „Ich bringe euch die verlangten Pelze. Erstklassige Winterbiber.“

Er war jetzt auf fünfzig Meter heran. Sein Herz hämmerte vor Aufregung, aber er zwang sich zur Ruhe. Vierzig Meter. Dreißig! Auch die Trapper näherten sich ihm weiter, womit sie sich Schritt um Schritt von dem Wäldchen entfernten, wo Grey Otter jetzt seine Chance suchen würde.

Zwanzig Meter. Mel zügelte seine Fuchsstute. Das Indianerpony hielt nicht sofort an, sondern versuchte, an ihm vorbeizutrotten. Er zog an dem Rohlederriemen, der zum Geschirr des Pferdes gehörte. Das

Pony blieb stehen. Die Trapper konnten nun die dicken Bündel auf seinem Rücken sehen. Mel tastete nach dem Tomahawk, den er in den Falten seines Capotes verborgen hielt.
„Du warst verdammt schnell“, sagte Shawnee-Jim.
Mel ging nicht darauf ein. „Ich will das Mädchen.“
„Nicht so hastig, Kleiner. Erst wollen wir sehen, was du uns gebracht hast.“ Der bullige Mann schickte sich an, die Ladung zu inspizieren. „Sieht nach wenig aus.“
Mel ruckte am Riemen und veranlasste das Pony so, zu scheuen. „He!“, entfuhr es Shawnee-Jim.
Um die Aufmerksamkeit der Trapper auf sich zu ziehen, sagte Mel: „Ich habe mehr Pelze. Ich hole sie, brauche dafür aber auch mehr Pferde.“ Leeres Geschwafel, nur zur Ablenkung gedacht. „Ihr habt nicht zufällig ein paar übrig?“
Das, dachte er, wäre der geeignete Augenblick für Grey Otter, um zusammen mit Tis-see-wpp-na-tis und den Gäulen der Trapper auf der anderen Seite aus dem Wäldchen zu galoppieren. Wo blieb sein Signal? Sie hatten vereinbart, dass Grey Otter einen Kriegsschrei ausstoßen würde, sobald er seine Aufgabe erfüllt hatte.
Shawnee-Jim griff nach einem der Bündel auf dem Indianerpony. Statt der erwarteten Felle ertastete er verdorrtes Holz. Seine Augen weiteten sich.
Jetzt, Grey Otter, dachte Mel und zog den Tomahawk hervor. Mit der Fußspitze trat er dem Packtier in die Flanke. Das Pony machte einen Satz nach vorn, Shawnee-Jim wurde beiseite gedrängt. Dann rammte Mel seiner Fuchsstute die Hacken in die Flanken. Er holte aus, das Kriegsbeil fuhr nieder und erwischte einen der Trapper seitlich am Schädel. Der Mann schrie auf, als ihm ein Ohr zusammen mit einem Stück seiner Wange vom Kopf geschält wurde. Das Ohr fiel nicht zu

Boden, sondern hing dem Mann an einem Hautfetzen vom Kinn. Blut quoll aus der Wunde.

Mel trieb sein Pferd gegen einen weiteren Gegner, der sein Gewehr hochriss. Ehe er abdrücken konnte, verschwand er unter den Hufen der Stute. Mel wandte sich zur Flucht.

Der Mann, den er mit dem Tomahawk erwischt hatte, schrie noch immer und presste eine blutüberströmte Hand auf die Wunde, als wolle er den freiliegenden Knochen verbergen. Er zitterte, und das herabhängende Ohr schwang wie das Pendel einer makabren Standuhr im Rhythmus seiner Zuckungen hin und her.

Auch aus dem Wäldchen erklang jetzt Geschrei. Doch es war nicht das langgezogene Schrillen eines kampftrunkenen Indianers, auf das Mel gewartet hatte, sondern ein Warnruf.

Und dann fiel ein Schuss.

Wie ein Puma auf der Pirsch hatte sich Grey Otter in den Rücken der Weißen bewegt. Es war leicht gewesen, sie zu übertölpeln. Sie achteten nicht auf das Land um sie herum, hörten nicht den veränderten Klang im Gesang der Wanderdrossel, die den durchs Moos gleitenden Krieger beobachtete, ohne sich bedroht zu fühlen. Der alte Bergläufer, Jones, wäre alarmiert gewesen, aber nicht diese Männer. Sie hätten erst aufgeschaut, wenn der Vogel lärmend davongeflogen wäre. Grey Otter hatte keinen Respekt vor ihnen. Nur ihre Überzahl machte sie gefährlich.

Grey Otter brauchte nicht lange, um Tis-see-wpp-na-tis zu entdecken. Sie saß mit auf den Rücken gefesselten Händen an einem Baum und ließ ihre Feinde nicht aus den Augen. Ab und zu warf einer der weißen Männer anzügliche Blicke auf das Mädchen und machte eine Bemerkung, die raues Lachen bei den anderen hervorrief, aber keiner schien Tis-see-wpp-na-tis ernsthaft zu bewachen.

Schon wieder ein Fehler.

Als sich der junge Trapper, den Jones Mel nannte, von der anderen Seite dem Wäldchen näherte und laut rief, erhoben sich die Weißen. Ihr bärenhafter Anführer, der Heimtücke und brutale Kraft ausstrahlte, nahm drei seiner Männer mit sich. Sie liefen dem Ankömmling entgegen. Ein vierter Mann blieb am Waldrand stehen, aber er spähte nach vorn, nicht nach hinten, wo sich Grey Otter jetzt dem fünften Trapper näherte, der als Wachtposten bei den Pferden stand.

Grey Otter schlitzte ihm die Kehle auf.

Ein Blutstrahl traf das nächststehende Pferd, das ängstlich mit den Augen rollte und wieherte.

„Hey!"

Ein sechster Mann saß, halb von den grasenden Pferden verdeckt, gegen einen Baumstamm gelehnt. Er sah krank und fiebrig aus und hatte ein verletztes Bein, aber er konnte Wache halten. Grey Otter begriff, dass dieser Mann Tis-see-wpp-na-tis die ganze Zeit über im Auge behalten und dass er selbst einen Fehler gemacht hatte.

Der Weiße hob seine Pistole, war aber unschlüssig, ob er auf das Mädchen oder den Angreifer schießen sollte. Er entschied sich für Grey Otter als Ziel und drückte ab.

Grey Otter duckte sich, die Kugel zischte an seinem Kopf vorbei. Er sprang seinen Gegner an und stieß ihm das Messer zwischen die Rippen, wieder und wieder, bis der Mann blutigen Schaum hustete, eine letzte Verwünschung röchelte und das Fieber aus seinen Augen wich.

Unterdessen hatte sich der Posten am Waldrand umgedreht und kam herbeigelaufen. Grey Otter zog Tis-see-wpp-na-tis auf die Beine, fand

aber keine Zeit mehr, ihre Lederfesseln zu zerschneiden. „Komm", rief er.
Die Zügel der Pferde waren um Äste geschlungen. Der junge Crow griff nach ihnen, aber die Tiere scheuten und keilten mit den Hufen aus. Grey Otter wurde am Knie getroffen und brach zusammen.
„Lauf!", zischte er Tis-see-wpp-na-tis zu.
Er zwang sich in die Höhe und humpelte ihr nach.

Mel beugte sich über den Hals seiner Fuchsstute, um ein möglichst kleines Ziel abzugeben. So galoppierte er auf die Anhöhe zu, hinter der sich der Geysir befand. Irgendwo dort wollte er mit Grey Otter und Tis-see-wpp-na-tis zusammentreffen. Doch was hatte der Schuss zu bedeuten?
Weitere Büchsen knallten. Eine Kugel flog mit dem Sirren einer wilden Wespe an ihm vorüber, hinter ihm wieherte das Indianerpony. Es hatte die feindlichen Trapper wie geplant durcheinandergebracht, aber jetzt gelang es Shawnee-Jim, das Pferd einzufangen. Der bullige Mann schlug dem bockenden Tier eine Faust aufs Maul und schwang sich auf den Pferderücken.
Mel machte auf dem Hügel Halt und hielt den Tomahawk bereit. Er erwartete, dass Shawnee direkt auf ihn zureiten würde, doch stattdessen wendete dieser das gefleckte Pony und zwang es auf die Senke mit dem Geysir zu. Mel hörte die hektischen Rufe der Trapper. Er verstand nur Wortfetzen, aber dann sah er, was schiefgegangen war.
Zwei Gestalten taumelten aus dem Wald.
Grey Otter und Tis-see-wpp-na-tis.
Aber sie hatten keine Pferde. Sie waren zu Fuß und ohne Chance, Shawnee-Jim zu entkommen.

Die anderen Trapper rannten jetzt in den Wald. Offenbar wollten sie ihre Pferde holen und ebenfalls die Verfolgung aufnehmen. Um Mel kümmerten sie sich vorerst nicht mehr.

Verdammt! Er trieb seine Stute an, um Shawnee-Jim den Weg abzuschneiden. Aber er würde zu spät kommen.

Und dann sah er, wie Grey Otter versuchte, den kläglichen Rest ihres gescheiterten Planes zu retten.

Der Krieger und das Mädchen stolperten auf die Senke des nassen Donners zu. Grey Otter humpelte, Tis-see-wpp-na-tis hatte Mühe, mit gefesselten Händen das Gleichgewicht zu wahren. Auf ihrer Brust baumelte der Bibermuff hin und her, ein Liebesgeschenk, das zu einer Bürde geworden war. Hinter ihnen erschien der Wachtposten am Wald und brüllte. Rechterhand ritt Shawnee-Jim auf dem Indianerpony heran, sein Bärengesicht eine Fratze der Mordlust.

Grey Otter erreichte das gelb und grün geränderte Auge in der Mitte des Beckens. Wasser blubberte aus dem Loch, erster Dampf wölkte empor. Mel sah, wie sich der junge Crow zu Tis-see-wpp-na-tis umwandte und etwas in ihrer Sprache rief. Doch das Mädchen bremste ab, fiel hin und rollte sich voller Panik weg von dem dampfenden Schlot.

Der Posten am Wald brachte seine Büchse in Anschlag.

Shawnee hämmerte dem Pferd die Hacken in die Seiten.

Und Grey Otter sprang!

Später dachte Mel oft darüber nach, was der Crow mit diesem Sprung zu gewinnen geglaubt hatte. Die Wand aus Wasser und Dampf hatte ihm und dem Mädchen Deckung vor den Kugeln der Trapper bieten sollen, während sie auf den Pferden ihrer Feinde entkamen. Aber diese Situation war nicht eingetreten. Stattdessen waren sie zu Fuß, wurden von einem Reiter verfolgt, der in wenigen Augenblicken

Verstärkung bekommen würde, und Tis-see-wpp-na-tis war zurückgeblieben. Trotzdem sprang Grey Otter.
Mitten hinein in den ausbrechenden Geysir.
Kochendes Wasser explodierte aus dem Schlot wie der feurige Rotz eines Drachen. Grey Otter wurde durch die Luft geschleudert, ein Stück Fleisch, das ohne Feuer brannte. Wenn er im Sterben die Zeit für einen Schrei fand, so wurde dieser vom Fauchen der siedenden Fontäne übertönt.
Shawnee-Jim hatte das Pferd jäh zum Stehen gebracht. Tis-see-wpp-na-tis rollte sich zu einer Kugel zusammen, um den brodelnden Wasserfladen zu entgehen, die rings um sie auf den Boden klatschten.
Mel hielt den Atem an. Grey Otter war nicht mehr zu retten, aber das Mädchen – Tis-see-wpp-na-tis würde den Beschuss des heißen Wassers überstehen.
Shawnee-Jim, obwohl er nichts von dem Geysir geahnt hatte, kam als erster zu sich. Er lenkte sein Pferd an den Rand des Beckens, stieg behände ab und setzte seine Stiefel vorsichtig in die nächste Wasserlache. Als nichts geschah, lief er zu dem Bündel, das Grey Otter gewesen war und drehte es um. Natürlich war der junge Crow tot.
Vom Waldrand näherten sich jetzt seine verbliebenen drei Männer auf Pferden dem Becken. Die Trapper ritten im Schritt, als befürchteten sie einen weiteren Ausbruch.
Nur Shawnee-Jim zeigte keine Angst. Er packte Grey Otters Leichnam, zerrte ihn hoch und starrte zu Mel herüber.
„War das dein Plan, Raw Hand?", brüllte er. „Wolltest du uns so betrügen? Was wirst du jetzt tun?"
Einem ersten Impuls folgend wollte Mel die Fuchstute antreiben und sich auf den bulligen Mann stürzen, doch dann siegte die Vernunft. So würde er gar nichts erreichen.

Shawnee Jim lachte höhnisch. Er griff in Grey Otters verbranntes Gesicht und riss einen Batzen gegartes Fleisch heraus. Stück um Stück pflückte er die Nase, die Ohren, das Kinn des Toten, bis er den bloßen Schädel freigelegt hatte. Den Skalp musste er Grey Otter nicht vom Kopf schneiden, ein Ruck genügte, um Haut und Haare zu lösen.

„Komm her, Raw Hand und leiste den Knochen dieser heimtückischen Rothaut Gesellschaft!"

Noch immer tat Mel nichts, doch seine Untätigkeit entsprang jetzt nicht mehr nüchternem Denken, sondern dem Schock angesichts der Grausamkeit, derer er soeben Zeuge geworden war. Mel war wie erstarrt. Er konnte nichts tun.

Shawnee-Jim ließ den Leichnam wie einen Sack Lumpen fallen und stapfte hinüber zu Tis-see-wpp-na-tis, die mit geweiteten Augen zugesehen hatte. Er zerrte die junge Crow hoch und umschlang ihren Hals von hinten.

„Komm her", brüllte er Mel erneut zu.

Inzwischen waren die anderen Trapper am Rand des Geysirbeckens angelangt und starrten auf das Geschehen.

Mel gab nach. Nur so glaubte er, Tis-see-wpp-na-tis' Leben retten zu können. Diese Kerle wollten noch immer ihre Pelze, oder? Vielleicht würde er einen neuen Handel machen können. „Okay", rief er. „Ich komme."

Er lieferte sich den Männern der Missouri Fur Company aus. Er ritt näher, warf den Tomahawk weg, stieg vom Pferd und begab sich in die Senke. Zwei der Trapper kamen auf ihn zu. Mel wehrte sich nicht, als sie ihn packten.

„Okay", wiederholte er. „Hier bin ich. Lasst uns reden."

Aber Shawnee-Jim wollte nicht mehr verhandeln. Als er sah, dass seine Kumpane Mel sicher festhielten, verzog sich seine Mundpartie zu einem teuflischen Grinsen. Er langte nach dem Bibermuff auf Tis-see-wpp-na-tis‘ Brust und drückte ihr das weiche Fell ins Gesicht. Erst hielt Mel es für eine obszöne Geste, aber dann erkannte er, dass Shawnee das Mädchen ersticken wollte. Tis-see-wpp-na-tis wehrte sich, sie strampelte und bäumte sich auf, doch Shawnees ungeschlachter Kraft hatte sie nichts entgegenzusetzen. Der Muff bedeckte ihr Gesicht, und ihre Bewegungen wurden schwächer. Mel versuchte sich loszureißen, aber seine Bewacher waren darauf gefasst und hielten dagegen.

Tis-see-wpp-na-tis starb. Ihre Beine zuckten ein letztes Mal, dann erschlaffte der Körper des Mädchens, und endlich nahm Shawnee-Jim den schönen, entsetzlichen Bibermuff von ihrem Gesicht und ließ die Indianerin los.

Tis-see-wpp-na-tis fiel. Sie war tot.

„Jetzt können wir reden", sagte Shawnee-Jim.

Da explodierte etwas in Mel. Ein Gemisch aus rasendem Zorn, Hass, Schuldgefühlen und unendlicher Trauer entlud sich, als er mit schier übermenschlicher Kraft seine Bewacher abschüttelte. Ihm fiel das Goldnugget in seiner Tasche ein, er schloss eine Faust um den glänzenden Klumpen und schlug erbarmungslos zu. Dem ersten Mann rammte er seine Faust geradewegs in den aufgerissenen Mund. Zähne splitterten und schabten Mel Haut von den Knöcheln, aber er achtete nicht auf den Schmerz, sondern wandte sich dem zweiten Mann zu und drosch ihm blindlings ins Gesicht. Eine Nase brach, ein Kiefer wurde ausgerenkt und durch einen Nebel aus Wut gewahrte Mel wie der dritte Mann am Rand der Senke seine Kentucky-Rifle auf ihn anlegte.

„Halt“, sagte Shawnee-Jim, „der gehört mir.“

Dann stürzte er sich auf Mel. Er war wie ein Felsblock, der auf ein tollwütiges Tier trifft. Das Tier spürt kaum Schmerz, aber der Fels empfindet gar nichts. Er würde immer Sieger bleiben. Mel schlug seinem Gegner die mit dem Goldklumpen verstärkte Faust aufs Auge, doch Shawnee drehte den Kopf, und der Schlag streifte nur seine Schläfe. Trotzdem hätte der große Mann benommen sein müssen, aber Shawnee grunzte bloß. Er umschlang Mel mit beiden Armen und rammte ihm seine Stirn auf die Nase. Mel schossen Tränen in die Augen wie tausend Nadeln, die sich ihren Weg ins Freie stechen. Auch er setzte seinen Kopf als Rammbock ein und traf Shawnees Stirn, gerade als sie zum zweiten Stoß nach vorne ruckte. Grelle Blitze zuckten durch Mels Wahrnehmung, und aus den Tiefen seines Magens stieg ätzender Schleim wie vorhin das brodelnde Wasser aus dem Geysir. Mel kotzte sich die Seele aus dem Leib, und das rettete ihn, denn er spie seinen Mageninhalt Shawnee-Jim mitten ins Gesicht. Schläge hatten den bulligen Mann nicht aufhalten können, der Schwall aus halbverdautem Hasen und ranzigem Pemmikan jedoch ließ ihn zurücktaumeln.

In der Senke lagen die Gebeine verbrühter Elche, und nun rannte Mel zu ihnen, in der Hoffnung, eines der mächtigen Schaufelgeweihe als Waffe an sich zu bringen. Doch die Stangen saßen fest am Schädel und waren zu klobig, um damit auszuholen, und so stolperte Mel weiter zu dem toten Grizzly. Er packte einen der Oberschenkelknochen und zog ihn dem heranwalzenden Shawnee-Jim über den Scheitel. Der Bärenknochen war morsch und splitterte. Shawnee blutete aus einer Kopfwunde, war aber nicht beeinträchtigt. Er grub seine Fäuste in Mels Magen und drosch ihn mit den nächsten Schlägen die Luft aus den Lungen. Mels Kräfte ließen nach, der rasende Zorn in seinem Innern wurde von den Schmerzen aufgezehrt, die ihm sein Gegner zufügte. Er begriff, dass er unterlag.

Grey Otters Messingtomahawk fiel ihm ein, den er am Rand der Senke weggeworfen hatte. Er täuschte einen Schlag gegen Shawnees Gesicht an und rannte dann auf seine Fuchsstute zu, die an dürren Gräsern zupfte und dem Kampf keine Beachtung schenkte. Die Überraschung gelang, Shawnee blieb zurück.
Mel taumelte aus der Senke, aber der Tomahawk war nicht da. Die Stute musste sich fortbewegt haben, und Mel blieb keine Zeit mehr, denn sein Gegner kam den flachen Hang heraufgestürmt.
Mel schleuderte ihm das Nugget ins Gesicht.
Shawnee-Jim wich überraschend geschmeidig aus. Er wurde mit jedem Schlagabtausch munterer. Wahrscheinlich hätte er Mel mit seinem nächsten Angriff erledigt, wenn ihn nicht einer seiner Männer aus dem Konzept gebracht hätte: „Gold! Das ist Gold. Dieser Kerl wirft mit Gold um sich!"
Shawnee fuhr verdutzt herum, was Mel nutzte, um auf den Rücken der Stute zu springen. Er musste weg von hier! Sonst würde er sterben.
Die Stute war überrascht und bockte, und es gelang Mel nicht, einen großen Vorsprung zu gewinnen, ehe seine Gegner sich von ihrer Verblüffung erholten und auf ihren eigenen Pferden die Verfolgung aufnahmen. Zwei ritten in Richtung des Talausganges, um ihn den Rückzug abzuschneiden. Mel hatte keinen Plan, und als er auf das Stangengerüst mit dem Skelett des Eisenmannes zuhielt, geschah das nur, weil es ein Fixpunkt in der Landschaft war.
Bedrängt von Shawnee-Jim und einem seiner Männer krachte die Fuchsstute in vollem Galopp in die Plattform. Holz splitterte, Sehnenschnüre, die das Gestell zusammenhielten, rissen. Der Konquistador, der vor Jahrhunderten hier zur Ruhe gekommen war, landete mit scheppperndem Harnisch auf Mel. Die morschen Nähte der Büffeldecke, in die Skelett und Rüstung gewickelt waren, rissen.

Die Fuchsstute keilte aus und erwischte das Indianerpony im vollen Galopp, sodass auch Shawnee-Jim stürzte. Das Pferd des anderen Trappers scheute vor dem Gewirr aus Stangen, menschlichen Leibern und Pferdehufen zurück. Der Reiter rutschte seitwärts aus dem Sattel und gab einen Schmerzensschrei von sich.
Mel wollte sich hochstemmen, glitt aber vom Panzer des Spaniers ab. Der Harnisch war lose, die Lederriemen, die ihn gehalten hatten, waren seit langem verwittert.
Mel drosch mit der Eisenbrust ungezielt nach hinten, wo er Shawnee-Jim vermutete. Doch der riss ihm das Rüstungsteil aus der Hand und schleuderte es fort.
Wieder versuchte Mel, sich hochzustemmen. Diesmal glitten seine Hände über den Brustkorb des Eisenmannes, dessen Rippen nachgaben. Shawnee-Jim packte Mel und drehte ihn herum, um sein Gesicht mit den Fäusten bearbeiten zu können. Nach drei Schlägen hielt er inne.
„Woher hast du das Gold?“ In Shawnees Bart hingen feuchte Essensreste, die Mel über ihn gekotzt hatte.
„Das Gold! Woher?“
Mel brabbelte etwas. Seine Stimme war kaum noch ein Flüstern. „Der Konquistador.“
„Wer?“ Shawnee-Jim schüttelte Mel und beugte sich dichter zu ihm herab.
„Dieser Kerl hier“, sagte Mel und stieß Shawnee eine gesplitterte Rippe in den Hals, die er zuvor vom Boden geklaubt hatte. „Er mag dich nicht.“
Der braune Knochen war spitz und scharfkantig und fuhr glatt durch Fleisch und Knorpel, zerfetzte Adern und blieb seitlich in der Luftröhre stecken. Shawnee-Jims Augen wurden groß, und als er Mel trotz seiner tödlichen Verwundung zu würgen versuchte, riss dieser

die Rippe aus der Wunde und stach sie in Shawnees linkes Auge, das platzte und Gallert auf ihn spie so wie er selbst vorhin seine halbzersetzte Mahlzeit auf Shawnee gespien hatte.

Mel stieß den Leichnam zur Seite und kam mühsam hoch. Er blickte sich um. Inmitten der zerbrochenen Plattform lag Shawnee-Jim über dem alten Skelett. Der Eisenmann war zwar nicht mit einem Rapier aus seinem Grab gefahren, aber er hatte Mel dennoch beigestanden.

Was immer das wert sein mochte.

Denn noch waren mehrere Männer der Missouri Fur Company übrig. Einer mit abgetrenntem Ohr, der irgendwo im Moos kauerte, und drei weitere, die sich Mel nun von mehreren Seiten näherten, geladene Büchsen in den Händen.

Ein Schuss fiel.

Kapitel 22

Die Kugel zischte über die Talebene heran und bohrte sich mit einem dumpfen Geräusch in die Brust eines der Trapper. Der Mann, eben noch auf dem Weg zu Mel, wurde gestoppt als sei er gegen ein Scheunentor gelaufen. Er fiel rückwärts ins Gras, während sich sein Wildlederhemd rot färbte.

Jed war da! Der grimmige, großartige Jed.

Er machte sich nicht die Mühe, seine Baker-Rifle neu zu laden, sondern ließ das Gewehr fallen, zog die Steinschlosspistole aus seinem Gürtel und schoss auf den zweiten Trapper. Die Entfernung war zu groß, die Kugel streifte den Mann nur am Oberarm, aber das Entsetzen, das Jed mit seinem plötzlichen Auftauchen verbreitete, gab ihm die Zeit, den Toten zu erreichen, dessen Gewehr aufzuheben und dem noch unverletzten dritten Mann ins Gesicht zu schießen. Heißes Blei brannte sich durch Nasenknorpel, Hirn und Schädelknochen. Blut spritzte aus dem Hinterkopf des Trappers ins Gras. Der Mann schlug dumpf am Boden auf.

„Bastard", sagte Jed.

Entschlossen wandte er sich erneut dem zweiten Mann zu, der unter Schock stand und seinen Schuss verriss.

„Bastard!"

Jed stieß dem Trapper den Gewehrkolben gegen die Stirn, eine ruckartige, effektive Bewegung wie mit einem Speer auf der Jagd nach Flusslachsen. Er blickte sich um, sah das noch nicht abgefeuerte Gewehr des Mannes im Moos liegen, hob es auf und spannte das Schloss. Metall klickte.

Der vom Kolben getroffene Trapper saß am Boden und blinzelte sich Blut aus den Augen, das von seiner Stirn lief. Er nahm Jed nur als Schemen hinter einem roten Vorhang wahr, aber er konnte sich denken, was dieser vorhatte.

„Nein“, sagte er heiser. „Nein, bitte.“

„Bastard!“

Jed schoss ihm in den Kopf.

Dann sah er sich um und deutete auf den Leichnam zwischen den Knochen des Eisenmannes.

„Shawnee-Jim?“

Mel nickte.

„Bastard!“ Jed spie aus. „Ist noch einer übrig?“

„Ein Mann, irgendwo dort drüben.“ Mel, der sich wie betäubt fühlte, deutete vage in Richtung des Wäldchens, wo er vor nicht mal einer halben Stunde den ersten von Shawnees Männern mit dem Tomahawk ein Ohr und ein Viertel des Gesichts abgeschält hatte.

Jed nahm zwei Kentucky-Pistolen von den gefallenen Trappern und machte sich auf die Suche. Aber der schwer verletzte Mann war verschwunden. Die Spur aus Blut, die er hinterlassen hatte, endete an der Stelle, wo die Pferde angebunden gewesen waren. Jed fand nur das Ohr mit einem langen Hautlappen daran, auf dem es schon von Fliegen und Ameisen wimmelte. Die Ameisen schienen zu gewinnen.

„Der Bastard kommt nicht weit“, sagte Jed und gab sich damit zufrieden. „Höllisch guter Kampf, McGruder.“

Mel zuckte mit den Schultern. „Ich habe verloren. Tis-see-wpp-na-tis und Grey Otter sind tot.“

Er berichtete Jed, was geschehen war. Im Nachhinein machte er sich Vorwürfe. Sein Plan war ihm so kühn vorgekommen! Das war er wohl auch gewesen. Wenn kühne Pläne scheiterten, brachten sie totale Vernichtung und Leid.

„Ich hätte ins Crow-Lager reiten sollen“, sagte Mel.

Jed stimmte ihm zu. „Hättest du tun sollen.“

„Hättest du mir die Pelze für das Lösegeld gegeben?“
„Nein. Aber wir hätten diese Bastarde gemeinsam fertiggemacht. Sich ihnen allein zu stellen, war nicht klug.“
„Ich war nicht allein. Grey Otter war bei mir.“
„Ein halbwüchsiger Indianer, der sich als Krieger aufspielen wollte.“
„Er war tapfer.“
„Jetzt ist er tot.“
Mel blickte Jed bekümmert an. „Ich habe es ganz schön vermasselt, was?“
„Du hast gekämpft“, sagte Jed. „Du bist am Leben. Mehr kann ein Mann hier draußen manchmal nicht verlangen.“

Sie errichteten drei neue Stangengerüste für den Eisenmann, für Grey Otter und für Tis-see-wpp-na-tis. Die Arbeit dauerte bis zum Mittag des nächsten Tages, denn sie hatten nur den Messingtomahawk, um Bäume zu fällen, und sie mussten das weiche Metall häufig an einem Stein nachschärfen.
Shawnee-Jim und seine Männer schleppten sie in die Senke und warfen sie neben dem vor sich hin köchelnden Geysir auf einen Haufen. Eine Mahlzeit für die Aasfresser der Berge. Wenn die Fontäne wieder ausbrach, würde es für Kojoten, Wölfe und Geier gegartes Fleisch geben.
Jed öffnete seine Hose und urinierte und Shawnee-Jim in die blutverkrustete Augenhöhle.
„Was soll das?“, fragte Mel.
„Wonach sieht’s denn aus?“
„Ich halte das für keine gute Idee.“
Jed grinste. „Dieser Höllenschlund da öffnet sich erst am Nachmittag, hast du gesagt. Was kann mir schon passieren.“
„Das habe ich nicht gemeint, Jed.“

„Ich weiß, McGruder. Ist nicht gerade christlich, diesem Scheißkerl ins Gesicht zu pissen. Aber ich war ihm noch was schuldig, und da du ihn schon erledigt hast, ist nicht mehr viel für mich geblieben."

Mel ließ die Sache auf sich beruhen. Manchmal verstand er seinen Partner noch immer nicht. Er fragte sich, ob er nach ein paar weiteren Wintern in den Bergen einem getöteten Feind ohne mit der Wimper zu zucken in die offene Wunde pissen würde, aber dann sagte er sich, dass Shawnee-Jim nicht irgendein Feind, sondern bösartiger als ein Vielfraß gewesen war. Ein paar Winter später hätte er selbst wohl nicht den Fehler begangen, ohne Jed auf Shawnees wildes Rudel loszugehen. Wahrscheinlich wäre Tis-see-wpp-na-tis dann noch am Leben. Als er an das Mädchen dachte, spürte er, wie ihm etwas den Hals zuschnürte. Ein geronnener Klumpen Schuldgefühle tief aus seinen Eingeweiden.

Jed berichtete, weshalb er hergekommen war. Nach der Rückkehr der Jagdgruppe ins Lager der Crows war Grey Otter alsbald wieder aufgebrochen. Offenbar wollte er Tis-see-wpp-na-tis suchen. Als er nicht wiederkam, befürchtete Jed, dass der junge Krieger Ärger machen würde und war ihm nachgeritten. Er war gerade noch rechtzeitig erschienen, oder um eine halbe Stunde zu spät, je nachdem, wie man es nahm. Mel, der um Tis-see-wpp-na-tis trauerte, hielt es mit der zweiten Erklärung.

„Sie war eine gute Frau, und ich habe sie im Stich gelassen", sagte er.

Jed zuckte mit den Schultern. „Tun wir Männer das nicht immer irgendwann?"

Abends am Feuer hatte er versucht, Mel aufzumuntern. „Eigentlich war ich ja auf der Suche nach unserer Kaffeekanne und bin ich nur hier, um dir in den Arsch zu treten, weil du sie Lame Deer in den Rachen geworfen hast."

„Morgen", sagte Mel, „morgen zeige ich dir etwas, dass du hoffentlich als Ersatz für das verbeulte alte Ding annehmen wirst."

Nachdem sie die Toten auf die Stangengerüste gebahrt hatten, den Eisenmann mit Blick auf die Felswand, Grey Otter und Tis-see-wpp-na-tis nach der Senke des nassen Donners ausgerichtet, brachte Mel seinen Partner in die Höhle mit dem unterirdischen Fluss. Der rötliche Schein ihrer Fackeln ließ die Tropfen auf den Kalksteinfingern glitzern wie die brennenden Augen verwunschener Erdwesen. Ein Schwarm Fledermäuse schoss über ihre Köpfe hinweg, tiefer in das Felsenlabyrinth hinein, das bis zum Ende der Welt reichen mochte. „Teufel auch", entfuhr es Jed.
„Das sind nur Fledermäuse."
„Schon klar. Ich meinte, Teufel nochmal, du hast die Höhle von der Karte des alten Prevost gefunden, eh?"
„Ich glaub schon."
Mel erklärte Jed, was es mit den toten Höhlen auf sich hatte. Dass die Augenlöcher im Schädel des Eisenmannes gemeint waren, die seit Jahrhunderten auf den Felsspalt starrten, hinter dem die Höhle verborgen war.
„Deshalb hab ich darauf bestanden, dass wir ihn wieder genauso bestatten, wie es die Crows seit Generationen tun."
„Seltsam, dass die sich so eine Mühe machen."
„Der Kerl war ein Konquistador, ein guter Kämpfer vermutlich, und er muss sie ganz schön beeindruckt haben. Deshalb haben sie ihn so zur Ruhe gebettet, dass er auf das schaut, was er in seinem Leben am meisten begehrt hat."
Mel schwenkte seine Fackel über das kristallklare Wasser des träge dahinkriechenden Flusses. Im Sand schimmerte es mattgolden. Auf

dem vom Flammenschein erhellten Fleck blinkten ein halbes Dutzend Nuggets.
„Teufel auch“, sagte Jed. Er bückte sich und holte einen der goldenen Brocken aus dem Fluss. „Himmel und Hölle.“
„Eher Himmel als Hölle“, versetzte Mel trocken. Er schwenkte die Fackel ein Stück zur Seite. „Sieh mal da.“
Zwischen den Felsblöcken am Ufer erblickte Jed das Skelett des Riesenbibers. „Himmel“, entfuhr es ihm.
Er vergaß das Gold, ging hinüber und starrte andächtig auf die braunen Knochen. Ein Nachhall aus der Zeit, als die Geschöpfe auf Erden noch Riesen und die Menschen Zwerge gewesen waren. „Ich habe immer gewusst, dass es diese Tiere gibt“, sagte Jed. Dann wurde ihm etwas klar.
„Die Crows kennen diese Höhle. Diese Hurensöhne wissen, wo die Biber lebten, haben es mir aber nie verraten.“
„Vielleicht hast du nicht richtig gefragt, Jed.“
„Du aber, wie?“
Mel dachte wieder an Tis-see-wpp-na-tis. Lame Deer hatte ihr die Erlaubnis gegeben, ihm die Höhle zu zeigen. Der Medizinmann, begriff Mel, hatte gehofft, dass er Tis-see-wpp-na-tis zu seiner Squaw machen würde. Einen weißen Jäger im Stamm zu haben, war bestimmt große Medizin.
Hatte Lame Deer dabei übersehen, dass die Weißen von Gier übermannt wurden, wenn es um Gold ging? Oder hatte er tiefer in Mels Seele blicken können? Er fühlte sich Tis-see-wpp-na-tis und dem Vertrauen, das der Medizinmann offenbar in ihn gesetzt hatte, verpflichtet.
„Das Gold“, sagte er. „Wir dürfen keinem davon erzählen.“
„Natürlich nicht. Das ist unsere private Bank.“
„Ich habe nicht vor, alles Gold aus dieser Höhle zu schaffen, Jed.“

„Ich auch nicht. Das würde bloß Ärger geben, nicht nur mit den Crows. Aber es ist eine gute Rückversicherung, wenn wir alt und unsere Knochen von der Gicht gekrümmt sind."

„Dann sind wir uns also einig?"

Jed nickte. Er ging wieder zum Wasser und klaubte eine Handvoll Nuggets aus dem Sand. „Das dürfte für eine erstklassige Ausrüstung und ein paar Runden mit Molly Swingwaters Mädchen reichen. Alles, was ein Trapper sonst noch braucht, sind die Berge und der Himmel über ihm."

„Einverstanden, Jed."

Mel war froh, dass sein Partner seine Ansichten teilte. Sie würden nach St. Louis reiten, ihre Felle verkaufen und ein paar Wochen wie die Fürsten leben. Danach würden sie in ihr Königreich aus dunklen Wäldern, kristallklaren Bächen und äonenalten Felsen zurückkehren.

„Vielleicht fangen wir ja irgendwann mal einen dieser Riesenbiber", sagte er.

Aber Jed machte eine wergwerfende Handbewegung. „Ach was, sieh' ihn dir an, McGruder. Wo ist das Fell? Ist doch nur ein Haufen wertloser Knochen."

„Das Fell ist nicht natürlich mehr da. Dieses Ding ist schließlich Tausend Jahre alt oder so."

„Dann sind wir verdammt noch mal zu spät gekommen, schätze ich."

„Scheint so, Jed. Ist einfach nicht unser Zeitalter, was?"

„Mmh", machte Jed. „Aber uns wird schon was einfallen, wie wir die Zeit rumkriegen."

Sie verließen die Höhle und ritten der Sonne entgegen.

Historische Anmerkungen

Der Feldzug, mit dem der Konquistador Francisco Vásquez de Coronado die sieben goldenen Städte von Cibola für das spanische Weltreich erobern wollte, hat wirklich stattgefunden. Mit seiner Streitmacht zog Coronado im Jahre 1540 aus dem heutigen Mexiko nach Norden, wo er den Südwesten der späteren USA bereiste und für die spanische Krone in Besitz nahm. Sein eigentliches Ziel aber, die goldenen Städte von Cibola, fand er nicht. Vermutlich haben sie ebenso wenig existiert, wie das sagenhafte Goldland Quivira, von dem der gefangene Pawnee-Indianer berichtete, den die Spanier El Turco nannten.

Auf ihrer zwei Jahre dauernden Expedition entdeckten die Spanier die Mündung des Colorado River, das Tal des Rio Grande und erreichten als erste Weiße den Grand Canyon. Doch das war nicht das, weswegen sie hergekommen waren. Da Goldfunde ausblieben, galt die Expedition als Fehlschlag, und im Frühjahr 1542 kam Coronado enttäuscht wieder in der Hauptstadt Neuspaniens, dem heutigen Mexiko-Stadt, an.

Auf seinem Feldzug war er bis ins heutige Kansas vorgedrungen, wo er vermutlich Cheyenne-Indianern und Osage begegnete, die über die Prärien zogen und vom Büffel lebten. Dass kleine Gruppen aus Coronados Expedition auf eigene Faust weiter nach Norden in die Rocky Mountains gezogen sind, ist nicht überliefert. Doch es scheint mir eine berechtigte Spekulation zu sein, einige enttäuschte Konquistadoren auf eigene Faust losreiten und nach den sagenhaften Reichtümern suchen zu lassen, die ihnen versprochen worden waren. Im Prolog dieses Romans stoßen sie zunächst auf freundliche Crows, dann auf feindliche Blackfeet. Den unterirdisch verlaufenden goldenen Fluss finden sie nicht mehr. Dies bleibt den Trappern Jedediah Smith und Malcolm McGruder vorbehalten.

Jed und Mel sind fiktive Figuren, aber sie stehen stellvertretend für viele Mountain Men, die einen eigenen Menschenschlag bildeten und eine kurze Zeit lang die Könige der Rocky Mountains waren.

Zu Beginn des 19. Jahrhunderts war der amerikanische Westen ein unbekanntes Land. Das, was später der wilde Westen werden sollte, war ein weißer Fleck auf den Landkarten, voll phantastischer Verlockungen. Man nannte dieses Land den fernen Westen, und nur wenige weiße Männer wagten sich dorthin: Forscher, Abenteurer und Pelztierjäger. Letztere verbrachten Monate lang allein oder in kleinen Gruppen in der Wildnis, schlugen sich mit den Unbilden der Natur und mit Indianern herum, und wenn sie im Frühjahr aus den Bergen herabstiegen, hatten sie dicke Packen von Pelzen bei sich, die sie zu Geld machten, um sich die nächste Jagdsaison in der Einsamkeit zu finanzieren.

Die Expedition der Captains Meriwether Lewis und William Clark in den Jahren 1804 bis 1806 im Auftrag des amerikanischen Präsidenten Thomas Jefferson hatte bewiesen, dass es in den Rocky Mountains reiche Bibervorkommen gab. Bis dahin hatte sich der amerikanische Pelzhandel auf die Fanggründe entlang des Missouri konzentriert, doch nun zogen wagemutige Männer immer tiefer in die Berge, um dem braunen Gold nachzustellen.

Der Spanier Manuel Lisa war der erste, der Handelsposten am Fuße der Rocky Mountains errichten ließ, um die Wege seiner Trapperbrigaden zu verkürzen, und tatsächlich haftete ihm, wie im Roman dargestellt, ein finsterer Ruf an. 1823 folgten ihm die Männer der neu gegründeten American Fur Company, und ab 1825 kam es schließlich zu den legendären Rendezvous – den Jahrestreffen der Trapper, tief in den Bergen.

John Colter, ein Teilnehmer der Lewis & Clark-Expedition, wird oft als „der erste Mountain Man" bezeichnet. Er war der berühmteste unter den frühen Fallenstellern in den Rockies, doch vor und neben ihm gab es andere – Männer wie Jed und Mel. Die Mehrzahl der eigenbrötlerischen Trapper, von denen die wenigsten lesen und schreiben konnten, bleibt in den Geschichtsbüchern ungenannt. Umso besser eignen sie sich als Romanfiguren.

Verglichen mit der schier unüberschaubaren Zahl von Western, die in den letzten Jahrzehnten geschrieben worden sind, gibt es erstaunlich wenige Geschichten aus der wilden Zeit der Mountain Men. In den meisten Western, in denen ein Fallensteller auftritt, ist die große Zeit des Pelzhandels schon vorbei, und der Trapper ist einfach ein Kerl, der mit einer Winchester oder Sharps im Arm aus den Bergen geritten kommt und einer holden Schönen in irgendeiner Kistenbretterstadt, auf einem Siedlertreck oder einer Ranch beisteht. Nicht gerade das, was ich unter einem Trapper-Western verstehe. Mit der Geschichte von Mel und Jed wollte ich diese Lücke ein wenig schließen helfen.

Die Kultur der Mountain Men überdauerte nur wenige Jahrzehnte – etwa von 1810 bis 1840 –, aber in dieser Zeit legten die Trapper und Pelzhändler den Grundstein für die spätere Besiedlung des Westens. Auf der Suche nach Bibern und erfüllt von einer tiefen Sehnsucht nach der Abgeschiedenheit der Berge erkundeten die Fallensteller als Erste die Pässe über die bis dahin als unüberwindlich geltenden Rocky Mountains. Den Wegen, die sie gingen, folgten später die Pioniere, die den Westen besiedelten. Nicht unbedingt zur Freude der Mountain Men, deren Lebensweise zusammen mit der Kultur der Indianer untergehen sollte.

Die Trapper waren immer auf der Suche nach reichen Pelztiergründen, und Legenden von versteckten Tälern voller Biber, die man bloß mit den Händen aufzusammeln brauchte, waren Bestandteil des Trapperlateins. Ich hielt es für eine gute Idee, dass Jed noch ein Stück höher hinaus möchte, indem er nicht weniger als einen Riesenbiber fangen will. Diese Tiere hat es bis zum Ende der jüngsten Eiszeit vor rund 11.000 Jahren in Nordamerika noch gegeben. Fossilienfunde belegen, dass sie bis zu 2,50 Meter lang wurden und das Gewicht eines Schwarzbären erreichen konnten. Eine hübsche Beute für einen aufschneiderischen Trapper!

Die Micmac-Indianer in Kanada glauben, dass ihr Gott Glooscap die Riesenbiber versteinert und sie zu ihrer heutigen kleineren Gestalt verdammt hat. Die frühen Micmac können diesen großen Tieren also durchaus noch begegnet sein. Als sie Kontakt mit den Weißen bekamen, erzählten sie diesen sogar noch eine andere Legende: Ihre Vorfahren hätten gegen Riesenbiber gekämpft!

Die Jagd auf Riesenbiber könnte demzufolge einige Generationen vor Ankunft der Weißen noch zu den Herausforderungen für indianische Jäger gezählt haben. Es ist somit nicht völlig ausgeschlossen, dass Jed und Mel in einer Höhle in den Bergen auf das Skelett eines Riesenbibers stoßen, wenngleich ihr Exemplar natürlich recht weit von den Siedlungen der Micmac entfernt unterwegs gewesen sein muss. Aber wer weiß. Mountain Men wollen schon unglaublichere Abenteuer bestanden haben.

Bonus

Blutige Berge

Die Geschichte von Jed und Old Reddy

St. Louis, 1797

Jedediah Jones zählte noch keine zwanzig Lenze, als er den Mann traf, der ihm die Freiheit und sein Leben gab.
Das Land außerhalb der Städte dehnte sich zu jener Zeit schier endlos und einsam bis zum Horizont, und dahinter erneut bis zum Horizont, immer weiter, und niemand wusste, wo es aufhören würde. Der ferne Westen war nur eine Legende. Es hieß, irgendwo jenseits der Berge gebe es ein fruchtbares Paradies, in dem an dreihundertfünfzig Tagen im Jahr die Sonne vom Himmel brannte. Trotzdem gediehen dort saftige Früchte, so groß, dass ein halbes Dutzend von ihnen einen Korb füllte, und es gab Wild im Überfluss, fett und träge und so leicht zu erlegen, dass man sich viele Kugeln sparte, weil man seine Beute mit bloßen Händen vom Boden pflücken konnte.
Aber niemand wusste, wie man über die Berge kam, und die wenigen Männer, die es versucht hatten, waren nicht zurückgekehrt. Erst im letzten Jahr war eine kleine Gruppe aus St. Louis nach Westen aufgebrochen: Entdecker, Jäger, Abenteurer. Man hatte nie wieder etwas von ihnen gehört.
„Natürlich nicht", lärmte einer der Geschichtenerzähler im überfüllten Schankraum des Saloons, in dem der Waisenjunge Jedediah als Tellerwäscher, Spucknapfreiniger und Laufbursche arbeitete. „Natürlich nicht. Würdet ihr das Paradies verlassen, wenn ihr es gefunden habt?"

Das war ein gutes Argument. Die Männer, die sich bei Bier und Whisky im verräucherten Saloon die Köpfe heiß redeten und über Möglichkeiten nachsannen, ihr Los als Verladearbeiter an den Flussdocks von St. Louis zu verbessern, nickten beifällig. Das westliche Paradies existierte, und eines Tages würden sie selbst dorthin gehen.
Nur einer widersprach. Ein stämmiger Ire mit roten Haaren und einem Bart von der Wildheit eines Präriebrandes.
„Sie sind alle tot."
Die Stimme des Rothaarigen klang beiläufig, aber er sprach mit der Bestimmtheit eines Mannes, der wusste, wovon er redete. Er setzte sein Glas geräuschvoll ab und widmete sich seiner Pfeife.
„Tot, sagst du? Woher willst du das wissen?"
Die Männer vom Fluss mochten es nicht, wenn man ihnen die Träume zerredete.
„Ich habe ihre Skalps gesehen, am Bighorn River, in einem Lager der Blackfeet."
„Der Bighorn River?"
„Ein Fluss, der sich unter einem hohen Berg windet. Er liegt nicht mal auf der Hälfte des Weges in euer Land, wo immer die Sonne brennt."
Der Ire trug Hosen aus speckigem Hirschleder, derbe Stiefel und einen Mantel aus grob gewebtem Stoff. Vor ihm auf dem Tisch lag eine Pelzkappe.
„Wer ist er?", fragte Jedediah den Saloonkeeper.
„Ach, der", erwiderte der schwitzende Wirt. „Sieh lieber zu, dass du die Gläser spülst."
„Wie heißt er?"
„Man nennt ihn Old Reddy. Er ist Fallensteller. Kommt und geht wie er will. Und nun geh an die Arbeit."

Old Reddy war schon damals alt. Keiner wusste genau wie alt, aber es war alt genug, dass die Dockarbeiter sein Wort gelten ließen, ohne einen Streit vom Zaun zu brechen.
„Du meinst“, sagte der Geschichtenerzähler versöhnlich, „die Rothäute töten alle Weisen, die die Berge überqueren?“
„Nein, mich haben sie nicht getötet. Aber wenn ich es mir recht überlege, will ich ja auch nicht über die Berge.“
Einer der Lastenträger, ein ungeschlachter Mann mit dem Brustkorb eines Bullen und einem Gesicht voller Grützbeutel, begehrte auf: „Mein Schwager ist letztes Jahr mit den anderen in die Berge gegangen. Er ist ein guter Schütze. Ihn haben die Rothäute nicht erwischt.“
„Mag sein“, entgegnete der Fallensteller ruhig. „Vielleicht hat ihn ein Bär gefressen oder ein Wolfsrudel, oder er ist von einer Klippe gestürzt.“
„Mein Schwager ist ein hervorragender Kletterer.“ Die Grützbeutel im Gesicht des Hünen schienen anzuschwellen.
„Manchmal erfrieren die Männer dort draußen einfach zwischen den Felsen. Sie legen sich für ein Nickerchen auf den Boden, und wenn sie aufwachen, sind sie festgefroren. Sie können sich nicht losreißen ohne das halbe Gesicht zu verlieren. Das riskieren sie nicht, und deshalb sterben sie.“
Mit einem Wink bestellte Old Reddy ein frisches Bier. Jedediah überschlug sich fast vor Eifer, es ihm zu bringen. Das war die Gelegenheit, näher an den Mann aus den Bergen heranzukommen, der so faszinierende Geschichten zu erzählen wusste. Jedediah hasste die Arbeit im Saloon. Er träumte von einem Leben weit weg von St. Louis, wo er tun und lassen konnte, was er wollte. Nicht mehr in aller Herrgottsfrühe aufstehen, nicht mehr schuften, bis der Rücken krumm wurde, nur fort vom Gestank der Stadt.

„Wenn es dort draußen so gefährlich ist, wie du sagst, wieso hast du es dann überlebt?“ Die Augen des vierschrötigen Mannes glitzerten triumphierend.

Der Rothaarige zuckte mit den Schultern. „Keine Ahnung. Glück, nehme ich an.“

Den Rest des Abends schwieg der Ire. Er trank, und später kaufte er sich noch einen Krug Whisky und verschwand in aller Stille auf seinem Zimmer.

In dieser Nacht schlief Jedediah vor der Tür des Fremden. Er wollte ihn auf keinen Fall verpassen. Am Morgen wäre der Rothaarige beinahe über den auf der Schwelle zusammengerollten Jungen gestolpert.

„Teufel, was tust du da?“

„Jedediah, ich heiße Jedediah. Ich möchte mit Ihnen in die Berge gehen.“

„Warum?“

„Um zu lernen, wie man Glück hat, Sir.“

Vielleicht gefiel dem Alten die Antwort. Vielleicht hatte er es auch nur satt, allein zu sein. Er kratzte sich im Schritt, nickte knapp und nahm Jedediah Jones mit in seine Welt.

Natürlich hatte sich der Junge getäuscht. Er hatte geglaubt, frei zu sein, hieße bis Mittag zu schlafen, danach auf die Jagd zu gehen und später am Lagerfeuer Geschichten zu erzählen. Nun begann sein Tag lange vor dem Morgengrauen, und an den Abenden war er zu müde, um auf irgendetwas zu hören, was Old Reddy vielleicht noch zu erzählen hatte. Er lernte, dass frei zu sein bedeutete, sich das Leben jeden Tag aufs Neue zu verdienen. Doch nach ein paar Wochen gewöhnte er sich an den Rhythmus des Daseins in den Bergen.

An eine Rückkehr in den Saloon, in dem es nach Tabakqualm, verschüttetem Bier und dem Schweiß der Städter roch, hatte er ohnehin nie gedacht.
Vier Jahre lang zog Jedediah an der Seite des alten Iren durch die Berge. Er lernte, Fallen zu stellen, Hirsche aus zweihundert Schritt Entfernung zu erlegen und sich von Wurzeln zu ernähren, falls er danebenschoss, was jedoch selten vorkam. Wenn sie sich nach Gesellschaft sehnten, was noch seltener der Fall war, zogen sie nach St. Louis, um ihre Felle zu verkaufen, sich zu betrinken und danach erneut für viele Monate in den Bergen zu verschwinden.
Das Leben dort draußen war einsam. Wochenlang begegneten sie nur Hirschen, Bären und selten einer Schneeziege. Diese seltsamen Geschöpfe waren für das Leben zwischen den Gipfeln gemacht. Ihre kastenförmigen Körper wirkten von der Seite gesehen plump, doch zusammen mit den vier kurzen, stämmigen Beinen war ihr rechteckiger Körper zu erstaunlichen Kletterleistungen fähig. Die zottigen Tiere kletterten mit größter Selbstverständlichkeit in Felswänden herum, die selbst Old Reddy mied, weil er fürchtete, abzustürzen.
„Salz", erklärte der alte Trapper. „Diese Felsen enthalten Salz, das die Ziegen zum Leben brauchen. Ein Mensch würde es kaum bis da hinauf schaffen."
„Deshalb schleppen wir ja das Salz in Leinenbeuteln mit uns herum", antwortete Jedediah, und Old Reddy grinste.
„Du sagst, es Junge."
Manchmal trafen sie auf ihren Streifzügen kleine Gruppen Indianer. Blackfeet und Crows, Utes und, wenn sie weit nach Westen zogen, Snakes. Die Begegnungen verliefen meist friedlich. Old Reddy sprach mehrere Dialekte der roten Völker, man tauschte Neuigkeiten aus, rauchte die Pfeife, Geschenke wechselten den Besitzer. Old Reddy

hatte für diesen Zweck immer eine Ladung Tabak und einen Beutel Glasperlen auf seinem Muli. Im Gegenzug erhielt er Pelze, was ihm die Mühe nahm, die Tiere selbst zu erlegen, ihnen das Fell abzuziehen und die Häute zu gerben. Eine Handvoll bunter Perlen konnte ihnen eine Woche harter Arbeit ersparen, eine Indianerin glücklich und einen roten Mann zum Freund machen. Old Reddy hatte viele Freunde unter den Rothäuten, und er hatte noch mehr rehäugige Schönheiten glücklich gemacht, nicht nur mit Perlen, wie er anzüglich grinsend zu erklären pflegte.

Mit den Crows gab es hin und wieder Ärger, weil sie geborene Diebe waren, und vor den Blackfeet war man besser auf der Hut, denn diese wilden Krieger galten als unberechenbar. Die Schwarzfüße standen den Weißen damals noch nicht mit jenem unversöhnlichen Hass gegenüber, für den sie ein paar Jahre später berüchtigt werden sollten, aber eine Begegnung mit ihnen konnte mit einem freundschaftlichen Gelage beginnen und in Blut und Tod enden. Bei den Blackfeet wusste man nie, woran man war, und einen von ihnen, Bull Bear, fürchtete sogar Old Reddy.

Ihr Streit hatte mit Whisky begonnen. Der alte Ire trank gern einen über den Durst, aber er vermied es, den Rothäuten Branntwein zu geben. Indianer vertrugen keinen Alkohol. Das Feuerwasser machte sie launisch und konnte sie dazu bringen, für den ersten Schluck einen Ballen Pelze herzugeben, ihrem Handelspartner aber einen Viertelkrug später den Skalp vom Kopf zu schneiden. Deshalb trank Old Reddy nie, wenn er mit roten Kriegern am Feuer saß. Er versteckte seinen Whisky, doch Bull Bear fand die Tonflasche als er vom Pinkeln aus dem Wald kam und in der Dunkelheit über das Gepäck des Trappers stolperte. Der Blackfoot bot einen Tomahawk und eine Bärenhaut für die Flasche. Später erhöhte er das Angebot

um ein paar Mokassins aus Hirschkalbsleder. Es wäre ein gutes Geschäft gewesen, aber Old Reddy hatte seine Prinzipien.
Bull Bear war beleidigt. Er hatte schon immer ein prahlerisches Benehmen an den Tag gelegt, doch nun schwor er vor seinen Kriegern, den weißen Mann im Zweikampf zu töten, sobald die Sonne über den Bergen aufging. Er wollte es mit dem Tomahawk tun, den er Old Reddy eben noch angeboten hatte. Die Krieger nickten beifällig und ihre Augen funkelten boshaft. Sie waren wütend wegen der Zurückweisung. Wie sie es sahen, hatte ihnen der Weise ein Freundschaftsgeschenk verweigert.
Old Reddy wusste, er würde vielleicht Bull Bear besiegen können, doch gegen den gesamten Jagdtrupp hatte er keine Chance. Also gab er nach. Zum ersten und letzten Mal in seinem Leben händigte er Rothäuten eine Flasche mit Alkohol aus. Er wartete, bis die Krieger betrunken waren, dann floh er in die Nacht, nicht ohne den Tomahawk, das Bärenfell und die Mokassins mitzunehmen. Seitdem sah er sich jeden roten Jagdtrupp sehr genau aus der Ferne an und hielt sich versteckt, bis er sicher war, dass die Krieger nicht zum Stamm von Bull Bear gehörten.

Jedediah kannte den rachsüchtigen Blackfoot nur aus den Erzählungen Old Reddys, doch in ihrem vierten Jahr bekam er Bull Bear aus großer Entfernung zu sehen. Sie waren auf dem Weg zu einem Tal in den Owl Creek Mountains, wo sie überwintern wollten. Seit einigen Tagen verhielt sich der alte Trapper seltsam nervös. Als sie die Spuren einer großen Gruppe Indianer fanden, bewegte er sich nur noch unter größter Vorsicht und untersagte Jedediah, ein Feuer zu entfachen. Sie hüllten sich in ihre Decken und lauschten frierend in die sternenklare Nacht. Anfangs verstand Jedediah nicht. Falls Indianer in diesem Tal den Winter verbrachten, konnten sie sich

ihnen anschließen, in ihrem Dorf leben und der tödlichen Langeweile des Alleinseins entgehen.
Zwei Tage darauf spähten sie von einem Berghang in ein Blackfoot-Dorf hinab, Stunde um Stunde. Old Reddy hatte die Zelte gezählt und ausgerechnet, wie viele Angehörige der Stamm haben musste. Anfangs sah alles friedlich aus. Frauen, die Wasser vom Fluss holten, Alte, die vor ihren Zelten palaverten, lärmende Kinder, ein paar Krieger, die sich um ihre Pferde kümmerten.
„Ich glaube, wir können hinuntergehen", sagte Jedediah.
„Nein, es sind zu wenige."
„Zu wenige?"
Stunden später zeigte sich, was Old Reddy gemeint hatte: Im Dorf waren zu wenige Krieger gewesen. Dann ritt ein Trupp unter wildem Triumphgeschrei ins Tal. Sieben Männer, erfolgreiche Jäger. Sie hatten mehrere erlegte Hirschkühe bei sich. Die Neuankömmlinge trieben ihre Pferde über den Fluss, Gischt umspielte die Flanken der Tiere, die Krieger reckten ihre Bogen und Lanzen zum Himmel und stießen wieder ihre Jagdrufe aus. Der Mann an der Spitze schrie am lautesten. Es war Bull Bear.
Leise zogen sich die Trapper zurück. Dieses Tal war ihnen in diesem Winter verwehrt. Old Reddy war erst zufrieden, als sie mehrere Tage zwischen sich und die Blackfeet gebracht hatten. Die verlorene Zeit fehlte ihnen zum Bau einer Hütte, aber sie hatten Glück und fanden eine Höhle, die sie mit Reisig wohnlich herrichteten. Aus Stöcken und Fellen errichtete Old Reddy ein Vordach, unter dem sie ein Feuer entzünden konnten, ohne dass der Rauch ihren Unterschlupf vernebelte.

In diesem Winter lehrte der Ire Jedediah, wie man Schneehühner fängt. Ihr weißes Gefieder stellte eine gute Tarnung dar, und bei Tage war es nahezu unmöglich, nahe genug an ein Schneehuhn heranzukommen. Ehe man eines der Tiere auch nur sah, wurde man entdeckt, und die Beute floh leichtfüßig zwischen die Felsen, während die Trapper trotz ihrer Schneeschuhe nicht schnell genug vorankamen.

Die beste Zeit, um Schneehühner zu jagen, lag im Morgengrauen nach einer bitterkalten Winternacht.

Um sich gegen die Kälte zu schützen, gruben sich die Vögel in den Schnee ein. Old Reddy wies Jedediah an einer Stelle, wo er Schneehühner vermutete, auf Löcher in der Flockendecke hin. Sie waren klein und rund, ein gutes Dutzend. Luftöffnungen, die der warme Atem der Vögel über Nacht in den Schnee geschmolzen hatte. Old Reddy pirschte sich an. Drei, vier Hühner bemerkten die Annäherung. Glucksend brachen sie aus dem Schnee und suchten wild durcheinander rennend das Weite. Doch der alte Trapper, der sich längst für ein bestimmtes Huhn entschieden hatte, ließ sich nicht beirren. Er hatte sich einen von Jedediahs Schneeschuhen geborgt. Den warf er nun über eines der noch unberührten Luftlöcher – und der Vogel war in seiner Kammer unter dem Schnee gefangen. Old Reddy zog das Huhn heraus und drehte ihm den Hals um.

Gemessen am Aufwand der Jagd war die Ausbeute bescheiden. Der Winter währte schon seit Wochen, und der Vogel war sehr mager. Er reichte nur für einen Eintopf. Jedediah hatte nahrhaftere Mahlzeiten gegessen, aber Old Reddy meinte, darauf komme es nicht an.

„Du hast heute wieder etwas gelernt, mein Junge. Löcher im Schnee. Achte auf sie, manchmal steckt etwas darunter."

Ein paar Tage später hatten sie eine außergewöhnliche Begegnung. Auf ihren Wanderungen waren sie hin und wieder auf Indianer gestoßen, aber niemals auf Weiße.

Drei Männer saßen im spärlichen Schutz einer Gruppe verkrüppelter Kiefern um ein Feuer, von dem schwarzgrauer Qualm aufstieg. Der Rauch war weithin sichtbar und hatte Old Reddy bewogen nachzusehen, wer hier draußen, in den Bergen der Blackfeet und Crows, alle Vorsicht vermissen ließ. Bei der Annäherung merkten sie, dass die Männer zu Fünft waren. Zwei lagen in Decken gehüllt am Feuer. Die anderen schlürften mürrisch heißen Kaffee.

„Habt ihr einen Schluck für uns?“

Bei Old Reddys Worten schreckten die Männer hoch. Sie hatten die Annäherung der Trapper nicht bemerkt. Greenhorns, vermutete Jedediah. Er selbst fühlte sich in seinem vierten Winter an Old Reddys Seite nicht mehr als Greenhorn. Er warf einen Blick auf die Männer am Boden. Sie schienen verletzt zu sein. Entzündete, fast blutige Augenlider, die Haut eingerissen, das Fleisch geschwollen. Schneeblindheit. Eindeutig Greenhorns.

„Der Schnee spiegelt die Sonne, sodass sie eure Augen verbrennt“, erklärte Jedediah. Er tippte auf sein eigenes Gesicht. „Holzkohle. Reibt sie unter die Augen, das hilft.“

Für die Verletzten kam der Trick mit der Kohle freilich zu spät.

„Nun hör sich einer diesen Bengel an.“ Old Reddy schüttelte den Kopf und grunzte. „Nehmt feuchte Tücher und legte sie euren Freunden über die Augen“, wies er die Fremden an. „Haltet das Wasser warm und achtet darauf, dass die Tücher nie trocken werden.“

„Wie lange wird das dauern?“ erkundigte sich einer der Männer.

„Drei, vielleicht vier Tage.“

Ein anderer begann, nach einer Decke zu suchen, von der man Stoffstreifen abtrennen konnte. Er fand eine ungenutzte Decke, doch er zögerte, das gute Stück zu zertrennen. Nach einem Blick auf seine schneeblinden Kameraden zog er jedoch sein Messer hervor und fing an zu schneiden.

Die Fremden reichten den Trappern Kaffee. Old Reddy schien zufrieden zu sein. Er trank und schwieg. Jedediah aber war neugierig.

„Was tut ihr hier draußen?"

„Wir wollen ein paar Freunde besuchen."

Das klang seltsam. Greenhorns hatten in den Bergen keine Freunde. Oder doch? Vielleicht bei den Snakes, die dafür bekannt waren, freundlich zu den meisten Weißen zu sein. Doch die Schlangenindianer lebten tief im Westen. Selbst Old Reddy war ihnen nur selten begegnet.

„Keine Rothäute, Männer aus St. Louis. Sie sind vor fünf Jahren über die Berge gegangen. Da drüben gibt es gutes Land. Wir folgen ihnen. Mein Schwager war auch dabei."

Jedediah erinnerte sich. Das westliche Paradies. Früchte, so groß wie Pferdeäpfel und Wild, das so fett und träge wie eine Frau nach zwanzig Jahren Ehe war. Jetzt erkannte er auch den Sprecher, einen vierschrötigen Mann mit Grützbeuteln im Gesicht. Er war damals im Saloon gewesen und hatte mit Old Reddy gestritten. Offenbar erinnerte er sich an den alten Trapper, denn seine Stimme klang trotzig, so als erwarte er Widerspruch und fürchte sich davor.

Old Reddy spürte das Unbehagen des Mannes. Er sagte: „Ihr habt euch keinen guten Ort ausgesucht, um zu rasten. In dieser Gegend gibt es ein Lager der Blackfeet."

„Wie weit?", wollte der Hüne wissen.

„Zwölf Meilen, vielleicht fünfzehn."

„Das ist weit."

„Nicht hier draußen.“
„Wir haben gehört, die Rothäute bleiben den Winter über in ihren Lagern“, warf einer der Verletzten ein. Mit seinen schneeblinden Augen konnte er die Trapper nicht sehen, aber er hatte jedes Wort verfolgt, das gesprochen wurde.
Old Reddy hob die Schultern. „Manchmal ist das wirklich so.“
Sie bedankten sich für den Kaffee und brachen auf.
„Sucht trockenes Holz“, sagte Jedediah zum Abschied. „Das macht weniger Rauch.“
Einer der Männer nickte ihm zu. „Ich kenne dich. Du warst bei McGinty.“
McGinty hieß der Inhaber des Saloons in St. Louis. Er hatte Jedediah sechzehn Stunden am Tag auf Trab gehalten. Er erinnerte sich nun auch an den Sprecher. Dieser war jünger als der Hüne und gehörte ebenfalls zu den Flussarbeitern, ein gut aussehender Kerl, der den Mädchen die Köpfe verdreht hatte. Jedediah hatte ihn damals bewundert. Der Mann war stark und selbstsicher gewesen. Aber hier draußen war er nur ein Greenhorn, das Hilfe von einem ehemaligen Spucknapfreiniger nötig hatte.
„Denkt an die Holzkohle“, sagte Jedediah. Dann stapfte er hinter Old Reddy her. „Meinst du, sie schaffen es?“
Der alte Trapper spuckte aus. „Die sehen wir nie wieder.“
Doch diesmal irrte er sich.

Drei Tage später verfolgten sie eine kleine Herde von Dickhornschafen. Die Familie bestand aus acht Tieren, und falls es ihnen gelang, zwei oder drei von ihnen zu schießen, würden sie Fleisch für mehrere Wochen haben. Old Reddy spürte das Nahen eines Wintersturms und wollte sich möglichst bald in ihrer Höhle verkriechen.

Aber die Schafe waren scheu. Ständig hoben sie witternd die Köpfe, und beim geringsten Anzeichen von Gefahr suchten sie das Weite. Fremde Gerüche, leise Geräusche oder eine Bewegung in der Ferne – für diese Schafe kam alles einer Bedrohung gleich. Die Jagd zog sich in die Länge.

Einen ganzen Tag lang waren sie erfolglos hinter den Dickhornschafen hergepirscht. Jedediah glaubte längst nicht mehr an den Erfolg, doch Old Reddy war nicht bereit aufzugeben. Sie verbrachten die Nacht frierend im Schutz einer Felsspalte und am nächsten Morgen wollte es der alte Trapper mit einer neuen Taktik versuchen. Jedediah sollte den Schafen weiter auf geradem Wege folgen, während er selbst einen weiten Bogen schlug, um vor die Tiere zu gelangen. Wenn der Plan aufging, würde Jed die Schafe direkt vor Old Reddys alte Pennsylvania-Rifle treiben.

Jedediah wartete eine Weile, um Old Reddy einen Vorsprung zu geben, dann folgte er den Spuren der Herde.

Er bekam die Schafe nicht zu Gesicht, aber an den frischer werdenden Hufeindrücken erkannte er, dass er sich ihnen näherte. Eine Stunde später war er sich dessen nicht mehr sicher. Etwas hatte die Herde in Panik versetzt. Die Schafe hatten abrupt die Richtung geändert. Was konnte die Ursache für ihre Flucht gewesen sein? Ein hungriger Puma vielleicht, oder andere Menschen.

Jedediah wusste, dass er sich in der Nähe des Greenhorn-Lagers befand. Wahrscheinlich waren diese Tölpel auf Jagd gegangen und hatten die Dickhornschafe vertrieben.

Jedediah fluchte leise. Old Reddy lag nunmehr an der falschen Stelle auf der Lauer, und die Schafe waren über alle Berge. Er schulterte sein Gewehr und stapfte weiter auf der ursprünglichen Fährte zum Lager der Männer aus St. Louis. Die Kerle waren ihm zumindest einen Kaffee schuldig.

Da er alle Vorsicht vergaß, kam er rasch voran und erreichte das Schneefeld mit der verkrüppelten Baumgruppe noch vor dem Mittag. Der Lagerplatz war leer. Keine Spur von den Greenhorns. Vielleicht waren sie weiter gezogen. Aber dann erkannte Jedediah, dass etwas nicht stimmte.

Ein Fetzen Stoff lag am Boden. Eine der Augenbinden für die schneeblinden Männer, achtlos weggeworfen. Rings um das erloschene Feuer war der Untergrund festgestampft. Im weiteren Umkreis erkannte Jedediah mehrere Fährten, die sich vom Lager weg bewegten. Eine war breiter als die anderen, eine flache Mulde im Schnee. An ihrem Ende fand Jedediah den Mann, dem die Binde gehört hatte. Die Haut um seine Augen war fast verheilt, aber jemand hatte seinen Skalp genommen. Sein Schädeldach war eine blutige Wunde. Aber er war nicht am Skalpieren gestorben. Sein Hinterkopf war von einer Kriegskeule zertrümmert worden. Es sah aus wie ein Marmeladentopf aus Ton, der einem achtlosen Kind heruntergefallen war.

Jedediah dachte nach. Indianer hatten die Greenhorns angegriffen. Dieser Mann hatte sich mit letzter Kraft aus dem Lager geschleppt, aber wo waren die anderen? Jed kam zu dem Schluss, dass sie am Leben sein mussten. Vermutlich Gefangene der Rothäute, und weit und breit gab es nur das Lager von Bull Bears Schwarzfüßen.

Er wünschte, Old Reddy wäre hier, um ihm zu sagen, was zu tun war. Aber der alte Trapper wartete in einem nutzlosen Hinterhalt auf Dickhornschafe, die nie kommen würden. Jedediah musste allein eine Entscheidung treffen.

Während er noch zögerte, entdeckte er die Fährte einer großen Gruppe, die sich vom Lager fortbewegt hatte. Zehn Männer, vielleicht mehr. Die Indianer und ihre Gefangenen. Er beschloss, ihnen zu folgen, um herauszufinden, was mit den Männern aus St.

Louis geschah. Old Reddy würde später kommen und die Spuren finden. Ihm würde sicher etwas einfallen, wie sie den Greenhorns helfen konnten.

Jedediah machte sich an die Verfolgung.
Am Nachmittag blickte er auf das Blackfoot-Dorf hinab. Er versteckte sich auf demselben Hügel, auf dem er Wochen zuvor mit Old Reddy gelegen hatte. Der alte Trapper war noch immer nicht aufgetaucht, und Jed fing an, sich Sorgen zu machen. Was, wenn der Alte die Spuren im Schnee falsch deutete und niemals hier aufkreuzte?
Er beobachtete weiterhin das Blackfoot-Lager, und nach einer Weile entdeckte er die Gefangenen. Man hatte sie in sitzender Position an Holzpflöcke gebunden. Kinder und Frauen machten sich einen Spaß daraus, die Weißen mit Stöcken zu traktieren oder mit Schneebrocken zu bewerfen, aber die Männer waren am Leben. Doch die bitterkalte Nacht würden sie im Freien schwerlich überstehen.
Jedediah rechnete sich seine Chancen aus, allein einen Befreiungsversuch zu starten, aber das Ergebnis ernüchterte ihn. Wo blieb nur Old Reddy?
„Was zum Teufel tust du hier?“
Die Stimme war leise, gleichzeitig scharf, und Jed konnte unterdrückten Zorn heraushören. Old Reddy hockte keine fünf Schritte hinter ihm. Jed hatte keinen Laut vernommen.
Flüsternd setzte er dem alten Trapper auseinander, was geschehen war.
„Verdammt, wer hat dir gesagt, du sollst ihrer Fährte folgen?“ Old Reddy klang noch immer ungehalten.
„Niemand, aber du bist ihr ja auch gefolgt.“

„Ich bin deiner Fährte gefolgt. Das ist ein Unterschied."
Old Reddy machte ihm Vorwürfe. Jed hätte sich an die Schafe halten sollen, nicht an die Männer, schimpfte er. Er hatte nicht vor, einen Befreiungsversuch zu unternehmen.
„Zu gefährlich, Junge."
Jedediah gab nicht nach: „Ich habe nachgezählt, es sind kaum zehn Krieger im Lager. Die anderen sind hauptsächlich Kinder, Alte und Frauen."
„Das ist es, was mir Sorgen macht."
„Wir können es schaffen. Willst du die Leute aus St. Louis sterben lassen?"
„Diese Männer hätten nie in die Berge kommen dürfen."
„Es sind Weiße."
„Es sind Fremde. Sie gehen uns nichts an."
Jedediah wusste, es half nichts. Old Reddy hatte ihm beigebracht, dass ein Mann in den Bergen auf sich allein gestellt war, selbst wenn er in einer Gruppe reiste. Wer nicht auf sich aufpassen konnte, hatte es nicht verdient zu überleben. Erwarte niemals Hilfe, hatte er gesagt, hier draußen braucht ein Mann jedes bisschen Kraft für sich selbst; gewährst du anderen Beistand, reicht es am Ende vielleicht nicht mehr für dich. Jetzt richtete er sich danach. Er hatte in St. Louis mit diesen Männern im Saloon gesessen, aber das bedeutete nun nichts mehr.
Old Reddy zog sich leise zurück. Jedediah konnte wählen: Entweder er folgte ihm, oder aber er … würde was tun? Ihm fiel nichts ein. Die Greenhorns waren verloren.
In dieser Nacht schliefen sie in einem Laubhaufen im Wald, den sie in der Dämmerung aufgeschichtet hatten: Das Notquartier eines Bergläufers. Old Reddy erklärte, das sei ein alter Trick, wenn man vom Winter überrascht wurde und keine Hütte besaß, aber Jedediah

sprach nicht mit ihm. Er war wütend, weil sie die Greenhorns ihrem Schicksal überlassen hatten. Nachts fielen die Temperaturen weit unter Null. Die Kälte konnte Jedediah im Laub nichts anhaben, doch die Männer aus St. Louis waren vielleicht schon tot.
Er wusste, was Old Reddy dazu sagen würde: Sie waren tot, als sie in die Berge kamen.

Am nächsten Morgen brachen sie früh auf. Old Reddy wollte die Gegend um das Blackfoot-Lager rasch verlassen. Jedediah stapfte verdrossen hinter ihm her. Der Alte beachtete die Laune seines jungen Partners nicht. So wie er es sah, konnte Jed ihm folgen oder bei dem törichten Versuch, den Greenhorns zu helfen, sein Leben lassen. Den ganzen Vormittag über wechselten sie kein Wort, nur einmal hob Old Reddy den Arm und zischte eine Warnung.
„Schwarzes Eis."
Sie standen an einem kleinen Fluss, der ein sonniges Tal durchschnitt. Jedediah konnte nur vermuten, was Old Reddy vorhatte. Offenbar wollte er die Spur der Dickhornschafe wiederaufnehmen, und dazu mussten sie auf die andere Seite.
Der Fluss war von Eis bedeckt, aber es hatte seit mehreren Tagen nicht mehr geschneit. Über dem Tal dehnte sich endlos blauer Himmel, der Fluss lag in der fahlen Wintersonne. Der Schnee über der Eisdecke war getaut, und es hätte ein Leichtes sein müssen, auf die andere Seite zu gelangen. Aber Old Reddy zögerte. Er deutete auf das Eis. Um diese Jahreszeit musste es gut einen Meter dick sein, und Jedediah konnte nichts erkennen, was dem widersprach.
„Schwarzes Eis", wiederholte Old Reddy.
Dunkel schimmernd lag es vor ihnen. Jed erinnerte sich an zugefrorene Seen. Sie waren weiß gewesen, oft grau, manchmal bläulich, aber nie schwarz. Dieses Eis war anders.

„Es lässt das Dunkel der Tiefe durch“, sagte Old Reddy. „Die Sonne hat es ausgezehrt. Ein Schritt, und es bricht.“

Er deutete mit dem Gewehr geradeaus. Er wollte dem Flusslauf folgen und eine Stelle finden, an der die Eisdecke noch unversehrt war. Jedediah stapfte mürrisch weiter. Er hatte Old Reddy noch nicht verziehen und war nicht dazu aufgelegt, mit ihm zu reden. Während der alte Trapper den Krümmungen des Creeks folgte, hielt sich Jed abseits. Er überquerte ein Schneefeld und hielt auf eine Baumgruppe zu, als er im Augenwinkel etwas bemerke. Er blickte sich um.

Außer Old Reddy war keine Menschenseele zu sehen. Vor sich gewahrte Jed ein Loch im Schnee, daumendick, mit verharschtem Rand. Fünf Schritt zu seiner Linken ein weiteres. Luftlöcher. Sie waren breiter als beim letzten Mal. Es mussten zwei wirklich fette Hühner im Boden stecken.

Grinsend schnallte Jedediah seine Schneeschuhe ab. Die Dickhornschafe waren ihnen entkommen, aber ein gebratenes Huhn war auch nicht zu verachten. Vielleicht war er gnädig und gab Old Reddy einen Bissen ab.

Einen Atemzug später sprang ihn das Huhn an.

Der Schnee zu seinen Füßen brach auf und ein Dämon fuhr heraus. Fettiges Wildleder, dunkle Haut, schwarzes Haar. Ein schriller Kriegsschrei erklang. Ein Blackfoot!

Jedediah setzte sich vor Schreck in den Schnee, wodurch er dem Tomahawk entging, der auf seinen Kopf zuraste. Der Indianer, der wer weiß wie lange im Schneeloch gekauert hatte, war steif von der Kälte. Die Beilklinge zischte über Jed hinweg, und dann explodierte das Gesicht des Angreifers. Old Reddy, der sich nie überrumpeln ließ, hatte ohne zögern angelegt und den Krieger erwischt. Das ließ den Blackfoot, der aus dem anderen Loch gesprungen war, innehalten.

Aber der Kampf war noch nicht entschieden.

Aus dem Waldstück oberhalb des Flusses stürmte jetzt unter gellendem Geheul ein Trupp Rothäute. Ein halbes Dutzend Krieger, die Lanzen und Tomahawks schwenkten.

Die Männer, die nicht im Lager gewesen waren.

Ihre Falle war zu früh zugeschnappt, aber das gedachten sie mit schierer Übermacht auszugleichen. Drei Blackfeet liefen sofort auf Old Reddy zu, die anderen kreisten Jed ein.

Der Krieger neben Jedediah schüttelte den Schock über den Tod seines Kampfgefährten ab und holte mit dem Tomahawk aus. Jed hieb ihm dem Kolben seines Gewehrs an den Schädel. Er besaß eine Pirschbüchse, ein altes, unhandliches Ding, das deutsche Einwanderer ins Land gebracht hatten. Waldläufer konnten mit dieser Waffe nicht viel anfangen. Sie schoss treffsicher, war aber schwer. Jed fehlte das Geld für eine der leichteren Pennsylvania-Rifles oder ihre Nachfolgerin, die noch handlichere Kentucky-Rifle. Doch jetzt kam ihm das Gewicht der Waffe zupass.

Der Kolben traf den Blackfoot wie eine Keule am Kopf, und Jed hörte den Knochen brechen.

Inzwischen lud Old Reddy mit raschen Bewegungen seine Waffe. Aber die Angreifer waren schneller. Mit weiten Sprüngen arbeiteten sie sich durch den Schnee und erreichten ihn, ehe er den Ladestock aus dem Lauf ziehen konnte.

Old Reddy drückte ab.

Ein Krieger fiel. Der Ladestock ragte aus seinem Auge.

Der alte Trapper warf das Gewehr beiseite und zog sein Messer. Der Krieger, der ihm am nächsten war, sprang zur Seite und kam dabei der Uferböschung nahe. Old Reddy versetzte ihm einen harten Stoß. Der Indianer fiel aufs Eis.

Ein Knirschen und Splittern.

Der Krieger brach ins eiskalte Wasser. Er keuchte entsetzt, dann riss ihn die Strömung fort.
Schwarzes Eis.
Unter der gefrorenen Flussdecke sah Jed den Körper des Indianers davontreiben wie einen Schatten hinter Glas.
Old Reddy ging zum Gegenangriff über. Er schrie und stieß sein Messer vor. Der verbliebenen Blackfeet zeigten Nerven und wichen zurück.
Old Reddy riss sich die Schneeschuhe von den Füßen, packte sein Gewehr und nahm Anlauf. Er schaffte es fast ans andere Ufer, rutschte ab, brach mit einem Fuß durchs Eis, krallte sich mit den Händen an der Böschung fest und zog sich mit einer gewaltigen Kraftanstrengung in Sicherheit. Dort drüben kamen die Blackfeet nicht ohne weiteres an ihn heran. Beim Versuch, das Eis zu überspringen, wären sie wehrlos, und er konnte sie leicht aufs Korn nehmen.
Die Rothäute ließen es nicht darauf ankommen. Sie waren nur noch zu viert, aber sie hatten jetzt einen Gefangenen: Von allen Seiten näherten sie sich Jedediah, der seine Pirschbüchse hob. Wenn er schon sterben musste, würde er noch einen von ihnen mitnehmen. Er suchte nach einem Ziel, wechselte hektisch zwischen den Angreifern.
Plötzlich blickte er in das Gesicht von Bull Bear.
Es drückte Gleichmut aus. Stoische Ruhe, gepaart mit unerschütterlichem Selbstvertrauen. Bull Bears Hand drückte den Lauf der Büchse zur Seite. Einer der Krieger nutzte die Gelegenheit und sprang auf Jedediah zu.
Die Welt versank in Schwarz.

Als Jed erwachte, sah er Feuer. Vor seinen Augen tanzten rotglühende Funken. Allmählich erkannte er, dass sie nicht vom Schmerz in seinem Kopf herrührten, sondern real waren. Er lag an einem Feuer. Gefesselt, zerschlagen, doch noch immer lebendig. Seine Hände waren auf dem Rücken verschnürt. Die Kleider klebten ihm, durchnässt vom Schnee, am Leib. Er fror, aber die Hitze des Feuers spendete genug Wärme, um seine Lebensgeister zum Tanzen zu bringen.

Jed spannte die Muskeln an. Seine Handgelenke schmerzten. Lederstricke. Nicht gut. Solche Fesseln konnte man nicht zerreißen.

Ein Paar Mokassins trat in sein Gesichtsfeld.

Einer der Blackfeet blickte höhnisch grinsend auf ihn herunter. Jedediah zog eine Grimasse, und der Krieger trat ihm in den Leib. Er war jung, etwa in Jeds Alter. Er hatte sich Blut auf die Stirn geschmiert, und Jedediah fragte sich, ob es sein Blut war. Der Blackfoot trug eine Keule. Er war der Krieger, der Jed niedergeschlagen hatte.

Bull Bear saß auf der anderen Seite des Feuers und sah schweigend zu, wie der Junge den Gefangenen traktierte. Während dieser noch einmal zutrat, spuckte er verächtlich klingende Worte in der Blackfoot-Sprache aus, die dem Weißen einen langsamen Tod versprachen.

Dann sagte Bull Bear etwas, ein einziges Wort nur, aber der junge Krieger ließ von seinem Opfer ab. Jedediah empfand Dankbarkeit, doch als er Bull Bears gleichgültigem Blick begegnete, wurde ihm klar, dass es dem Kriegshäuptling nur darum ging, dass sein Gefangener aus eigener Kraft laufen konnte, sobald sie zum Lager des Stammes aufbrachen.

Jed überdachte seine Möglichkeiten. Wenn seine Lederfesseln trockneten, würden sie sich noch enger um die Handgelenke zuziehen. Eine Flucht mit gebundenen Händen war aussichtslos. Es gar nicht erst zu versuchen, würde jedoch den sicheren Tod bedeuten. Die Blackfeet würden ihm an der Seite der Greenhorns Höllenqualen bereiten. Der Schnee unter seinem Körper war geschmolzen und sickerte nass durch seine Hose. Jedediah stieß seine Hände in den Matsch. Vielleicht konnte er die Stricke aufweichen.

Während er verstohlen arbeitete, blickte er sich um. Sie lagerten am Rande eines Wäldchens, vor ihnen dehnte sich ein Schneefeld, die Sonne stieg am stahlblauen Himmel höher. Winternebel kroch über das Land. Ein neuer Tag brach an. Dies war der Ort, an denen ihnen die Blackfeet aufgelauert hatten. Die Rothäute hatten die Nacht hier verbracht, vermutlich um zu warten, bis ihr Gefangener aus seiner Ohnmacht erwachte und wieder alleine gehen konnte.

Doch weshalb ließen sie ihn überhaupt am Leben? Jedediah ahnte die Antwort: Bull Bear hoffte, dass Old Reddy kam, um seinen Gefährten zu befreien. Er wartete auf den alten Trapper, um ihn zu töten.

Hoffnung keimte in Jed. Old Reddy. Ihm würde doch sicher etwas einfallen, oder? Nein, machte er sich klar. Der Alte würde nicht kommen. Jedediah hatte bewiesen, dass er nicht auf sich aufpassen konnte. Statt sich neben Old Reddy am Fluss zu halten, war er blindlings über das Schneefeld gestapft und den Blackfeet direkt in die Arme gelaufen.

Von Old Reddy hatte er keine Hilfe zu erwarten.

Nach einer Weile schien Bull Bear zu demselben Schluss zu gelangen. Die Blackfeet rüsteten zum Aufbruch. Jedediah verdoppelte seine Anstrengungen, aber die Stricke saßen zu fest. Der junge Krieger zerrte ihn grob auf die Füße, und Jed befürchtete, er könne seinen Versuch, die Fesseln zu lösen, bemerken. Aber dann gerieten die Indianer jenseits des Feuers plötzlich in Streit, und der Junge wandte seine Aufmerksamkeit den anderen zu. Jedediah kannte ein paar Worte der Blackfoot-Sprache. Es reichte, um zu verstehen, dass es um sein Gewehr ging. Die alte deutsche Pirschbüchse gehörte zur Beute der Rothäute. Jetzt war sie verschwunden.

Die Krieger gaben sich gegenseitig die Schuld. Ihre Auseinandersetzung wurde immer lauter, bis Bull Bear den Streit mit einer herrischen Geste beendete. Anscheinend war er zu dem Schluss gekommen, dass sie die Büchse gar nicht mit ans Feuer gebracht, sondern sie am Ort des Kampfes zurückgelassen hatten, denn er befahl den anderen aufzubrechen, während er selbst zurückblieb, um das Gewehr zu suchen. Eine Schusswaffe stellte für Indianer eine Kostbarkeit dar. Einen Wert, der sich kaum in Pelzen, Pferden oder Frauen ausdrücken ließ.

Ein Gewehr war große Medizin. Umso erstaunlicher, dass sie die Pirschbüchse tags zuvor vergessen hatten.

Sie zogen durch die unberührte Winterlandschaft. Die Blackfeet hatten Jedediah seine Schneeschuhe umgebunden, denn nur so war es möglich, überhaupt voranzukommen. Wenn er stolperte, fiel er hin, weil er mit auf den Rücken gebundenen Händen nur schwer das Gleichgewicht halten konnte. Die Krieger lachten und zerrten ihn rau auf die Füße.

Als Jedediah erneut stürzte, stieß der junge Blackfoot gutturale Laute aus und drohte ihm mit seiner Kriegskeule. Die anderen beiden lachten erneut, und der Junge stapfte verärgert weiter. Bald befand er sich einige Schritte vor den anderen. Vielleicht war es das, was ihm das Leben rettete.

Ein Schuss rollte über die Landschaft. Der Indianer hinter Jedediah wurde von den Füßen gerissen und landete mit einem dumpfen Geräusch im Schnee.
Der Krieger, der vor Jed ging, fuhr erschrocken herum. Jedediah, der starr dastand, sah, wie dem Indianer eine Blutfontäne aus dem Rücken schoss. Dann erst hörte er das Krachen des zweiten Schusses. Er kannte das Geräusch.
Es war seine Pirschbüchse.
Gedanken wirbelten durch seinen Verstand.
Hatte Bull Bear die Waffe gefunden? Aber warum schoss er auf die eigenen Krieger?
Der junge Blackfoot begriff schneller. Er hob seine Keule und stürmte auf Jedediah zu. Die Schneeschuhe machten seine Bewegungen plump und langsam.
Jed ließ sich fallen und stieß seinem Gegner die Füße in den Leib. Der Junge stürzte und verlor die Keule.
Trotzdem war es nur eine Frage der Zeit, bis er dem gefesselten Mann den Garaus machen würde.
Er kam auf die Beine und suchte nach seiner Keule. Ein weiterer Schuss krachte. Die Kugel pfiff über den Kopf des Jungen hinweg. Die Bewegung, mit der er sich nach seiner Waffe gebückt hatte, rettete ihm das Leben. Der Blackfoot gab die Keule auf und floh.
Jedediah rappelte sich auf und hielt nach dem Schützen Ausschau. Sein Herz machte einen Freudensprung, als er Old Reddy auf sich zukommen sah, die Pennsylvania-Rifle in der Hand, die Pirschbüchse über der Schulter. Er musste das Gewehr in der Nacht aus dem Lager der Blackfeet gestohlen haben, um mehr Feuerkraft zu haben. Dann hatte er den richtigen Augenblick für einen Hinterhalt abgepasst. Old Reddy zog sein Messer und durchtrennte Jedediahs Fesseln.
„Ich dachte nicht, dass du kommen würdest“, sagte Jed.

Der Alte zuckte mit den Schultern.
Statt etwas zu sagen, ließ er die Pirschbüchse fallen und fing hektisch an, sein eigenes Gewehr zu laden, und jetzt erkannte Jedediah, dass Old Reddys Bewegung kein Schulterzucken gewesen war. Ein Pfeil hatte ihn getroffen. Der Schaft ragte aus seiner Seite.
Über den Schnee stürmte Bull Bear heran.
Warum er keinen zweiten Pfeil abschoss, würde Jed für immer ein Rätsel bleiben. Der Blackfoot musste geahnt haben, dass Old Reddy die Pirschbüchse gestohlen hatte und war seinen Kriegern in einiger Entfernung gefolgt, um seinem Todfeind eine Falle zu stellen.
Trotzdem war er zu spät gekommen.
Vielleicht fürchtete Bull Bear, das Duell gegen das Gewehr zu verlieren, denn er kämpfte sich mit grimmiger Entschlossenheit durch den Schnee, in der Faust einen Tomahawk. Den Bogen hatte er zurückgelassen. Nur der Köcher mit den Pfeilen wippte auf seinem Rücken.
Old Reddy schüttete Pulver in den Lauf. Er wirkte hektisch; der Pfeil in seiner Hüfte machte ihm zu schaffen und das Auftauchen von Bull Bear hatte ihn erschüttert.
Kugel, Ladestock. Der Trapper war fast fertig, als der Blackfoot seinen Tomahawk warf. Jedediah hörte, wie das Beil in Old Reddys Schulter einschlug. Mit einem Stöhnen ging der Alte zu Boden. Bull Bear warf sich über ihn, riss den Tomahawk aus dem Fleisch und holte aus.
Jedediah rammte ihn.
Bull Bear kippte von Old Reddy, kam aber schnell wieder hoch und stürzte sich auf Jed. Der Blackfoot hatte seine Schneeschuhe verloren, was in dieser Situation ein Vorteil war. Jed stolperte und fiel rücklings in den Schnee.
Bull Bear ragte über ihm auf, das Kriegsbeil erhoben.

Das war's, dachte Jed, und war völlig verblüfft, als ihm Blut ins Gesicht spritzte.

Eine knöcherne Pfeilspitze ragte aus Bull Bears Kehle.

Während des Kampfes waren dem Blackfoot Pfeile aus dem Köcher gefallen. Old Reddy hatte sich einen geschnappt und sie dem Indianer von hinten durch den Hals gestoßen. Schwer atmend ließ er sich neben Jed in den Schnee fallen.

Jedediah konnte in diesem Augenblick nur eines sagen: „Danke, dass du zurückgekommen bist."

„Ach was, Junge, man muss immer tun, womit sie am wenigsten rechnen." Old Reddy atmete schwer.

Als Jed aufblickte, sah er in sicherer Entfernung den jungen Blackfoot-Krieger stehen. Er stand auf, schnappte die beinahe fertig geladene Pennsylvania-Rifle und legte an.

Der Junge wirbelte herum und verschwand außer Sicht.

Jed war das nicht genug. Er wollte Rache. Er nahm Old Reddys Messer und tat etwas, von dem er wusste, dass die Rothäute es ihren besiegten Feinden antaten.

Er schnitt Bull Bear die Haare vom Kopf.

Danach schleppte er Old Reddy zwei Tage lang durch die Berge bis zu ihrer Höhle. Er versorgte seine Wunden, aber es gelang ihm nicht, den Pfeil aus der Hüfte zu ziehen. Er saß zu tief und krallte sich mit den Widerhaken an irgendein lebenswichtiges Organ.

Der alte Trapper lebte noch eine ganze Woche, ehe er unter Schmerzen starb.

Jed war allein.

Drei Jahre später schloss sich Jedediah Jones, der jetzt ein erfahrener Fallensteller war, den Captains Meriwether Lewis und William Clark an, die einen Weg in die reichen Pelztiergründe des Westens suchten.

Sie hatten Erfolg, und die Welt begann sich zu verändern. Biber wurden zum großen Geschäft, Männer wie Jed zu Königen. Aus einem grünen Jungen war ein Mountain Man geworden, der sich nach der Ferne und der Einsamkeit der Berge sehnte, nach einer Welt abseits vom Lärm und dem Gestank der Städte.

Jed dachte oft an seinen letzten Kampf an der Seite seines Freundes Old Reddy und Jahre später erfuhr er, wer der junge Blackfoot-Krieger gewesen war, der ihnen entkommen war. Er war der Sohn von Bull Bear.

Genannt wurde er Hunting Coyote.

Nachbemerkung des Autors

Die Geschichte, die Sie eben gelesen haben, wurde ursprünglich als ein Kapitel meines Romans „Wind River Gold" geschrieben. Wie Sie lesen konnten, kommt Jed im Verlauf der Geschichte an ein störrisches Pferd, das er liebevoll „Old Reddy" nennt. Mel spürt, dass seinem Partner dieser Name etwas bedeutet, und natürlich möchte er mehr darüber erfahren. In meiner ersten Fassung erzählte Jed abends am Lagerfeuer, wer der echte Old Reddy war – der Mann nämlich, der ihm vor vielen Jahren das Überleben in den Bergen beigebracht hat. Diese Erzählung stand damals zwischen den jetzigen Romankapiteln 15 und 16.

Dass sie nicht mehr Bestandteil des fertigen Romans ist, hat dramaturgische Gründe. Ich empfand die Erzählung von Jedediahs Weg in die Berge durchaus als gelungen, fand aber, dass sie die Handlung des Romans ausbremst. Soeben hatten die beiden Trapper einen ihrer gefährlichsten Kämpfe bestanden, und nach diesem Höhepunkt war die Story gerade wieder dabei, erneut an Fahrt aufzunehmen. Ich wollte das gewonnene Tempo nicht für eine Lagerfeuer-Geschichte preisgeben.

Aber wie gesagt, eigentlich gefällt mir die Erzählung gut. Wir erfahren darin mehr über die Herkunft des knurrigen Jedediah Jones und auch über den tiefen Hass, der ihn mit Hunting Coyote, dem Blackfoot, verbindet. Wie wir jetzt wissen, hat diese Feindschaft weit früher begonnen als das im Roman ersichtlich ist.

Ich wollte diese Story nicht in den Papierkorb werfen, und dank der Möglichkeiten, die eBooks heute bieten, habe ich sie im Sommer 2013 als kostenloses Häppchen veröffentlicht, um damit vielleicht

Interesse für den Roman „Wind River Gold“ zu wecken, der damals ebenfalls als eBook herausgekommen ist.
Das hat ganz gut funktioniert. „Wind River Gold“ wurden binnen sechs Monaten 500-mal heruntergeladen (die Geschichte „Blutige Berge“ im selben Zeitraum fast 2500-mal). Für das totgesagte Genre des Westerns sind das keine üblen Zahlen, finde ich, wenngleich man natürlich nicht davon leben kann. Doch weil mir einige Westernfreunde signalisiert haben, dass sie auf keinen Fall einen eBook-Reader anfassen werden, habe ich mich zu dieser Druckfassung entschieden.
Dabei hatte ich anfangs vor, „Blutige Berge“ wieder als Kapitel in den Roman zu integrieren, sozusagen einen *Writer's Cut* zu veröffentlichen. Letztendlich habe ich davon Abstand genommen, weil es ein Rückschritt gewesen wäre. Ich hatte das Kapitel mit der langen Rückblende ja ganz bewusst entfernt, weil ich den Schwung nicht verlieren wollte. Diese Entscheidung im Nachhinein rückgängig zu machen, hätte den Roman nicht besser gemacht.
Da ich dem Leser, der sein Geld für die Printfassung ausgibt, aber nicht weniger bieten möchte als dem eBook-Käufer, habe ich „Blutige Berge“ als Bonus-Story in diesen Band aufgenommen. Ich hoffe, Sie hatten Freude daran.

Viele Leser waren am Ende des Romans bestürzt über den Tod von Tis-see-wpp-na-tis. Nun, das war der Plan. Ich werde aber immer wieder gefragt, wieso ich die aufblühende Liebe von Mel zu der jungen Crow derart drastisch beenden musste. Der Roman war vorbei, der Schatz gefunden – weshalb kein vollständiges Happy End? Auch diese Entscheidung hatte dramaturgische Gründe. Um sie zu erklären, muss ich ein wenig ausholen und zur Entstehungsgeschichte des Romans zurückgehen. „Wind River

Gold“ war anfangs als Heftroman konzipiert. Die Geschichte sollte ein Beitrag für die Serie „Western-Legenden“ des Bastei-Verlags werden. Die Story endete ursprünglich an der Hütte von Jehan Prevost. Jed und Mel finden das Pelzversteck des Franzosen und reiten zurück nach St. Louis, Ende und Aus. In dieser Fassung gab es kein Rätsel um spanische Konquistadoren, und der Auftritt von Tis-see-wpp-na-tis beschränkte sich auf die kleine Szene nach der Büffeljagd. Die junge Indianerin hatte noch nicht mal einen Namen.
Als ich den Roman dann anbot, wurden die „Western Legenden“ eingestellt. Pech gehabt. Das hat mich allerdings nicht entmutigt, denn ich hatte aus meinem Manuskript viele Details, die mir wichtig waren, herausstreichen müssen, um auf die standardisierte Länge eines Romanhefts zu kommen. Nun stellte ich die ursprüngliche Fassung wieder her und begann die Handlung zu erweitern.
Ich produzierte damit aber ein Problem: Hunting Coyote, der große Schurke meiner Geschichte, war tot! Der Showdown gegen den Blackfoot befand sich plötzlich an einer Stelle in der Mitte des Romans. Ich hätte Hunting Coyote überleben lassen können, aber dann wäre Jeds schöner Trick mit dem Iniskim futsch gewesen. Ich beließ es also dabei und setzte auf Shawnee-Jim. Der aber hatte bis zum Schluss nicht genug Szenen, um sich als würdiger Endgegner zu qualifizieren. Mir musste etwas einfallen, das Shawnee hassenswert machte. Die Lösung, die ich wählte, verhinderte leider, dass Mel und Tis-see-wpp-na-tis gemeinsam in den Sonnenuntergang reiten konnten. Gleichzeitig aber stellte diese Version der Geschichte den Status Quo wieder her: Mel ist nun wieder frei, um an der Seite von Jed nach St. Louis zu ziehen. Vielleicht finden die beiden dort ein neues Abenteuer.

John F. Cooper, Frühjahr 2014

Ebenfalls bei Electric Books

Nichts für schwache Mägen!

Mario Ulbrich: Mords Happen. 13 blutige Stories.
(Printausgabe und eBook)

Ein Sozialprojekt, bei dem sich die Leichen türmen, zersägte Frauen im Holzkontor oder eine Gruppe 13-Jähriger, die in der Wildnis auf einen Kinderschänder treffen: Die Geschichten in diesem Buch zeigen, dass Regionalkrimis nicht bieder sein müssen. Der Ton ist locker, doch das Blut zwischen den Seiten hat kaum Zeit zu gerinnen. Sogar Sachsens rätselhaftester Kriminalfall um eine spurlos verschwundene Frau findet in dieser Story-Sammlung eine – wenig appetitliche – Auflösung.

Bei den ostdeutschen Krimitagen in Sachsen und Brandenburg begeistert Mario Ulbrich sein Publikum seit Jahren mit makabrem Witz und detailfreudigen Splatterszenen. Seine Geschichten sind in zahlreichen Anthologien erschienen. In diesem Buch gibt es 13 seiner Stories erstmals als geballte Ladung. In kurzen Making-Offs verrät der Autor einiges über die Hintergründe der jeweiligen Story.

Ebenfalls bei Electric Books

Heroischer Humor

John J. Jokes: Der Drachenjäger. **(eBook)**

Etwas Dunkles regt sich in den Schluchten der Granitberge. Gerüchte über Tierverstümmelungen, Experimente an geraubten Jungfrauen und über Fremde in gruseligen Regencapes machen die Runde. Die Völker leben in Angst, Könige fürchten um ihren Thron.

Da landet Michael Clopper, ein arbeitsloser Schauspieler, auf dem Planeten. Ist er der Held, der niemals prophezeit wurde, den Helgoort aber gerade jetzt am dringendsten braucht? Clopper will nur einen Drachen schießen, doch als er dabei eine Prinzessin befreit, steckt er schon mittendrin in der witzigsten Weltenrettungs-Geschichte seit … ja, seit wann eigentlich?

Die illustrierte Printausgabe dieses Romans erschien 2006 unter dem Titel „Der Drachentöter“ im Shayol-Verlag Berlin.

Ebenfalls bei Electric Books

Das witzigste Polizeirevier Deutschlands!

Mario Ulbrich: Einsatz im Revier Tief Ost (Edition I bis III, eBooks)

Jeder kennt Polizeireviere wie München-Süd, Dortmund-West oder Hamburg-Nord. Es gibt aber auch ein Revier, das tief im Osten Deutschlands liegt. Vom Rest des Landes vergessen, stemmen sich hier eine Hand voll unermüdlicher Beamter dem Verbrechen entgegen. Und seit sie Computer bekommen haben, ist ihr Dienst nicht einfacher geworden ... Von führenden Lachmuskelmasseuren empfohlen: Wortwitz trifft auf Cartoon-Action.

Die Abenteuer der Männer vom Revier Tief-Ost erschienen von 2002 bis 2010 in der ostdeutschen Tageszeitung Freie Presse. Die satirischen Stories waren bei den Lesern so beliebt, dass zwei Romane und ein Hörbuch folgten. In der dreiteiligen eBook-Edition "Einsatz im Revier Tief-Ost" erscheinen die 100 Kurzgeschichten erstmals in voller Länge. Ergänzt werden die Ausgaben durch unveröffentlichte Geschichten, darunter zwei lange Erzählungen.

3518110R00227

Printed in Germany
by Amazon Distribution
GmbH, Leipzig